㉝ 城头刻新字

◎ 烽火戏诸侯 著

001　第一章　官子无敌

029　第二章　龙蛇起陆

048　第三章　那个一

073　第四章　泥瓶巷

094　第五章　猜错的谜底

121　第六章　一只笼中雀

147　第七章　二三事

173　第八章　拔河

205　第九章　真正的持剑者

226　第十章　后手

第一章
官子无故

如今来剑气长城这边游历的练气士，成群结队，人来人往，热闹得让人不适应。

风光都看尽，不费一文钱。

约莫是归功于风雪庙魏大剑仙的名动天下，倒是没谁敢主动凑近这边，路过之时，都会有意无意靠近另外那侧城头。

这会儿已经有人在猜测到底是哪儿来的一对山上道侣，竟然有胆子坐在魏晋和曹峻两人之间的城头。

其实曹峻属于沾了魏晋的光，才会被人好奇身份，到头来无非两种说法：一种是南婆娑洲镇海楼曹曦老剑仙的子孙，至于另外那种，是早年被左右打碎剑心的那个先天剑仙坯子，至多额外询问一句，左右当初递出一剑还是两剑？

所以来此练剑的这段时日，曹峻挺糟心的，心想老子好歹是位实打实的元婴境剑修，除了在这处剑气长城遗址，在浩然天下哪里不能捞个剑仙名头？

曹峻想起一事，与陈平安说道："对了，之前有个云游道人，自称是你的舅舅，跟我和魏大剑仙随便聊了几句，口气很冲，架子挺大，是什么来头？"

曹峻当年去过骊珠洞天，况且曹氏祖宅就在那条泥瓶巷，他自然清楚这个陈平安的情况，没什么亲戚才对。

陈平安说道："当然不是我的舅舅，说不定是你的才对，下次你们再见面，你就这么喊，我保证不是什么坏事，信不信由你。"

是那吴霜降无疑了，就是不知道他找到老聋儿没有。

天底下就没有一个十四境修士是好惹的。修道之人，登山愈高，愈知此事。

而陈平安如今才是一位玉璞境修士，如果未来百年的修行之路还算顺遂，那跻身仙人境，成为飞升境自然不在话下，可是那个被说成是"玄之又玄，玄外问玄"的十四境合道契机所在，是一点线索都没有，这让陈平安倍感无力，因为可以确定，郑居中和吴霜降这种从不会临时抱佛脚的人，肯定早在中五境之时，就已经未雨绸缪，想好了那条合道契机的道路具体该怎么走。

曹峻就纳闷了，这俩好像都喜欢这样聊天，难道那个道人，真是陈平安的远房亲戚？

曹峻试探性问道："那家伙是某位隐藏身份的飞升境大修士？"

陈平安摇摇头："不是飞升境，也不是剑修。"

不过这位青冥天下岁除宫的宫主，是一位十四境大修士，还仿了四把仙剑。

曹峻笑道："那我还认个屁的亲戚，光吃亏没半点便宜占的事。"

陈平安无所谓，反正骗你来剑气长城的这笔账，就当扯平了，是你曹峻自己不会把握机会。

曹峻笑嘻嘻问道："如今城头上每天都会有仙子姐姐们的镜花水月，你方才来的路上应该也瞧见了，就半点不生气？"

四处脂粉气，莺莺燕燕，卿卿我我，游山玩水，闲情逸致，四处赏景，优哉游哉，剑修寥寥，练气士多如牛毛。

哪怕曹峻之前从未来过剑气长城，也知道这些与曾经天地肃杀的剑气长城格格不入。

陈平安摇摇头。

曹峻瞧着这家伙的脸色，不像是假装无所谓，故而心中愈发好奇，忍不住问道："为何？搁我换成你，保管见一个打一个，见俩打一双。"

陈平安说道："这就是剑气长城存在的意义。"

有剑气长城在此屹立万年，就有了浩然世道的太平万年。

曹峻叹息一声，双手揉脸，自己来晚了，应该早点赶来，不该错过那场大战的。

陈平安转头望向宁姚，问道："刚才这家伙说了什么事情？我有点走神，真没听见。"

他方才试图凭借被蛮荒天下大道压胜的那点契机，察看这座天下腹地的战况，可惜徒劳无功。

宁姚说道："他说有人偷拿脚下这半座城头的碎石，带回浩然天下。"

其实宁姚并不在意这种事情。她心中的剑气长城，是剑修。

至于另外半座，因为陈平安与之合道的缘故，文庙倒是没有专门订立什么规矩，并未明文规定，不许外乡练气士登上城头。只给了四个字，生死自负。远游至此的练气士都知道轻重利害,当然不敢去那里触霉头。天晓得那里是不是有什么匪夷所思的古怪禁制,唯一能够确定的内幕,是那边的城头好像是剑气长城末代隐官的修道之地。

宁姚皱眉问道:"文庙为何不约束此事?不是有个陪祀圣人在此吗?"

她不在乎,并不意味着文庙就可以行事如此拎不清。既然拎不清,还有脸皮待在此地?

陈平安摇头道:"这是文庙对我们剑气长城的一种尊重。"

宁姚疑惑道:"何解?"

陈平安笑道:"剑气长城的事,无论大小,就交由剑气长城的剑修来管,撒手不管,就都随意,愿意管,就随便管。"

宁姚点点头,给陈平安这么一说,心中就没了那点芥蒂。

她突然伸出手,轻轻握住陈平安的手。

宁姚在客栈时之所以会主动提出陪他来这儿,是想让他稍稍放心,不是让他更加担心的。

因为她感觉得出来,来到这里之后,陈平安就更加揪心了。

陈平安轻声笑道:"没事,只是习惯了在这里发呆,一时半会儿改不过来。至于我的这份担心,其实还好,太过担心和毫不担心,在这两者之间折中即可,我会小心掌握分寸的。"

就像男女情爱之间的磕磕碰碰,其实女子那些让男子摸不着头脑的情绪,本身就是道理,认可她的这份情绪,再帮忙疏解情绪,等女子渐渐不在气头上了,然后再来与她心平气和说些自己的道理,才是正途。这就叫退一步思量,先后顺序的学以致用,一旦跳过前面那个环节,万事休矣。

宁姚转头看了眼对面的半座城头,问道:"如果你在那边跟人问剑?"

陈平安笑道:"那就可以跟魏大剑仙掰掰手腕子了,只分胜负的话,肯定还是我输,可如果约定了双方不许离开城头,那就没有半点悬念了,我活他死。"

一旁那位横剑在膝的风雪庙大剑仙心思微动。

宁姚和陈平安的对话,没有心声言语。

陈平安转头笑道:"吹牛不犯法吧?"

魏晋呵呵一笑:"反正在这里,谁官大谁说了算。"

陈平安朝魏晋抛去一壶得手不久的百花酿,道:"魏客卿是我那酒铺的老主顾了,以前你被说成是'天'字号的冤大头,把我气了个半死,我也就是在避暑行宫脱不开身,不然非要一人一麻袋。对了,这可不是什么寻常的百花福地酒酿,礼圣都多年未曾喝着了,所以魏大剑仙千万千万悠着点喝,不然就是糟蹋了这壶无价也无市的好酒。"

人生何处会缺酒,只缺那些心甘情愿请人喝酒的朋友。

再说了，有件事陈平安始终没有亲口与魏晋提起，他人生当中，第一次见到所谓令人心向往之的那种剑仙风采，其实不是在一路相伴的阿良身上，而是在嫁衣女鬼那处府邸，一剑破开天幕的风雪庙剑仙身上。只是这种话，以后要是还有机会，能与魏晋在酒桌上都喝高了，再说不迟。

魏晋接住酒坛，随手揭了泥封红纸，仰头喝了一口，眼睛一亮，点头称赞道："竟然真是好酒！"

陈平安顾不得跟魏晋计较什么"竟然"，赶紧探臂伸手，将那片飘摇远去的红纸驾驭在手，收入袖中后，没忘记补了一句："不介意的话，喝完了酒，回头将空酒坛还我啊。"

魏晋神色认真问道："你还有没有剩下的？下一坛酒，我可以花钱买，你随便出价，有几坛我买几坛，要是谷雨钱不够，我可以找人借。"

曹峻眼馋至极，搓手问道："陈平安，你这么厚此薄彼，不妥当吧？别忘了咱俩可是老乡，还是一条巷子的邻居！"

陈平安扯了扯嘴角："魏大剑仙是我落魄山正儿八经的客卿，你算老几？真要跟我求酒喝，家乡那边的糯米酒酿要不要？好喝，还不贵，保证价廉物美。"

他娘的，当年在泥瓶巷那笔旧账还没找你算，竟然有脸提同乡邻居，这位曹剑仙真是好大的忘性。

如果不是看在曹峻去过桐叶洲的分上，曾经跟随师兄左右，一起看守那道通往五彩天下的大门，那么之后在正阳山，陈平安就直接将他误认为是一线峰祖师堂的某位嫡传剑仙了。

曹峻嘿笑道："山上的客卿算什么，尽是些光拿钱不办事的货色，当然我不是说咱们魏大剑仙。陈平安，打个商量，我给你们落魄山当个记名供奉好了，哪怕名次垫底都成，比如以后谁再想成为供奉，先过末席供奉曹峻这一关，这要是传出去，你们落魄山多有面儿，是吧？我如今好歹是个元婴境剑修，何况指不定明天后天就是玉璞境了，拿一壶酒水，换个供奉，咋样？"

陈平安揉了揉下巴，道："落魄山即将创建下宗，确实缺人手。"

曹峻哈哈笑道："我曹峻这辈子最大的优点，就是最不计较虚名了。当那下宗的末席供奉更好！"

陈平安抛给了曹峻一壶百花酿："那就说定。"

宁姚提醒道："就你这么个送法，留不下几坛百花酿的，回头可以再拜访一下封姨，找个理由，比如说欢迎她去飞升城做客？"

陈平安笑着点头："这个由头好，估摸着五坛酒起步。"

曹峻比魏晋矫情多了，取出一只酒杯，倒了酒，嗅了嗅，举杯抿一口酒水，吧唧嘴回味一番。

他喝着酒，以心声问道："魏晋，宁姚一直是这样的女子吗？"

跟传说中那个战场上杀妖如麻、战场外只会练剑的宁姚，确实不太一样，简直就是闻名不如见面。

魏晋说道："我不清楚。"

曹峻还要继续询问，魏晋说道："我只知道，你与其跟我偷偷以心声言语，不如光明正大开口问宁姚。"

魏晋直到这一刻，才突然记起那个年纪轻轻的女剑修，是一位飞升境。

实在是宁姚跟在陈平安身边，太不像一位飞升境剑修了，锋芒内敛，眉眼柔和，气象浅淡，哪里像是五彩天下的第一人？

陈平安望向城头外边的大地，当年就被桃亭道友仔细刨过了，那就肯定没有捡大漏的机会了。而且这些年，外乡修士人来人往，其中不乏隐士高人，城头外这处广袤战场，肯定被犁地狗啃一般，早就给挖地三尺了。

陈平安一手轻轻握住宁姚的手，一手抬起指向远处，以心声为她介绍几处渡口和归墟大门，浩然天下在此开辟出来的秉烛、走马、地脉三座渡口，如今还在扩建和南移，尤其是墨家钜子创建的那座地脉渡城池，越发庞大，高耸入云，是陈平安在城头唯一能够相对清晰望见的景象，听说这座城池可以屯兵二十万，随着城池的扩张，最终可以容纳三十万王朝铁骑的兵力、武库兵器补给。

此外墨家三脉和匠家修士，总计一万两千余名精通山上营造、机关术的练气士，分别依托两座渡口，各自打造出一座可以搬移的雄伟城池。

加上位置更远的四处归墟通道大门，天目、神乡、黥迹和日坠，各处周边都在大兴土木，浩然修士和山下兵力，源源不断赶赴蛮荒天下。

剑舟、山岳渡船和跨洲渡船，不断通过好似水神走镖的归墟通道，护送浩然天下各洲兵力远赴蛮荒，以往只有飞升境大修士才能做到的跨越两座天下，如今倒是半点不稀奇了。

仔细听着陈平安的娓娓道来，宁姚突然问道："大骊赊欠墨家的那笔最大外债，文庙真的帮忙偿还了？"

陈平安嗯了一声，这笔债务，本是一个天文数字的神仙钱。所以如今大骊朝廷的边军调度，就愈发游刃有余了。此外的大债主，像皑皑洲刘聚宝和中土郁氏这几个，大骊宋氏补偿起来就很简单了，自有桐叶洲的山上山下代劳。

好像师兄崔瀺做事情，从来不会留下什么烂摊子。

见陈平安又开始怔怔出神，宁姚抽出手，陈平安悻悻然回过神，继续说那些浩然天下的推进。

浩然九洲版图，以名义上掌管天下陆地水运的渌水坑澹澹夫人领衔，几乎所有品秩较高的江河正神,都会肩负起类似江湖镖师的职责,来往于四处归墟水路,各自统率官府麾下水仙官吏、水裔精怪,在水中开辟出一座座临时渡口,接引各洲渡船。

包括皎月湖李邺侯在内的五大湖君,如今其中三位,在文庙议事结束过后,更是顺势官升一级,成为了一海水君,分镇四海。

此外文庙还重新开启大渎封正一事,继北俱芦洲济渎、东宝瓶洲齐渎之后,连续分封了一拨新大渎的公侯伯以及水正。东宝瓶洲钱塘江风水洞的那条老蛟,就刚刚升任补缺了齐渎的淋漓伯。陈平安还听说大骊朝廷似乎有意让铁符江水神杨花,补缺那个暂时空悬的长春侯一职。

陆陆续续来到这座蛮荒天下,驻扎在三渡口、四归墟的浩然修士,可谓片刻不闲,凭借各种神通术法,驱使大量的符箓力士和傀儡精怪,在蛮荒天下一路开山搬河,迁岳徙湖,搭建大阵,只说商家就在四大归墟大门口,名副其实地撒钱如雨,改变各地天时,增补天地灵气,再让练气士依托山川,使得山水气数聚拢不散,而农家和药家修士,栽种仙家草木和五谷,呼风唤雨,更换地利、山水气数,变蛮夷瘴气之地为修行之地,或是适宜耕种的良田……

宁姚问道:"桐叶、扶摇和金甲三洲,蛮荒天下肯定攫取了大量物资,如今托月山都用在什么地方了?"

不知不觉地,陈平安又握住了宁姚的手。

他轻轻晃了晃宁姚的手,她的手指微微冰凉。陈平安眯眼笑道:"先前文庙议事,这件事正是重中之重,其实早先很多人都忽略了。好像暂时还没有确切的线索,没有人能够给出一个翔实的答案。"

喝完了一坛百花酿,将空酒坛抛还给陈平安后,魏晋说道:"先前齐廷济和陆芝,来了这里只是稍作停留,很快就各自带着一拨龙象剑宗的剑子,赶去了秉烛、走马两座渡口。"

魏晋毕竟名义上还顶着个落魄山记名客卿的头衔,观礼正阳山一事,有他一份的。

已经算是半个落魄山修士的曹峻,跟着想起一事,拧转酒杯,说道:"虽然文庙有过告诫,不许练气士私自离开,哪怕在外有所斩获,依旧一律不计入战功,可还是有几拨练气士,不守规矩,擅自跨境远游。"

陈平安说道:"有利可图。结果如何?"

喝了一口酒的曹峻撇撇嘴:"还能如何,都暴毙了,不但尸首无存,没有留下任何痕迹,好像事后连阴阳家修士都推衍不出原因。人为财死鸟为食亡,真以为蛮荒天下是个可以随便往来的地方了。"

曹峻又倒了一杯酒:"听说就在几天前,在一处归墟通道入口,还有个仙人境的金甲洲野修,名字我反正是记不住了,这哥们约莫是觉得依仗境界和遁术,有机可乘,就偷摸到了一处妖族的山头门派,想要打家劫舍一番就撤退,结果你猜怎么着?"

陈平安摇头道:"猜不中。"

"如此醇酒佳酿,少了点佐酒菜。"曹峻喝了一口,满脸遗憾,"回来的时候,就只剩下半条命,好像是消耗掉了一件半仙兵的本命物,才勉强保住了魂魄,直接跌境为元婴。这家伙其实算是很谨慎了,先派了个地仙傀儡过去试探深浅,大闹一场还是啥事没有,这才现身,然后就立即碰到了一伙年轻修士,好像就在守株待兔,等着他落入圈套,他都没能看清面容和对方人数,只是眨眼工夫,就是这么个下场了。"

陈平安淡然道:"跟钓鱼差不多,捉大放小,他们是在专门狩猎浩然天下的上五境修士,白送的战功,不要白不要。"

一个连曹峻都记不住名字的仙人,陈平安返回浩然天下之后,也未曾听说金甲洲战场有什么仙人境野修露面,裴钱没提起过,自己在文庙那边也不曾听闻。

陈平安突然紧皱眉头,沉声道:"不对!魏晋,你立即飞剑传信,提醒坐镇天幕的贺夫子小心此人!

"这个仙人境野修,死是真死,而且还是死透了!

"天晓得最后活着返回的那个,到底是何方神圣,哪怕只是个所谓的元婴修士,一样可以折腾出极大的动静。"

魏晋抖了抖袖子,一道剑光掠出,去往天幕处,提醒那位文庙陪祀圣贤。

坐镇此地的陪祀圣贤,姓贺。

陈平安突然问道:"是哪一处归墟通道?"

曹峻率先说道:"鼯迹。"

陈平安改口道:"那就不用飞剑传信了,可以收回,我们免得弄巧成拙,打草惊蛇。"

魏晋也懒得多问什么,直接撤回了那把传信飞剑。

归墟天目处,是文庙两位副教主和三大学宫祭酒,联袂布局。

神乡处,有随时可以重返人间的符箓于玄,龙虎山大天师赵天籁,据说会背剑远游蛮荒,寻找那位搬山老祖。还有已经在蛮荒天下出手一次的火龙真人,以及那个野心勃勃的北俱芦洲大剑仙白裳。

鼯迹处,有白帝城郑居中、大端女武神裴杯,还有中土十人之一的大修士怀荫、铁树山的飞升境妖族修士郭藕汀、扶摇洲天谣乡的宗主刘蜕、流霞洲女仙人葱蒨,她还是松霭福地的主人,在葱蒨的宗门里边,她的身份有点类似桐叶洲手握一座云窟福地的姜尚真。

日坠处,则有苏子、柳七、大骊宋长镜、玉圭宗宗主韦滢。

曹峻小心翼翼问道:"真不用提醒几句?咱们要是落了个知情不报,事后在文庙罪名不小的。"

陈平安摇头道:"不用。"

曹峻气笑道:"我喝酒悠着点喝了,陈平安你也悠着点做事,别害得我在这儿只是练了几天的剑,就没了出剑的机会,给文庙赶回浩然天下,直接去给你当什么下宗的末席供奉!"

陈平安懒得解释什么,只是心湖中响起一个声音:"请问隐官,这是为何?"

显然是那位贺夫子的询问。

陈平安以心声作答:"有郑先生在那边盯着,出不了纰漏。"

这位出身亚圣一脉的贺老夫子,与自己先生关系极好,哪怕有了那场三四之争,还是不耽误老夫子主动找先生喝酒,而且听师兄茅小冬亲口说过,当初师兄崔瀺叛出文圣一脉,贺夫子私底下拦过,拦不住,还当面骂了一通。所以陈平安就多解释了几句,说了自己的心中猜测:"之前几拨远游修士的暴毙,阴阳家修士勘验无果,都可以算是对方的一种障眼法,显得蛮荒天下的出手,十分干净利落,就是为了之后真正的拖泥带水,多半就是在等这个自己送上门的机会了。

"比如假设'此人'是那瘟神,就会很麻烦,而且晚辈敢确定,这个假设,绝对不算是最坏的境地,一旦属实,确是那妖族的谋划,我们这边又无人察觉,那么情况只会更加糟糕,一个不小心,就会是动辄殃及数十万人的灾殃。晚辈知道先前的文庙议事过程当中,对于瘟疫之类的种种意外是早有防备的,可怕就怕对方在以有心算无心。"

贺老夫子问道:"小心起见,不如我单独飞剑传信,既不惊动黥迹修士,又可提醒郑居中?"

在剑气长城,陈平安就不再只是一位文脉嫡传了,更是隐官。

陈平安点头道:"当然可以,是我考虑得不够周全。"

贺老夫子笑了笑。

老秀才的文圣一脉,难得有个好脾气的读书人。

至于陈平安在文庙一连串看似瞎胡闹的动静,老夫子倒是没觉得他如何盛气凌人,只是一个年轻人的不得已而为之罢了。

贺老夫子很快得了来自黥迹的飞剑回信,白帝城郑居中关于正事,就只有两个字:"已知"。

正事之外,还有句话,让这位陪祀圣贤捎给陈平安:"帮我与隐官说一声,有空可以来黥迹一叙。"

其实先前寄信去往黥迹,贺老夫子并未提及陈平安。

这位负责坐镇天幕的文庙陪祀圣贤,举目看了眼远处,再低头看了城头的那一袭青衫。

后者笃定郑居中早已知晓真相,前者笃定是陈平安重返剑气长城。

宁姚问道："要不要去见郑居中？"

陈平安想了想，道："还是算了吧。"

面对这位魔道巨擘，半点不比面对吴霜降轻松啊，压力之大，耗费心神，甚至犹有过之。

实在不想再被郑居中称呼一声陈先生了，简直让陈平安毛骨悚然。

陈平安身体前倾。

这半座城头，所刻大字，除了几个姓氏，还有阿良的那个跟醉汉走路差不多的"猛"字。

被托月山大祖斩出一个巨大豁口之后，剑气长城断为两截，就等于已经破去了那道远古阵法，昔年坚不可摧、始终为一的剑气长城，再无法躲避光阴长河的无形冲击，除此之外，未曾被陈平安合道的剩余半座，大日曝晒，风雨摧磨，都会有损城墙。不过只要没有大修士在此厮杀，屹立千年，甚至是数千年都没有问题。

而城墙遗留下来的大小碎石，确实都可以拿来作为一种材质极佳的天材地宝，比如当那砥砺法宝的磨石，可以视为一种仿斩龙台，当然两者品秩极为悬殊，此外哪怕只是磨制砖砚，都可以当成山上仙师或是文人雅士的案头清供。

当初此地沦为蛮荒天下的辖境，陈平安合道一半，另外一半，旧王座大妖之一的剑修龙君负责盯着陈平安，托月山百剑仙在此炼剑，谁敢擅自靠近城头，甚至连待在墙角根都会有性命之忧，蛮荒天下可没什么道理好讲。只是此地在落入蛮荒天下的那些年里，反而安然无恙，几乎没有任何遗失，不承想如今重新纳入浩然天下版图，却开始遭贼了。

宁姚说道："你自己去吧，我去别处看看。"

陈平安点点头，跳下城头，一闪而逝。

宁姚则起身去了城头以北，在那空无一物的地界，徒步而行。

城头刻字的一个笔画，如一条道路宽阔的凿山栈道。

十多位修士，男女老少皆有，两位身为此行护道人的师门长辈，故意与晚辈们拉开一段距离，并肩散步，免得孩子们不自在。晚辈的山下历练，仙府门派往往喜欢与关系好的世交山头结伴，不单单是相互有个照应那么简单，如果说祖师堂的香火传承，靠一代代嫡传弟子添香油、续灯火，那么与自家门外的山上香火情，这样的游历，就是最好的维系方式之一。

这两位护道人，男子如山下古稀之年，女子却是少女姿容，可事实上，后者的真实年龄，要比前者大百来岁。

男子腰悬一枚抄手砚，是一方墨迹深沉的老砚，铭文篆刻有一首游仙诗，他轻声感慨道："三月共悬在天的奇异景象，我们是瞧不见了。"

女子肩头悬停有一只似鸾凤的桐花鸟,她笑道:"那位城头刻字的董老剑仙,确实剑术超然,可惜未能亲眼见到那一幕,天上明月坠入人间,哪怕只是想一想,便可让人心神摇曳。"

"听说早先这儿积攒了万年的粹然剑意,都是剑仙遗留下来的大道馈赠,丝丝缕缕,数量极多,千百年不曾流散,传言飞升城去了五彩天下,带走半数,之后又被托月山那些畜生剑修偷走不少,可惜,真是可惜了。"

"反正我们又不是剑修。我最大的遗憾,跟你不一样,还是没能亲眼见到那位在城头上有一架秋千的女剑仙,不知周澄她长得到底有多美。"

"我同样有此遗憾。"

离这两位男女地仙稍远处,还有一拨人正在忙碌,是几位联袂游历剑气长城的南婆娑洲仙子,正在开启一座镜花水月,只是她们家乡的修士瞧见的画卷,肯定画面模糊就是了。若是距离更远的皑皑洲、流霞洲,别说仙子们的面容,估计连她们的身形轮廓都会瞧不真切。

此次远游,她们与一处山上包袱斋,合力租借了两件方寸物,女子出行,家当太多,一件方寸物哪里够呢,谁的物件放多了些,占的地儿更多,其他几位,个个心如明镜,只是嘴上不说罢了,都是关系亲近的姐姐妹妹,计较这个作甚,多伤感情。

其中一位身穿龙女样式衣裙的仙子,这会儿取出了一幅山水花鸟卷,摊开铺地之后,便有花木生长的景象,纷纷抽发而起,更有鸟雀停留枝头,叽叽喳喳,这位仙子此刻独占这幅画卷场景,身姿曼妙,手持一个青瓷小碗,轻轻抛出,喂食飞鸟。

其余几位仙子,暂时就站在画卷之外,正在窃窃私语。

"东宝瓶洲那位魏大剑仙,不愧是出身风雪庙神仙台,真是风采如神,满身仙气,远远看一眼,就要心动哩,莫笑莫笑,先前是谁差点就要去找魏晋搭话的?"

"模样不比傅噤差了,多看几眼就是赚嘛。"

"魏剑仙脾气确实好,昨儿我们在城头施展镜花水月,他不也没拦着,可那个朝我们挤眉弄眼的家伙,就有点碍眼了,脸皮不薄,竟然觍着脸要往咱们镜花水月里边凑。"

"听人说是南婆娑洲的某个剑仙坯子,给左右打碎了剑心,后来跑东宝瓶洲去了,不晓得怎么又来了这里练剑,要我看啊,就是花架子。"

"咦,那女子好像是那个泗水红杏山的掌律祖师,道号童仙的祝媛?"

"肯定是了,因为那个耕云王朝棋待诏出身的贾玄,我认得,远远见过一次,据说他与祝媛早年差点成为道侣。"

别处栈道,一行人正在四处捡取碎石,此地约莫是一处厮杀惨烈的战场,难得碎石如此之多。

其中一位汉子,只捡了其中一块,巴掌大小,他蹲在地上,笑了笑,心满意足了,可以给自家那个孩子，打磨一块砚台，小兔崽子都不是什么剑修，偏偏对剑气长城向往得很。而汉子自己，是个金身境的纯粹武夫，来剑气长城一半原因是游历江湖，去哪里不是去，一半原因是为了能够在自己孩子那边显摆几句，又因为与泗水红杏山有些关系，就跟随来此了。

栈道边缘处，凭空出现一人，青衫长褂布鞋，还背了把剑。

这个不速之客，面无表情说道："放回去。"

金身境武夫的汉子是第一个，也是唯一一个放下手中碎石的。

其余那些来自两座中土山头的练气士，都只是起身的起身，转头的转头，谁都不愿意放弃即将成为囊中物的城头碎石。

泗水红杏山的一位祖师堂嫡传修士，轻轻抛着手中那块碎石，冷笑道："哪儿来的多事鬼，吃饱了撑着，你管得着吗？"

那个不知是否剑修的青衫男子点头道："管得着。"

"书院弟子？"

"不是。"

"那就是找抽？"

"你试试看。"

那个年轻修士掂量一番，若万一是那山上难缠鬼之首，自己未必打得过，毕竟来此游历，还背了把剑，说不定就是位剑修。况且出门在外，得了师门教诲，不许惹是生非，于是就开始讲道理了："文庙都没发话，不许游历之人带走城墙碎石，只说修士不许在此擅自斗殴，施展攻伐术法。你凭什么多管闲事？"

不承想那人直接来了一句："回头我让文庙补上这么一条，偷碎石就剁手。"

众人先是愕然，随后哄然大笑。得嘞，可以彻底放心了，这种家伙，可以随便揍。

那个汉子也摇头而笑，哪有这么吹牛不打草稿的年轻人，他犹豫了一下，聚音成线，提醒道："这位小兄弟，还是别惹事了，贾先生是那游仙阁的次席客卿，虽然不是宗字头仙家，但不是一般人惹得起的，更别谈祝仙师还是红杏山的掌律祖师，你听句劝，还是走吧。文庙都不管的事，你就更没必要管了。"

蹲着的汉子，重新拿起那块碎石。

可惜那个不知天高地厚的年轻人，置若罔闻。

那人反而微笑道："再说一次，都放回去。"

然后对那汉子说道："你可以例外。"

汉子一笑置之，年轻人越说越没谱了。

那个贾玄的高徒，笑道："去你娘的……"

下一刻，不知怎的，这位游仙阁的祖师堂嫡传就面朝墙壁，一头撞去，满嘴牙，悉数崩碎。

那一袭青衫单手负后,一手按住那颗脑袋,手腕轻轻拧转,疼得那厮撕心裂肺,只是面门贴墙,只能呜咽。

一个想要出手救那男子的红杏山女修,双袖摇晃,出手凌厉,各自祭出一道水、火术法,如两条宝光流转的绳索,在空中拧缠在一起,狠狠砸向那一袭青衫的后背心。

结果同样莫名其妙地就被那人拘押到了身边,又是按住后脑勺,撞向墙壁,女子一张原本俊俏的脸庞,顿时被墙磨得血肉模糊。

一男一女两位护道人,同时风驰电掣御风赶来,贾玄怒道:"贼子胆敢行凶!"

那祝媛刚刚祭出一件本命物,下一刻便心知不妙,贾玄好像一头撞向那一袭青衫,被一巴掌按住面门,手腕翻转,贾玄瞬间被砸在地上,身躯在地上弹了一弹,才瘫软在地,当场昏死过去。

祝媛刚要收手,就被一巴掌扇在脸上,昏迷前的一刻,她只听那青衫客说了句:"遗憾个什么?"

陈平安双手手心相互抹过,好像在擦拭干净,对那个纯粹武夫说道:"你可以带走。"

汉子默默放下手中的碎石。

陈平安笑道:"别听错了,我是说可以。"

汉子又默默拿起那块拳头大小的碎石。

那就听你的。

一袭青衫,消失不见。

其余众人皆茫然,面面相觑。

一个心声在众人心湖中响起:"一个个别傻眼了,赶紧滚蛋,能跑多远就跑多远。他就是剑气长城的隐官,所以他要在这里杀人,反正我贺绥肯定不拦着,因为要拦也拦不住。"

那个汉子一脸呆滞,张大嘴巴。震惊之余,低头看了眼手中碎石,就又觉得自个儿回了家乡,可以在酒桌上尽情吹牛皮了,谁都别拦着,谁也拦不住。

文庙解禁山水邸报之后,其中两场围杀,渐渐在浩然天下山上流传开来。

第一场,当然是被誉为"天下壮观"的扶摇洲一役,白也主动仗剑现身,一人一太白,剑挑半数王座。

第二场,却是发生在更早的剑气长城战场,传闻蛮荒天下甲申帐的多位年轻剑修,围杀剑气长城的末代隐官陈十一。

一场是当之无愧的山巅对决。

一场则是年轻一辈的天才之争,而且刚好各自境界都不算悬殊,唯独双方人数悬殊,这就更有意思了。

精心设伏、围杀隐官的甲申帐几位剑修,无一例外,自身剑道天赋极好,跻身托月山百剑仙之列,皆位置靠前,而且都有着极其显赫、近乎通天的师承背景。

离真,是那蛮荒天下托月山大祖的关门弟子。传闻曾经在城头练剑多年,如今不知所终。

背篚,是曾经跻身十四境的刘叉的开山大弟子。

雨四,是一个被旧王座大妖绯妃称呼为"公子"的剑修。在桐叶洲出现过,最终与离真一样,消失无踪。

涒滩,曳落河旧主,王座大妖仰止的嫡传弟子。

流白,"天下大贼"文海周密的嫡传弟子之一。

而战场上驰援、接引之人,是后来一跃成为蛮荒天下共主的飞升境剑修,斐然。

一场原本胜负毫无悬念的围杀,结果竟然被隐官反杀流白。

与人问拳,专门朝对手脸面递拳。

前有郁狷夫的脑袋撞墙,后有文庙功德林与曹慈的那场青白之争。怎么,问拳就是问脸?如此拳法风格,实在独树一帜。

战场厮杀,专挑女子下手。

听说那剑修流白,可是个我见犹怜的妖族女修,姿容极美。

这位隐官,原来是个妙人啊。

难怪能够以外乡人的身份,在剑气长城混出个末代隐官的高位!

可惜除了中土山海宗在内的几份山水邸报,提及了隐官的名字和家乡,其余的山上宗门,好像大家心照不宣,多半是那场议事过后,得了文庙的某种暗示。

也亏得文庙没有泄露某桩天大秘事,不然如今浩然修士对这场围杀的议论,恐怕会直接占据九洲山水邸报的全部篇幅。

因为离真跟随周密一起登天离去,如今接任旧天庭披甲者的至高神位。

而那个出身蛮荒天下一处"天漏之地"的剑修雨四,在如今的新天庭内,同样是至高神位之一,化身水神。

而像贾玄、祝嫄这些来这边远游的练气士,还没来得及收到东宝瓶洲的山水邸报,更没有看到那份镜花水月的摹拓。

陈平安重返城头原地,盘腿而坐,安静等着宁姚返回。

曹峻啧啧道:"先前是谁说自己没火气来着?还有啊,陈平安你这个打人喜欢打脸的习惯,以后改改啊。"

陈平安默不作声,只是默默抬头望向天幕。

先前在大骊京城,封姨在火神庙遥遥询问一事,陈平安帮着先生给出答案,换来了十二坛百花酿。

答案就只有四个字,请君入瓮。

而且这其中还藏着一个"比天大"的算计,是一场注定前无古人后无来者的"请君入瓮"。

仅仅是针对登天而去的周密吗?只是让文海周密入主旧天庭、不再肆意为祸人间吗?

当然不是,依旧不够。

陈平安在文庙议事期间,曾被礼圣带去过穗山之巅,见过了那位至圣先师。

再联系那场礼圣主持、三教祖师幕后旁观的河畔议事,一场匪夷所思的大考,当时聚拢了郑居中之外的众多十四境修士。

于是陈平安最终想明白了师兄崔瀺更大的那个算计。

曾经在那白帝城彩云局棋输一着、未能胜过那位奉饶天下先的浩然绣虎,此生最后一件事,仿佛就是以文圣首徒的读书人身份,在身前被他摆好的一副天地棋盘上,邀请三教祖师一同落座。

崔瀺好像不但要周密哪怕成功登天,依旧功亏一篑,只能输得一败涂地,他还要教人间再无三教祖师。

原本浩然天下与蛮荒天下的时节,恰好相反,此昼彼夜,此夏彼冬,只是如今两座天下衔接颇多,天象就都有了不易察觉的偏差。

陈平安掏出一壶自家酒铺的酒酿,敏锐感知到天地气象的细微流转,好像要下雪了,转头远远看了眼右手边的城头,合道之地,空无一人。

如果在这边多待几天,就是一人与半城,落雪时节又逢君。

喝着酒,没来由地想起崔东山的一句玩笑话,在某些人眼中,人间是一座空城。

陈平安再次举目远眺,哪怕注定徒劳无功,还是忍不住多看几眼。

不知道阿良出剑如何了,也不知师兄左右是否已经赶到战场。

在那蛮荒天下一处腹地。其实万里山河都已沦为战场。

一场光是十四境大修士就有两位的凶险围杀,却是被围杀之人处处占尽先手。

一条剑意所化的火龙,高悬天空,一圈圈飞旋,如蛇盘踞,火光映照得方圆千里,如坠火炉。

在这蛮荒天下,是当之无愧的大野龙蛇之气象。

大地之上,则是一道光彩流溢的金色镜面,涟漪阵阵,数以百万计的文字漂浮其中,每一个文字,都像是一处渡口。

一人剑道显化,元气淋漓,天悬火地铺水。

新妆恨极了这个出手狠辣的阿良,她直接祭出了一件托月山重宝,是一幅岁月悠久的法帖剑经,名为"青蛇在匣",可惜是用完即废的一件仙兵。

她一手捻诀,一手持画轴,将画卷抖落铺散开来,霎时间,便有三千位青衣剑修御剑,齐齐跃出画卷,浩浩荡荡,剑阵如洪水,杀向阿良。

在这方气势恢宏的天地间,一个身材并不高大的男人,双手持剑,身形快若奔雷,一次次踩在文字渡口上,随便一次身形跳跃,就等同于飞升境练气士的看家本领缩地山河,辗转腾挪之间,双剑在空中拖曳出无数条两种色彩的剑光流萤,所斩之人,正是那些如雨后春笋一般冒出的剑修傀儡。

剑阵之中,所有剑修傀儡的脖颈处、拦腰处,都被一青一紫两道剑光丝线划抹而过,或头颅滚滚,或拦腰斩断。

只见那阿良低头飞奔途中,兴之所至,偶尔一个拧转身形,就是一剑横扫,将四周数十位剑修悉数以璀璨剑光搅烂。

出剑随意,明明毫无章法可言,偏偏有那行云流水的道意。

最终的战场结果,简直就是一种压倒性的碾杀。

三千个相当于中五境剑修的符箓傀儡,还不够给一人斩杀的。

剑气长城的年轻小姑娘,大多不理解女子为何会喜欢那么一个邋遢汉子,个子不高,油腔滑调,人品奇差,真是与英俊半点不沾边,既然如此,那么还喜欢那个阿良做什么呢?

大多早已嫁为人妇的女子,都笑而不言,只有耐心稍好一点的女子,才会不约而同地说一句差不多意思的言语,你们到了战场,就知道答案了。

与此同时,柔荑已经摘下了头顶莲花冠,这顶道冠,是旧王座黄鸾的大手笔,仿自白玉京三掌教陆沉的那顶莲花冠,柔荑手持道冠,轻轻抛向空中。

一瓣瓣莲花,自行脱落,花瓣落地之时,就化作一位位白玉京的得道真人,总计八位,各自占据一方,刚好脚踩一卦。

不过毕竟是仿制,这些道门高真至多能支撑一炷香的工夫。

但是一炷香的工夫,足够改变战局了,那些被阿良双剑肆意斩杀的剑修傀儡,纷纷跃入八卦死门中,再从生门中重新结阵御剑而出。

大道玄妙,入死出生。

趁着那个狗日的阿良暂时脱不开身,朱厌再次现出真身,一手持长棍,每次挑山移石,皆快若巨大飞剑,纷纷掠向那一袭身影。

这位搬山老祖同时抬起另外一手,施展本命神通,双臂如鞭,鞭笞群山,五指为绳,缚移万石,宛如千万架投石车合力攻城。

朱厌哈哈大笑道:"阿良,爷爷为你如此助兴,死后当如何谢我?"

更有那以术法驳杂著称于蛮荒的大妖官巷,神通广大,手指处便有阴兵过境,山开壁裂,嘘呵之间,云聚云散,黑烟滚滚,阴煞之气浓郁至极。

官巷倒是不如搬山老祖那么喜欢瞎嚷嚷,反而还有几分神色凝重,他瞥了眼天幕处的旋涡异象,就像一把悬而未落的无形长剑,冥冥之中,那把阿良的本命飞剑,更像是一尊远游天外的……神明。

新妆反正已经无须驾驭手中卷轴,任其悬停身前,她看了眼天幕和大地,道:"阿良折腾出这幅天地异象,意义何在?"

绶臣给出了个答案:"打架更好看。用他的话说,如果打架没人旁观喝彩,太寂寞。"

阿良乱斩期间,瞥了眼手中两把长剑,又支撑不住了,双剑轻轻磕碰一下,如昔年在剑气长城,酒桌上无数次与人以碗磕碗。

双剑断折为四截,分别去往天地四方。

至于什么青衣剑修傀儡,什么群山万石如飞剑,在他一人双剑之前,皆是纸糊都不如的虚妄。

不是蛮荒天下的大妖战力孱弱,术法神通如何纸糊,仙兵重宝如何不堪,相反,要论个体杀力,普遍来说,浩然天下的飞升境修士,战力不如蛮荒天下,实在是今天这个被围杀之人,太过例外。

当然,不管是哪座天下,谁一旦跻身了飞升境巅峰,尤其是有望合道十四境之辈,无一例外,都是极其难缠的山巅强者。例如蛮荒天下的旧王座,那个死在董三更手下的荷花庵主,无论是体魄还是道法,都极其强悍强大,事实上任何一位旧王座,都不是省油的灯。只是他们的对手,除了一座剑气长城,还有那个白也,甚至还有个属于自己人的文海周密。

而浩然天下,除了中土神洲的符箓于玄、龙虎山大天师这几位,此外八洲,当得起"巅峰"二字的大修士,屈指可数,都是当之无愧的一洲领袖人物,有南婆娑洲肩挑日月的陈淳安,北俱芦洲水火二法双绝顶的火龙真人,何况火龙真人当了多年的龙虎山外姓大天师,雷法造诣如何,可想而知。再就是皑皑洲那个最为藏拙、与人打架寥寥数次,且只丢法宝砸人的刘聚宝。

阿良以断剑牵引了四条剑道江河挂空,天开水井,四水归堂。

阿良再从腰间抽出两把长剑。

亏得这次重返浩然,跟人借剑颇多。

那八位由莲花冠造就的道门仙人,蓦然抬头,只见眼帘之中,宛如出现一堵高达千丈的水墙,汹涌冲击而至,都是那人一身剑意所化。

一抹凌厉剑光穿透这堵剑意高墙,是那御剑的大剑仙张禄。

两把本命飞剑倒影、支离。

其中两种本命神通的叠加,就可让张禄的出窍阴神,变成对方,遇强则强,在短时间内拥有不输强敌的杀力。

当年剑气长城与蛮荒天下对赌的那场十三之争,原本按照推衍,张禄的对手是飞升境大妖重光,所以张禄一开始就是奔着换命去的。张禄对此亦是全然无所谓,当时城头议事,他只问一事,能不能改一下规矩,宰掉一只飞升境大妖战死之人,可以找朋友帮忙在城头上刻字。

那个朋友,正是阿良。

类似张禄的飞剑神通,其实这就是陆芝为何能够追杀刘叉的根源所在,她全然不惜大道性命,愿意以命换伤,拖住刘叉的脚步。这个脚步,既是刘叉赶赴扶摇洲的脚步,更是一位剑修登顶剑道的脚步。

而刘叉却要在剑斩白也之后,还要去往中土文庙落下剑光。

阿良双手持剑,毫不犹豫,对着昔年好友张禄,就是一通近身乱斩。

长剑交错,剑光迸射,星火溅落无数。

张禄说道:"分生死?"

阿良大笑道:"那也得你说了算才行!"

张禄突然被一个扎两根羊角辫的小姑娘直接撞出战场外。

十四境剑修,萧愻。

萧愻挥挥手:"张禄你先别着急送死。"

萧愻看着那个也跟着停剑的家伙,说道:"阿良,我如今比你高出一个境界,又在蛮荒天下,怎么个打法才算公道?"

阿良默不作声,只是看着这个好像永远长不大的上任隐官。

萧愻看着这个有些陌生的男人,难得有点伤感。

如果是以往,阿良肯定会笑着来一句,站着不动让我砍比较公道。

如今不会了。

只有一场再没酒喝的狭路相逢了。

蛮荒老祖初升,双手拄拐杖,依旧在默默运转大神通,移星换斗。

针对的,自然是阿良那把本命飞剑。

斐然打趣道:"好像暂时还是拿阿良没辙,我们配合的默契程度,还不如天干。"

初升笑呵呵道:"一张白纸最易下笔,稚子都可以随便涂抹,一幅画卷题跋铃印无数,好似布满牛皮癣,还让人如何落笔,两者各有好坏吧。"

老者神色自若,遥遥看着那处战场,像是在盖棺论定:"其实还行,既然这个阿良跌了境,就只是近乎无敌,又如何呢,毕竟不是真无敌。"

斐然叹了口气。

不管身在何处的礼圣，重返蛮荒天下的白泽先生，在青冥天下的道老二，十万大山里的老瞎子。

当然不是说杀力无穷，而是一种用以自保的无敌，就像立于不败之地。

斐然蹲下身，伸手揉了揉脸颊："好像大祖散道之后，我们还是很难出现新的十四境修士。"

老者喟然长叹道："因为我们早就有了白泽，东海观道观的臭牛鼻子，哪怕没有身在蛮荒天下，还是对我们影响极大。"

说到这里，老者一挑眉头，恼火道："占着茅坑不拉屎！"

老者以心声道："加上周密这家伙又只吃不吐，陆法言，还有曜甲、黄鸾这拨旧王座，其实都等于还在，又有萧愻、文圣一脉的刘十六、东宝瓶洲那条真龙，文庙还敕封了渌水坑那个肥婆姨担任陆地水运之主，加上你和绶臣的飞升境，还有周清高的一步登天。斐然，你自己算算看，还怎么多出一两个十四境修士来。"

斐然说道："虽说如此，可是比起预期的估算，蛮荒气象还是略小几分。"

老者冷笑道："多半是那个白帝城城主的缘故。"

斐然一点就明，讶异道："难道是在蛮荒天下跻身十四境了？"

初升点点头："差不离了。这种人，最棘手。只是不知道此人的合道契机所在。"

斐然笑道："也对，不能只允许刘叉在浩然天下跻身十四境，不许别人在我们这里如此作为。"

老者惋惜不已："可惜那只飞升境鬼物被宁姚提前寻见了踪迹，不然少掉一条归墟通道，原本可以让浩然天下的推进不至于如此猖狂。"

斐然转头，惊讶道："左右南下，如此之快？"

初升说道："意料之中。除非……"

老者没有说出下文。斐然却心知肚明，是说除非那左右临时破境，以名副其实的粹然剑修身份，跻身十四境！

流白问道："阿良的那把飞剑，本命神通到底是什么？"

老者摇摇头："不知。"

斐然笑道："那就真是一个天大的麻烦了，所幸还在大致预期之内。"

老者瞥了眼那个流白："小姑娘，你真正应该询问的，是阿良的本命字。"

流白愕然。

老者说道："小姑娘，你可以去与天干九人会合了，缺了你，即便留得住那个飞升境，也杀不掉。"

流白转头望向斐然，后者笑着点头。

不过斐然还是多提醒了一句:"记得注意北归路线,别一个不小心给左右顺手杀了。"

流白点点头,独自御风离开这处完全无法插手的山巅战场。

斐然感慨道:"左右南下速度更快了,换成我,只是赶路至此,就要失去战力。"

老者笑道:"那我们就先避其锋芒,战场先交给绶臣和新妆。"

萧愻猛然转头望向北边,略作思量,一闪而逝。

北边战场边缘,那位搬山老祖一个急急转身。

一道剑光瞬间洞穿朱厌真身的肩头。

大概是根本懒得与朱厌纠缠,那道剑光没有任何凝滞,直奔阿良而去。

一袭儒衫,身形骤然悬停在阿良身边。

双方肩并肩,一人面向北边,一人面朝南方。

再无敌手。

左右淡然道:"如何?"

阿良双手持剑,手腕拧转,抖出剑花,点头道:"痛快。"

左右瞥了眼远处那座阴阳鱼阵图,微微皱眉。

阿良微笑道:"怎么样,帮倒忙了吧,托月山这座大阵,明摆着就是奔着你我联手而来的,一个吃剑意,一个吃剑气,然后两两抵消在阵中,说不定还要帮着蛮荒天下喂养出个新的十四境剑修。"

新妆竟然嫣然一笑,与那左右施了个万福。

她和绶臣共同主持的脚下大阵已经真正开启,左右这一路南下的剑气,与阿良在这万里山河的剑意,都被疯狂席卷,鲸吞其中。

左右面无表情说道:"好解决。"

那新妆立即身体紧绷。

阿良气笑道:"他娘的最烦你这点,老子认认真真说事情,谁都当我吹牛皮,你倒好,说什么都有人信。"

比如早年还被那个泥腿子眼神无比真诚地询问打不打得过朱河。

让老子怎么回答?说打得过,老子就有面子了?

嘴上说归说,事情一样做。

至于怎么做,很简单,阿良和左右并肩而立。

天下剑道最高者,就毫不拘束自己的剑意。

人间剑术最高者,就彻底放开自己的剑气。

于是那座阴阳图就被撑破了,当场崩碎。

阿良没觉得做了件多了不起的事情,只是抬头望向天幕,那把属于自己的飞剑。

远游天外多年的那把飞剑，名为饮者。

自古圣贤皆死尽，如何能够不寂寞。

空留今人，饮尽美酒。

他第二次返回剑气长城，最欣慰的地方，除了陈平安这小子当上了隐官，与宁丫头八字有一撇了，就是陈平安比自己更像读书人，在剑气长城，有口皆碑，酒鬼光棍、孩子娘们，是真把陈平安当读书人的。而且那小子并没有因为当年老龙城的那场生死劫难，就一棍子悉数打死亚圣一脉的文庙陪祀圣贤。

浩然剑修，都早点回乡。

剑气长城的剑修，心中有无此想，已是云泥之别，嘴上有无此说，更是天壤之别。

浩然天下的练气士，永远不会知道，酒铺无事牌的这一句话，分量到底有多重。

阿良深呼吸一口气。

那就好好厮杀一场，痛痛快快，不留半点遗憾！

飞剑，饮者。

本命神通，就三个字：皆死尽。

剑修与剑，剑修与敌。

左右环顾四周，一手拇指抵住剑柄，缓缓推剑出鞘："说吧，先杀谁。"

那拨先前在陈平安手上吃了苦头的谱牒仙师，离开剑气长城遗址之前，竟然选择先走一趟城头，而且好像就是来找隐官大人。

曹峻啧啧称奇道："陈平安，打了人还能让挨揍的人主动跑过来道歉，你这隐官当得很威风啊。我要是能够早点来这里，非要捞个官身。"

对于曹峻的怪话，陈平安不以为意。

游仙阁次席客卿贾玄、泗水红杏山的女掌律祖师祝媛，都已经清醒过来，各自带着师门晚辈来找陈平安，而且看他们的架势，不像是兴师问罪来了，确实更像是赔礼认错。

魏晋拆台道："你不行，进不了避暑行宫。"

避暑行宫剑修一脉，几个外乡人，都是脑子很好的年轻剑修。

林君璧已经成为邵元王朝的国师，邓凉游历五彩天下，担任了飞升城首席供奉，此外鹿角宫的宋高元、流霞洲的曹衮、金甲洲的玄参，都是极聪慧的年轻剑修。

果然如曹峻所料，贾玄和祝媛都率先致礼道歉，人人低眉顺眼，尤其是那对脸庞伤势不轻的年轻男女，来之前得了师长教诲，此刻低着头，哪有半点气焰可言。

陈平安转过头看着他们，没有言语，只是多瞥了眼一个少年，然后重新转头，抿了一口酒水，面朝南方的广袤山河，就像有一股苍茫之气，直直撞入心胸，教人喝酒都无法下咽。

那少年蓦然一步踏出，道："我有话要与隐官大人说。"

贾玄神色微变，一把扯住少年的袖子，轻轻往回一拽，厉色道："金狻，休得无礼！"

祝媛亦是以心声提醒道："金狻，不可在此造次，小心让游仙阁惹祸上身。"

一旦因为个无知小儿的胡言乱语，连累师门被隐官迁怒，小小泗水红杏山，经得起几剑？

不承想背对众人的那一袭青衫开口道："说说看，争取用一句话说清楚你想说的道理。"

名叫金狻的游仙阁少年修士，挣脱开贾玄的手，先作揖行礼，再抬头直腰，毫无惧色，朗声道："圣人云不教而诛，则刑繁而邪不胜，隐官以为然？"

陈平安会心一笑，点头道："很好，你可以多说几句。"

少年此语，其实出自先生的《国富》篇，这个少年用文圣的圣贤道理，来与文圣一脉的关门弟子说道理，再合适不过。

这与陈平安之前在文庙鸳鸯渚畔，传授百花福地的凤仙花神锦囊妙计，教她去与那位苏子门生讲理，有异曲同工之妙。

金狻重新向前踏出一步，继续说道："故而不教而诛，非儒生所为！"

陈平安笑着点头道："有理。只是你如何证明这个道理，当真适用于今天之事？"

金狻沉声道："事先我们谁都不知道你是剑气长城的隐官。你的两次劝说阻拦，平心而论，换成别人，都不会当回事。这要是还不算不教而诛，如何才算？"

耐心听那少年讲完一段，陈平安说道："得加个字，'太'，'都不会太当回事'，更严谨些。不然话聊到这里，好好的讲理，就容易开始变成吵架了。"

少年愣了愣，约莫是想象过无数场景，比如被那个家伙痛打一顿，甚至是一巴掌打得飞出城头，却如何都没有预料到，剑气长城的隐官没有计较自己的冒犯，反而只是计较自己的言语，缺漏了一个字。

金狻疑惑问道："隐官是认可我说的这个道理了？"

陈平安转过身，继续盘腿而坐，摇头道："并不认可，只是可以让你先讲完你想说的道理，我愿意听听看。"

贾玄以心声警告少年："金狻，适可而止！你接下来再敢多言半句，我回了游仙阁，定要与阁主和掌律禀报此事，你小心自己的嫡传身份不保！"

金狻却对一位次席客卿的威胁置若罔闻，只是直愣愣盯着那个青衫背影。

"随便举几个例子，山下王朝皇陵禁地的一块地砖、山上仙家洞府的一棵枯树枝丫、山下百姓坟头附近的泥土，值钱。"陈平安淡然道，"只要无人看管，我们便能随意捡取吗？"

剑气长城的历代剑修，从无坟冢。

那么何为剑修坟冢？可能就是战场，就是所有人脚下的这座剑气长城。

登城如上坟。每次出剑，就是敬香，祭奠先人。

金狻愕然，却不言语。

陈平安说道："哑巴了？"

金狻硬着头皮说道："有点道理。"

陈平安这才继续说道："如果平心而论，你真正该与我争论的，不是我该不该出手，而是该不该出手那么重，对不对？"

也就是贾玄和祝嫒境界不够，不然先前在刻字笔画的栈道那里，还真就没那么便宜的好事了。绝对无法这么快就清醒过来，两位地仙只会直接被晚辈背着去往渡船。

金狻立即点头道："隐官出手，实在太重！何况隐官出手之前，可以自报身份。"

陈平安摇摇头，与那少年说道："剑气长城的剑修，谁都没有这么好的脾气，在这剑气长城，什么才是最大的道理，师门长辈没教过你们？如果我不是文圣一脉的儒生，就只是一位纯粹剑修，哪怕不是什么隐官不隐官的，你们今天最少要留下一条胳膊。"

就像刘景龙，如果只是一位太徽剑宗的剑修，早就独自问剑锁云宗了，但是当刘景龙身为太徽剑宗的宗主之时，就可以忍，甚至必须容忍锁云宗的大放厥词。

曹峻笑嘻嘻道："魏剑仙，隐官出手重吗？"

魏晋微笑道："对于山上谱牒仙师来说，给人打得没脸见人，比起丢了一笔神仙钱，是很重了。"

陈平安提醒道："曹峻，不是平时随便开玩笑的时候，别拱火了。"

曹峻继续喝酒，默默记住了游仙阁和泗水红杏山这两个门派名称，以后游历中土，得去会一会。

让一位剑气长城的末代隐官自报名号，你们当自己是蛮荒天下的王座大妖吗？

陈平安晃了晃酒壶，始终背对那拨各怀心思的谱牒仙师，道："浩然天下的礼，剑气长城的理，你们未必听得进去。那就跟你们说一说切身利害。

"魏晋和曹峻，是两个外乡人，又都是性情散淡不爱管闲事的剑仙，那么齐廷济、陆芝、龙象剑宗十八剑子呢？如果你们被他们撞见了，怎么，真当我们剑气长城的剑修，在浩然天下都死绝了？一个万一，给人砍掉了脑袋，侥幸没掉的，去与谁说理？是找你们游仙阁和泗水的祖师爷，还是找贺夫子诉苦？出门在外，小心驶得万年船都不懂，难道说是因为你们中土神洲的山下，是个谱牒仙师就能横着走？"

曹峻趁着宁姚不在场，小心翼翼以心声道："魏晋，咱俩是被惦记上了？"

魏晋说道："显而易见。"

曹峻头大如簸箕："咱俩一个是落魄山的上宗客卿，一个是下宗供奉，回头会不会被陈平安穿小鞋？"

魏晋笑道:"我经常当冤大头,花钱买酒,应该还好,至于你,难说。"

陈平安冷笑道:"出门在外,入乡随俗这么简单的一个道理,是贾仙师和祝仙师你们不教,还是说嘴上道理连篇随风跑,从不落在事上?哦,忘了,你们是护道人,不是传道人,我是不是错怪你们了?"

贾玄和祝媛脸色难看至极,只是双方心中忌惮更多,果然拦阻金狻开口是对的,十有八九,已经被这位隐官记恨上各自门派了。至于什么道理不道理的,自然是谁剑术高、道法高,谁说了算。被年轻隐官说成是护道不力,可自家修行又没耽搁,他们不也修出了个地仙境界?你陈平安能有今日造化,当这末代隐官,天晓得有哪些机缘给你捞取在手了。一个四十来岁的剑仙,跻身数座天下的年轻十人之一,本事自然是有的,但要不是有洪福齐天的好命,谁信?

陈平安转过身,望向那个纯粹武夫:"前辈拿了那块碎石吧?"

"万万当不起'前辈'称呼。"汉子立即抱拳惶恐道,"碎石拿了。"

陈平安抬手抱拳还礼,微笑道:"岁长者为尊,何况前辈为人做事极有分寸,宅心仁厚,是个老江湖。"

陈平安视线偏移,望向那个少年:"今天涉险,主动与已知身份的我讲理,是富贵险中求,博个不畏强权的名声,好在家乡换取利益,还是纯粹求个理,讨要个公道?"

金狻欲言又止。他当然是自有算计,自家游仙阁那几位老祖师的脾气喜好,对剑气长城的观感,以及对文圣一脉的评价,林林总总,少年一清二楚,所以在内心深处,他对贾玄这个所谓的师门次席客卿,还有红杏山那个年纪大头发长见识短的祝媛,根本看不上。

只是此刻少年竟然不敢与那位青衫剑仙对视。

"如果只是前者,是不是太小觑他人心智?会不会高看我的肚量了?"

金狻额头开始渗出细密汗水。

"如果两者兼有,那么先后如何,各自心思的大小如何?"

"即便先有私心,甚至是只有私心,道理就讲不得了吗?"

陈平安最后自问自答道:"我看未必。"

曹峻问道:"道理还可以这么讲?"

看似循序渐进,却又兜了一圈。既讲理又问心。

魏晋眺望远方,风吹鬓角,一手按住剑鞘,笑道:"不这样讲理,要如何讲理?"

陈平安不拘念头,将心中所想,娓娓道来。

"书上的圣贤道理,不是拿来临时抱佛脚和江湖救急的,也很难在某些时刻死马当活马医,甚至还要让你们经常觉得不自由。

"那么读书识字,图什么呢?为人少点戾气,处世多点耐心,渐渐地把脚下道路越走越宽，在世道中，走得稳当些，从容些。

"山上练气士，修道证长生，长年累月，每天打坐吐纳，动辄数个时辰，丝毫错不得，这都熬得过来，偏熬不过待人接物的几句客气话，熬不过与人讲理时的心平气和？这是什么道理，你们谁来为我解惑？要是能说服我，以后要想捡取碎石带回家乡，保证剑气长城不管，文庙更不管，还可以与我知会一声，我可以亲自帮忙，双手奉上。

"所谓道理，不是什么傍身的一技之长，可能无法处处立竿见影，但是时日愈长久，愈见学问功夫。

"佛家说娑婆世界，'娑婆'二字，意为堪忍。非人磨墨墨磨人，能受天磨是豪杰。

"尘世尘世，烦恼多如尘埃之世，心如明镜台，勿使惹尘埃。无论是佛家教人解脱法，还是豪杰不屈之志，皆可共勉。

"不退转。位不退。豪杰脚跟立得定，我知道自己是谁。行不退。虽千万人吾往矣，我知道要做什么。心不退。沧海横流，玉石同碎，礼乐崩坏，人人不安也。万山磅礴必显主峰，物欲横流必出砥柱。我人在此，即心在此，我心在彼，即身在彼。"

一群谱牒仙师听得面面相觑，这个年轻隐官是走火入魔了，还是吃饱了撑着为他们传道授业解惑？

而那个青衫背剑的隐官大人，当他开始沉默不语，就好似入定一般。既像老僧禅定法，又如仙真心斋术。

曹峻犹豫了一下，问道："陈平安怎么回事，有点古怪？"

魏晋沉默片刻，叹息一声，答道："类似某种证道，打杀种种他人心性，用来壮大自己某种心性。所以陈平安其实从一开始，除了对那个少年有点感兴趣，其余人等，根本不值得他多说半句，看似给外人说了很多，不过是他的自说自话，是在自我验证心中所思所想。"

贺老夫子没来由地插话一句："说是打杀，有点不妥，换成'否定之否定即肯定'，更加准确。"

曹峻也顾不得这个陪祀圣贤怎么听见的心声，刚好借机与贺绶好奇问道："胡思乱想，神游万里，想东想西，自说自话，那么陈平安到底在求个什么？他不是个剑修和纯粹武夫吗？总不至于是想要去文庙吃冷猪头肉吧？"

贺老夫子说道："大概是想要为自己找出一条大路来。"

曹峻问道："陈平安这是在为跻身仙人做打算了？"

贺老夫子笑了一声，魏晋说了句曹峻你真进不去避暑行宫。

先前南边就有两道剑光好像约好了，几乎同时从秉烛和走马渡分别亮起，赶赴剑气长城的城头。

之后又有数道剑光跟随，只是相较于两位剑仙的速度，慢了太多。

率先现身的,是面容年轻且极其俊美的老剑仙,齐廷济,以及身材修长却姿容平平的陆芝。

陈平安睁开眼睛。

齐廷济瞥了眼那些心虚的修士,笑问道:"怎么回事?"

陈平安笑道:"想拿些城头碎石回去,被我拦下,教训了一通。"

齐廷济和陆芝几乎同时看了眼魏晋和曹峻。至于那帮心弦紧绷起来的谱牒仙师,两人看都懒得看一眼。

魏晋是浑然不觉,无所谓。

曹峻一个小小元婴境剑修,可就没有这份胆识气魄了。

作为剑气长城齐氏家主的齐廷济,剑术如何,那个城墙刻字,就在那里摆着呢。

至于陆芝,这可是一个胆敢独自阻截追杀刘叉去往扶摇洲的婆娘。

齐廷济站在陈平安一旁,瞥了眼那帮人的背影,笑道:"年轻人嘛,犯错是难免的,可以下辈子再注意点。"

陆芝更不废话,直接抬头望向了坐镇天幕的儒家圣人贺绶,只要齐廷济出手砍人,她就负责拦阻贺绶。

尚未走远的贾玄和祝媛霎时间如坠冰窟,竟是一步都挪不动了。

只觉得自己多走一步,就是与那两位剑仙问剑。

陈平安双手笼袖,摇摇头:"我已经说过道理了。"

齐廷济笑道:"那就隐官说了算。"

陆芝对隐官大人颇有怨气,冷笑道:"就你最好说话,剁死了,就说不得道理了?"

陈平安只是朝她抛过去一坛百花酿。

陆芝接住百花酿,蹲在城头上,仰头痛饮美酒。

曹峻听得头皮发麻。

齐廷济、陆芝这样的剑仙,还真不屑与人故意撂狠话,危言耸听。

估计砍人之前,事先提醒一声,都算给面子了。

陈平安与那拨杵在原地不敢动弹的家伙,以心声说道:"别傻乎乎站着了,赶紧走你们的。"

一个个如获大赦,御风离开城头。

陈平安扬起手臂,朝齐廷济递过去一坛酒,随口问道:"归墟日坠那边,大骊边军到了多少人?"

齐廷济弯腰取过酒坛,想了想,干脆就盘腿坐下,说道:"暂时是三十六万,其中重骑两万,轻骑二十万,步卒反而不多,至于随军修士的人数,大骊没有对外公开。"

陈平安讶异道:"已经这么多了?"

在蛮荒天下战场,很难以战养战,将来战线一旦拉开,军需物资的消耗,不计其数。所幸山上修士的方寸物、咫尺物,都会被文庙和各大王朝大量"租借",只是不知数目如何。

齐廷济说道:"听说后边还会陆陆续续赶到,如今大骊边军的人数,已经仅次于中土澄观王朝,因为大骊是最早动身的,剑舟、山岳渡船、跨洲渡船,运转起来十分顺畅。浩然十大王朝里,有几个哪怕叫苦连天,还是不得不跟着提高了兵力。至于是否存在滥竽充数的情况,从各自藩属国里边抽调所谓的精锐,只有文庙最清楚。"

陈平安好奇问道:"曹慈如今在哪里?"

齐廷济笑道:"他是跟刘财神那个宝贝儿子一起到的黥迹,不过听说很快就跟朋友们一起远游了,曹慈、傅噤、元雾、纯青、郁狷夫、顾璨,都是些年轻人。刘幽州没跟着去,跟怀潜留下了,估计又当了一回善财童子。"

山上流传着个谐趣说法,恨不得见着了刘幽州,就自称是失散多年的亲兄弟,等一起回家见着了刘聚宝,再喊声爹。

至于女修士,与刘幽州结为道侣即可,一样可以喊爹。

齐廷济提起酒坛,与陈平安酒壶轻轻碰一下:"此外为这些年轻人暗中护道的,据我所知,就有白帝城的韩俏色和一位竹海洞天的客卿,来历不明,看不出深浅。"

然后齐廷济算是给了年轻隐官一个解释:"左右先前南下之时,提醒过我们,别帮倒忙。"

让齐廷济和陆芝都别帮倒忙。

能这么对一位剑气长城刻字老剑仙说话的人,人间确实不多。

曹峻看得羡慕不已。

陈平安这小子在剑气长城真是混得风生水起,以往只对隐官有个模糊概念,这会儿亲眼瞧见了陈平安与齐廷济、陆芝的相处,才切身体会到"隐官"二字的分量。

在这剑气长城,别说魏晋自然而然变得不太一样,原来齐廷济、陆芝之流,都得将陈平安视为完全平起平坐的强者。

道号青秘的冯雪涛,这位野修出身的飞升境,没有笔直一线逃离那处战场,而是选择绕路返回剑气长城,路上冯雪涛一直留心途经各地的山川地理,甚至仔细绘制出一幅幅地势堪舆图。

看得阿良满脸慈祥神色,说青秘兄与我那个当隐官的朋友,一定能聊得来,以后有机会回了浩然,一定要去落魄山做客,到时候你就报我阿良的名号,不管是陈平安,还是那个北岳魏大山君,都一定会拿出好酒款待青秘兄。

冯雪涛打算北归途中,去一趟距离最近的归墟黥迹处,将这些地图交给白帝城那位魔头巨擘。

他突然停下身形。

四周凭空出现九个妖族修士,看着年纪都不大,境界都不算太高,却让冯雪涛如临大敌,这是一种久违的危机感,不是那种面对阿良和左右的窒息,而是一种细细密密的不舒服。

冯雪涛只认得其中一人,背箧,背剑架,玉璞境剑修,据说是那个刘叉的开山大弟子。

一个少年,手持面具,满脸微笑。两只大袖子笔直垂落,不见双手。他身穿一件雪白法袍,云纹似水流转不息,腰间悬佩有一把狭刀,刀鞘纤细且极长。

一个年轻女子,一粒金色耳坠,光亮柔和,使得她的两侧脸颊分出了明暗阴阳。

一魁梧男子,腰悬一对斧钺,手持一盏灯笼。

一对兄妹模样的年轻妖族修士,并肩而立,男子挑起一根竹竿,悬一枚葫芦。女子一手旋转匕首,背着一张巨弓。

一个稚童容貌的孩子,腰间挂了一只不起眼的棉布袋子。

一个身姿曼妙、曲线玲珑的女子,已经覆上面具,不见面容,斜背琴囊,约莫是已经覆盖面具的缘故,身后气象横生,竟是那无数被吊死的尸体悬空。

那个悬佩狭刀的俊美少年,率先开口言语,说的竟是娴熟的浩然中土大雅言:"喂,你认不认得陈隐官?"

趁着流白那个娘们不在场,赶紧多问几句关于年轻隐官的事情。

不然那婆姨脾气不太好,一听此人就炸毛,当然不是那种表面上的恼羞成怒,而是偷摸记账。

那个稚童模样的孩子伸手轻拍腰间袋子,笑嘻嘻问道:"皑皑洲刘氏财神爷,他们家到底是怎么个有钱?当真家族里边每个下人的饭碗马桶,都是用雪花钱打造而成?"

冯雪涛大致看得清这拨妖族修士的境界,最高不过玉璞境,就想要围杀一位飞升境?

但是不知为何,冯雪涛的直觉却告诉自己,一着不慎,极有可能就要把命留在这里了。

就在此时,一个心声突兀响起:"青秘道友莫怕,有我这位崩了真君在此,保管你性命无忧。"

穗山之巅。

老夫子合上书,笑道:"光阴不居,岁月如流。万年之期,忽焉已至。苏子说得好啊,身如传舍,吾乡何处。"

青冥天下。

陆沉趴在白玉栏杆上:"我们两个当师弟的,方方面面,都不如最接近师父的师兄。"

道老二神色不悦道:"你到底何时才去天外天?!"

陆沉唉声叹气,埋怨道:"天大的难题,就由天大的人物去解决嘛。"

一个少年道童模样的家伙,凭空出现在白玉京这一最高处,喊了两个名字:"余斗、陆沉。"

余斗打了个稽首:"师尊。"

陆沉跳下栏杆,学师兄依葫芦画瓢,难得如此正儿八经打稽首。

那个极少走出莲花洞天的少年道士也没说什么,只是仰头看了眼天外。

天外某处,有个白衣女子,双指夹住一粒鲜红色圆球。

若是在极远处远观此景,就会发现那是一颗远古星辰。

少年道士说道:"我需要骑牛远游天外天一趟。陆沉你就不用去了。"

陆沉点头道:"弟子谨遵师尊法旨。"

剑气长城。

陈平安独自去了那座合道的城头,刚落座,就看到一颗脑袋探出,笑容灿烂,道:"哈哈,意外不意外?"

陈平安直接抬起手掌,五雷攒簇,砸在那个头戴莲花冠的道人面门上,直接将其从城头打飞出去。

最后陈平安双手笼袖坐在城头,那个道士凫水游荡到了城头,最终飘落在一旁,用道袍袖子抹了把脸。

陈平安问道:"来这里做什么?"

陆沉笑道:"凑个热闹。"

有个中年僧人,在城头不远处,蓦然佛唱一声。

陆沉立即一个起身,溜之大吉。

陈平安转过头,满脸呆滞,缓缓起身,双手合十,低头行礼。

中年僧人还了一礼,也未说什么,很快就悄然离去。

大骊京城,老仙师刘袈站在巷口那边,又拦住了一个老夫子的去路。

城头上,陈平安和宁姚并肩而立,犹豫了一下,陈平安轻声说道:"三教祖师要散道了。"

第二章
龙蛇起陆

陈平安看了眼十万大山那个方向,那片好似被老瞎子从蛮荒天下一刀切走的割据山河,大地之上金光朦胧,那是负责搬山的金甲傀儡映照使然,高处又有秋云如峰起,溶溶满太虚。

陈平安想起了昔年藕花福地的那场争渡,极有可能,在未来百年之内,几座天下就会是万年未有之气象,大道之上,人人争渡,共争机缘。

想起另外一事,陈平安轻声道:"先生敲打过我了,在某件事上,我比较后知后觉,确实很不应该。"

宁姚好奇问道:"什么事?"

文圣老先生,舍得敲打你这位得意弟子?

陈平安说道:"先生提醒我们俩相处的时候,我不该总让你主动说话。"

大概人与人之间的诸多误会形成之因,就是不该说的无心之语随便说,该说的有心之语反而吝啬不说,两张嘴皮子关起门来的喃喃自语,却误以为对方早已都懂。

宁姚神色古怪。

陈平安问道:"不是这样的?"

宁姚摇头说道:"当然不是。"

两人相处,不管身处何地,哪怕谁都不说什么,宁姚其实都不会觉得别扭。再者她还真不是没话找话,与他聊天,本来就不会觉得乏味。

宁姚忍不住笑道:"先生、学生,一个真敢教,一个真敢听。"

陈平安笑道："那我就放心了。"

宁姚刚要说话，陈平安已经主动说道："哪怕你无所谓，我以后也会多说一点。"

陈平安继续说道："之前礼圣在旁边，我用不用心声没区别。在客栈门口，礼圣先生说得直接，归根结底，是因为把你当成了一个可以平等对话的强者，所以才会显得不那么客气。"

宁姚点头道："理解，道理就是那么个道理。"

所以当时她才没说话。完全可以理解，未必全部接受。但既然对方是劳苦功高的礼圣，那她的沉默不语就是最大的礼敬了。

中土文庙的礼圣，白玉京的大掌教，一个礼，一个德，两者都最能服众。

"三教祖师的散道，就是你回乡后抓紧破境的原因所在？"

宁姚直截了当问了接连两个问题："那边怎么办？"

宁姚对于散道一事，并不陌生，其实修道之士的兵解，就类似一场散道，不过那是一种练气士证道无果、勘不破生死关的无奈之举，兵解之后，一身道法、气数流转不定，悉数重归天地，是不可控的。桐叶宗的飞升境大修士杜懋，曾被左右砍得琉璃稀碎，杜懋弥留之际，就试图将一部分自身道韵、琉璃金身遗留给玉圭宗。再然后就是托月山大祖这种，能够驾驭自身气运，最终反哺一座蛮荒天下，使得家乡天下妖族修士的破境，如有神助，斐然、绶臣、周清高之流，无一例外，都是龙蛇起陆，名副其实的天之骄子。

至于宁姚所谓的"那边"，当然是周密登天入主的那座旧天庭。

陈平安蹲下身，伸出手掌抵住城头，轻轻摩挲，抬头瞥了眼天幕，说道："那边怎么办，三教祖师自有打算吧，我能肯定的是不会放任不管。之前我去中土参加文庙议事，其间有过那场极其隐蔽的河畔议事，聚拢了一大批十四境修士，不少我都是第一次见到，礼圣负责主持议事，就像……一场大考，考校对象，是三座天下已经站在山巅的大修士，却没有任何一位三教祖师现身河畔，具体的考评内容，等到议事结束后，好像人人都忘记了，我当时就觉得有点奇怪，三教祖师何必如此大费周章。后来先生带我去了一趟穗山之巅，亲眼见到了至圣先师，当时我就察觉到一点迹象了，而且至圣先师也没有隐瞒什么，对我说了句……勉强算是表扬的话，等于默认此事了。"

陈平安猜测那是一场以生死作为考题的问卷，答案是十四境修士的各自问心结果，比如……一大帮十四境大修士，联袂去往新天庭，敢不敢、愿不愿意、舍不舍得为人间的芸芸众生舍生忘死。

陈平安曾经跟画卷四人有过一场问答，关于救人需杀人，朱敛当年的回答，是不杀不救，因为担心自己就是那个"万一"。

当年陈平安也没多说什么，其实师兄崔瀺给出了另外一个极端的答案，不但要救人，而且自己要主动成为那个一，当然师兄崔瀺极其事功，所救之人，必须是整个天下人,所做之事,是那舍我其谁的挽天倾,师兄崔瀺才愿意成为一。

陈平安提醒道:"要小心陆沉偷听。"

一个心声随即响起:"怎么可能?贫道就不是这样的人!"

宁姚二话不说,一个心意微动,剑光直落,循着那个心声起始处,破开层层山水禁制、道道障眼法,直接找到了白玉京三掌教的真身躲藏处,只见一位头戴莲花冠的年轻道士,手忙脚乱从城头云海中现身,四处乱窜,一道剑光如影随形,陆沉一次次缩地山河,使劲挥动道袍袖子,将那道剑光多次打偏,嘴上嚷嚷:"好好好,好一对贫道不辞辛苦撮合当月老牵红线的神仙道侣,一个文光射星斗,一个剑气贯长虹!真是万年未有的天作之合!"

宁姚看了眼陈平安。

陈平安笑着摇头道:"算了。"

宁姚便收起了那道凝聚不散的凌厉剑光。

十四境大修士莅临别座天下,规矩重重,陆沉当年游历骊珠洞天,摆摊算卦,就依循浩然旧例,压制在飞升境。

如今这座剑气长城属于浩然天下的版图,陆沉再次从青冥天下"衣锦还乡",当然仍需遵循礼圣制定的规矩。

只不过用大玄都观孙道长某个只在山巅流传的说法,白玉京陆老三的十四境,既是谁都打不过,又是谁都打不过。

除了陆沉飘落在城头,距离陈平安不过几步路远,云海中还走出了一位中年男子模样的剑修,刑官豪素。

豪素身形落在城头,站在陆沉一旁,眯眼远眺蛮荒天下。当年担任刑官,他其实一直在老聋儿的牢狱当中,潜心修道练剑。

豪素一直很奇怪,为何老大剑仙直到最后都没有对他提出任何要求。

陈平安依旧蹲着,对其抱拳致礼,豪素没有转头,只是对陈平安那个方向倾斜抱拳,当是与剑气长城隐官的回礼。

隐官与刑官重逢于剑气长城,看着都很随意。

陈平安问道:"南光照是被前辈宰掉的?"

豪素点点头:"代价要比预期小很多,反正没有被拘押在功德林,陪着刘叉一起钓鱼。"

礼圣的意思,豪素斩杀中土飞升境修士南光照,这属于山上恩怨,是一笔陈年旧账,原本文庙不会拦阻豪素去往青冥天下,只是事情发生在文庙议事之后,就犯禁了,文庙酌情考虑,让豪素在这边斩杀一只飞升境大妖,或是两名仙人境妖族修士,作为弥补。

于是豪素就继续留在了浩然天下,礼圣的意见,往往能够让人没有意见。

其实以豪素的脾气，不是不可以仗剑硬闯，因为道老二会在两座天下的接壤处接引，只是豪素觉得没有这个必要。再说了招惹谁，都别招惹礼圣。

陆沉坐在城头边缘，双腿垂下，脚后跟轻轻敲击城头，唏嘘道："贫道在白玉京郭城主的地盘那边，觍着脸求人施舍，才创建了一座芝麻绿豆大小的寒酸书斋，取名为观千剑斋，看来还是气魄小了。"

无人理睬。

要是搁在白玉京，哪里会如此冷场。

瞥了眼南方，陆沉伸手扶着扶头上那顶作为白玉京掌教信物的道冠，啧啧道："这个黄鸾，真是好眼光，晓得模仿贫道的这顶莲花冠，可惜就是有点运道不济，不然这次一定要找他寒暄几句。"

陆沉转头望向陈平安，笑嘻嘻道："见有河川垂钓者，敢问垂纶几年也？"

陈平安冷笑道："收竿悬鱼篓，腰镰刈秋韭？"

对于这两位的打哑谜，宁姚和刑官豪素都是置若罔闻，两位剑修是不喜欢多想的人，恰恰各自身边都坐着最愿意多想的人。

陆沉一本正经道："陈平安，我当年就说了，你要是好好捯饬捯饬，其实模样不差的，当时你还一脸怀疑，结果如何，现在总信了吧？"

陈平安说道："如果我没有记错，陆道长当年可没有说过这样的话。"

陆沉伸手揉着下巴："到底是你不小心忘了，还是贫道记错了？"

陈平安双手握拳，轻轻撑在膝盖上。

陆沉眨了眨眼睛，满脸希冀神色，问道："陈平安，啥时候去青冥天下做客啊，到时候贫道可以帮忙领路去白玉京，什么神霄城、紫气楼，保管畅通无阻。你是不知道，如今在白玉京，别座天下的外乡人当中，就数你这位隐官最让人好奇和期待了，最少也是之一，还有飞升城的宁姑娘、蛮荒天下的斐然，当然还有武夫曹慈，以及那个竟然能够压胜陈十一的剑修刘材，不过刘材这厮最让白玉京感兴趣的，还是一人能够拥有两枚贫道那位师尊亲手栽培出来的养剑葫，比你们还是要稍逊一筹。"

如今这一百年，是二掌教余斗负责主持白玉京事务，下个百年，就又该轮到陆沉监管青冥天下。

陈平安默不作声。

夜航船一事，让陈平安心中安稳几分。按照自家先生的那个比喻，就算是至圣先师和礼圣，看待那条在海上来去无踪的夜航船，也像凡夫俗子屋舍里某只不易察觉的蚊蝇，这就意味着只要陈平安足够小心，行踪足够隐秘，就有机会躲过白玉京的视线。再者陈平安的十四境合道契机，极有可能就在青冥天下。

陆沉好像看穿了陈平安的心思，拍胸脯如擂鼓，信誓旦旦道："陈平安，你想啊，咱俩是什么交情，所以只要到时候是由我看管白玉京，哪怕你从浩然天下仗剑飞升，一头撞入白玉京，我都可以睁一只眼闭一只眼。"

陈平安点头道："那就这样说定了。"

陆沉一脸讶异和心虚，难为情道："啊？我只是随便说说的，你还当真了啊？"

见那陈平安又开始当闷葫芦，陆沉感慨不已，瞧瞧，跟当年那泥瓶巷少年根本没啥两样嘛，陆沉一只手掌轻轻拍打膝盖，开始自说自话："常自见已过，与道即相当，身处自在窝中，心斋安乐乡里。先忘形自得，再得意忘言，神器独化于玄冥之境，万物与我为一，继而离尘埃而返自然……"

陈平安皱眉不言。

陆沉抬起一手，以天地灵气拈出一片树叶，松开手指后，树叶悬空，然后飘落，再挥手一划，树叶被顺带着改变轨迹，路线不由自主地往陆沉手边靠拢几分。

陈平安知道陆沉想要说什么。

这就是人性被"他物"的某种拖曳，趋近。而"他物"之中，当然又是以粹然神性，最为诱人，最令人"神往"。

更是当年远古神灵为人族设置的一种极其隐蔽、天然的手段，既是修行路上的捷径，又是昔年地仙登顶的瓶颈限制。

世间修道之人，脚下道路无数，第一等的道法正宗、法脉正统，次一等的旁门左道，再次一等的歪门邪道，术法万千，但是拥有"纯粹"二字前缀的登山之人，唯有剑修和武夫，而这两条道路，恰好都被视为断头路，一个极难打破飞升境瓶颈，一个总是止步于十境。

而万年以来，真正以纯粹剑修身份跻身十四境的，其实只有陈清都一人而已。

因为那位经常"寄人篱下"、喜欢嬉戏人间的斩龙之人，走了一条捷径，是从一道方便法门走入十四境的大天地，使用了佛门某种宏愿神通。

之后是上任隐官萧愻，她的合道之路，距离"纯粹"二字就更遥远了。与蛮荒天下的英灵殿合道，就等于合道地利，她几乎是主动放弃了剑修的纯粹。

再然后是旧王座刘叉的十四境，可惜还未能稳固，就被陈淳安毅然决然将其打落了一个境界，而这位亚圣一脉出身、肩挑日月的醇儒，到底做成了一桩怎样的壮举，山巅之外的浩然天下练气士，至今不知。

而白玉京二掌教余斗和大玄都观的孙道长，拥有最纯正的道统法脉，同时还是剑修，不谈借出仙剑太白就等于放弃十四境的孙道长，只说这位被誉为真无敌的道老二，正因为他在道法一途的登峰造极，所以哪怕剑术出神入化，唯独在"纯粹剑修"这个说法上，吃亏不小。

在斩龙之人"陈清流"和隐官萧愻之间的阿良，虽说有个绕不过去的儒生出身，可他的十四境剑修最接近陈清都的纯粹，所以几座天下的山巅修士，尤其是十四境修士，等到阿良跌境之后，类似青冥天下那位参加河畔议事的女冠，虽然根本不是阿良的敌人，甚至与阿良都没有打过交道，可她同样会松一口气。

几座天下的天地之大，更别谈天外更大，可对于十四境剑修而言，哪里去不得？一个不小心，传说中的仗剑逆行光阴长河都有可能，若是在逆流而上的途中还另有手段，能够避过三教祖师与礼圣的视线，届时除了白泽、托月山大祖、老瞎子这拨岁月悠悠、资历最老的十四境修士，杀谁不是杀？

作为十四境巅峰剑修的陈清都，如果不是托月山一役身死，不得不作茧自缚，选择合道剑气长城，他大可孑然一身，仗剑远游。

尤其是假设陈清都能够在这条光阴长河道路上，百尺竿头更进一步呢？

所以当人间一旦出现了某个十五境剑修，那恐怕就真是三教祖师都无力阻拦了，一切行事，随心所欲，出剑与否，全凭喜好，一剑递出，天翻地覆。

陆沉突然笑道："陈平安，如果你能够抢先一步登顶武道，我很期待你以后问拳白玉京的场景。"

大端王朝女武神裴杯、大骊武夫宋长镜，都不算真正意义上的十一境武夫，而像暂时只有一只脚跨过门槛。

陈平安说道："那还早得很，何况有没有那一天还两说，陆道长不用专门为此期待什么。"

陆沉笑眯眯道："陈平安，你的拳法风格，大家都是知道的，那场功德林的青白之争，如今青冥天下山上都听说了。"

陈平安说道："你想多了。"

陆沉瞥了眼陈平安的手腕，摇头道："不，你想少了。"

陈平安问道："你来这边做什么？总不至于是只为了与我胡扯几句吧？"

陆沉抬头笑道："如今蛮荒三轮月只剩下两轮了，贫道就趁早赶来多看一眼，天晓得会不会一个不小心，哪天就只剩下一轮月了，是吧？"

陈平安说道："可能吧。"

两位剑气长城的剑修，通过一条跨洲渡船，从刚刚游历完毕的流霞洲，赶到了雨龙宗遗址的一处渡口，重返故乡。

一个是越来越后悔没有偷偷溜去第五座天下的陈三秋，一个是酒铺大掌柜叠嶂，她觉得自己这辈子有三件最大的幸运事，一是小时候帮阿良买酒，二是认识了宁姚这些朋友，最后就是与陈平安合伙开酒铺。

其实除了剑气长城，倒悬山、蛟龙沟和雨龙宗，准确说来都属于战场遗址了，倒悬山这方天地间最大的山字印，跟飞升城一样，都去往了别座天下，而蛟龙沟和雨龙宗附近都被文庙临时打造成渡口,雨龙宗如今的新任宗主,是昔年倒悬山四大私宅之一水精宫的女主人,云签。

但有意思的是,云签对外宣称,自己只是暂领宗主一职。

当年她带人远游历练,从桐叶洲登岸,一路北上,先后游历了东宝瓶洲和北俱芦洲,得以侥幸逃过一劫,为雨龙宗保留了香火。

一处山水渡口,停着皑皑洲一条名为太羹的跨洲渡船。先前南下,游仙阁和红杏山两拨修士乘坐的就是这条过境渡船,老管事今天发现了队伍中那对年轻修士不敢见人的异样,疑惑问道:"好端端的一趟游历,怎么跟人打起来了?难道在剑气长城那边碰到仇家了,不能够吧?"

祝媛苦笑一声,颇有几分花容惨淡,她心有余悸道:"碰到了剑气长城的隐官大人,起了冲突。"

老管事闻言一愣,直接蹦出一句:"那你们咋个就不晓得跑嘞?"

贾玄无奈道:"那也得我们跑得快才行啊。"

老管事点点头,深以为然:"遇到了那个主儿,不跑才是正解,站着不动挨打,可以少挨打。"

老管事随即安慰道:"也别多想了,给那位隐官亲手教训一通,其实不算丢脸,等你们回了家乡,还是笔不小的谈资,不亏。"

再瞥了眼那对年轻男女,老人笑道:"大端王朝的曹慈,不也只比你们略好几分。再就是你们都放宽心些,这位剑气长城的隐官有一点好,买卖清爽,童叟无欺。"

老管事戴蒿,是游仙阁与红杏山的老熟人了。

听着这个老朋友的宽慰言语,贾玄哭笑不得,祝媛苦笑不已。

老管事抚须而笑,沾沾自喜,像那酒桌上追忆往昔豪言壮举的某个酒客:"你们是不晓得,当年倒悬山还没跑路那会儿,在春幡斋里边,呵,真不是我戴蒿在这儿胡乱吹嘘,当时气氛那叫一个凝重,剑拔弩张,满堂肃杀,咱们这些只是做些渡船买卖的生意人,哪里见过这般阵仗,个个噤若寒蝉,然后第一个开口的,就是我了。"戴蒿跷起大拇指,指向自己,"当时到底有几个剑气长城的剑仙?一双手都数不过来,足足十一位,如果加上陈隐官和晏溟、纳兰彩焕两位元婴,那就是足足十四位之多!试问寻常人置身其中,面对这些个杀人不眨眼的剑修们,哪个敢先开口?不是问剑是什么?"

那次议事,春幡斋大堂里,从剑气长城赶到倒悬山的剑仙,茫茫多。

米裕、魏晋、孙巨源、高魁、元青蜀、谢松花、蒲禾、宋聘、谢稚、郦采,再加上一个东道主邵云岩。

还有两位元婴境剑修,晏溟、纳兰彩焕。

十一位剑仙,两位元婴境剑修。

戴藁感叹道："我与那位年纪轻轻的隐官，可谓一见如故，谈笑风生啊。陈隐官年纪不大，说话处处都是学问。"

贾玄只得违心附和道："那场春幡斋议事，开了个好头，这才有了后边的进展顺利，戴老哥功不可没。"

戴藁点点头："是啊，咱们这些满身铜臭的生意人，也算为后来那场大战略尽绵薄之力。"

至于真相如何，反正当天在场的渡船管事，这会儿一个都不在，自然是由着戴藁随便扯。

事实上，戴藁在起身开口之后说了些绵里藏针的"公道"言语，然后就给那个年轻隐官阴阳怪气说了一通，结果戴藁屁股底下的一张椅子就像戳满飞剑，他是死活再不敢落座。

老管事没来由地感慨一句："做买卖也好，做事做人也罢，还是都要讲一讲良心的。"

斜眼看了那俩年轻男女，戴藁笑道："吃了亏就长点记性，不然就白吃顿苦头了。下了山出门在外，不是多不是娘的，谁也不会惯着谁。"

一个游仙阁的祖师堂嫡传，一个泗水红杏山的仙子，先前来剑气长城遗址，在渡船上就老是眉来眼去的，真当自己是一对神仙眷侣了？

戴藁跟着这条太羹渡船一年到头在外跑江湖，什么人没见过，虽说老管事修行不济，只是眼光何等老辣，自然瞧见了那对年轻男女的神色微变。

戴藁啧啧道："看来是白吃了顿打。"

这俩年轻人，傲骨没有，傲气倒是不缺，可能这就叫狗改不了吃屎。

生活不是处处屠狗场，没那么多狗血。

世道又处处是屠狗场，遍地洒落狗血。

戴藁以心声道："贾老弟，我与祝嫒和红杏山都不熟，就不当那恶人了，在你这儿倒是愿意多嘴提一句，以后再为人护道，行走山下，别给蠢货糊一裤裆的黄泥巴，脱裤子容易漏腚，不脱吧，伸手擦拭起来，就是个掏裤裆的不雅动作，到头来脱和不脱，在外人眼中，都是个笑话。"

贾玄感叹道："戴老哥话糙理不糙。"

戴藁抚须而笑："粗粮养胃，糙话活人。"

在大兴土木的雨龙宗祖师堂遗址，云签站在山顶，感慨万千。

留得青山在，不愁没柴烧。

果真被那个年轻隐官说中了。

如果不是当年那个年轻人的提醒，雨龙宗绵延数千年的香火，就算彻底断绝在蛮荒天下的那帮畜生手中了。

那次寄往水精宫的一封密信,纸上只有两个字:北迁。

曾经被师姐随手丢弃,又被云签重新收起,小心翼翼珍藏起来。

那封信上除了文字,除了剑仙邵云岩的花押,还有两个古篆印文,隐官。

当初她成功带走了六十二位谱牒修士,其中地仙三人。之后在游历途中,陆陆续续又收取了十数名弟子,加上从雨龙宗所辖岛屿归拢起来的修士,满打满算依旧不足百人,可这就是如今雨龙宗的所有家底了。

云签如今在等一个人,也就是未来的雨龙宗宗主,剑气长城的女剑修,纳兰彩焕。

如今纳兰彩焕已经是玉璞境剑仙了。

当年纳兰彩焕提出了一笔买卖,云签不是那种过河拆桥的人,何况于情于理,于公于私,云签都愿意将她奉为雨龙宗宗主。

一条即将到达大骊京城的渡船上,大骊藩王宋集薪笑道:"稚圭,你都是飞升境了,户籍一事,什么时候我帮你改改?"

在槐黄县衙署户房,稚圭的籍贯还是婢女身份的贱籍,州府乃至大骊礼部自然就照搬了。

稚圭眉眼柔顺,摇头道:"不用改啊,拿来提醒自己做人不忘本嘛。"

两人好像还是当年的泥瓶巷主仆,挑水晒衣,洗菜做饭,大手大脚花钱,添置家当,等到屋内物件多到实在摆不下了,稚圭就随手贱卖出去,收作自己的私房钱。

宋集薪笑了笑:"那什么时候你有想法了,与我说一声。"

他看了眼她的侧脸,既熟悉又陌生。

浩然天下水运,被中土文庙一分为二,道号青钟的渌水坑澹澹夫人,总掌九洲陆地水运。

此外四海水运,又被一分为四,四片海域各有一位大水君坐镇,哪怕被切割成四份的辖境,任何单独的一座水域,依旧可谓是辽阔无边。

其中三位大湖水君,顺势升任了四海水君的高位,位列中土文庙新编撰的神灵谱牒从一品,与穗山大神品秩相同。

而她身为世间唯一一条真龙,却只是东海水君,如果是那场大战之前的稚圭,会觉得文庙如此作为,简直就是故意羞辱她。但是现在的稚圭,就只是冷笑几声,也没有任何推三阻四,接纳了一海水君神位。

落魄山上,老厨子最近给小米粒做了个棉布小挎包,用来装更多的瓜子。

小米粒对小挎包的喜爱,半点不输给那条金扁担,喜新不厌旧嘛。

今儿一个鲤鱼打挺起床后,小米粒落地一跺脚,又睡过头了,抄起一面镜子,指着镜面,说:"咋回事,又睡懒觉,嗯?! 还有脸笑? 下不为例啊! 再睡懒觉,我可就要请客吃酸菜鱼了啊,你怕不怕?!"

陈灵均还是三天两头往骑龙巷跑,忙着找贾老哥侃大山。一老一小,酒桌上的车轱辘话反复说,竟然谁也没个腻歪的。要是跟小镇"差不多岁数"的孩子狭路相逢,陈灵均就蹦蹦跳跳,左右摇晃,跳起来出拳吓唬人。

小哑巴跟掌柜石柔看了不少书,专程去了趟红烛镇,扛了一大麻袋的书回铺子。掌柜石柔就笑问:"你有钱?"小哑巴摇摇头,直接说没钱。

"咋回事?"

"我找到了那个掌柜,说是老厨子要我帮忙买的,钱以后补上。"

"这也行?"

小哑巴咧嘴一笑:"有事我担着,实在不行就还回去,反正书上也没少掉一个字。"

"哟,有师父的人就是不一样,很横嘛。"

"哈。"

朱敛有次陪着陈灵均一起下山来骑龙巷,小哑巴给了他几本书,说:"帮老厨子你买的,道谢就不用了,只是别忘了去红烛镇结账。"

朱敛眼睛一亮,随手翻了几页,咳嗽几声,埋怨道:"老夫一身正气,你竟然帮我买这样的书?"

小哑巴就伸出手:"不要就还我。"却见老厨子已经将几本书收入袖中。

陈灵均唉声叹气,跟老厨子抱怨:"当初我就不建议小哑巴下山,在铺子当差,容易学坏了。"

十万大山,弟子和看门狗都不在,暂时只剩下老瞎子独自一人,今天的客人是一袭青衫,斩龙之人,如今化名陈清流。

陈清流笑问道:"听说前辈破天荒收了个开门弟子。"

老瞎子点点头。

陈清流站在崖畔,没来由地说道:"我是很后来,才知道原来钓鱼挂蚯蚓,是可以露出钩尖的。"

老瞎子没好气道:"少扯这些虚头巴脑的。"

合道星河的符箓于玄睁开眼,看到了一个腰悬袋子的年轻人,后者是当之无愧的步罡踏斗,凌空蹈虚,以一颗颗星辰作为渡口。

上古三山,掌管生死度牒。远古五岳,司职五行运转。

于玄看了眼那只不起眼的袋子,好奇一事,里边装了多少张符箓,数百万,还是千万?

今天陈灵均闲来无事,与贾老哥唠嗑完毕,就在小镇独自逛荡,最后走了一趟自家老爷的泥瓶巷,看看有无毛贼,就御风而起,打算回落魄山了,只是无意间低头一瞧,就发现来了几个生面孔的人物,瞧着像是修道之人,不过貌似境界一般。

只见那条龙须河畔,有个中年僧人站在水边,小镇上一间学塾外,有个老夫子站在窗外,还有一位少年道童,从东边大门骑牛而入。

两位年龄悬殊却牵扯颇深的故人,此刻都蹲在城头上,而且如出一辙,勾着肩膀,双手笼袖,一起看着南方的战场遗址。

陆沉转头望向身边的年轻人,笑道:"咱俩这会儿要是再学那位杨老前辈,各自拿根旱烟杆,吞云吐雾,就更惬意了。高登城头,万里目送,虚对天下,旷然散愁。"

杨家药铺后院的老人,曾经讥笑三教祖师是那天地间最大的几只貔貅,只吃不吐。

陈平安眼中所见,却是草木稀疏,剑气摇动,仿佛看到了白骨成丘山,剑气冲斗牛,一位在战场上披头散发、浴血奋战的剑修,曾经醉卧廊道,斜靠熏笼,手持酒泉杯,剑仙名士俱风流。好像看到了避暑行宫愁苗的先行一步,去即不返,好似瞧见了高魁此生第一剑学自祖师,故而最后一剑,当问祖师龙君。有早已心存死志的女剑仙周澄、老剑修殷沉,有那战场唯有一死才可释然的陶文,还有一位位原本风华正茂的年轻剑修,背对城头,面朝南方,生递剑死停剑⋯⋯

陆沉看着这个脸上并无半点愁苦的年轻隐官,感叹道:"陈平安,你年纪轻轻,就身居高位,替文庙立下擎天架海的不世之功,谁敢信?说真的,当年如果在小镇,有谁早早告诉我会有今天,打死我都不信。"

在那骊珠洞天,陆沉曾经带着转投门下的嫡传贺小凉,去见过诸多不一样的"陈平安":有陈平安靠着勤勉本分,成了一个殷实门户的男人,修缮祖宅,还在州城那边购置家业,只在清明、年关时分,才拖家带口,回乡上坟;有陈平安靠着心思活络,成了薄有家产的小铺商贾;有陈平安继续回去当那窑工学徒,手艺愈发纯熟,最终当上了龙窑师傅;也有陈平安变成了一个怨天尤人的浪荡汉,终年游手好闲,虽有善心,却无为善的本事,年复一年,沦为小镇百姓的笑话;还有陈平安参加科举,只捞了个举人功名,变成了学塾的教书先生,一生不曾娶妻,一辈子去过最远的地方,就是州城治所和红烛镇,经常独自站在巷口,怔怔望向天空。

陆沉竟然开始煮酒,自顾自忙碌起来,低头笑道:"天欲雪时分,最宜饮一杯。毕竟每个今天的自己,都不是昨天的自己了。"

陈平安笑道:"我又不是陆掌教,什么擎天架海,听着就吓人,想都不敢想的事情,不过是家乡一句老话说得好,力能胜贫,谨能胜祸,年年有余,就能一年好过一年,不用苦熬。"

陆沉点头道："小镇民风淳朴，乡俗俚语老话连篇，我是领教过的，受益匪浅。我也就是在你家乡摆摊年月不久，只学了点皮毛本事，不然在青冥天下，每次去大玄都观拜访孙道长，谁教谁做人还两说呢。"

不知是被陆沉一语中的的缘故，还是这位白玉京三掌教施展了神通，天上真就下起了雪，而且是一场名副其实的鹅毛大雪，一些在魏晋、曹峻那边城头游历的浩然外乡人，自然倍感惊喜，大雪时节，风景愈发奇绝，地广人稀风高寒，小雪封山大封河。

忙着煮酒的陆沉没来由地感慨一句："出门在外，路要稳当走，饭要慢慢吃，话要好好说，与人为善，和气生财，吵吵闹闹打打杀杀，真心无甚意思，陈平安，你觉得是不是这么个理儿？"

陈平安笑呵呵点头道："此时此地此语，听着格外有道理。"

自己身边就是宁姚，陆沉那边站着个刑官豪素。

齐廷济和陆芝暂时都没有离开城头。

四位都是剑气长城的自己人。

只有这位家乡在浩然天下，却跑去青冥天下当了白玉京三掌教的家伙，是不太讨喜的外人。

所以陆沉在与陈平安说这番话之前，偷偷以心声言语询问豪素："刑官大人，要是隐官大人让你砍我，你砍不砍？"

豪素毫不犹豫给出答案："在别处，陈平安说什么都不管用，在此地，我会认真考虑。"

其实陆沉对于山上斗法一事，最为反感，除非是不得已而为之。比如游历骊珠洞天，又比如去天外天跟那些杀之不尽的化外天魔较劲，当年如果不是为师兄护道，不得不重返一趟浩然家乡，他才不管齐静春是不是可以立教称祖。人间多一个不多，少一个不少的，天地不还是那座天地，世道不还是那个世道，与他何干？

不过懒散如陆沉，也有佩服的人，比如岁除宫吴霜降的痴情和偏执。孙道长将仙剑太白说是借，其实等于送给白也，是一种任侠意气的自由。孙怀中作为青冥天下雷打不动的第五人，又是道门剑仙一脉的执牛耳者，一旦老观主手持太白，跻身十四境，陆沉那位真无敌的二师兄，也得提起精神，好好干一架。

至于老大剑仙陈清都，在此以一人之不自由，换取剑气长城在五彩天下未来千年万年的大自由，何尝不是一种人心大自由。

而陈平安以隐官身份，合道半座剑气长城，身不由己，心不退转。

陆沉唯一的惋惜，就是陈平安未能亲手斩杀一只飞升境大妖，在城头刻字。不管陈平安刻下什么字，只说那份字迹和神意，陆沉就觉得光是为了看几眼刻字，就值得自己从白玉京时不时偷溜至此。

陆沉给陈平安递过去一碗酒："看先前你坐而论道的那份气势,跻身仙人境有谱了,很有谱,可喜可贺。我在这儿就当是先行祝贺,至于贺礼嘛,就先欠着,赊个几年,以后你到了青冥天下,尽管找我讨要,我去白玉京几处相熟的城楼打趟秋风。"

陈平安好像没有任何戒心,直接接过酒碗就喝了起来,陆沉高高举起手臂,又给身边站着的豪素递过去一碗,剑气长城的隐官和刑官都接了,陆沉身体前倾,问道："宁姑娘,你要不要也来一碗?是白玉京青翠城的独有仙酿,姜云生刚刚担任城主,我辛苦求来的,姜云生就是那个跟大剑仙张禄一起看门的小道童,如今这个小兔崽子算是发迹了,都敢不把我放在眼里了,一口一个公事公办。"

宁姚说道："不用。"

陆沉也不敢强求此事,白玉京不少老道士,如今都在担心那座五彩天下,担心青冥天下各方道家势力,会不会在未来某天就给宁姚一人仗剑驱逐殆尽。

陈平安抿了一口酒,问道："埋河水神庙边上的那块祈雨碑,道诀内容出自白玉京五城十二楼何处?"

埋河碧游府的前身,是桐叶洲一处大渎龙宫,只是过于岁月悠久,连姜尚真的玉圭宗都无据可查了,只在大泉王朝地方上,留下些不可当真的志怪传奇,当年钟魁也没说出个所以然,大伏书院也并无录档。

陆沉擦了擦嘴角,轻轻摇晃酒碗,随口道："哦,是说玉简那篇五千多字的道诀啊,化作四天凉,扫却天下暑嘛,我是知道的,实不相瞒,与我确实有点芝麻绿豆大小的渊源,且放宽心,此事还真没什么长远算计,不针对谁,有缘者得之,仅此而已。"

陈平安问道："有没有希望我传授给陈灵均?"

这正是陈平安迟迟没有传授这份道诀的真正理由,宁可将来教给水蛟泓下,都不敢让陈灵均牵扯其中。

陆沉叹了口气,没有直接给出答案："我估摸着这家伙是不愿意去青冥天下了。算了,天要下雨,娘要嫁人,都随他去。"

陈平安好奇问道："陈灵均与那位龙女到底是什么关系,值得你这么上心?"

陆沉白眼道："你门路多,自己查去。大骊京城不是有个封姨吗?你的真身离着火神庙,反正就几步路远,说不定还能顺手骗走几坛百花酿。"

封姨除了扫荡百花福地一事,还有个艾草灼龙女额的典故,算是对那位龙女的一种大道庇护。世间最后一条真龙的逃遁路线,看似慌不择路,在东宝瓶洲主动登岸,除了寻觅杨老头的飞升台,亦是希望那位大道契合"风生水起"的封姨,能够帮忙从中斡旋,说几句好话,不然青童天君完全没理由理睬一条真龙的死活。更何况在绝大多数的远古神灵余孽眼中,司职水运流转的天下蛟龙之属,皆是叛逆之辈。

陈平安又问道："大道亲水,是打碎本命瓷之前的地仙资质,先天使然,还是别有玄妙,后天塑就?"

陆沉气笑道:"陈平安,你别逮着我就往死里薅羊毛行不行?咱俩就不能只是喝酒,叙个旧?"

陈平安扯了扯嘴角:"那你有本事就别摆弄藕断丝连的神通,借助石柔窥探小镇变迁和落魄山。"

陆沉悻悻然道:"不是给崔东山打断线索了吗,翻旧账多没意思。再说我就是无聊,又不会做什么。"

陈平安问道:"见过陆抬了?"

陆沉点点头:"藕花福地一分为四,他占据其中之一,修道顺遂,高枕无忧,比当年那个丁婴更加像太上皇,还在一处名叫芙蓉山的风水宝地,养了条狗。不过陆抬阴神出窍远游,留在了青冥天下,在鱼市旁边,跟一个小姑娘合伙开了个酒楼,生意兴隆。别的酒楼酒肆,多是老板娘风韵犹存,招蜂引蝶,他那酒楼倒好,每天莺莺燕燕,都是些慕名而去的女子。"

陈平安递过去空碗,说道:"那条狗肯定取了个好名字。"

陆沉接过碗,又倒满了一碗酒,递给陈平安,笑道:"谁说不是呢。"

陈平安问道:"在齐先生和阮师傅之前,坐镇骊珠洞天的佛道两教圣人,各自是谁?"

陆沉说道:"你有完没完?"

陈平安说道:"不愿意回答这个问题,就说之前那个。"

陆沉犹豫了一下,大概是身为道门中人,不愿意与佛门过多纠缠:"你还记不记得窑工里边,有个喜欢偷买脂粉的娘娘腔?稀里糊涂一辈子,就没哪天是挺直腰杆做人的,最后落了个潦草下葬了事。"

陈平安点点头,皱眉道:"记得,他好像是杨家药铺女武夫苏店的叔叔。这跟我大道亲水,又有什么关系?"

听刘羡阳说过,药铺的苏店,小名胭脂,不知为何,好像对他陈平安有点莫名其妙的敌意,她在练拳一事上,一直希望能够超过自己。陈平安对此一头雾水,只是也懒得深究什么,女子毕竟是杨老头的弟子,算是与李二、郑大风一个辈分。

陆沉笑道:"关于那个可怜男人的前身,你可以自个儿去问李柳,至于其他的事情,我就不清楚了。当年我在小镇摆摊算命,是有规矩限制的,除了你们这些年轻一辈,不许随便对谁追本溯源。"

陈平安低头喝酒,视线上挑,还是担心那处战场。

凭空多出一个刑官豪素,其实再加上齐廷济和陆芝,是完全可以联袂远游一场的,只是天晓得这是不是陆沉的某个算计。怕就怕牵一发而动全身,彻底打乱文庙的布局。

陆沉唏嘘不已："总是有那么一些事,会让人束手无策,只能干瞪眼。掺和了,只会意外横生,不帮忙,心里边又过意不去。"

陈平安收回视线,道："所以我们这些凡夫俗子,都不如陆掌教逍遥,悠然自得。不系之舟,无牵无挂。"

陆沉笑嘻嘻道："今日明日之陆沉,自然有几分逍遥,可昨日之小国漆园吏,那也是要跟河道官员借钱的,跟你一样,也寒酸落魄过。长长常常难遂愿,时时事事不自由,所幸我这个人看得开,擅长苦中作乐,乐在其中。所以我的每个明天,都值得自己去期待。"

陈平安说道："是要与陆道长多学一学修心。"

"修心一事,学谁都别学我。"

陆沉摆摆手,记起一事,说道："白也已经成为剑修了。气象很大,天下壮观,连我那位师尊都说了句,自有剑仙增道气。"

陈平安点头道："听先生说了。"

陆沉一脸惺惺相惜的诚挚神色："其实取名字这种事情,咱俩都是一等一的个中好手。我带着几十个飞剑名字,专程赶去大玄都观,孙道长待客殷勤啊,提着裤腰带就从茅厕跑来见我了。"

陈平安问道："孙道长有没有可能跻身十四境?"

陆沉摇摇头："任何一位飞升境修士,其实都有合道的可能,只是境界越圆满,修为越巅峰,瓶颈就越大,这是一个悖论。"

陈平安默然无言,与几个人相处的时候,总会有些错觉。第一次是遇见阿良,起先总觉得像是遇到了个江湖骗子,每天口无遮拦,总觉得一言不合,哪句话说得过分了,就会被朱河一拳撂倒。

然后是夜航船上,大战之后的那个吴霜降,与其同坐酒桌,全然温文尔雅。

还有泮水渡口,郑居中这位魔道巨擘,却是满身的书生意气。

再就是这个最早认识的陆沉了。

陈平安永远不知道陆沉到底在想什么、会做什么,因为没有任何脉络可循。

陆沉感叹道："老大剑仙的眼光,确实好。"

所有人都觉得昔年的少年,太过暮气沉沉,太过谨小慎微。

唯有陈清都,才会觉得眼中所见的异乡少年,意气昂扬,朝气勃勃。

陆沉主动提起那拨远游青冥的剑修："你那俩朋友,董黑炭留在了神霄城,不过脾气犟,始终不愿意被纳入白玉京道官谱牒,晏胖子去了孙道长的大玄都观,倒是都很混得开。"

老元婴程荃领衔，总计十六位剑修，跟随倒悬山一起飞升去往青冥天下，最终各奔东西，其中九人，选择留在白玉京修行练剑，程荃则出人意料投奔了吴霜降的岁除宫，还入了宗门谱牒，担任供奉，老剑修还身负一桩秘事，他将那只棉布包裹的剑匣，搁置在了鹳雀楼外的水中歇龙石上。

"陈平安，你知道什么叫真正的搬山术法、移海神通吗？"

"还望陆掌教不吝赐教。"

"在我看来，你其实很早就精通此道了。就像一栋宅子的两间屋子，有个人不断在来回搬东西，熟能生巧，越来越得心应手。"

"陆掌教说得玄妙，听不太懂。"

"很快就会懂的。任何一件美好的事情，都不是单独存在的一朵花。"

之后两人就不再言语，只是各自喝酒。

陈平安在想着以后真去了青冥天下，该如何隐藏身份。

陆沉在期待着以后陈平安到了青冥天下，会是怎么热闹。

龙象剑宗的几位嫡传剑子，先前各自跟随齐廷济和陆芝离开两座渡口，只是御剑身形远远落后，在邵云岩和酡颜夫人的护送下，此刻御剑赶至城头，都落在了另外那座城头之上。陈平安远远看了一眼，与邵云岩点头致意，至于其余几位剑子，大多认识，因为在鹦鹉洲渡口见过几个，那个扎马尾辫的少女，叫吴曼妍，她是十八剑子当中练剑资质最好的，少女身边还有一个扬言将来要与他问剑一场的同龄人贺秋声。

酡颜夫人站在陆芝身边，觉得还是有点悬，干脆挪步躲在了陆芝身后，尽量离着那位道士远一点，她怯生生以心声问道："道人是那位？"

陆芝点点头："说不定就会打起来，到时候你什么都别管，只需要跑得快一点。"

齐廷济笑道："不至于。"

陆芝明显有些失望。

预定了落魄山下宗末席供奉一职的曹峻，先前看着那位头顶莲花冠的年轻道士，为了躲避一道剑光四处乱窜，忍不住与魏晋问道："怎么又来个道士，哪里蹦出来的？看着境界很高啊，总不能又是陈平安的某个便宜舅舅吧？"

魏晋说道："是那位白玉京三掌教，听说以前陆掌教在骊珠洞天摆过几年的算命摊子，跟陈平安在内的很多年轻人都是旧识。当年你回乡晚，错过了。"

曹峻立即收回视线，不敢再多看一眼，沉默片刻道："我要是在小镇那边土生土长，凭我的修行资质，出息肯定很大。"

魏晋摇头道："资质？在骊珠洞天就别谈这个了，就你那脾气，早早遇到了这些深藏不露的高人，估计成为剑修都是奢望，好一点，要么在骊珠洞天里当窑工，要么务农耕地,上山砍柴烧炭,一辈子寂寂无名,运道再差一点,就是成为剑修,落入圈套而不自知。"

曹峻说道:"不对吧,我记得小镇有几个小崽子、愣头青,说话比我更冲,做起事来顾头不顾腚的,如今不也一个个混得好好的?"

魏晋说道:"那些人的言行举止是发乎本心,高人自然不计较,说不定还会顺水推舟,你不一样,耍聪明抖搂机灵,你要是落到了陆掌教手里,多半不介意教你做人。"

曹峻正要反驳几句,心湖间蓦然响起陆沉的一个心声:"曹剑仙艺高人胆大,在泥瓶巷与人问剑一场,贫道只是事后听闻一二,就要心惊胆战几分。像你这么胆大包天的年轻俊彦,去白玉京五城十二楼当个城主、楼主,绰绰有余,大材小用!如何,回头贫道捎你一程,同游青冥天下?"

曹峻直接被吓得道心不稳,颤声答道:"不敢劳驾陆掌教。"

陆芝那儿也有陆沉的心声笑言:"陆先生能让阿良心心念念,果然是有理由的,名不虚传。"

陆芝回了一句:"别觉得都姓陆,就跟我套近乎,八竿子打不着的关系,找砍就直说,不用拐弯抹角。"

陆沉站起身,仰头喃喃道:"大道如青天,我独不得出。白也诗篇,一语道尽我辈行路难。"

陈平安抬头淡然道:"天无四壁,人行鸟道。青天大路,草鞋磨脚。"

雨龙宗渡口,陈三秋和叠嶂离开渡船后,已经在赶往剑气长城的路上。之前他们一起离开家乡,先后游历过了中土神洲、南婆娑洲和流霞洲。

游仙阁客卿贾玄,在太羹渡船上私底下提醒那个依旧心怀怨气的年轻人,既是作为长辈教诲,也是一种警告,让他不要太把一位金丹地仙当回事,但是也不要太不把一位金丹地仙当回事。

雨龙宗暂领宗主的云签,还在等纳兰彩焕现身收账,与此同时,她也希望有朝一日,能够找到那位年轻隐官,与他当面道谢。

小镇上空,陈灵均见着了三个外乡人,掂量一番,骑龙巷的贾老哥也是混道门的,就先去找那个骑牛的小道童,瞧着年纪轻嘛。

陈灵均怕自个儿的腾云驾雾,吓着那小道童,便掐诀按下水气云头,身形落在了小镇外边,大摇大摆追上那一人一牛,笑道:"道友慢行。"

那道童模样的少年转头笑问道:"有事?"

他略作思量,便已经学会了东宝瓶洲雅言,也就是大骊官话。

陈灵均扬起脑袋,问道:"道友瞧着面生,来咱们槐黄县是入山访仙,还是做客?"

其实他是想说道友瞧着面嫩,问一问多大岁数了,只不过这不合江湖规矩。

少年道童说道:"过客。"

陈灵均开门见山以心声问道:"这位道友,该不会是传说中的飞升境大修士吧?"

怎么夸张怎么来,要真是一位藏头藏尾的山巅大佬,自己的问话,就是童言无忌,想必总不至于跟自己斤斤计较。

少年侧过身,坐在牛背上,面朝陈灵均,摇头道:"自然不是。"

陈灵均小心翼翼问道:"那就是与那白玉京陆掌教一般喽?"

吃一堑长一智,我陈大爷凭什么在这北岳地界吃香喝辣,当然是长记性,靠脑子。

那少年还是摇头。

陈灵均松了口气,行了,要不是这家伙骑在牛背上,勾肩搭背都没问题。

陈灵均自顾自乐呵起来:"漆园梦蝶,不过中材。哈哈,这个评价好。"

少年道童一笑置之,问道:"如今骊珠洞天管事的,是哪位圣人?"

哦豁,口气恁大,进小镇之前没少喝酒吧?那就是半个同道中人了,我喜欢。

陈灵均甩着袖子,哈哈笑道:"兵家圣人阮邛,咱们东宝瓶洲的第一铸剑师,如今已经是龙泉剑宗的开山祖师了,我和他可熟了,见面只需要喊阮师傅,是只差没拜把子的兄弟。"

少年问道:"兵家圣人?是出自风雪庙,还是真武山?"

这点事情,就不作那大道推衍了。

陈灵均忍不住看了眼那头青牛,怪可怜的,敢情还是跨洲远游,结果摊上个不靠谱的主人,被骑了一路,陈灵均就想要去拍一拍牛角。

少年道童摆摆手,笑呵呵道:"莫拍莫拍,我这位道友的脾气,不太好。"

陈灵均就收回手,忍不住提醒道:"道友,真不是我吓唬你,咱们这小镇,藏龙卧虎,处处都是不知名的高人隐士,在这边逛荡,神仙气派、高手架子都少摆弄,没意思。"

陈灵均随即拍胸脯道:"没事没事,反正有我帮忙带路,谁都会卖你几分面子。只要说话做事别太过,都不打紧。真要与人起了冲突,你就报上我的名号,落魄山小龙王,我姓陈名灵均,道号景清。对了,我有个朋友,如今做点小本买卖,绘制道书,是那祖传的五岳真形图,有点门道的,道友你要是手边缺这玩意儿,可以领你去铺子那边,成本价卖你,我那朋友如果赚你半枚雪花钱,就算我砸了金字招牌。"

少年笑问道:"景清道友这么喜欢揽事?"

陈灵均叹了口气:"没法子,天生一副古道热肠,我家老爷就是冲着这点,当年才肯带我上山修行。"

道童问道:"你家老爷是谁?"

陈灵均呵呵一笑:"不说也罢,咱俩一场萍水相逢,都留个心眼,别可劲儿掏心窝子,行事就不老到了。"

之后陈灵均带着骑牛的少年道童,看过了锁龙井,其间少年轻拍牛背,在一处停步。

当年弟子陆沉的算命摊子,离着那棵老槐树不远,抬头可见,枝叶扶疏,绿荫葱郁。

少年抬头看了眼,一棵老槐树便瞬间重现眼中,只是在他看来,虽然古树婆娑,可惜很快就会形存神去,无复生意。只不过人间事,多是如此,日月疾驰,岁月如梭,海中行复扬尘。

陈灵均随口问道:"道友走这么远的路,是想要拜访谁呢?"

道祖笑道:"那个一。"

第三章
那个一

　　这么一场不约而至的鹅毛大雪,就像仙人揉碎白玉盘,洒落无数雪花钱。
　　城头之上,很快就积起了一层厚厚的雪,蹲着的陈平安刻意收拢拳意和剑气,任由雪花落在头顶、双肩和青衫上。
　　修道之人,寒暑不侵,所谓寒暑,其实不单单指四季流转,还有红尘人心的悲欢离合。
　　如今的剑气长城遗址,就像一座无人戍边的塞外荒城。关外孤城,蓦然雪密下,点点扬花,片片大若铜钱,千山寒峭,鸟雀难觅,四野人踪灭,依稀有碎玉声响,天雪相唱和。
　　陆沉早已起身,收起了那套不知道从哪里打秋风而来的酒具。原本陆沉打算就此离去,重返青冥天下,那边的朋友多乐子多,再者师尊先前大驾光临白玉京,给他这位得意弟子下了一道善解人意的法旨,不用再去天外天做那无用功,回了青冥天下,无事一身轻,连最重规矩的师兄都说不着他了。可实在是难得来一趟剑气长城,陆沉舍不得这么快就走,辛苦施展了一门圣人口含天宪的神通,才辛苦招来了这么一场大雪,就厚着脸皮没挪步,开始伸手接雪,很快就给他揉出了一个雪球,随着他不断拍打,雪球越来越密实沉重。
　　陆沉轻轻抛着雪球,一手揉着下巴,道:"天上月似拢起雪,人间雪似碎开月,孤光冷艳照眼眸,月雪两清绝,唯有人多余。"
　　陈平安呵呵一笑,皮笑肉不笑的那种,其实还不如不笑。

陆沉嘿嘿一笑，随手将那个雪球抛出城头之外，画弧坠落。

果然还是我们读书人最风雅，宁姑娘和刑官豪素这样的纯粹剑修，到底差了点意思。

陈平安问道："陆掌教还不走？"

陆沉哀怨道："山可以赶山，人别赶人啊。"

早年陈清都还在的时候，陆沉其实就想来这里做客了，只是摊上个死要面子的师兄，让陆沉不得不放弃了这个打算，不然就阿良那脾气，当年到了天外天，以及落在白玉京附近，肯定得拱火："你余斗算什么真无敌，都不敢去剑气长城跟老大剑仙打一架，名号让给陆沉得了。"

他这个当师弟的，要是跟那位老大剑仙一见如故，称兄道弟，岂不是太不像话？这就跟山下门户一个道理，家里兄姐不曾娶妻嫁人，弟与妹自然不好提前婚嫁。

其实余斗当年都走到了剑气长城的大门口，最终却还是没有与陈清都问剑一场，只留下一座后世游客络绎不绝的捉放亭。至于那座倒悬山，作为余斗亲手打造出来的天地间最大一方山字印，其实没什么深远用意，就是这位道号真无敌的白玉京二掌教，想着将来哪天与陈清都问剑时，有座渡口在，就不用看文庙看门圣贤的脸色，等赢了陈清都，就直接从蛮荒天下仗剑飞升返回白玉京。

当然了，直到陈清都仗剑为飞升城开路，道老二余斗都没有出手。

只要一有机会，就赞誉余斗、陆沉这对师兄弟的孙老道长，自然还是绝不吝啬美言，很快就大肆宣扬了一番公道自在人心的言语，说那剑道山巅，各自无敌，双峰并峙，各算各的嘛，怎么就不是真无敌了？谁敢说不是，来玄都观，找贫道喝酒，酒桌上分高下，胆敢胡说八道，对咱们青冥天下打架斗殴的扛把子指手画脚，贫道第一个气不过，灌不死你。

陈平安突然转头与宁姚说道："陆掌教与人言语，只要开口，一般就不会骗人，只是不可以全信。"

跟"尽信书不如无书"是一样的道理，有些人说话，喜欢故意只说一部分的真话，是真话却不是真相，甚至会让人远离真相。。

陈平安这句话，都没有用上心声。

宁姚点头道："在小镇早就领教过了。"

陆沉拍了拍肩头的积雪，赧颜道："当面说人，无异于问拳打脸，不合江湖规矩吧。都说贵人语迟且少言，不可全抛一片心，要少开口多点头。"

陈平安只是看着茫茫大雪，思绪连连，神游万里，不再刻意拘束自己的繁杂念头，信马由缰，好似白驹过隙，奔走于小天地。

浩然词人曾经有云，雪乃别有根芽之物，非是人间富贵花卉。

小镇一代代流传下来的诸多乡俗、老话,往往大有来头,跟一般的市井村野确实很不一样。而天地间尚未落地的雨雪露,皆被家乡老人称为无根水。

如今浩然天下的水运,一分为二,渌水坑澹澹夫人司职陆地水运,稚圭在内的新晋四海水君,共掌此外一切水运。

封姨亦非远古唯一风神,所以她并未跻身十二神灵高位。哪怕是珍藏老皇历最丰富的中土文庙和最不用讲究避讳什么的避暑行宫,好像依旧没有完整的十二高位神灵目录,就像是双方在遵守某个约定,刻意隐瞒了,不让后人翻阅。

如果说甲申帐剑修雨四,正是雨师转世,作为五至高之一水神的佐官,却与封姨一样不曾跻身十二神位,这就意味着雨四这位出身蛮荒天漏之地的神灵转世,在远古时代曾经被分摊掉了一部分的神位职责,而且雨四这位昔年雨师,是次,是辅,另有水部神灵为主,为尊。

先前陆沉提到了那个家乡龙窑的娘娘腔,陈平安其实立即就开始心神沉浸,同时祭出一把笼中雀,护住自己的道心,让站在身边的陆沉无法随便探究,这才去往那座建造在心湖畔的书楼翻检条目,搜寻一切蛛丝马迹。

见那陈平安继续当闷葫芦,陆沉自顾自笑道:"再说了,我是如此话说一半,可陈平安你不也一样,故意不与我交心,选择继续装傻。不过没关系,将心比心是佛家事,我一个道门中人,你只是信佛,又不真是什么和尚,咱俩都没有这个讲究。"

陆沉继而抬起双手,呵了一口雾气后,搓手不停,嬉皮笑脸道:"心猿未控,半走天下,岂能不踏破草鞋一双又一双?"

陈平安只当没听见陆沉的言语,置若罔闻。

实在是这条看似远在天边,实则早就近在眼前的伏线,一旦被拎起,就能够帮助自己看清楚一条线索完整的来龙去脉,对于陈平安跟粹然神性的那场心性拔河,说不定就是某个胜负手所在,太过关键。

当年陈平安背着老大剑仙借给自己的那把古剑长气,离开剑气长城,游历过了老观主的藕花福地,从桐叶洲返回东宝瓶洲后,老龙城云海之上,在范峻茂的护道之下,陈平安曾经着手炼化五行之水的本命物。

后来成为一洲南岳女山君的范峻茂,也就是范二的姐姐,因为她是神灵转世,修行一道,破境之快,从无关隘可言,堪称势如破竹。双方第一次见面,刚好背道而驰,分别是在那条走龙道的两条渡船上,范峻茂后来直接挑明她那次北游就是去找杨老头,等于是大大方方承认了她的神灵转世身份。

等到陈平安将那枚水字印炼化得大功告成,能够让水法一脉道统纯粹出身的碧绿衣裳小人儿,心甘情愿听从他发号施令,范峻茂当时就吃惊不小,立即起身,言语急促,竟然直接询问陈平安是不是雨师转世。

陈平安听得一头雾水，当时还开玩笑说范峻茂拍了一记清新脱俗的马屁。最后范峻茂好像自己否定了那个猜测，说了句更加神神道道的话，其中就提及了"娘娘腔"，说陈平安差远了。

何况当时即便陈平安多虑，所有的心思也都放在了曾经一路同游的陆抬身上，还真没有往家乡龙窑的那个男人身上如何推敲。

甚至陈平安还猜测陆抬是不是那个雨师，毕竟双方最早还同乘桂花岛渡船，一起路过那座矗立有雨师神像的雨龙宗，而陆抬身上的法衣彩带，也确有几分相像。如今回头再看，不过是那位邹子的障眼法？故意让自己灯下黑，不去多想家乡事？

甲申帐，涓滩的本命飞剑是甲骑，而拥有本命飞剑瀑布的剑修雨四，在避暑行宫的秘档篇幅，其实比起背篓、流白和涓滩几个，都要更多。这两位剑修都跟随周密登天而去，占据旧天庭一席神位，尤其是雨四，好像还继承了李柳被剥离出去的神性，远古时代原本神位都不在十二之列的雨四骤居高位，等于连跳数级，直接担任了五至高之一的水神。

只是陈平安依旧不知一事，假设家乡那位作为龙窑窑工的男人，确是高位雨神出身，那么他是真的死了，杨老头又用了遮天蔽日的神通，故而就此神性消散，重归天地，再被杨老头收拢在手，最终给了谁，还是那个活着的时候一辈子都在自怨自艾投错了胎的男人，已经顺势补缺"走入"风雪庙、真武山这样的兵家祖庭，有了与封姨一样的安稳处境？

其实在遇到陆抬之前，陈平安对那个娘娘腔男人的记忆早就模糊了，除了一份深埋心底的愧疚，陈平安并不会过多想起他。如果不是见到了陆抬，陈平安可能都不会提起半句，甚至整个人生路上，都不会和无话不可说的宁姚多说什么。

一个大男人，嗓音细声细气的，手指粗糙，掌心都是老茧，偏偏说话的时候还喜欢跷起兰花指。

不过这个男人很擅长手工活，龙窑那边的粗陋屋舍，年年贴在窗口上的喜庆剪纸，都是这个男人挑灯熬夜，用剪子细致裁剪出来的，家乡妇人的手艺都比不得他。

陈平安对他的最大印象，就是一个当窑工的大老爷们，被欺负惯了，经常帮人清洗、缝补衣物，手指上戴着个黄铜顶针，在灯下咬掉线头，抖了抖补好的衣物，眯眼而笑。

说他像个娘们，真没冤枉人。

陈平安只能说对他不喜欢，不厌恶。烦是肯定会烦他，不过陈平安能够忍受。毕竟当年这个男人，唯一能欺负的，就是身世比他更可怜的泥瓶巷少年了。有次男人带头起哄，话说得过分了，刘羡阳刚好路过，直接一巴掌打得那男人原地打转，脸肿得跟馒头差不多，再一脚将其狠狠踹翻在地，如果不是陈平安拦着，刘羡阳当时手里都抄起了路边一只作废的匣钵，就要往那男人脑袋上扣。被陈平安阻拦后，刘羡阳就摔了匣钵砸在地上，威胁那个被打了还坐在地上捂肚子揉脸颊、满脸赔笑的汉子："你个烂人就只敢欺负烂好人，以后再被我逮着，拿把刀子开你一脸的花，让你死了当个娘们的心。"

再后来，男人就真不怎么敢找陈平安的麻烦了，至多是背地里说些不痛不痒的撺掇话。因为谁都知道，刘羡阳是姚老头最喜欢的入室徒弟，那会儿所有窑工都心知肚明，以后刘羡阳十有八九就是龙窑的下一任窑头师傅了，关键是这家伙年纪不大，人高马大的，脾气还差，下手没个轻重，只是平日里与人相处，嘻嘻哈哈的，很好打交道，又出手大方，从来留不住钱，是月初发钱月中就花光的主儿，所以一般人都不愿意招惹人缘好、烧瓷资质更好的刘羡阳。

其实小镇苦出身的人，不光是陈平安，谁不是苦哈哈地过日子，谁有资格说自己不耐烦？再说了，一个人再为琐碎小事烦心，能烦得过兜里没钱，未来日子没个盼头？

反正每个月的初一那天，所有的窑工和学徒，都可以从姚老头手里领取或多或少的工钱，那会儿，谁都不会烦。

想起雨四之流，难免会忧心忡忡；想起那个境遇凄惨的娘娘腔，又有些伤感；只是想起刘羡阳，陈平安就又有些笑意。

大概正如陆沉所说，陈平安确实擅长拆东墙补西墙、搬迁东西、更换位置，可能是穷怕了，不是那种过不上好日子的穷，而是差点活不下去的那种穷，所以陈平安打小就喜欢将自己手边所有物件，仔仔细细分门别类，收拾得妥妥帖帖。得到什么，失去什么，都门儿清。大概正因为如此，所以才会在大泉王朝的黄花观，对那位皇子殿下必须将每一本书都摆放整齐的强迫症，心有戚戚然。陈平安这辈子几乎就没有丢过东西，所以带着小宝瓶第一次出门远游，丢了簪子后，他才会找都没去找，只是继续低头打造青竹小书箱，与林守一说了句"找不到的"。

陈平安收起思绪，合拢双手，轻轻哈气。

等到大骊京城事了，真得立即走一趟杨家药铺了。

陆沉伸了个懒腰，打了个哈欠："走了走了，豪素，约好了啊，别死在了蛮荒天下，出剑悠着点，攒够战功，到了青冥天下，记得一定要找贫道喝酒。凭你的剑术，以及在剑气长城的官职，在白玉京当个城主……悬乎，一个萝卜一个坑的，近期姜云生那个小崽子又补了青翠城的那个肥缺，委实是不好运作，可要说等个百来年，当个十二楼的楼主之一，贫道还真能使上点劲儿。"

陈平安晃了晃脑袋，再抖落一身积雪，缓缓起身，拍打青衫，笑问道："陆沉，我们做笔买卖怎么样？"

陆沉立即停步，二话不说就答应下来："好啊。"

陈平安转头望向宁姚。

她点点头，举目远眺，一挑眉头，正有此意。

陈平安望向另外那边的城头，以心声笑问道："齐宗主？"

齐廷济点头道："那就争取再刻一字。宗垣前辈当年失之交臂的事情，就由我来做成。"

陈平安又问："陆先生？"

陆芝难得有个笑脸，道："就等你这句话了。"

身材修长、略显高瘦的女大剑仙，脸上笑容更浓："如果运气好，咱俩都能活着返回，什么都不需多说。如果我们只能活着回来一人，在这城头之上，就为对方倒一壶酒。"

陈平安笑着答应此事。

陆沉神色悠悠然。

陈平安是先问齐廷济，还是先问陆芝，这里边就藏着一门人情世故的学问了。

陆芝肯定会答应，齐廷济则不尽然。如果先问陆芝，就不地道了，齐廷济要是不答应，便有失剑仙和宗主风范。

只是陆沉小有意外，齐廷济不但答应出剑，而且好像还早有此意？齐廷济当初离开剑气长城后，天高地阔，再无掣肘，好不容易拗着心性，放弃了五彩天下第一人的那份谋划，在浩然天下站稳脚跟，今天如果选择跟随众人出城递剑，则注定生死未卜，谁都不敢说自己一定能够活着离开蛮荒天下。而龙象剑宗，一旦失去了宗主和首席供奉，凭什么在浩然天下一骑绝尘？说不定在那个南婆娑洲，都是个名不副实的剑道宗门了。

陆沉好奇问道："齐老剑仙，为何愿意如此，好像不太符合你一贯谋而后动的行事作风啊。"

齐廷济笑了笑，没有给出答案。

陆沉眼中，这位年轻容貌的老剑仙站在城头上，身材修长，相貌俊美，衣与雪同色，腰间佩一把黑鞘剑，剑气长城的确出俊男美人。

大概这就是剑气长城的剑修吧。

如果做事需要讲理，辛苦练剑做什么？

身在战场的两位剑修，阿良是外乡人，左右还是外乡人。

即将赶赴战场的隐官陈平安一样是外乡人。

我齐廷济，身为如今剑气长城年纪最大的本土剑修，就当是为所有战死在此地的外乡剑修，敬酒。

陈平安最后问道："刑官怎么说？"

豪素双臂环胸，说道："事先说好，若有战功，头颅可捡，让给我，好跟文庙交差。欠你的这份人情，以后到了青冥天下再还。你要是答应，我就跟着你们走这一遭，刑官当得再不称职，我终究还是一位剑修。所以放心，只要出剑，不计生死。"

陈平安点头道:"没问题。"

因为陆芝没有以心声言语,所以大致猜出了真相的风雪庙大剑仙,抬头看了眼漫天飞雪,好像想起了年少时在家乡门派的冬天,少年御剑神仙台,风雪同行。

魏晋伸手握住横膝长剑,说道:"加我一个,保证不拖后腿。"

陈平安摇摇头:"你暂时境界不够。"

魏晋虽然是一位仙人境剑修,但是此次远游蛮荒腹地,不合适,不适合。

陈平安当下这句话,好像跟魏晋说曹峻进不了避暑行宫没差。

曹峻忍不住为风雪庙大剑仙打抱不平,以心声道:"陈平安比你还低个境界,有脸说这种话?"

魏晋好像浑然不在意,从单手握剑的姿态,变成了双手按剑,等于放弃了那个打算。

曹峻急眼道:"魏晋,你怎么回事,到了陈平安这边,说话做事半点不硬气啊。"

魏晋答非所问,说道:"先前我说得不对,其实你是可以去避暑行宫的。"

曹峻眼睛一亮。

魏晋补充道:"反正已经有个米裕垫底,你去了避暑行宫,他一定跟你。"

曹峻疑惑道:"那位米拦腰,在老龙城出剑极其凌厉,事迹传得很神,早年在避暑行宫,混得这么惨?"

魏晋点头道:"比你想象中更惨,最后只能躲去春幡斋,桌子靠门,每天当门神。"

曹峻看着面带笑意的魏晋,叹了口气,有些羡慕魏晋和陈平安这些同乡人,成了剑气长城本土剑修的家乡人。

魏晋微笑道:"这座剑气长城,是我走过的最好的江湖。"

魏晋停顿片刻,才说道:"美中不足,就是这里的酒水比较坑人。"

陆沉扶了扶头顶的莲花冠,收敛笑意,轻声道:"好事临行尚且亦再思,你这般涉险行事,会不会冲动了点?"

陈平安笑道:"年轻人,不要暮气沉沉嘛。"

陆沉重重一拍道冠,后知后觉道:"对了,忘了问具体如何做这笔买卖。"

"我吃点亏,将一身拳法剑术暂借陆沉,陆沉只将一身道法暂借给我。"

陈平安笑呵呵说道:"陆掌教,这点小事,难不倒你吧?"

陆沉满脸震惊神色,道:"以拳法剑术换道法,二换一,你会不会过于吃亏了?"

陈平安笑道:"耐烦见功力,吃亏攒福报。"

陆沉点点头,深以为然。

陈平安转头望向陆沉,神色认真,说道:"一码归一码,陆道长,有些事,谢了。"

学拳练剑后,每每提起陆沉,都直呼其名。

担任隐官,重返故地,多是称呼个陆掌教。

其实昔年少年时,陈平安一直称呼陆沉为陆道长。

陆沉笑着没说什么,只是抬了抬两只道袍袖子,清风拂动,卷起雪花。

好像陈平安的学生崔东山,喜欢将一只袖子取名为"揍笨处"。贫道则不然,愿意将一只袖子取名为"揍遍人间聪明处"。

陆沉抬头望向天幕,喃喃道:"陈平安,你别忘了,南华城里月如昼,十二玉楼非吾乡。我的家乡,是这浩然天下。"

宁姚眯眼远眺。

我在蛮荒天下如何出剑,你礼圣和文庙可就管不着了。

陆沉提醒道:"诸位,临行之前,容贫道多嘴一句啊,不合时宜地泼个冷水,蛮荒天下的家底不薄,说不定就会碰到几个很能打的奇异神怪。"

陈平安、宁姚、齐廷济、陆芝、豪素,五位剑修极有默契,会心一笑,皆不言语。

瞧不起蛮荒天下,就是瞧不起剑气长城在此的屹立万年。

岂会如此,岂能如此。

陆沉伸手扶了扶道冠,得嘞,合起伙来欺负外乡人。

坐镇此处天幕的那位文庙陪祀圣贤、老夫子贺绶瞧见了下边城头这一幕,感慨不已。

直到这一刻,老夫子才真正理解何为"隐官"。

哪怕在文庙议事,几乎每一位陪祀圣人、学宫祭酒和书院山长,都会查阅秘档,翻检经历,贺绶觉得自己已经足够了解这个年轻人,原来不然,离着真相还很远啊。

不谈陈平安的道侣宁姚,只说那城头刻字的老剑仙齐廷济,出身浩然却从来只将剑气长城视为家乡的陆芝,还有极少抛头露面、一出手就是宰杀飞升境修士的刑官豪素。

这几位,好像比浩然天下修士,更加重视陈平安的那个隐官身份。

陆沉突然说道:"对了,话赶话的,我刚刚想起一事,陈平安,还有宁姑娘,当然还有刑官大人,你们仨知不知道大剑仙张禄的真实身份,大道根脚?"

豪素摇摇头。他这个刑官如何当的,自己心里最有数,估计到了飞升城那边,要是自报名号,都要被骂个狗血淋头。

陈平安与宁姚对视一眼,各自摇头。显而易见,宁姚在所有长辈那里都没有听说关于张禄的额外说法,而陈平安也没有在避暑行宫翻到任何关于张禄的秘密档案。

宁姚只知道张禄五百多岁,练剑资质极好,而且与她爹娘是很要好的朋友,张禄跟阿良也是十分投缘,哪怕经历过那场十三之争落败,张禄在剑气长城的口碑还是不算差,跟谁都能喝酒聊几句,但是似乎跟谁又都不是特别交心。

陆沉揉了揉眉心，头疼道："陈平安，你就没想过，老大剑仙为何让张禄在倒悬山看守大门？张禄与上任隐官萧愻的关系莫逆，意气相投，难道老大剑仙看不出张禄对浩然天下的仇视？再说了，就张大剑仙那脾气，又从不藏掖这些。哪怕到最后张禄叛出剑气长城，他为何就一直待在倒悬山遗址的原地，半步不挪窝，从头到尾，守着大门，直到蛮荒妖族如潮水般退出浩然，才离开？"

陈平安疑惑道："难道张禄当年不只是以戴罪之身将功补过，他还有其他秘密？"

不料陆沉摇头道："张禄就只是看门而已，叛出剑气长城是真，老实本分做事也是真。"

陈平安皱眉不已，之前只知道张禄是土生土长的流徙刑徒剑修，在中五境的时候，有过一位道侣，她战死后，张禄就再没有娶妻，甚至在收取弟子一事上，始终都没有开枝散叶，但是张禄为年轻剑修传授剑术，十分随意，并不藏私，只是没有任何师徒名分。张禄的佩剑名为山犀，剑鞘遍布黑鳞，据说是这位大剑仙早年在游历蛮荒天下的狩猎途中，斩获了一只玉璞境妖族，炼其筋骨为长剑，炼其皮为剑鞘。之后避暑行宫的档案，只剩下些只言片语，好像张禄早年跟剑坊和衣坊都走得比较近，因为精通炼物铸造工艺，身份有点类似监工的意思。

关于此事，陈平安当年进入避暑行宫翻阅档案后，是半点都不奇怪的，因为自己早年离开倒悬山之前，张禄除了帮宁姚送来那块斩龙台，那件法袍金醴还是张禄帮忙施展了障眼法。而那条以老蛟长须炼制而成的缚妖索，当时张禄说是找了一位倒悬山符箓派的高人帮忙，道人截留些许蛟须作为报酬，从一篇青词奏章上剥落下三朵云纹，融入缚妖索，所以还是陈平安赚到了。最后张禄更是额外教了陈平安一道炼物口诀。

陆沉无奈提醒道："《食货志》，酒水，张禄对那位苏子很欣赏，他还擅长炼物，尤其是制弓，如果我没有记错，飞升城的泉府里边，还藏着几把蒙尘已久的好弓，虽然品秩极好，却一样只能落个吃灰的下场，没办法，都是纯粹剑修了，谁还乐意用弓？"

陈平安想了想，苏子豪迈，喜欢饮酒，曾有云："酒，天禄也，吾得此，岂非天哉。"而《食货志》直接说那酒者，天之美禄。

但是这些都是"添头"，陈平安叹了口气，抬起双手，使劲揉了揉脸颊。

原来张禄与看守牢狱的老聋儿一样，都非人族修士，而是妖族出身。

只是张禄的身份，有点类似白泽，更被浩然天下接纳。

因为这"天禄"，既是那酒的代称，更是《山海书》上记载的一种瑞兽，自远古时代起，浩然天下的达官显贵就喜欢将天禄神像置于墓前，有那庇护先祖祠墓、使得冥宅安宁的用意。

如果说叛出剑气长城，是张禄自己的选择，老大剑仙愿意尊重他的这个选择，那么张禄唯一要做的事情，兴许就是答应陈清都，继续留下看守大门，如看守"坟头"一般，最后再照顾就像一座坟冢的剑气长城遗址一程。

张禄一样信守承诺了，那就还是剑气长城的纯粹剑修。

难怪那次两座天下的议事，已经身在不同阵营，阿良还愿意与张禄笑脸相向，依旧友好。

陈平安深呼吸一口气，不管这些了，此次双方真要在战场上重逢，各自倾力出剑，就是最大的尊重。

陈平安问道："陆掌教，试问是怎么个暂借道法？"

陆沉笑着摘下头顶那莲花道冠，随手抛给陈平安，白玉京三掌教的道门信物，就这么随手送出了。

陈平安单手接在手里，宁姚开始帮着陈平安解开发髻，陈平安取下白玉簪子，收入袖中后，毫不犹豫地将那顶莲花冠戴在了自己头上。

陆沉嬉皮笑脸道："拿去戴着，之后我会寄宿其中，你说巧不巧，咱俩刚好都算是阴神远游出窍的光景，不过事先说好，身负十四境道法，好与坏，都需后果自负。算了，这个道理你比谁都懂。"

陈平安笑道："也巧了，晚辈问剑北俱芦洲锁云宗之前，头戴差不多样式的道冠，有个化名，道号就叫无敌。"

陆沉左看右看，好小子，戴了道冠，青衫背剑，愈发玉树临风了，嘴上念叨着："缘分哪缘分哪。"

陈平安扶了扶道冠，转头笑道："陆先生，不如与陆掌教借几把趁手的好剑，并肩作战，再客气就矫情了，咱们借了又不是不还，若有损耗，大不了折算成神仙钱即可，哪怕不还，陆掌教也肯定会主动登门讨要的。"

陆芝习惯了使用剑坊铸造的制式长剑。但是这次出剑，小心起见，还是与陆沉借几把好剑更稳妥些。

陆沉呆若木鸡："啊？"

贫道自认已算能够豁得出脸皮的人了，陈平安你更可以啊。

隔壁城头那边，陆芝已经伸出手："好说，欢迎陆掌教以后登门要债，龙象剑宗就在南婆娑洲海边，很好找。"

陆沉又啊了一声。

虽说贫道的家乡是浩然天下不假，可也不是想来就能来的啊，礼圣的规矩就搁那儿呢。

你们俩铁了心一个坑人、一个赖账是吧？

陆沉叹了口气，只得抬起一只袖子，一手摸索其中，磨磨叽叽，好像在宝库里边挑挑拣拣。

陈平安提醒道："陆掌教，反正都是要送人的，就干脆一咬牙，大气些，不然要给贺老夫子瞧不起了。"

陆沉一边翻检袖里乾坤里边的众多宝贝，一边说道："借，不是送！"

最后陆沉摸出一只巴掌大小的剑匣，一个原地蹦跳，高高跃起，远远丢给陆芝，喊道："陆先生，省着点用啊。"

陆芝接住那只剑匣，说道："看心情。"

陆沉最后问了个问题："陈平安，如果咱们此行，其实是不小心落入了那位的算计？"

陈平安神色淡然道："是又如何？我还是我，我们还是我们，该做之事还是得做。"

陆沉点点头："那我就真没啥问题了。我会马上着手布置一座大天地，在咱们赶路之前，你还得先适应片刻，磨刀不误砍柴工，唉，又是个你最懂的道理。"

言语之际，陆沉身形消散，化作一道虹光，掠入那顶莲花冠，天地间异象横生，以至于方圆千里的风雪骤停不说，下一刻，所有已经落在天地间的积雪，更是随之消失不见，好像一场气势磅礴的大雪，就从未来过人间。

如果说陆沉融入那顶道冠的阴神，是一条大道蹈虚的不系之舟。

那么当下的陈平安，就是乘舟撑篙人，是一种玄之又玄的大道显化。

宁姚站在原地，不以为意。

一旁的刑官豪素却下意识肩头倾斜，一位杀力卓绝的飞升境剑修，竟然还感到有些不适，豪素忍不住转头看了眼这个陌生的"陈平安"。

之前那个青衫长褂布鞋的年轻人，换了一件素雅的青纱道袍。

依旧背一把夜游剑，只是多出了一顶莲花冠。

陈平安一个双膝微曲，以至于半座合道城头都出现了震颤，只是他很快就挺直腰杆，像是承载了一份天地大道在身，反而如释重负。

只是一个仰头远望，一瞬间就看到了那处蛮荒战场。

看不真切战况，是被那初升遮蔽了，但是已经能够看到那边的山河轮廓。

既有阿良的剑意，还有师兄左右的剑气。

其中夹杂有惊天动地的术法轰砸，五彩绚烂的各种大妖神通。

陈平安沉声道："诸位，那就同走一趟蛮荒腹地！"

一袭青色，率先化虹离开城头。

宁姚紧随其后，剑光如虹。

豪素御剑随行，风驰电掣。

另外那边城头，一身雪白的齐廷济亦是剑光瞬间远离城头千百里，陆芝与之同行。

先后有两拨人过了倒悬山遗址的那道大门，一拨是御剑离开雨龙宗渡口的陈三秋和叠嶂，另外一拨，是御剑离开桐叶洲的剑修，他们没有乘坐跨洲渡船赶来剑气长城。

倒不是他们不想乘坐渡船远游,而是为此闹了个不愉快,当时一条靠岸的扶摇洲渡船,听说他们是桐叶洲剑修后,竟然直接赶人,还问他们怎么有脸去剑气长城。

如果不是队伍中一位女剑修的阻拦,估计当场就要闹出人命。

这拨宗门封山却外出远游的桐叶洲剑修,里面有于心、王师子和李完用,这拨昔年桐叶宗年轻一辈的"叛逆剑修"。

作为唯一一位女剑修的于心,身穿一件金衫衣裙法袍,外罩龙女仙衣湘水裙,脚踩一双百花福地的绣花鞋。

李完用,背长剑螭篆,这趟远游剑气长城,主要是为了见那左右一面。

此外还有杜俨和秦睡虎。

除了王师子是供奉身份,其余几个都是桐叶宗祖师堂嫡传剑修。

他们和陈三秋、叠嶂差不多时候飘落城头。

结果只看到了五人联袂远游后,在天地间拉扯出来的五条剑光长线。

大骊京城陋巷,周海镜以武夫的纯粹真气一线牵引,就像钓鱼收竿,将那件抛出院子的衣物拉回手中。

看得门口两个少年眼神光彩熠熠,这个外乡婆姨,果真是个身负绝学的高手,真得伺候好了,说不定就能学到几手真本事。

周海镜看着门外那个青衫客,她有些后悔没有在道观多问几句关于陈平安的事情。

只是她哪里想到,这家伙会一路跟踪到这里。无缘无故的,你一个山上剑仙,吃饱了撑着吗?

周海镜继续收着晾衣竿上边的衣物,转头笑道:"陈宗主这么有闲情逸致啊,竟然愿意来这种地方,鸡屎狗粪不好闻吧?"

门口那俩少年,立即齐刷刷转头望向那个男人,哟呵,看不出来,还是个有身份有地位的江湖中人?

宗主?

是不是与那门派帮主、舵主差不多,不过看着更像是个教书先生,不像是个舞枪弄棒的家伙啊。

陈平安笑道:"还行,习惯就好。"

苏琅,远游境的青竹剑仙,刑部二等供奉无事牌,大骊随军修士。

周海镜,山巅境武夫,当然按照世俗眼光,她还是一个好看的女人。

每个人的言行举止,就像一场阴神出窍远游。

旁人眼中的每个自己,就是一副阳神身外身。

陈平安知道为什么她明知自己的身份，还是如此泼辣，周海镜就像在说一个道理，她是个女子，你一个山上剑仙，就不要来这里讨没趣了。

先前相逢，周海镜就发现道录葛岭和译经局的小沙弥都很敬畏此人，是发自肺腑，做不得假。至于苏琅，更是怕他怕到了骨子里。

陈平安，落魄山山主，一宗之主，剑仙。

更是一位不知为何寂寂无名的武学大宗师，道理很简单，因为他是裴钱的师父，不过周海镜暂时看不出他的武学深浅、武道高低，瞧着像是个金身境武夫，就是不知道是否藏拙了。

不过眼前男子，确实气质温和、彬彬有礼。

就连眼光挑剔的周海镜都不得不承认，这位剑仙，确实出彩。

不过人心隔肚皮，好皮囊好气度里头，天晓得是不是藏着一肚子坏水。

周海镜问道："真有事？"

陈平安点头道："真有事。"

周海镜叹了口气："那就进来聊，我一个黄花大闺女，给街坊邻居瞧见了，再想找个好人嫁，就难了。"

陈平安道了一声谢，跨过门槛，宅子就那么点大，除了院子，一正堂两偏屋，其中一间屋子还是灶房。

桌上搁放了一套手艺粗劣的白瓷茶具，周海镜笑道："只能待客不周了，别说没有什么好酒，茶叶都没有，白开水要不要？"

陈平安笑道："无妨，我喝一碗白水就是了。"

对于这类小宅子，陈平安其实有一种天然的亲近，因为跟家乡很像。

陈平安落座后，接过那碗水，直截了当问道："周先生与那鱼虹有过节，而且结怨不小？"

若是一味拐弯抹角，反而让人疑神疑鬼。

早年在大隋山崖书院，崔东山曾经问过两个看似差不多的问题，希望这个名义上的先生帮忙解惑。

这么多年来，尤其是在剑气长城，陈平安一直在思考这个问题，但是很难给出答案。

崔东山的两个问题，分别是：

若以错误的方法去追求一个正确的结果，对还是不对？

以错误的方法，达成了一个极其难得的正确结果，有没有错？

两个脉络相同的问题，后者当然要比前者更难回答。

陈平安希望今天的这场拜访，能够给崔东山这个学生姗姗来迟的"半个答案"。

至多也就是半个答案了。

所谓的先生学生,陈平安又能教什么?好像什么都教不了崔东山。

只是久而久之,陈平安就真当自己是崔东山的先生了。

周海镜哑然失笑,放下水碗,道:"陈宗主说笑了,我是渔民出身,乡野村姑一个,与鱼老前辈这样的武学大宗师,哪怕每天烧高香,都攀不着半枚铜钱的关系。"

她继续道:"顺便说一句,陈宗主就别一口一个周先生了,听着别扭。直呼姓名好了,喊周姑娘也行。反正咱俩年纪不会相差太多,就当是一个辈分的人好了。"

见那个年轻剑仙不言语,周海镜好奇问道:"陈宗主问这个做什么?与鱼老前辈是朋友?或是那种朋友的朋友?"

周海镜好像恍然大悟,一脸惊讶道:"难不成陈宗主还与鱼虹学过拳?"

陈平安摇头道:"之前听都没听过鱼虹。"

周海镜打趣道:"那你来这里做什么,总不至于是见色起意吧?我怎么看陈宗主都不像是这种人啊。我可是听说山上神仙,看待女子姿色,与山下男子看待美色,完全是一个天一个地。"

陈平安说道:"这次不请自来,冒昧拜访,是有个不情之请,如果周姑娘不愿回答,我不会强人所难。可如果愿意说些往事,就算我欠周姑娘一个人情。以后但凡有事,周姑娘觉得棘手,就只需飞剑传信落魄山,我随叫随到。当然前提是周姑娘让我所做之事,不违本心。"

"听着很好,事实上呢?"

周海镜啧啧道:"我差点都要以为这会儿不在家里,还身在葛道录的那座小道观了。"

陈平安笑道:"明白了,我喝完这碗水就会离开,不会让周姑娘为难。"

看着那位青衫男子持碗喝水,周海镜说道:"陈宗主真是个讲究人。"

陈平安疑惑道:"为何有此说?"

周海镜笑着抬起白碗:"没什么,以茶代酒。"

陈平安抬碗,抿了一口。

周海镜看在眼里,她脸上笑意盈盈。

明明出身豪门甲族,能够将就,而且"将就"得自然而然,不让旁人觉得突兀,大概这就是所谓的讲究。

地方上的世家子,豪门贵胄,周海镜在学成拳法之后,游历诸国,还是见过一些的,绣花枕头很多,道貌岸然不是个东西的,也不少,腹有诗书气自华的,有倒是有,就是不多。

只是眼前这位,一身青衫长褂下边,那双一尘不染的布鞋,泄露了天机。

在这满是鸡粪狗屎猪圈的寒酸地方，不愧是来去如风、脚不着地的剑仙。

这些人内心的轻蔑，其实是很难藏好的。在周海镜看来，还不如那些摆在脸上的狗眼看人低。

这些个高高在上的谱牒仙师，山中修道之地，久居之所，哪个不是在那餐霞饮露的白云深处。

周海镜突然问了个问题："如果让陈宗主选，是不是宁愿喝白水，也不喝粗茶？"

陈平安说道："说实话都无所谓。"

周海镜手指轻敲白碗，笑眯眯道："当真？"

又有些讲究人，过得惯一穷到底的清贫生活，干脆什么都没有，两袖清风，说是安贫乐道，唯独受不了需要每天跟鸡毛蒜皮打交道的钝刀子穷酸，有点小钱，偏偏什么好东西都买不着。

陈平安笑道："这有什么好糊弄周姑娘的。"

喝过了一碗水，陈平安就要起身告辞。

周海镜叹了口气："陈宗主好像还是有些不甘心，你这一走，我不得更心慌啊，所以不妨有话直说，打开天窗说亮话，说不定我就改变主意了。不过说完之后，我们可就真要井水不犯河水了。"

陈平安点点头："那我就说几句直话，不会与周姑娘兜圈子。"

周海镜嫣然一笑："孤苦伶仃行走江湖，生死都可以看淡，计较不了太多。陈宗主其实不必如此，越这么客套有礼，反而越让我担心是黄鼠狼拜年。"

陈平安笑道："虽然不清楚葛岭、宋续他们是怎么与周姑娘聊的，但是我可以肯定，周姑娘最后会答应加入大骊地支一脉，因为你需要一张护身符，觉得杀了一个鱼虹还不够，不算大仇得报。

"先前火神庙擂台那场问拳，周姑娘的示弱，极有分寸，一般九境武夫看不出来，我倒是看得出些端倪。

"而且周姑娘身上，唯有香囊是你自己的物品。因为如果我没有记错，按照周姑娘家乡海边渔民的习俗，当一位女子悬佩一只绣燕子纹的'花信期'绢香囊，就是她对外人示意已为人妇。

"相信周姑娘看得出来，我也是一位纯粹武夫，所以很清楚一个女子要想在五十岁跻身武夫九境，哪怕天资再好，至少在年少时都需要一两部入门拳谱，此后武学路上得遇到一两个帮忙教拳喂拳之人，传授拳理，要么是家学，要么是师传。周姑娘与桐叶洲的叶芸芸还不一样，你是渔民出身，既没有怎么走弯路，九境的底子又打得很好，要远远比鱼虹更有希望跻身止境，自然就是得过一份半路的师传了。

"这么好的武学前程，却不惜与鱼虹换命，甚至谋求更多。到了京城后，周姑娘处处谨小慎微,先前在那条巷弄,见到葛道录他们之前,更是不惜在车厢内催动一口武夫纯粹真气,伤及脏腑,好假装呕血。"

周海镜只是一脸不管你说什么我都听不懂的表情,就像在听一个说书先生胡扯。

陈平安说道:"我不会掺和周姑娘和鱼虹的恩怨是非,就只是想要知道早年发生了什么事情。"

周海镜轻轻旋转白碗:"小事。些许苦水,跟一个外人犯不着多说。"

陈平安想了想,道:"既然周姑娘喜欢做买卖,也擅长做生意,经营之道让我叹为观止,那就换一种说法好了。

"大骊地支一脉,暂时归我管。

"只要周姑娘占着理,与鱼虹的恩怨,你们依旧生死自负,但是我可以保证除了地支一脉,还有礼刑两部,都不会多管闲事。"

如果说之前,周海镜像是听说书先生说故事,这会儿听着这位陈剑仙的大言不惭,就更像是在听天书了。

你这家伙真当自己姓宋啊!

还是当自己是那国师崔瀺啊?

还大骊地支一脉暂归你管,如今整个浩然天下都知道一件事,就数咱们东宝瓶洲的山上修士,在山下王朝最抬不起头。

周海镜忍着笑,摆摆手,都改了称呼:"陈先生,咱俩真聊不到一块儿去,我最后能不能问个问题,你是武夫几境?"

虽说周海镜知道眼前的青衫剑仙就是那个裴钱的师父,只是武学一道,青出于蓝而胜于蓝,弟子比师父出息更大的情况多了去了。师父领进门,修行在个人,就像那鱼虹的师父,就只是个金身境武夫,在剑修如云的朱荧王朝,很不起眼。

至于她自己,更是。教拳之人,才是个六境武夫。当然了,那时候她年纪还小,将他奉若神明。

眼中、心中、脸上、眉梢,都是他。喝水、饮酒、吃饭、行走,都会想。

唯有拼命练拳,才能忘记片刻。

陈平安说道:"跟周姑娘的境界差不太多。"

不等周海镜说话赶人,陈平安就已经起身,抱拳道:"保证以后都不再来叨扰周姑娘。"

周海镜起身笑道:"那敢情好,不过话说回来,我确实不相信'郑清明'的师父会是什么穷凶极恶的人。所以今天的闲聊,如果我有冒犯的地方,陈先生就大度些,见谅,反正以后我们都不会见面了,心里边或是嘴上,大骂几句周海镜的不识抬举,都没问题的。"

她发现陈平安听到这句话后,好像还挺开心。

看来陈平安对那个弟子裴钱,真的很引以为傲嘛。

门口那两个市井少年,始终没有离开。

高大少年喊道:"周姨,要是那人敢毛手毛脚,喊一声,我跟万言就立马抄家伙。"

周海镜转头怒道:"姨什么姨,喊姐姐!"

高大少年嘿嘿笑道:"只要周姨不生气,别说喊姐姐,喊姑奶奶喊妹妹都成!"

名叫万言的清秀少年咧嘴一笑。

陈平安转头望向门口巷弄,不知道早年藕花福地那处小县城里边,未来的南苑国国师种夫子和第一个登山修仙的俞真意,年少时是否也是这般略显混不吝的模样。

周海镜瞥了眼那个男子的眉眼、神色,她有些讶异。

好家伙,道行不浅,老娘多看几眼,说不定都要着了道。

现在她有些后悔对东宝瓶洲的山上风貌,太过孤陋寡闻,如果不是苏琅的提醒,还真不敢相信,那个在小巷侧身让路的家伙,就是如今东宝瓶洲风头最盛的年轻剑仙。

实在是周海镜每每一想到那些镜花水月的开销,就心肝颤抖,说是只有几枚、十几枚雪花钱,可只要折算成真金白银,尤其再换算成一串串的铜钱,周海镜连换上一身夜行衣,随便找块布将脸一蒙,去山上打家劫舍的心思都有了。

陈平安告辞离开,周海镜送到了院门口。

高大少年低声笑道:"周姐姐,这个家伙模样挺好啊,一看就是个斯文人,怎么,嫌他兜里没钱,才没瞧上眼?"

周海镜笑眯眯道:"他没有钱?高油啊高油,你真是好眼神,难怪会偷钱偷到我身上,错过了这么个真正的大财主。"

高油转头望去,望向那个男子的背影,他有钱?不能够吧?

清秀少年突然一路小跑,追上陈平安,侧过身几乎贴墙而行,轻声道:"陈宗主,我叫万言。"

陈平安转头笑道:"倚马万言的那个万言?"

少年使劲点头,犹豫了一下,红着脸问道:"你会拳脚功夫吗?"

"会一点。"

"能教给外人吗?"

"不能。"

"我可以给钱,如果钱不够,就先欠着,一定会补上,我可以发誓。"

陈平安还是摇头,没有答应少年。

少年神色黯然:"那些武馆老师傅的桩架,我们学了没用,听说还需要拳谱、经脉什么的,我们都没读过书,学不着真本事。"

其实还有些话说不出口，跟高油一起瞎练了好几年狗屁走桩站桩，到底长没长点气力都不好说，反正容易饿，一饿就得去街上偷钱。京城大大小小的武馆，没谁愿意收两个穷光蛋，江湖帮派更不好混。

陈平安问道："为什么要学拳？"

万言说道："不会被欺负。学了本事，挣钱也容易些。"

斜靠在门口的周海镜，与那位年轻剑仙遥遥喊道："学拳晚了。早个七八年撞见了，说不定我还愿意教他们学点三脚猫功夫。如今教了拳，只会害了他们，就他们那脾气，以后混了江湖，早晚死在门派的斗殴里，还不如安安分分当个毛贼，本事小，惹祸少。"

高油气呼呼道："周姐，别瞧不起人啊，万言的脑子很好的，他就是没钱读书，不然随便考个进士。"

清秀少年，笑容腼腆，挠挠头，神色有些不自在。

两人即将走到小巷尽头，陈平安笑问道："为什么找我学拳？你们那位周姐姐不也是江湖中人，何必舍近求远。"

万言说道："我觉得陈先生是高手。"

陈平安笑道："也。"

万言立即改口道："也是高手！"

少年转头对周海镜歉意一笑，把周海镜给逗乐了。

陈平安忍俊不禁道："我是高手，怎么看出来的？"

万言说道："气势。陈宗主走路说话跟我们不一样，但是跟周姨一样。"

陈平安嗯了一声，点头说道："小心翼翼观察世界是个好习惯，能让你无意中绕过很多磕磕碰碰。只是这种事情，我们无法在自己身上明证，你就当是一个过来人的经验之谈。"

儒家讲慎独，佛家说自证，其实都是差不多的意思。只是这会儿跟一个少年说这些，没意义。不得不承认，很多道理其实是有门槛的，除此之外，还要讲究一个愿不愿意学、乐不乐意听。

陈平安在巷口停下脚步，与少年笑道："你们那位周姨是个好说话的，多求求她，再就是平日里机灵点，找点事做，比如主动给周姨买酒什么的，学点强身健体的拳脚把式，肯定不难。"

万言点点头："明白了，还是得花钱！"

陈平安笑了起来，走出巷子，径直离去。

周海镜撇撇嘴。

万言驻足许久，等到看不见那一袭青衫了，才跑回好朋友高油和周海镜身边。

周海镜说道:"学拳一事,劝你们死心,理由嘛,就是你们俩小崽子不够黑。"

高油疑惑道:"不够心黑手辣?"

周海镜翻了个白眼,转身走入宅子,关上院门。

看了眼桌上那只白碗,她只希望这个挺有书卷气的剑仙,装钱的师父,真的说到做到,不再纠缠自己。

周海镜坐在正屋门槛上,看着外边的院门。

海边渔民,一年到头大日曝晒,海风腥臊,捕鱼采珠的少年少女,大多肌肤黝黑如炭,一个个能好看到哪里去。

曾经有个外乡男子,在一个海边村庄停步落脚,会帮渔民们晒海盐、筑堤坝。

而她的家乡,邻近大海,听祖辈们代代相传,说那就是太阳闭眼休息和睁眼醒来的地方。

遥想当年,贫女如花镜不知。

陈平安渐渐走远,喃喃自语:"花果同时。"

杨家药铺前院,苏店和师弟石灵山继续照看着铺子。反正没什么生意可言,苏店就离开前院,去了后院坐着,哪怕师父不在了,她还是规规矩矩,不敢去正屋那边的台阶坐着,也不敢去那条长凳上坐着。

石灵山掀起帘子,看着师姐,哀叹一声,愁死个人,郑大风这个王八蛋,鬼话连篇,害人不浅!前些年听了这个老光棍的那个馊主意,在旧朱荧王朝一处战场遗址,遇到了那个于禄,就说了句自己其实不是苏店的师弟,是她的儿子……结果打那之后,挨了一拳不说,师姐就再没给他什么好脸色了,甚至直到今天,都不太乐意与他说话。

石灵山轻声问道:"师姐,有心事?"

苏店好像没听见。

石灵山小声问道:"师姐,是不是想师父啦?"

苏店没有转头,只是说道:"看铺子去。"

石灵山唉了一声,欢天喜地,屁颠屁颠跑回前院,师姐今儿与自己说了四个字呢。

苏店确实在想人,不过不是她最敬重的师父,而是她的叔叔。

曾经有一口龙窑,有个面黄肌瘦的小孩子,脏兮兮的,让人都分不出男孩女孩,不过反正谁都不会在意。

她的叔叔,因为受不了街坊邻居的眼神和那些戳脊梁骨的闲话,就贱卖了田地,跑去当窑工。而叔叔为了她好过些,都没与人说两人关系,叔叔只是私底下求了那个姚师傅,让她在那边做点力所能及的琐碎小事,她才在那边留下了。

后来叔叔死了。她觉得还不如留在小镇给人骂死,总好过给人打了个半死,再自己拿碎瓷片戳死。

苏店一想到这里，抬起手背，揉了揉眼睛。

那些年里，偶尔叔叔喝了酒，也会说些心里话，大概是因为她从来不说什么，每次都只是默默听着，所以叔叔误以为她年纪太小，什么都不懂。

叔叔说："他们看我的眼神，就像瞧见了脏东西。我都知道，又能如何呢，只能假装不知道。躲不开，跑不掉啊。也不怪他们，是我自找的。"

叔叔给她取了个小名，也就是现在的"胭脂"，其实她很不喜欢，甚至一直厌恶。

叔叔在心情好的时候，就会与她经常念叨一句话："小胭脂，你是女孩子，喜欢胭脂水粉，是顶好的事情。"

那些年里，叔叔唯一能够欺负的，其实就是那个矮矮瘦瘦的草鞋少年了。

因为那少年太穷，还是个无依无靠的孤儿。最没有出息的叔叔好像只有在那个姓陈的那里，才会变得有钱、要面子、说话有底气。

她曾经很多次远远看过那个比她年纪大一些的家伙，在拉坯的时候，他会微皱眉头，使劲抿嘴，但是每次做出来的东西，还是不行。

叔叔后来还对她说过："小胭脂，以后要是遇到了事情，去找那个人，就是那个泥瓶巷的陈平安。他会帮你的，肯定会的。"

"但是也不要经常麻烦别人，次数多了，一样会惹人烦的。"

当时她并不知道，这差不多就是叔叔的遗言了。

苏店坐在台阶上，缩着身子，怔怔出神。

有天夜里，泥瓶巷，一个专门换了一身洁净衣衫的高瘦汉子，趁着宅子的主人需要盯着窑火，连夜偷摸回了小镇。

一个黝黑枯瘦的小女孩，负责帮叔叔在巷口把门望风。

男人翻墙进了院子，只是犹豫了很久，徘徊不去，手里攥着一只胭脂盒。

在那之前，男人还偷偷去了趟杨家药铺，找到了那个性情孤僻的老人，买了一份药膏。

之所以怕死，竟然就只是因为怕疼，上吊死相难看，投水死难受，想一想就怕得不敢死，这让男人越想越伤心，真是个娘们。

男人心情不好的时候，就喜欢坐在水边，或是裁剪红纸，或是给相依为命的小姑娘扎辫子，除了从小就最不喜欢的庄稼活，他做事其实也很心灵手巧。在河边，也会对着水面，不停转头，就像在照镜子，经常抬起手掌，轻轻捋过鬓角。当窑工是辛苦活计，可没有单间可住，一个大老爷们照镜子，给人撞见了，得挨一堆闲话。

他曾经最讨厌的人，可能谁都想不到，不是那些欺负他欺负惯了的家伙，而是那个泥瓶巷出身的草鞋少年。

因为少年看他的时候,眼睛里没有嘲讽,甚至没有可怜,就像……看着个人。

但陈平安越是这样,他这个娘娘腔心里越难受。

他恨不得所有人都是腌臜货色,他宁愿那个少年跟所有窑工一个德行,所以他喜欢挑事,故意针对那个出身泥瓶巷的窑工学徒,四处煽风点火,阴阳怪气。

直到那一天,他闯下大祸,断了龙窑的窑火,躲在山林里,少年其实第一个发现了他的踪迹,但是却什么都没有说,假装没有看到他,事后还帮着隐瞒踪迹。

后来他被打断了双腿,在床上休养了半年光阴,到最后照顾他最多的,还是那个不懂得拒绝他人请求的黑炭少年。

也是在那段岁月里,他这个娘娘腔才会与陈平安经常聊天,不过少年寡言,多是男人在说,少年听。

"陈平安。"

"你是个怪人,其实比我更怪,不过你真的是好人。"

"老话既说好人不长命,又说好人会有好报的,你觉得呢?"

"你也不知道,是吧?"

"等你再大些,就会知道当个好人,会很辛苦。"

偶尔陈平安才会说一两句心里话,说自己算什么好人,一样很想打他,只是他给刘羡阳一次打怕了,自己就不用出手了。

两人最后的那次对话,是娘娘腔想要送给陈平安一件东西。

"送你件东西,是我唯一值钱的物件了。"

是他珍爱异常的胭脂盒,就像他这辈子所有的精气神,所有对生活的美好希望,都藏在了里边。

但是少年当时坐在门槛那边,摇着头说道:"不要。"

"不脏哩。"

"不是嫌脏,就是不喜欢。我拿了又没用,总不能卖了换钱。"

"拿着吧,就算我求你了。我想好了,以后再也不能被骂像个娘们了,如果没人帮我保管这盒胭脂,我又得忍不住看一眼,看一眼就要多看几眼,多看几眼就又要忍不住涂抹点,开始惦念这个月的工钱,到时候又要被人骂娘娘腔。"

可是最后,少年还是没有收下那只胭脂盒。

所以那一晚,男人才会偷溜进泥瓶巷,翻墙去了陈平安的祖宅。

可是到最后,娘娘腔还是没有按照初衷,刨土埋下那只胭脂盒,而是重新翻墙到了巷子,把它藏在了离着宅子很近的小巷里边,没对着院门。

那个娘娘腔的想法和理由很简单,怕脏了干干净净的地儿。

走到巷子门口,男人牵起小姑娘的手,回头望去,满脸泪水,闭上眼睛,心中念念有词。

只是希望老天爷开开眼,不用瞧自己,就看看那个陈平安好了,保佑好人有个好报。

听着那个骑牛少年的言语,陈灵均愣了愣,啥名字来着,真没听明白,只得问道:"道友找谁,能不能再说一遍,反正闲着也是闲着,我可以为道友带路啊,槐黄县城这儿的大街小巷,我闭着眼睛都能走下来。"

这位外乡道人要找的人,名字挺奇怪啊,竟然没听过。

道童却笑道:"我自己找就是了。修个知道,乐趣所在。"

陈灵均对此也无所谓,先以心声与那头青牛试探性问道:"这位道友,听不听得懂我说话?要是听得懂,就点个头啥的。"

毕竟道童先前称呼了一声"道友",说不定就是个修道有成的精怪,可不就是同道?

见那头青牛无动于衷,陈灵均彻底放心,原来是个还没开窍的晚辈,哈哈,对牛弹琴了啊。

由此可见,这位骑在牛背上的少年的道法,定然高不到哪里去。

不然山巅的仙家坐骑,没个中五境修为和炼形神通,谱牒仙师好意思带出门?

这才与那道童提醒道:"过客道友,你这坐骑不会跑了吧?撞着了路人,可就不好了。赔钱事小,还要吃官司,尤其是撞了小镇百姓,即将入秋,留在县城边没挪窝的老百姓,很快就要忙得很,哪怕收了笔钱,可耽误了秋收,又挨了顿皮肉之苦,终究不美。"

道童笑道:"道友先前不是说在整个北岳地界,你的名头都很响亮吗?"

陈灵均白眼道:"帮朋友,再讲义气,咱们也不能胡来啊,怎么也该占点理吧,真要撞了人,那就是咱们理亏了,对方愿意拿钱私了,你没钱,我当然可以掏钱,不谈什么借不借还不还的,可人家要是非要拽着你去县衙说理,我还能如何,县令又不是我儿子,我说啥就听啥。"

道童点头,缓缓道:"有道理。"

就仨字,结果少年还故意说得慢悠悠,就像是有,道,理。

陈灵均听得头疼,摇摇头,叹了口气,这位道友,不太实在,道行不太够,说话来凑啊。

道童翻身下了青牛背,问道:"你跟那位陆掌教有过节?"

陈灵均嘿嘿笑道:"我跟他能有啥过节,那么个远在天边的老神仙,境界有真珠山那么高,道法有龙须河那么长,我这小胳膊细腿的无名小卒,高攀不起。"

道童笑问道:"可曾晓得自己的本来面目?"

陈灵均犹豫了一下,摇头道:"天生地养,没爹没娘的,谈啥本来不本来的。"

道童站在原地，说道："道友这个说法，颇有意思。单刀直入，直指心性。"

陈灵均乐了："哈，道友你一个游方道士，咋个说些佛家语，也不担心自家祖师爷怪罪？道友，为人要心诚啊，哪怕祖师爷听不着，还是要悠着点。"

道童一笑置之，又问道："你家那位老爷，就不帮你查查，寻宗问祖？百姓人家对待此事，尚且有那家谱族谱，道友这样的修道之士，点几炷香，在路边烧点纸，就当遥敬祖荫也好。"

陈灵均又开始忍不住掏心窝子："一开始吧，我是懒得说，自打记事起，就没爹没娘的，习惯就好，不至于如何伤心，到底不是什么值得说道的事儿，经常放在嘴边，求个可怜，太不豪杰了。我那老爷呢，是不太在意我的过往，见我不说，就从不过问，他只认定一事，带我回了家，就得对我负责……其实还好了，上山后，老爷经常出门远游，回了家也不怎么管我，越是这样，我就越懂事嘛。"

"你觉得天底下最大的山水相依，是什么景象？"

"想这玩意儿做啥，有锤子用嘞。道友，你给说道说道？"

"浩然九洲，像不像浮出水面的九座山，或者就只是一座山，只是被四海环绕？"

陈灵均闻言点头，还真有那么点意思，大笑道："道友这个说法，一样颇有学问啊。"

陈灵均踮起脚尖，偷偷拍了拍一根牛角："我家有个山头，四季如春，漫山遍野的奇花异草，甘甜青草茫茫多，管够。"

青牛微微摆头，好像看了眼那个青衣小童。

陈灵均点点头，欣慰道："一听到吃，悟性就来了，是好事，以后说不定真可以修行仙家术法。"

道童笑了笑，也没说什么，只是拍了拍青牛背脊，示意收一收脾气。

此次游历这座小镇，他是追本溯源，看一看到底何为一。

从河边去了一座龙窑的那个僧人，是想要知道那个一是怎么成为一的。

至于学塾外边的老夫子，则是想要知道这个一要往哪里去。

好个画地为牢万余年的青童天君，竟然不惜以火神阮秀和水神李柳作为皆可舍弃的障眼法，最终步步为营，环环相扣，瞒天过海，竟敢真能让原本没有半点大道渊源、面目崭新的旧天庭共主，成为那个一，重现人间。

泥瓶巷陈平安，那个靠着吃百家饭长大的少年，如果此后没有意外，他就有最大可能，成为那个一了。

绝非一开始就是如此。

杨老头就像亲手悄然打散了那个一，然后任由小镇甲子之内的所有人去争夺那个一，是所有人都有资格争夺此物，哪怕是阮秀和李柳这样的神灵转世，一样有机会。一切命好的、命薄的、命硬的，谁都有机会，人人都有份。

阮秀、李柳、李希圣、李宝瓶、窑工娘娘腔男子、杏花巷马苦玄、泥瓶巷宋集薪、真龙稚圭、李槐、刘羡阳、顾璨、赵繇、林守一、苏店、谢灵……

所有人都悄无声息、不知不觉身在此局中，再加上骊珠洞天本就错综复杂的极多脉络，才会天机不显，无迹可寻。更何况前有齐静春，后有崔瀺……

陈灵均看着那个道童，问道："咋回事，走神啦，还是不好意思让我帮忙带路？瞎客气个啥，说吧，去哪里。"

道童笑道："你家那位老爷，很厉害啊，有机会是要见一见。"

陈灵均拍了拍道童的肩膀，然后满脸得意洋洋，叉腰大笑道："道友说废话了不是？"

一位老夫子笑着来到陈灵均身边，拍了拍他的脑袋，笑道："跟道祖说话，别没大没小。"

陈灵均一手拍掉那个老夫子的手，想了想，还是算了，都是读书人，不跟你计较什么，只是笑望向那个道童："道友你真是的，名字取得也太大了些，都与'道祖'谐音了，改改，有机会改改啊。"

道童笑道："道祖又不是名字，只是一个别人给的道号，我看就不用改了吧。"

那个中年僧人跟着出现在了大街上。

陈灵均一时语噎，看了眼远处的僧人，再抬头看了眼身边满脸慈祥笑意的老夫子，最后望向那个少年道童，陈灵均深呼吸一口气，一个扑通跪地，双手合十，高高举起，默不作声，真不是他不讲礼数，而是面对这仨，该先敬称哪位才是对的？好像先喊谁，都不对啊。不管了，先磕九个响头为敬，就当给每人磕三个，反正三教祖师你们就不用计较这点小事了。

老夫子双手负后，说道："要我看啊，事已至此，何况暂时来说，其实也还是没个定数的，所以见就别见了，还不如直接去旧天庭遗址忙正事，世间事就留给人间人。"

道祖笑了笑。至圣先师也笑了起来。

陈灵均磕完头，悄悄抬头，发现事情好像有些不对劲，他娘的不管了，再磕九个，不，十八个响头！

中年僧人看着牌坊楼那佛家语的匾额，"莫向外求"，再看了眼神仙坟，双手合十，佛唱一声："行愿无尽。"

道祖看了眼杨家药铺后院的一间屋子，有封信是留给陈平安的，信上边就一句话："可曾吃饱？"

陈平安"吃"的是什么，是所有他人身上的人性，是所有泥瓶巷少年心中认为的美好，是一切他心神往之的事物，其实这早就是一种无异于合道十四境的天大契机。

是诚心正意，是道心惟微，是心诚则灵。

老夫子叹了口气,好个牵线搭桥将如此重担放在师弟肩头的齐静春,好个自欺欺人瞒过天算的绣虎崔瀺。

你们两个当师兄的,就对师弟陈平安这么有信心吗?

道祖突然笑道:"读书人啊。"

至圣先师瞪眼道:"这都能怪我?!"

陈灵均壮起胆子,怯生生地颤声道:"虽然不知道说啥,但是我觉得吧,我家老爷是那个啥,说不定才是最好的。"

老夫子笑眯眯道:"说说看,为什么?不用怕,这里是我的地盘,跟人打架不亏。"

陈灵均一说起陈平安,立即就胆气十足了,坐在地上,拍胸脯说道:"我家老爷是个好人啊,以前是,现在是,以后更是好人!"

第四章 泥瓶巷

听着青衣小童的肺腑之言,中年僧人率先说道:"那就再看看。"

老夫子笑道:"我看这就很善嘛,等了万余年光阴,何必急于一时。"

道祖点点头,对那头青牛笑道:"既然暂时无事,你随便逛去,记得别越界。还有就是肚量大些,今天的事情不要记仇了,太过小心眼,于修行是好事,为人则不然。"

青牛没了那份大道压制,顿时现出人形,是一位身材高大的老道人,相貌清癯,气度凛然,极有威严。

正是东海观道观的老观主,藕花福地当之无愧的老天爷,由于藕花福地与莲花洞天相衔接,时不时就与道祖掰掰手腕,比拼道法高低。

老观主也是塑造出朱敛、隋右边在内画卷四人的幕后主人,更是世间公认最强大的十四境大修士之一。

天地间资历最老、年纪最大的存在,与托月山大祖、白泽、初升都是一个辈分的。

撇开年龄,只说修行岁月的"道龄",文圣一脉的刘十六,在剑气长城隐蔽身份的张禄,都算是晚辈。

老观主每次出门远游,本身就像是一首游仙诗。

何况在那远古时代,落宝滩旁碧霄洞,自出洞来无敌手,能饶人处不饶人。

直到它遇到了一位少年模样的人族修士,才沦为坐骑,再后来,人间就有了那个"臭牛鼻子老道"的说法。

陈灵均微微抬头,用眼角余光瞥了一下,比起骑龙巷的贾老哥,确实是要仙风道骨些。

如果老道人一开始就是以这般容貌示人,估计那个骑牛道祖只会被陈灵均误认为是这位老神仙身边的烧火童子,平日里做些看顾丹炉、摇蒲扇之类的杂事。

老观主看了眼还坐在地上的青衣小童,一只胆大包天的小爬虫。

陈灵均立即低头,挪了挪屁股,转过头望向别处。我看不见你,你就看不见我。

老观主笑眯眯道:"景清道友,你家老爷在藕花福地丢掉的面子,都给你捡起来了。"

陈灵均头也不抬,耷拉着脑袋,闷闷道:"不知者不罪,如果老神仙与我计较这点小事,就不那么仙风道骨了。"

话是这么说,可如果不是有三教祖师在场,这会儿陈灵均肯定已经忙着给老神仙擦鞋捶腿了,至于揉肩敲背,还是算了,心有余力不足,双方身高悬殊,委实是够不着,要说跳起来拍人肩膀,像什么话,自个儿从来不做这种事情。

老观主呵呵一笑,随后身形消散,果真如道祖所说,去往别处晃荡了,连那披云山魏檗都无法察觉到丝毫涟漪。

小镇的伏线和脉络实在太多,断断续续,有些已经彻底断绝,有些尚且藕断丝连,错综复杂,老观主其实对此颇为欣喜,提纲挈领一事,本就是他人道所在。若能以此观道,定会受益匪浅。

道祖自东方而来,骑牛过门如过关,无形中给了旧骊珠洞天一份紫气东来的大道气象,只是暂时不显,以后才会缓缓水落石出。

无须刻意行事,道祖随便走在哪里,哪里就是大道所在。

这还是在浩然天下,若是在青冥天下,种种祥瑞异象,会更加夸张。

道法自然,道祖原本是不太刻意遮掩这类气象的,只是做客浩然,碍于礼圣制定的规矩,才收着点。

道祖走向杨家铺子,打算去后院檐下那条长凳坐一坐。

中年僧人去了趟龙窑,正是姚老头担任老师傅的那处。

只留下至圣先师站在陈灵均身边,老夫子打趣道:"是坐着说话不腰疼,所以不愿起身了?"

陈灵均刚要起身,便手脚俱软,一屁股坐回地上,尴尬道:"回至圣先师的话,我站不起来。"

老夫子笑道:"胆子变得这么小了?我出现之前,不是挺横的。"

陈灵均尴尬道:"瞎胡闹,作不得数。有眼无珠,别怪罪啊。"

老夫子笑道:"修道之士,一身精神全在双眸。登山证道,是人非人,只在心窍。"

陈灵均感慨不已,至圣先师的学问就是大啊,说得玄乎。

老夫子问道:"景清,你能不能带我去趟泥瓶巷?"

陈灵均一听说是那泥瓶巷,立即一个蹦跳起身,道:"没问题!"

老夫子疑惑道:"哟,这会儿又是哪里来的气力?"

陈灵均挠挠头,赧颜道:"也不知道咋回事,一说起我家老爷,我就天不怕地不怕。"

老夫子嗯了一声,说道:"约莫是行走在复杂的世道上,每个人都会有自己的主心骨,帮助我们对抗整个世界。输了,就是苦难;赢了,就是安稳。"

趁着其余两位都走远了,陈灵均试探性问道:"不然我给至圣先师多磕几个头?"

老夫子摆手笑道:"用不着,听多了磕头声,也烦。"

陈灵均小心翼翼问道:"至圣先师,为啥魏山君不晓得你们到了小镇?"

青衣小童赶紧补了一句:"魏山君很懂礼数的,如果不是真有事,他肯定会主动来觐见。"

个人恩怨与江湖规矩,是两回事。

魏檗对他如何,与魏檗对落魄山如何,得分开算。再说了,魏檗对他,其实也还好。

老夫子笑道:"因为游历小镇这件事,不在道祖想要让人知道的那条脉络里,既然道祖有意如此,魏檗当然就见不着我们三个了。"

陈灵均赞叹不已:"道祖的道法就是高啊。"

老夫子笑道:"何止是道法高,先前真要打起架来,我也怵。"

陈灵均一个真情流露,也就没了顾忌,哈哈大笑道:"输人不输阵,道理我懂的……"

只是越说嗓音越小,一贯嘴巴没把门的臭毛病又犯了,陈灵均最后悻悻然改口道:"我懂个锤子,至圣先师大人有大量,就当我啥都没说啊。"

老夫子倒是不以为意。

其间两人路过骑龙巷铺子,陈灵均目不斜视,哪敢随随便便将至圣先师引荐给贾老哥。老夫子转头看了眼压岁铺子和草头铺子,道:"瞧着生意还不错。"

陈灵均点点头:"小本买卖,价格公道,细水长流,其实挣不着什么大钱,但是我家老爷经手那么多的神仙钱,偏偏十分在意这点银子铜钱的盈亏,经常亲自下山来这里翻账查账的,倒不是老爷信不过石掌柜和贾老哥的为人,只是好像看着账簿上边的盈余,他就会很开心。"

老夫子点头道:"这是个好习惯,挣得了小钱,守得住大钱,年年有余,越攒越多,一个门户的家底就愈发厚实了,一年光景比一年好。"

陈灵均唏嘘不已,仰头望向那位老夫子,诚心说道:"至圣先师说话可真实在,连我都听得懂。"

老夫子似有所想,笑道:"禅宗自五祖六祖起,法门大启不择根机,其实佛法就开始说得很平实了,而且讲究一个即心即佛,莫向外求,可惜之后又渐渐说得高远隐晦了,佛偈无数，机锋四起，老百姓就重新听不太懂了。其间佛门有个比不立文字更进一步的'破言说'，不少高僧直接说自己不乐意谈佛论法，若是不谈学问，只说法脉繁衍，就有点类似我们儒家的'灭人欲'了。"

陈灵均听得迷糊，也不敢多说半句，所幸老夫子好像也没想着多聊此事。

两人一起在骑龙巷拾级而上，老夫子问道："这条巷子，可有名字？"

陈灵均使劲点头："有啊，叫骑龙巷。再高一些，巷子顶部，我们当地人都习惯称呼为火炉尖。"

老夫子点点头："果然处处藏有玄机。"

陆沉在离乡之前，曾经逍遥游于浩然天地间，也曾呼龙耕烟种瑶草，风雨跟随云中君。

老夫子走到了台阶顶部，转头望向一级级台阶，问道："景清，你的成道之地是在哪里啊？"

陈灵均一脸震惊，疑惑不解道："至圣先师那么大的学问，也有不知道的事情啊？"

老夫子笑了笑："不是不能知道，也不是不想知道。只是我们几个需要克制，不然各自一座天下的人、事、万物，就会被我们道化得很快。

"所以道祖才会经常待在莲花小洞天里，哪怕是那座白玉京，都不太愿意走动。就是担心一旦那个一过半，就开始万物归一，不由自主，不可逆转，先是山下的凡夫俗子，继而是山上修士，最后轮到上五境，可能到头来，整个青冥天下就只剩下一拨十四境大修士了。人间千万里山河，皆是道场，再无俗子的立锥之地。

"这是当年河畔议事，一场早就有过约定的万年之约。需要道祖负责找寻出破解之法，一开始就是他最担心此事。

"道祖的道法当然很高嘛，能者多劳，天经地义。"

陈灵均听得苦兮兮，慌得不行，喃喃道："至圣先师，与我说这些做啥啊。"

老夫子笑呵呵道："只是听人说了，你自己不说就行，何况你如今想说这些都难。景清，不如我们打个赌，看看现在能不能说出'道祖'二字？今天遇到我们三个的事情，你要是能够说给旁人听，就算你赢。对了，给你个提醒，唯一的破解之法，就是不立文字，只可意会不可言传。"

陈灵均心中起念，只是刚要说点什么，比如一想到要如何跟贾老哥吹牛皮，就开始头晕目眩，试了几次都是如此，陈灵均晃了晃脑袋，干脆不去想了，一五一十说道："我那修道之地，是黄庭国御江。"

老夫子哦了一声："《黄庭经》啊，那可是一部道教的大经。听说诵读此经，能够炼心性，得道之士，久而久之，万神随身。术法万千，细究起来，其实都是相似道路，比如修道之人的存思之法，就是往心田里种稻谷，练气士炼气，就是耕耘，每一次破境，就是一年里的一场春种秋收。纯粹武夫的十境第一层,气盛之妙,也是差不多的路数,气吞山河,化为己用,眼见为实,继而返虚,归拢一身,变成自己的地盘。

"所以道门推崇虚己,儒家说君子不器,佛家说空,诸相非相。"

听着这些令人脑瓜子疼的言语,青衣小童额头的发丝,因为满头汗水变得一缕缕,十分滑稽,实在是越想越后怕啊。

陈灵均摊开手,满是汗水,皱着脸可怜巴巴道:"至圣先师,我这会儿紧张得很,你老人家说啥记不住啊,能不能等老爷回家了,与他说去,我家老爷记性好,喜欢学东西,学啥都快,与他说,他肯定都懂,还能举一反三。"

老夫子不置可否,笑了笑,换了个话题:"你家老爷的那位先生,也就是文圣老秀才,关于'御'这个字,是不是曾经说过些学问?"

陈灵均一脸呆滞茫然。

文圣老爷是我家老爷的先生,又不是我景清大爷的先生,至圣先师你这样神出鬼没地考校,就有点不讲究了啊,真心不合江湖规矩。

算了,至圣先师也不是混江湖的。

唉,要是先生在这儿,不管至圣先师说啥都接得住话吧。难不成以后自己真得多读几本书?山上书倒是不少,老厨子那里,嘿嘿……

嘿个屁的嘿,至圣先师就在旁边站着呢,找死啊,陈灵均直接甩了自己一耳光,他娘的出手重了,一个气沉丹田,绷着脸。

老夫子笑道:"不用这么拘谨,食色性也。一个人的诸多欲望,本性使然,这当然会让人犯很多的错,但是我们的每次知错、认错和改错,就是为这个世道脚下添砖,为逆旅屋舍高处加瓦,其实是好事啊。如道祖所言,连他都是人间一过客,是句大实话嘛,但是人人都可以为后世人走得更顺当些,做点力所能及的事情,既能利人又可利己,何乐不为?当然了,如果偏有人只追求自己心中的纯粹自由,亦是一种无可厚非的自由。"

老夫子笑着给出答案:"是那《大略篇》里说'天子御珽,诸侯御荼,大夫服笏'。更早的说法呢,御,祀也。再早一些,也有个老皇历的说头,圣人流徙四凶,散落天地,以御螭魅。"

至圣先师拍了拍青衣小童的脑袋,笑道:"青蛇在匣。"

到了泥瓶巷,依旧是陈灵均带路,先帮着介绍那个修缮过的曹氏祖宅,然后走向陈平安和宋集薪相毗邻的宅子,老夫子缓缓而行,稍稍绕路,停下脚步,看了眼脚下一处,是昔年窑工埋藏胭脂盒的地方。

水神烧火。

青童天君也确实是难为人了。

这尊雨师,在远古天庭是水部第二高位神灵,仅次于水神李柳。

被药铺杨老头抹去了散道的所有痕迹，而且这场散道极有分寸，不是那种一股脑儿丢给陈平安，而更像是在泥瓶巷少年的心田，种下了一粒种子，渐渐花开。

旧天庭的远古神灵，并无后世眼中的男女之分。如果一定要给出个相对确切的定义，就是道祖提出的大道所化、阴阳之别。

大雨中，消瘦少年在这条巷子里堵住了一个衣衫华丽的同龄人，掐住对方的脖子。

草鞋少年曾经钓起一条小泥鳅，随便转赠给小鼻涕虫，被后者养在水缸里。

当然还有窑工汉子埋藏的胭脂盒在此。

宋集薪蹲在墙头上看热闹，陈平安出声救下了刘羡阳。

一起远游大隋书院的途中，朝夕相处之后，李槐内心深处，独独对陈平安最亲近、最认可。

无数类似的"小事"，隐藏着极其隐晦、深远的人心流转，神性转化。

不单单是陈平安的悄然获得，也有陈平安自身神性的流失，这才是杨老头那个手笔的厉害之处。

每一次肯定他人，陈平安就会失去一份神性，但是每一次自我否定后的某种肯定，就又能悄悄吃掉一部分积攒在身的神性。

况且李宝瓶的赤子之心，所有天马行空的想法和念头，某些程度上亦是一种"归一"，马苦玄的那种肆意妄为，何尝不是一种纯粹。李槐的洪福齐天，林守一近乎天生熟稔的"守一"之法，刘羡阳的天赋异禀，学什么都极快，拥有远超常人的得心应手之境地，宋集薪以龙气作为修道之起始，稚圭有望脱胎换骨，在恢复真龙姿态之后百尺竿头更进一步，桃叶巷谢灵以"接纳、吞食、消化"道法一脉作为登天之路，火神阮秀和水神李柳以至高神性俯瞰人间、不断聚拢稀碎人性……

小镇所有年轻一辈，各自互为障眼法。

这一场无声无息的天道争渡，原本人人都有希望成为那个一。

老夫子抬起胳膊，在自己头上虚手一握。

头顶三尺有神明。

远古神灵造就人族，掬水为本，所掬之水，来自光阴长河，此后才是摄土为形，人类随之有了最粗糙的形神。

先前道祖与陈灵均闲聊，随便提及了山水相依一事。说来说去，其实说的就是人之大道根本。浩然山河是如此，人更是。

所以崔东山曾经说过，三教祖师，唯独在大道亲水一事上，和和气气，从无争吵。

火炼为术，炼化之物正是神灵馈赠给人族的一部分粹然神性，此为火炼金之道。

所以大地之上，既先天拥有神性又同时欠缺完整神性的人类，才会有七情六欲，有种种复杂心性。

修道之士所谓的塑造"金枝玉叶"，即是以天地灵气为枝叶，此为木。

这就是最早的天地五行。

而适宜有灵众人修行证道的天地灵气，到底从何而来？就是众多神灵尸骸消散后未曾彻底融入光阴长河的天道余韵。

这就决定了为何人族才是世间得天独厚的万灵之首，为何妖族想要修行登高，就一定要抛弃先天体魄坚韧的优势，必须炼出个人形。

当初三教祖师与杨老头是有过一场约定的，只要后者遵守誓约，三教祖师的眼光就不会打量此地。

只是儒释道三教一家，历代圣人，会负责盯着这边的飞升台和镇剑楼，看了那么多年，临了临了，还是着了道。

而且事实上杨老头到最后也不曾违约。

老夫子笑了笑，也对，只有千日做贼，哪有千日防贼的道理。不过最根本的缘由，还是青童天君的最终选择，太过巧妙了，障眼法实在太多。最关键的，还是杨老头并非一开始就选择了陈平安，而是不断押注，一点一点增添筹码，这类行径在杨老头万年画地为牢的生涯当中，太不起眼了，小镇年轻一辈，宋集薪、赵繇、顾璨这些孩子身上，当年哪个没有得到一份甚至是数份拐弯抹角的馈赠？在陈平安身上，杨老头的押注反而十分"吝啬"，好像只在数次不易察觉的关键节点，才稍稍添油，一盏灯火，始终风雨飘摇，不灭而已。

比如让一个五岁大的孩子，必须上山采药才能从药铺换钱，再买药回家，才能煮药。

"雷打不动的等价交换"，这个道理，多少成年人，多少山上修道之人，可能活了一辈子都不曾懂。

又比如陈平安年幼时的那场"过河"，直到需要有人拉扯一把，孩子才不至于跳入洪水中，杨老头才现身。

老夫子看了眼小巷尽头，眯眼望去，好嘛，果不其然，当年孩子在巷中徘徊不去，从黄昏走到夜幕，终于被孩子等到了开门，是那个妇人自身的善心使然，更是杨老头的有意牵引……不对，不是青童天君！老夫子一步跨出，侧身靠墙而立，一手负后，一手双指并拢，轻轻拈住那根虚线。

是药师佛转世的姚老头？

"人性是神灵给予人类的一座牢笼。"

"自由是一种惩罚。"

佛家说自性，讲究即心即佛，就是希望人能够以大毅力、大开悟和大悲悯，在那条原本通往完整粹然神性的山巅处，稍稍改变轨迹，走出一条崭新道路。

老夫子转过头,巷子里仿佛站着一个饥肠辘辘的孩子,身材瘦小、面黄肌瘦,先听见了开门声,孩子好像犹然不敢相信,小跑几步,又停下脚步,再看到那片昏黄的光亮,蓦然从大门往巷子里涌出,眨了眨眼睛,最终怔怔看着那个开了门的妇人。

绝望里的希望,往往如此,最早到来的时候,不是欣喜,而是不敢相信。

孩子当时的眼睛里,逐渐焕发出来光彩,明亮得就像一双眼眸拥有日月。

一个孤苦无依的陋巷孩子,在那一刻,绽放出一种无比璀璨的人性。

正是希望。

而这种人性和希望,会支撑着孩子一直成长。

老夫子转头望去,隔着一堵墙壁,遥遥望向了那座未来的书简湖,看到了那个面目憔悴、心神枯槁的账房先生。

老夫子收回视线,叹了口气,这个剑走偏锋的崔瀺,当年就真心不怕陈平安一拳打杀顾璨,或是直接一走了之?

一旦陈平安的人性脉络在此断去,后遗症之大,无法想象。以后来陈平安的种种远游历练,尤其是担任隐官的人心锻炼,会使得陈平安遮掩错误的本事无限趋近于崔瀺的那种自欺欺人,变得神不知鬼不觉。

他妈的你个绣虎,一个不小心,说不定如今陈平安就已经是"修旧如旧,而非崭新"的那个一了。

老夫子小声嘀咕,骂骂咧咧了一句。

陈灵均始终站在自家老爷门口那边,在这儿,心安些。

老夫子转头笑道:"景清,你在这里稍等片刻,我去个地方,很快回来。"

陈灵均立即挺直腰杆,朗声答道:"得令!我就杵这儿不挪窝了!"

青鸾国一处水神祠庙,占地十余亩的河伯祠庙,侥幸未被战火殃及,得以保存,如今香火越来越兴盛。

在第四进的游廊当中,老夫子站在那堵墙壁下,墙上题字,既有裴钱的"天地合气""裴钱与师父到此一游",也有朱敛的那篇草书,多枯笔淡墨,百余字,一气呵成。不过老夫子更多注意力,还是放在了那楷字两句上边。

老夫子仰头看字,捻须而笑。

天上月,人间月,负笈求学肩上月,登高凭栏眼中月,竹篮打水碎又圆。

山间风,水边风,御剑远游脚下风,圣贤书斋翻书风,风吹浮萍有相逢。

好个风月无边,碎圆又有相逢。

陆沉在剑气长城那边,说天上月是拢起雪,人间雪是碎去月,归根结底,说的还是一个一的去返。

而朱敛的草书题字在墙壁,百余字,都属于无心之语,事实上文字之外,撇开内容,真正所表达的,还是那"聚如山岳,散如风雨"的"聚散"之意。曾经之朱敛,与当下之陆沉,算是一种玄之又玄的遥相呼应。

道祖摊上这么个只喜欢看戏、清静不作为的嫡传弟子,说话怎么能够硬气?

骊珠洞天最终折腾出这么大的动静,陆沉曾经在此摆摊多年,推波助澜得算他一份,逃不掉的。

这次暂借一身十四境道法给陈平安,与几位剑修同游蛮荒腹地,算是将功补过了。

道祖先前之所以愿意再看看,是因为陈平安作为年轻隐官做出的那个选择,至关重要。

返回泥瓶巷,老夫子走到陈灵均身边,看着院子里边的黄泥墙壁,可以想象,那个宅子主人年少时,背着一箩筐的野菜,从河边回家,肯定经常手持狗尾巴草,串着小鱼,晒成鱼干,一点都不愿意浪费,嘎嘣脆,整条鱼干,孩子只会囫囵吃下肚子,可能依旧吃不饱,但是就能活下去。

民以食为天。

嘉谷布帛二者,生民社稷之本。

家家户户,丰衣足食。

路上行人,衣履温暖。

老夫子双手负后,站在门外望向门内,沉默许久。

陈灵均趴在黄泥墙头上边,双脚悬空,喃喃道:"至圣先师,我先生虽然是剑仙,是武学宗师,是落魄山的山主,是剑气长城的隐官大人,可是我晓得,我家老爷最心心念念的,还是当个问心无愧的读书人,一路走来,可不容易了,道理说破天去,天底下最不想吃的饭,可不就是个百家饭吗?因为自个儿没有家了,才会不得不吃百家饭嘛。而且我家老爷又念旧,又最感恩,长辈缘怎么来的,又不是天上掉下来的,是因为我家老爷打小儿就常与老人们聊天嘛,所以这些年其实很辛苦的,每次回了家乡,都会来这边坐一坐,是老爷在提醒自己做人不能忘本呢,你老人家是读书人的祖师爷,可不许别人欺负他啊。"

老夫子笑道:"那如果做人忘本,你家老爷就能过得更轻松些?"

陈灵均毫不犹豫道:"好人一生平安,平安一生好人!"

老夫子笑道:"这确实是一件很美好的事情,值得我们去给予希望。"

陈灵均咧嘴一笑,趴在墙头上,总算能够为自家老爷做点什么了。

老夫子好像这会儿心情很好,拍了拍青衣小童的肩膀,满脸笑意,道:"走。"

陈灵均松开手,落地后纳闷道:"至圣先师,接下来要去哪儿?去文武庙逛逛?"

老夫子笑眯眯道:"都拍过了道祖的肩膀,也不差那位了,以后酒桌上论英雄,你哪儿来的敌手?"

陈灵均满头汗水，使劲摆手，一言不发。

至圣先师，你坑我呢?!

老夫子伸手拽住青衣小童的胳膊："怕什么，不大气了不是？"

陈灵均双脚立定，身体后仰，差点当场落泪，号道："不去了，真的不去！我家老爷信佛，我也跟着信了啊，很心诚的那种，我们落魄山的山风，第一大宗旨，就是以诚待人啊……"

以后要是给老爷知道了，揍不死他陈灵均。

落魄山，山门口一边摆放了一张桌子，另外一边，有个黑衣小姑娘，肩挑金扁担，横膝绿竹杖，斜挎着一只棉布小挎包，坐在小竹椅上。

她瞧见了桌旁那站着的老道人，揉了揉眼睛，不是自己眼花，小姑娘将行山杖和金扁担都斜靠竹椅，立即站起身，小跑到高大老道人身边，一个站定，仰头问道："老道长，口渴不？咱这儿有茶水待客嘞。"

小姑娘补了一句："不收钱！"

见那老道人不说话，小米粒又说道："就是茶水没啥名气，茶叶来自咱们自家山头的老茶树，老厨了亲手炒制的，是今年的新茶哩。"

老观主点点头，坐在长凳上。

比起在小镇那边，消了点气。

不然这笔账，得跟陈平安算，对那只小爬虫出手，有失身份。

地薄者大物不产，水浅者大鱼不游。

小米粒去煮水煎茶之前，先打开棉布挎包，掏出一大把瓜子放在桌上，其实两只袖子里就有瓜子，小姑娘是跟外人显摆呢。

小米粒问道："老道长，够不够？不够我还有啊。"

老观主又想到了那个"景清道友"，差不多意思的言语，却天壤之别，老观主难得有个笑脸，道："够了。"

黑衣小姑娘让老道长稍等片刻，她就自个儿忙碌去了。

很快就拎着一只锡罐茶叶和一壶沸水，给老道人倒上了一碗茶水，小米粒就告辞离开。

老观主笑问道："小姑娘不坐会儿？"

小姑娘使劲摇头："不嘞，暖树姐姐不许，说是免得客人喝茶不自在。"

小米粒最后提醒道："对了，刚煮沸的茶水，老道长小心烫啊。"

老观主笑了笑，心诚的言语，让他记起了当年那个背着把长气闯入藕花福地的泥腿子。

人间万物多如毛,我有小事大如斗。

老观主举起茶碗,笑问道:"你就是落魄山的右护法吧?"

周米粒刚要转身,立即使劲点头。

小姑娘抿嘴而笑,一张小脸庞,一双大眼眸,两条疏淡的小小的黄色眉毛,随便哪儿都是喜悦。

老道长早这么敞亮,她早就不客气落座了嘛。

小米粒坐在长凳上,自顾自嗑瓜子,不去打搅老道长喝茶。

没来由发现老厨子不知何时来到山门口这边了,小米粒拍拍手,好奇问道:"老厨子,今儿怎么下山啦?书看完啦?"

朱敛笑道:"还没呢,得慢慢看。"

小米粒转头望向老道长,伸手挡在嘴边:"老道长,老厨子是我们落魄山的大管家,炒菜一绝!你们俩要是聊得投缘了,那就有口福嘞。"

老观主点点头:"再是恶客登门,给小姑娘这么一款待,也要和气生财了。江湖故人,会投缘的。"

朱敛笑道:"小米粒,能不能让我跟这位老道长单独聊几句。"

小米粒乖巧点头,又打开棉布挎包,给老厨子和老道长都倒了些瓜子在桌上,坐在长凳上,屁股一转,落地站稳,再转身抱拳,告辞离去。

朱敛与老观主抱拳再落座,相对而坐,给自己倒了一碗茶水。

老观主笑眯眯道:"藏掖做什么,白瞎了一副能让天地养眼的好皮囊。"

朱敛一笑置之。

各自修行山巅见,犹见当初守观人。

老观主问道:"何时梦醒?"

最有希望继三教祖师之后,跻身十五境的大修士,眼前人得算一个。

朱敛答非所问:"人生就像一本书,我们所有遇到的人和事,都是书里的一个个伏笔。"

老观主点头道:"所以说无巧不成书。有些巧合,妙不可言,比如远在天边近在眼前的陈十一。陈是一,一是陈。"

陈灵均哪敢去拍那位的肩膀,当然是打死都不去的,只差没有在泥瓶巷里边撒泼打滚了,老夫子只得作罢,让青衣小童带自己走出小镇,只是既不去神仙坟,也不去文武庙,只是绕路走去那条龙须河,要去那座石拱桥看看,最后再顺便看一眼那座类似行亭的小庙遗址处。

陈灵均试探性问道:"至圣先师,先前那位个儿高高的道门老神仙,境界也很高很高?"

老夫子点点头:"很高,若是境界不高,道祖也不会传授道法给他了。而且这位道友在早年岁月里于我们人族有大恩泽,故而在礼圣制定与地支契合的十二属相里边,排名很高,就是道友的那个牛脾气……算了,背后说是非,不厚道。"

陈灵均忧心忡忡:"可是听口气,好像跟我家老爷有点过节?"

咋办,自己肯定打不过那位老道人,至圣先师又说自己跟道祖打架会犯忤,所以怎么看,自己这边都不占便宜啊。

废话,自己与至圣先师当然是一个阵营的,做人胳膊肘不能往外拐。什么叫混江湖,就是两帮人斗殴、打群架,哪怕人数悬殊,己方人少注定打不过,都要陪着朋友站着挨打不跑。

先前老道人提及了藕花福地,听口气,自家老爷在那边还吃过亏,丢过面子。

关于更名为莲藕福地的那处福地,陈灵均只知道裴钱和曹晴朗,还有老厨子、种夫子几个,都来自这块人杰地灵的风水宝地,只是一个个都不喜欢多说半句家乡事,陈灵均也懒得多问,所以始终误以为一个昔年下等品秩的藕花福地,连修道之人都没几个,更无地仙,能折腾出啥风浪。

哪里想到会跑出一位被道祖称呼为道友的家伙,真是不可貌相啊,亏得自己处处好心,与人为善,多嘴提了一茬自家山中多青草的事情,不然这笔糊涂账,自己这小胳膊小腿的,可扛不下来。

老夫子摇摇头:"其实不然,当年在藕花福地,这位道友对你家老爷的为人处世,还是颇为认可的,尤其是一句发自肺腑的道长,宽慰人心,恰到好处。"

陈灵均如释重负,挺起胸膛哈哈笑道:"我家老爷,长辈缘一向很好。至于我,有样学样,还凑合。"

老夫子微笑道:"长辈缘这种东西,我就不太行。当年带着弟子们游学人间,遇到了一位渔夫,就没能乘船过河,回头来看,那会儿还是气盛,不为大道所喜。"

陈灵均壮着胆子说道:"我家老爷那会儿带着宝瓶他们去大隋游学,一路靠山吃山靠水吃水,都是我家老爷与樵夫敲门借宿,还是比较顺遂的。"

老夫子问道:"景清,你跟着陈平安修道多年,山上藏书不少,就没读过陆掌教的《渔夫》篇,不晓得'分庭抗礼'一说的来源,曾经骂我一句'夫子犹有倨傲之容'?"

陈灵均神色尴尬道:"书都给我家老爷读完了,我在落魄山只晓得每天勤勉修行,就暂时没顾上。"

老夫子笑呵呵道:"还是要多读书,好歹跟人聊天的时候能接上话。"

陈灵均小鸡啄米,使劲点头道:"以后我肯定看书修行两不误。"

回头每次下山逛荡,还要经常去槐黄县文庙那边给至圣先师敬香,磕头!

陈灵均犹豫了一下,好奇问道:"能不能问问佛祖的佛法咋样?"

言下之意,是想问你老人家打不打得过佛祖。

老夫子抚须笑道:"能够撮大千世界为一粒微尘,又能拈一朵花演化山河世界,你说佛法如何?"

陈灵均叹了口气,一个没管住手,就下意识拍了拍老夫子的袖子,没事,反正打架这种事情,伤和气,少打为妙。

老夫子对此不以为意,随口问道:"在这边待久了,有不喜欢的人吗?"

陈灵均悻悻然收回手,干脆学自家老爷双手笼袖,免得再有类似失礼的举动,想了想,也没啥真心讨厌的人,只是至圣先师问了,自己总得给个答案,就挑出一个相对不顺眼的家伙:"杏花巷的马苦玄,做事情不讲究,比我家老爷差了十万八千里。"

老夫子自然是知道真武山马苦玄的,却没有说这个年轻人的好与坏,只是笑着与陈灵均泄露天机,给出一桩陈年往事的内幕:"蛮荒天下驱使傀儡搬动十万大山的那个老瞎子,曾经对我们几个很失望,就掏出一双眼珠子,分别丢在了浩然天下和青冥天下,说要亲眼看着我们一个个变成与曾经神灵无异的那种存在。这两颗眼珠子,一颗被老观主带去了藕花福地,给了那个烧火道童,另一颗就在马苦玄身边,杨老头早年在马苦玄身上押注不算小。"

老夫子感慨道:"老瞎子那会儿,只说相貌,确实是顶好的,陈清都比他差远了,不过两个都是实心眼,一根筋,臭脾气。"

话赶话的,陈灵均就想起一事:"其实讨厌的人,还是有的,就是没啥可说的,一个蛮不讲理的妇道人家,我一个大老爷们又不能拿她如何,就是那个冤枉裴钱打死白鹅的妇人,非要裴钱赔钱给她,裴钱最后还是掏钱了,那会儿裴钱其实挺伤心的,只是当时老爷在外游历,她就只能憋着了。其实当年裴钱刚去学塾读书,上课放学路上闹归闹,确实喜欢撵白鹅,可是每次都会让小米粒兜里揣着些米糠玉米,闹完之后,裴钱就会大手一挥,小米粒立即丢出一把在巷弄里,算是赏给那些裴钱所谓的手下败将。"

老夫子点点头:"是要伤心。"

在最早那个百家争鸣的辉煌时代,墨家曾是浩然天下的显学,此外还有在后世寂寂无名的杨朱学派,两家之言曾经充盈天下,以至于有了"不归于杨即归墨"的说法。然后出现了一个后世不太留心的重要转折点,就是亚圣请礼圣从天外返回中土文庙,商议一事,最终文庙的做法就是打压杨朱学派,没有让整个世道循着这一派学问向前走,再之后,才是亚圣的崛起,陪祀文庙,再之后,是文圣提出了人性本恶。

诸子百家的老祖师里边,其实有不少都对此非议极大,认为是礼圣担心自己的大道"礼仪规矩",与杨朱学派推崇的"个体自由"有不可磨合的冲突,出于私心,才答应了亚圣的提议。他们觉得世道的秩序与个体的自由之间,确实存在着一场无形的大道之争。

一向不太喜欢喝酒的礼圣,那次难得主动找至圣先师喝酒,只是喝酒之时,礼圣却也没说什么,喝闷酒而已。

老夫子当然知道其中缘由,不是推崇"人人为己,天经地义"的杨朱学派不好,若是不好,也不会成为天下显学。这一派学问论生死,极敞亮透彻,谈贵己,更是独树一帜,极其新颖,"勿为物累,勿伤外物"的宗旨,也是极好的,也不是因为与道家离得近,只是这一脉学问成为世道,会让行走在这条道路上的所有人都变得越来越极端,这里边就又涉及了更为隐蔽的人心和神性之争。

老夫子问道:"景清,你家老爷怎么看待杨朱学派?"

陈灵均想了想,老老实实答道:"我家老爷没提及过,但是听大白鹅说过,那是一种混沌的精致,不咋的,一撮人治学此道,无伤大雅,还能裨益世道,如果人人如此,皆是昙花。"

如果不是崔东山胡说八道,陈灵均都没听过什么杨朱学派。

陈灵均一直觉得大白鹅就是个醉鬼,不喝酒都会说酒话的那种人。

两人沿着龙须河行走,这一路,至圣先师对自个儿可谓知无不言,陈灵均走路就有点飘,忍不住问道:"至圣先师,你老人家今儿跟我聊了这么多,一定是觉得我是可造之才,对吧?"

老夫子笑呵呵道:"这是什么道理?"

陈灵均满脸诚挚神色,道:"你老人家那么忙,都愿意跟我聊一路。"

老夫子答非所问:"每一个昨天的自己,才是我们今天最大的靠山。"

"景清,为什么喜欢喝酒?"

"啊?喜欢喝酒还需要理由?"

"也对。"

"至圣先师,我能不能问你老人家一个问题?"

"当然可以。"

"酒桌上最怕哪种人?"

"是那种喝酒上脸的家伙。"

哦豁,果然难不住至圣先师!这句话一下子就说到自己心坎上了。

陈灵均继续试探性问道:"最烦哪句话?"

"是说着劝酒伤人品,我干了你随意。"

哦豁哦豁,至圣先师的学问确实了不起啊,陈灵均由衷佩服,咧嘴笑道:"没想到您老人家还是个过来人。"

"景清,那么我问你,你觉得怎么才算穷?"

"光有钱,没学问?"

老夫子看了眼身边开始晃荡袖子的青衣小童。

陈灵均立即重新双手笼袖,改口道:"为富不仁、穷凶极恶之辈?"

老夫子笑道:"就说点你的心里话。"

陈灵均松了口气,瞎琢磨累死个人:"那就是兜里没钱,穷得娶不起媳妇,打光棍,找人赊账买酒,都没人乐意肯借钱,穷得死要面子,而且这点面子还得躲躲藏藏,好像见不得光,然后啪叽一下,最后仅剩的这点面子,在某天也给人随便一脚踩了个稀巴烂,只能等到人散了,旁人看完了热闹,才敢自己找机会从地上捡起来。"

"就这些?"

"只敢怀疑世道,不敢怀疑自己?"

老夫子点点头,先后两个答案,尤其是后者,还真有点出乎意料,于是笑问道:"你是在酒桌上边琢磨出来的说法?"

陈灵均有些难为情,抬起袖子蹭了蹭脸:"那哪儿能啊,酒桌上真喝高了,可是不知天高地厚的,我是跟着老爷到了山上,太懒,还喜欢给自己找借口,变着法子成天瞎逛荡,就喜欢下山来小镇这边散心,至圣先师你别怪罪啊,先前我说自己修行勤勉,屁嘞,我就是山上混吃,下山混喝,好在老爷都看在眼里,却也从来不管我这些,老爷不管,其他人哪好意思管我,至圣先师,真不是我吹牛皮啊,咱们落魄山,不管是谁,都打心底敬重老爷的。"

老夫子抬头看了眼落魄山。

除了一个不太常见的名字,论物,其实并无半点古怪。

但这就是最大的古怪。

老夫子问道:"陈平安当年买山头,为何会选中落魄山?"

陈灵均嘿嘿笑道:"这里边还真有个说法,我听裴钱偷偷说过,当年老爷相中了两座山头,一个真珠山,花钱少嘛,就一枚金精铜钱,再一个就是如今咱们祖师堂所在的落魄山了,老爷那会儿摊开一幅大山形势图,不晓得咋个选择,结果刚好有飞鸟掠过,拉了一坨屎在图上,刚好落在了'落魄山'上边,哈哈,笑死个人……"

老夫子笑问道:"小镇老话有说头?"

陈灵均使劲揉了揉脸,好不容易才忍住笑,道:"老爷在裴钱这个开山大弟子那边,真是啥都愿意说,老爷说窑工师傅姚老头带他入山找土的时候,说过山水之间有神异,头顶三尺有神明嘛,反正我家老爷最信这个了。不过老爷当年也说了,他后来猜测可能是国师的有意为之。"

老夫子点点头,陈平安的这个猜测,就是真相,确实是崔瀺所为。

落魄当然不是什么好说法,但是若能得个定字,意思可就截然不同了。

崔瀺之所以剥离出来一个心性跳脱的崔东山，除了那些已经水落石出的天大谋划之外，其实还藏着个比较有意思的手段，就是用一个另外的自己，可能是通过一两个关键词，打开某种禁制，就像一封封"家书"，遥遥寄给未来岁月的自己，帮着提醒自己在什么阶段、时刻、节点，应当说什么话做什么事情。就像道祖这次走出莲花洞天，离开青冥天下，就早早'自说自话'，与一些他早已看到未来却暂时没有走到自己跟前的有缘之辈，有着不同的问答，都是在洞天内大道演化，缜密推衍，早就算好了的。

浩然绣虎，这次有请三教祖师落座，一人问道，三人散道。

当然不是说崔瀺的心智、道法、学问，就高过三教祖师了。

这就像是三教祖师有万千种选择，崔瀺说他帮忙选出的这一条道路，他可以证明是最有益世界的那一条，这就是那个毋庸置疑的万一，那么你们三位，走还是不走？

走到了那座再无悬剑的石拱桥上，老夫子驻足，停步低头看着河水，再稍稍抬头，远处河畔青崖那边，就是草鞋少年和马尾辫少女初次相逢的地方，一个入水抓鱼，一个看人抓鱼。

多少小鱼优哉游哉碧水中，一场争渡为求鱼龙变，人间复见万古龙门，紫金白鳞争相跃。

陈灵均一屁股坐在桥边，双脚悬空，双臂环胸，仰头问道："至圣先师，你老人家先前在泥瓶巷那边，往宅子里边看啥呢？"

老夫子双手负后，笑道："一个穷怕了饿慌了的孩子，为了活下去，晒了鱼干，全部吃掉，一点不剩，吃干抹净，悄无声息。"

一个泥瓶巷无依无靠的孩子，最早是跟药铺伙计学煮药，再跟刘羡阳学那些上山下水，然后是跟龙窑的姚老头学烧瓷手艺，从拳谱上练拳学认字，再凭借陆沉的药方学写字，走出家乡后，依旧是小心翼翼看待这个世界，不断与他人学习为人处世之道，尽可能学到更多的一技之长，每一种发自内心的认可，每一次小心翼翼的自证和修心，都是一种默默的成长。与此同时，竭尽所能，不断回馈世道。陈平安年轻时曾经与人说过，一切好的，他都会学，到了最后，连吴霜降和郑居中的拆解万物、人心之术，如今不惑之年的年轻隐官都还是在学，想必以后陈平安还是如此。

老夫子看着那条河水，问道："世界这个说法，最早是佛家语。界，若是依照咱们那位许夫子的说文解字？"

陈灵均哭丧着脸："至圣先师，别再瞥我了啊，我肯定不知道的。"

老夫子抬手指了指河边的田埂，笑道："田畔也，一处种禾之地，阡陌纵横之范式。老秀才说过，人生而有欲，欲而不得，则不能无求，求而无度量分界，则不能不争。你听听，是不是一条很清晰的脉络？所以最终得出的结论，恰恰是人性本恶，正是礼之所起。老秀才的学问，还是很实在的，而且换成你是礼圣，听了开不开心？"

陈灵均惭愧不已:"至圣先师,我读书少了,问啥啥不懂,对不住啊。"

"没事,书又不长脚,以后有的是机会去翻,书白看。"

老夫子拍了拍青衣小童的脑袋,安慰之后,亦有一语劝诫:"道不远人,苦别白吃。"

陈灵均懵懵懂懂,不管了,听了记住再说。

老夫子和颜悦色道:"景清,你自个儿忙去吧,不用帮忙带路了。"

陈灵均壮起胆子问道:"要不要去骑龙巷喝个酒?我家老爷不在家,我可以帮他多喝几碗。"

老夫子摇摇头,笑道:"这会儿喝酒就不像话喽,得了便宜就别卖乖,这可是个好习惯。放心,不是说你,是说我们儒家。"

陈灵均后退几步,与至圣先师毕恭毕敬作揖拜别,这才转身跑下石拱桥,没敢直接御风返回落魄山,打算去骑龙巷找贾老哥喝顿酒,压压惊。

青衣小童已经跑远了,突然停步,转身大声喊道:"至圣先师,我觉得还是你最厉害,怎么个厉害,我是不懂的,反正就是……这个!"

陈灵均高高举起手臂,竖起大拇指。

老夫子笑着点头,也很宽慰人心嘛。

天地者,万物之逆旅也,光阴者,百代之过客也,我辈亦是路上行人。悲哉苦哉?奇哉幸哉。

渡水看花,不知不觉到君家,就此别过,在此谢过。

老夫子与整个天地作揖致谢,亦是道别。

修道之士,御风而行,高奔日月,泠然善也。

人间世人,因为不自由,所以追求自由,希望下一次沧海桑田,苦海可变福田,人人丰衣足食,处处书声琅琅。

最后至圣先师看了眼小镇那条陋巷。

小小的巷弄,名叫泥瓶巷。

天行健,君子以自强不息。

从淤泥里开出一朵花,自心作瓶,花开瓶外,不是很美好吗?

相信游历小镇的其余两位,也是这般看待那个一的。

老观主斜瞥一眼山道,好似一朵白云从青山中飘落。

除此之外,还有个走桩下山的女武夫,那位白衣少年就在女子身边转圈圈,呼呼喝喝,蹦蹦跳跳,耍着拙劣拳脚把式。

女子约莫是习惯了,对他的闹腾捣乱视而不见,自顾自下山,走桩递拳。

老观主懒得再看那个崔东山,伸手一抓,手中多出两物,一把龙泉剑宗铸造的信物符剑，还有一块大骊刑部颁发的平安无事牌，雕工质朴。

至于两物到底从何而来，天晓得。

老观主双指拈住符剑，眯眼端详一番，果不其然，蕴藏着一门不易察觉的远古剑诀，境界不够的练气士，注定看不穿此事。

至于何谓境界不够，当然是十四境练气士和飞升境剑修之下皆不够。

只是剑诀不全，想要补齐，约莫还需要五六把符剑。不过不管符剑售价如何，只要有人有心做成此事，就是一笔大赚特赚的买卖。怎么个赚？光凭这道剑诀，就足可让一座剑道宗门在浩然天下站稳脚跟了，关键是此诀门槛低，只要是个剑修，不用资质太好，都可以按部就班炼剑修行，若说杀力，剑诀品秩不高，可就是修行起来安稳。所以越是大宗门，越看重这类道诀。

崔东山在台阶那边，一个高高跃起，侧身翻转，在桌旁落定，抖了抖两只雪白大袖，仰头远望，自顾自说道："即将入秋啦，秋风清秋月明，秋云满太虚，秋水落芙蕖。"

然后才收起视线，先看了眼老厨子，再望向那个并不陌生的老观主，崔东山嬉皮笑脸道："秋水时至，百川灌河，浩浩泱泱，难辨牛马。"

朱敛一笑置之，这话说得是有点欠揍。

崔东山背对着桌子，一屁股坐在长凳上，抬脚转身，问道："山水迢迢，云深路僻，老道长高驾何来？"

朱敛嗑着瓜子，搁自己是老观主，估计就要动手打人了。

老观主冷笑道："世间万物皆有裂缝，眼中所见一切，哪怕是那神灵的金身，不可见的，即便是修道之人的道心，都不是什么完整的一，这条道路，走不通的。任你崔瀺究其一生，还是找不到的，注定徒劳无功，不然三教祖师何必来此。道与一，若是某个实物，岂不是要再天翻地覆一场。"

崔东山埋怨道："什么王八蛋，我是东山啊。"

老观主呵呵一笑。

崔东山摇晃肩头，念念有词，如学塾夫子之乎者也："再说了，道近乎哉？眼不见睫。道远乎哉？触事即真。圣近乎哉？参商出没。圣远乎哉？了悟即神。"

老观主微笑道："当年崔瀺，好歹还有个读书人的样子，要是当年你就是这副德行，贫道可以保证，你小子走不出藕花福地。"

崔东山拍了拍胸膛，好似后怕不已。

老观主喝了一口茶水："会当媳妇的两边瞒，不会当媳妇的两边传，其实两头瞒往往两头难。"

拿袖子擦了擦桌面，崔东山白眼道："前辈这话，可就说得不妥帖了。"

老观主见这家伙继续装傻，转头看了眼那个沿着台阶走桩的女子，问道："这就是你挑中的拳法弟子？"

朱敛笑道："不是记名弟子。何况我那点三脚猫功夫，女子学了，不美。"

老观主不以为然，对那个女子问道："你叫岑鸳机？"

岑，山小而高也，形容山石崖岸峻极之貌。鸳机，即是世俗的织锦机，诗家则有移花影之喻。

陆沉行事一贯随心所欲，最喜欢放长线钓大鱼，钓不着也无所谓。

骑龙巷的石柔也好，那件来历七弯八拐的法袍金醴也罢，就像只求一个愿者上钩，根本不在乎那些断去的鱼线、吃饵而走的游鱼。

岑鸳机刚刚在山门口停步，她知道轻重，一个能让朱老先生和崔东山都主动下山见面的老道士，一定不简单。

不知为何，老道人神色如常，但是岑鸳机就觉得压力极大，抱拳道："回道长的话，晚辈名字确是岑鸳机。"

朱敛笑道："吓唬一个小姑娘做什么。"

崔东山招招手："小米粒，来点瓜子嗑嗑。"

黑衣小姑娘立即从竹椅上边起身，小跑到桌子这边，从棉布挎包里掏出所有剩下的瓜子，倒是不多，道："给，小师兄。"

崔东山一拍脑袋，问道："右护法，就这么点啊？"

小米粒听到大白鹅换了个称呼，板着脸，又从袖兜里边掏出了一大把。

崔东山点点头："右护法出手阔绰！"

老观主又对朱敛问道："剑法一途呢？打算从剑气长城的剑仙坯子里边挑选？"

同样是老观主，大玄都观的那位孙道长怂恿陆沉散道，转去投胎当个剑修，不全是玩笑，而是有的放矢。

当然，就孙怀中那脾气，陆沉要真跑去当剑修了，估计不管如何，都要让陆沉变成玄都观辈分最低的小道童，每天喊自己几声老祖宗，不然就吊在桃树上打。

朱敛笑道："我哪有脸教别人剑术，不是误人子弟是什么。"

浩然剑修，随便丢一个到藕花福地，都是当之无愧的剑仙。

藕花福地历史上，也有些地仙事迹，只是无据可查，朱敛在术算账簿、营造之外，还曾经着手编撰过官家史书，见过不少不入流的稗官野史，什么地仙之流，口吐剑丸，白光一闪，千里取人首级。不过在家乡那边，哪怕是这些志怪传闻，提及剑仙一脉，也没什么好话，什么非是长生久视之大道，只是旁门法术，飞剑之术难以成就大道。可是朱敛的武学之路，归根结底，还真就是从书中而来，这一点，跟浩然天下的读书人贾生如出一辙，都是无师自通、单凭读书，自学成才，只不过一个是修行，一个是习武。

朱敛最早走江湖的时候，也曾佩剑远游，走遍名山大川，访仙问道。

朱敛想要知道天下的边界所在。若真是天圆地方，天地再广袤，终究有个尽头吧？

小米粒没走远，满脸震惊，转头问道："老厨子还会耍剑哩？"

朱敛摆手道："会什么剑术，别听这类客人说的客套话，比起裴钱的疯魔剑法，差远了。"

崔东山低头嗑瓜子，道："小米粒，你不知道了吧，咱们这位老厨子，在灶房摘掉围裙后，出门在外，耍起剑来蛮好看的，在藕花福地的江湖上，大名鼎鼎，都说贵公子朱敛的长剑之上，缠绕的都是女子的旖旎情思，余米都比不了。不知多少江湖女侠，一辈子转去痴心练剑，就是为了能与老厨子比试一场。"

崔瀺曾经跟随老秀才游历过藕花福地，对那边的风土人情了解颇多。

小米粒赶紧一手捂住肚子，使劲抿嘴，含糊不清道："老厨子还当过贵公子嘞。"

朱敛笑道："好汉不提当年勇，都是过去的事情了。江湖事嘛，都是以讹传讹，越传越玄乎。"

小米粒重重点头，嗯了一声，转身跑回竹椅，咧嘴而笑，就是照顾老厨子的面儿，没笑出声。

骑龙巷的那条左护法，刚刚溜达到山门口这边，抬头远远瞧了眼老道长，它立即掉头就跑了。

老观主看了眼，可惜了，不知为何，那个阮秀改变了主意，否则差点就应了那句老话：蟾蜍吞月，天狗食月。

隋右边从别处山头御剑而来，她没有落座，只是想要与这位藕花福地的老天爷，问一问自己先生的事情。

老观主对她说道："告诉陈平安一声，桐叶洲金顶观的存亡，贫道无所谓，但是必须留着那个邵渊然。至于那个倪元簪，你只需与他说一声，送出那枚金丹，他就是自由身了。"

金顶观的法统，出自道家"结草为楼，观星望气"一脉的楼观派。至于云窟福地撑篙的倪元簪，正是被老观主丢出福地的一颗棋子。

隋右边欲言又止，可到最后，还是一言不发。

朱敛帮忙解围，主动点头揽事道："这有何难，捎话而已。"

老观主问道："那个玉圭宗的姜尚真，怎么没在山上？"

朱敛笑道："本来应该留在山上，一起去往桐叶洲，只是我们那位周首席越想越气，就偷跑去蛮荒天下了。"

隋右边得了朱敛的眼色，默默离开，去了小米粒那边。

老观主环顾四周，叹了口气："有了散道一事，不承想到最后，还是你们儒家最占便宜。余斗估计会气得不轻。"

一旦三教祖师同时散道,书院、寺庙、道观处处皆得,那么相对最为容纳别教学问的浩然天下,当然得到的馈赠最多。

散道的同时,三教祖师会联袂走一趟旧天庭遗址,这个天大的问题,当然不会留给他人。

崔东山笑道:"气死道老二最好。"

老观主轻声道:"只说一事,当人间再无十五境,已经是十四境的,会如何看待有机会成为十四境的修士?"

崔东山点点头:"是要变天了,有坏有好吧,反正我如今更倾向于后者。"

老观主问道:"如今?为何?"

崔东山一本正经道:"有我先生在啊。"

老观主转去望向那个陆沉五梦七相之一,甚至可能是之二的朱敛。

朱敛笑道:"前辈看我做什么,我又没有我家公子英俊。"

老观主呵呵笑道:"真是个好地方,贫道不虚此行,门风极正。"

第五章
猜错的谜底

老观主来这落魄山，主要就是见一见朱敛，可惜有些失望，眼前之人，远未梦醒。

人间修士，让老道人最放心和礼敬的只有三个半，礼圣、白玉京大掌教、西方佛国那位菩萨各占一个。剩余半个，不礼敬，却也放心的，就是陆沉。

不过老观主也有几分疑虑，这个朱敛，会不会是早已清醒，只是一开始就未曾真正入梦？

陆沉这个家伙，什么事情做不出来。

天地间一旦没有了这几位十五境，那么任何一位现有的以及将来崛起的十四境大修士，不管身处哪座天下，其实都等于失去了一副最大的枷锁，会更加自由，自由得更加接近"纯粹"二字。

浩然天下所幸还有一位最讲规矩的礼圣，可要说青冥天下，白玉京那位真无敌，二掌教余斗的脾气，几千年来，路人皆知。

估计所有的飞升境大修士，无论是谱牒修士，还是山泽野修，都要好好掂量一番与白玉京的关系了。甚至连青冥天下既有的十四境大修士，只要是与余斗气性不合的，说不定都需早早为自己安排退路。

当然这之中，岁除宫吴霜降和大玄都观孙道长，是两个例外。

一个就是奔着与余斗分生死去的，一个作为雷打不动的天下第五，真要切磋道法，自然不是什么省油的灯，嘴里说着："贫道帮你和陆沉说了几个晒谷场的好话，你余斗还有脸来找贫道的麻烦，是要当个恩将仇报的东西？"

朱敛没来由问了一个问题:"如果礼圣也离去,几座天下是怎么个场景?"

老观主笑眯眯道:"这个问题,问得大逆不道了。"

崔东山苦兮兮道:"无礼,太无礼了。亏得咱们礼圣脾气好,不会斤斤计较你的无理取闹。"

他双手并拢,高举头顶,使劲摇晃起来。

朱敛又问道:"在道祖散道之后,大掌教失踪多年,陆沉又万事不管,余斗会不会直接动用一座白玉京,以迅雷不及掩耳之势,拘拿所有十四境修士和大部分飞升境?有无这种可能?如果有,青冥天下有没有人管,能不能拦住余斗?"

老观主冷笑道:"吴霜降早就为余斗下过一句类似盖棺定论的谶语,若君不修德,舟中之人尽为敌国,取死之道也。"

说到这里,老观主笑了笑:"孙观主这家伙一贯蔫儿坏,听了这句谶语后,公然放话大骂吴霜降,说放你娘的臭屁,我那余斗道友是谁?真无敌!一舟皆敌国又如何,余道友要的就是这种看似险象环生、实则虚惊一场的壮举。"

至于老观主的言下之意,当然是除了岁除宫和玄都观,如今已经将观道观徙至青冥天下的自己,亦是余斗的同舟之人。

崔东山给老观主倒了一杯茶水,道:"前辈,不管怎么说,你与我先生都可算是忘年交了,难得走一趟落魄山,下次拜访真不知道猴年马月了,不如我带你去霁色峰四处转转?"

老观主嗤笑道:"别跟贫道胡乱攀交情,分出藕花福地的一份拓片给陈平安,已算仁至义尽了。"

崔东山犹不死心:"在落魄山散个步而已,前辈这都不答应,未免太不近人情了些。"

这位老道人在人间所走的每一步,那都是大有讲究的,其踏足之地,都是一处处耕耘之地。

春耕秋收,长戴枷锁,一生田间忙,是说谁?

这位老观主的那份牛脾气,当然是因为有那牛气哄哄的资格。何为田间,早年那可是以天地为田垄。大地之上,泥土皆有年岁、属性,雨泽草生,耕者劳之,农家播百谷,凡人之家营田,地薄者粪之,土轻者以牛脚裹布践之,如此则弱土转强。而市井百姓的淹青之术,压青之法,看似寻常,其实大有渊源,压即压胜之法。

这位东海观道观的老前辈,所走之路最终能够使得天地间的污秽浊气转为清气,而这种玄之又玄的清气,要比那修道之人视为大道根本的灵气,更加无法以人力获取。如果说灵气是修行之本,那么清气就是气运之源。

诸子百家中的农家老祖师,要是有幸见着了这位老观主,只会比崔东山更夸张。

宜其民和年丰，五谷丰茂，属神降之吉、大年之岁也。

崔东山岂能错过这个千载难逢的机会，恨不得带着老道人一同踏遍自家所有山头的绿水青山！

做人嘛，就得这么脚踏实地。

老观主摇摇头："这么简单的盈亏之道，需要我来教你绣虎？"

崔东山眼神哀怨，拿袖子来回抹桌子："前辈又骂人。"

老观主满脸讥讽："活该你去当那陈平安的学生，也不嫌丢人现眼。"

崔东山瞬间神采飞扬："老观主咋个又夸上人了，让我都有点猝不及防了。"

老观主懒得与这个脑子拎不清的家伙废话，冷不丁转入正题，开门见山说道："龙须河畔的那片青崖，贫道要带走，如今那边的地界，名义上归谁？大骊宋氏，还是那个依旧顶着个圣人头衔的阮邛？"

大骊朝廷的话，好说，贫道这趟游历骊珠洞天遗址，走了这几步路，就已经算是补偿了，细水长流，恩泽绵延。

如果是身为山上修士的阮邛，拥有这条龙须河山水地界的归属，就随手与他做笔买卖好了。

为何给阮邛这个面子，当然还是他那个女儿阮秀的关系。

依仗境界，强取豪夺？

如此行事，跌份不说，关键还是要讲究一个天道循环。

一个修道之士，只要年月活得足够久，就会真真切切明白一个道理，欠了债，就必然需要还债。

像是三教祖师那样的一家之主，整座天下都是自家的一亩三分地，则两说。

再次一等的地盘，就是一座座福地洞天了，类似老观主在自家的藕花福地。

朱敛有些意外，看了眼一旁的崔东山。

崔东山神色无奈，对朱敛摇摇头。是自己看走眼了，丢了个大漏，之前真没看出那片青崖有何神异。

不然早知如此，崔东山就将它搬到落魄山上当块风水石了，能让这个臭牛鼻子老道都相中的物件，傻子都知道价值连城。

不过做人不怕犯错，改错和补救就是做人的本事所在。

崔东山伸长脖子，望向那条河水，开始算账："龙须河，最早就是条小溪涧，如果没记错，就叫浯溪，而早年的浯溪陈氏，又是骊珠洞天的头等大姓，只是后来落魄了，巧了巧了，我家先生，祖上刚好有块田地在那边，真要计较起来，可不就是咱们落魄山的家业……至于田契嘛，若是老观主想看，回头我就去翻找出来……"

当然是崔东山在胡说八道，老观主哪里是好糊弄的，直接分出三粒心神，分别去了趟郡城和县衙的户房，以及龙州窑务督造署，迅速翻阅了一遍户籍田契，甚至将那条古称浯溪的龙须河的河道变迁、周边田地，都一并仔细推衍了一番。

世间人事，云蒸础润，来龙去脉，有迹可循。

老观主收回心神，微皱眉头，看了眼河边铁匠铺子，刘羡阳，一个年纪轻轻的玉璞境剑修。

崔东山恍然大悟，拊掌而笑："明白了，难怪祖师爷当年游历藕花福地，会赞一句秋水泻星河，迢迢藕花底。那我就懂了，为何赊月当初会被故意丢到这边，原来这就是她未来破境和合道契机所在，说不得那片青崖就是一块月宫镜，好个奇哉一片石，青崖聚云根！疑是太古月，团圆坠于此。老观主，被我猜中了，是也不是？"

老观主说道："你去帮贫道与那剑修开个价。"

与这个喜欢梦游的年轻人，还是少点牵扯为好，自然不是忌惮一个剑修，而是担心一着不慎，被某尊远古神灵在万年之前循着脉络找到尚未得道的"自己"，岂不是万事皆休？

老观主眯眼笑道："你要是想着帮他坐地起价，也是可以的嘛。"

崔东山喝了一大口茶水，润了润嗓子，以心声遥遥喊道："刘瞌睡刘瞌睡，老弟我有事相求！"

铁匠铺子那边，刘羡阳正在檐下竹椅上嗑瓜子，忙着跟一旁的余倩月闲聊呢，听到了崔老弟的心声，说道："啥玩意儿？有事相求？求？那就别开口了，我没有这样的兄弟！"

崔东山抽了抽鼻子，拿袖子擦了擦脸，什么叫兄弟？刘大哥就是了！崔东山赶紧将大致情况与刘羡阳说了一通，很不见外，说这笔买卖的好处，可能得归落魄山，因为缺了件梦寐以求的镇山之宝，刚好来了个冤大头，就能给出那件东西。崔东山都没谈什么补偿，比如折算成谷雨钱给刘羡阳。

刘羡阳转头吐掉瓜子壳，说道："他娘的，屁大点事儿，好说好说，记得让那位冤大头给够本钱！"

刘羡阳眼角余光瞥见圆脸姑娘，突然喊道："等会儿！等会儿，我得先跟余姑娘打个商量。"

崔东山啧啧道："刘瞌睡，你咋个回事，有了媳妇就忘了兄弟啊，可以可以，我算是认清你了。"

刘羡阳转头与赊月大致说了那片青崖的门道，可能是她的破境机缘所在，结果赊月一听说什么月宫什么宝物机缘的，她最烦这些弯来绕去的，就干脆假装什么都没听见。再说了，你刘羡阳的东西，问我做什么？我们是什么关系啊？好像啥都没有啊。

如今龙须河里的鸭子越来越少，铺子里的老鸭笋干煲就跟着少了，她的心情好不起来。

所以她还特地买了一窝毛茸茸的小鸭崽儿,只是一天天地养着养着,就养出了感情,每天都警告刘羡阳别打主意。

刘羡阳立即以心声回复崔东山:"余姑娘说了,看在我的面子上,不打紧,什么机缘不机缘的,她半点不稀罕。"

崔东山赞叹不已:"嫂子真是良配啊,刘大哥好福气!"

想起一事,崔东山信誓旦旦保证道:"回头你跟余姑娘成亲,小弟我包的份子钱要是第三大,我就跟你姓!"

刘羡阳好奇道:"谁给那个第一大的份子钱?陈平安?"

崔东山嘿嘿笑道:"我先生没啥钱的,必须是我们落魄山的那位周首席啊!"

刘羡阳点头道:"记得与周首席提醒一句,要是事情忙,人不到,红包得到,份子钱到底包多少,让他自己看着办。具体如何措辞,崔老弟你还得帮我润色一番,反正我就是这么个意思。"

崔东山拍胸脯震天响。

老观主突然眯眼说道:"崔东山,你再与刘羡阳说一句,石崖炼化得当,就会是件仙兵。"

崔东山毫不犹豫就转述了这句话。

刘羡阳当场跳脚道:"仙兵?!崔老弟你赶紧加价,让那个买家往死里加钱!行了行了,反正就这么点事,别烦我了啊,不然兄弟都没得做。"

崔东山果真不再言语,从龙须河边收回视线。

刘羡阳这样的人,其实是谁都会羡慕几分的。

老观主趁着崔东山跟刘羡阳言语之时,稍稍演算,追本溯源。

刘羡阳祖上这一脉,精通豢龙和斩龙之术,其实曾被赐下一个复姓御龙氏,而最早的"刘"字,本就象形于斧钺兵戈,是一个极有威严的文字。斩龙一役过后,估计是刘氏先祖重新改回了刘姓,不然在这骊珠洞天,后世族人一个个都姓御龙,实在太过扎眼,也会被一座小洞天的大道无形压胜克制,伤了后世子孙的命理,一个家族自然就难以枝叶茂盛,繁衍昌盛。

老观主问道:"这个年轻人,可曾知道自家事?"

崔东山笑道:"知不知道,都还是那个刘羡阳。"

所以田婉为刘羡阳和泥瓶巷稚圭牵红线,当然不是她随意为之。

老天爷赏饭吃,就能安身立命,一辈子稳当过日子,祖师爷赏饭吃,就有一技之长傍身,到哪里都能混口饭吃。

可一个人若不知转念,不去回想,那哪怕老天爷和祖师爷一起赏饭吃,还是白搭,就像一个人空有饭碗而无米饭，身在福中不知福，因为不懂得作退一步思量，按照山上的说法，这就叫术道两不契。

刘羡阳当然资质很好，可其实天底下不知多少拥有修道资质的神仙种子，就那么悄悄消磨在世道里，甚至过得还不如很多凡夫俗子，如果刘羡阳内心稍有岔路，比如愈懒，比如吝啬，说不定如今的槐黄县城，就会多出个成天游手好闲、一年到头只会怨天尤人的光棍汉。

崔东山笑问道："前辈，给个符合一件仙兵的价格吧？"

老观主伸手一抹，桌上凭空铺出一张紫气升腾的云纹纸，双指并拢作画。

天下道书最重者，莫过于写三山文、绘五岳真形之符图，远古仙官神人，非有仙名绿籍者不可传授。

早先的修道之士，寻名山觅大水，开山立派，临水建城，多佩此图，山鬼魑魅，水仙怪异，一切邪祟不敢近身。最后道法流散，广布人间，除了大为流传的搜山图，还有这五岳真形图，只是后世绘制这种道图的练气士，根本不得其道法真韵，属于不得其门而入，形都不似，神气自然更散。

崔东山知道老观主明白自己清楚他会给什么，都不用多说什么的。

崔东山趴在桌上，啧啧称奇，以表敬意和谢意。

老观主用的是道法，消耗的是道气，灌注其中的是高妙道意，简而言之，在老观主描摹此图的这条道法脉络上，如同拓碑之法，摹拓越多，意思越浅。

朱敛仔细看着老道人的绘画，微笑道："无力买山学丹青，气象万千入画中。"

以后自己模仿起来，九分形似都不难，但是到底能有几分神似，就得等到落笔才知答案了。

崔东山拈起画卷一角，轻轻晃了晃，掂量了一下重量。

猜测这位老观主是第二次如此施展神通了，若是首次，会是攻守兼备的仙兵品秩。而手中这幅真形图，显然逊色一等。

这幅道书祖图，差不多可以誉为次一等真迹。

可惜只是半仙兵品秩，如果当成是一件攻伐重宝，用完就没，只是这就暴殄天物了，可要是拿来裱成图画，悬挂家宅之内，那可就了不得了，就一句话，约莫千年之内，横祸不起，祯祥云集，再无"高明之家，鬼瞰其户"的忧患。

崔东山叹了口气："前辈，装裱挂在墙壁上，到底不如配轴方便携带在身啊。"

老观主无动于衷。

崔东山只得说道："前辈自己都说了稍稍炼化，就是件仙兵，可这幅道图，晚辈咋个炼化，如何能够提升为仙兵？再说了，前辈这等手笔，近乎止于至善了，晚辈既无本事，又不忍心，更不敢画蛇添足。"

老观主笑道:"那贫道就将'炼化仙兵'那句话收回好了,你们是想要假装没听见,还是贫道麻烦点,收回一句话,让你们真的听不见?"

山门那边的小米粒其实一直盯着桌子,她主要是担心瓜子嗑没了,或是茶水不够了。

她突然发现大白鹅一只手绕在背后,朝自己勾了勾。

小米粒使劲皱着两条小眉毛,大白鹅这是要干吗?自己这个机灵的小脑壳儿,不太够用了啊。

她用心想了想,还是想不明白哩,那就是有心无力,帮不上忙喽。

小米粒不管了,就自顾自将一句话提前说出口,踮起脚尖,对那位神色慈祥的老道长大声喊道:"老道长,茶水喜欢不?要不要送你些茶叶?"

老观主笑着点点头。

小米粒立即向郑大风的那座宅子飞奔,给老道长拿茶叶去了,一边跑一边转头提醒道:"老道长,不是赶客啊,继续喝茶嗑瓜子,稍等片刻,不着急啊,我帮忙多拿些。"

老观主站起身,只是桌上便跟着多出了两支白玉画轴。

朱敛与崔东山相视一笑。

果然还是咱们右护法的架子大,最有面子。

老观主一挥袖子,将那片青崖收入袖中,河畔青崖其实依旧在,形在神离罢了。

崔东山收起了画卷和白玉轴,然后与朱敛都站起身,这点待客礼数还是要讲一讲的。

不料老观主重新落座,冷笑道:"怎么,贫道说要走了吗?落魄山要赶客?"

崔东山一屁股坐下,朱敛笑问道:"不如上山吃顿饭再走?"

结果老观主置若罔闻,又站起身,说道:"不管是梦醒还是入梦,以后到了青冥天下,都当你欠贫道一顿饭。如果你就这么老死于此山中,就当贫道什么都没说。"

朱敛笑着点头。

老观主最后从那个黑衣小姑娘手中接过一罐茶叶,道了一声谢。

小米粒挠挠头:"老道长太客气嘞。"

老观主举目远眺,山水绵延,水低山高。

为何登山,何为修道?

一人喃喃,群山回响。

城头这边,魏晋和曹峻莫名其妙就像成了剑气长城的东道主,来来往往的人,都得来他们这儿打声招呼。

曹峻还挺开心,最近这段岁月,可谓时来运转,待在左右身边练剑不说,接连遇到了一众大人物,先是遇到了个好像是陈平安便宜舅舅的不知名道士,此后是重返故乡的宁姚、齐廷济、陆芝,还有那位白玉京三掌教,陆沉甚至还当面邀请自己去往青冥天下,进不去避暑行宫怎么了,咱曹峻大爷只要点个头,就能跟随陆掌教去白玉京做客!

陈三秋和叠嶂直接落在邵云岩身边。

这位昔年的春幡斋剑仙这边,还有酡颜夫人和龙象剑宗的数位剑子。

邵云岩给两位本土剑修大致解释了情况,对于陈三秋,邵云岩还是极为看好的。

陈三秋疑惑道:"邵剑仙,陈平安是又破境了?"

邵云岩摇摇头:"还是玉璞境,只是不知道怎么回事,陆掌教借了那顶莲花冠给隐官之后,隐官的境界一下子就看不真切了。"

陈三秋能够随便对陈平安直呼其名,邵云岩却还是要敬称他为隐官的。

叠嶂说道:"人走到哪里,买卖就跟到哪里,二掌柜肯定不会亏的。"

酡颜夫人原本在陈平安这里好不容易多出点底气,结果被今天这么一闹,又开始对隐官大人犯怵了。

怎的,在浩然天下当了文圣老爷的关门弟子,在剑气长城当了末代隐官,还不罢休,将来还要去青冥天下当那白玉京四掌教不成?

陈三秋单膝跪地,眺望远方,怔怔出神。

喜欢喝酒的惆怅远行客,好不容易回了家乡,所思之人却又在他乡,连酒都不敢喝了。

身边的叠嶂,独臂,一只袖管挽了个结,身姿瘦弱纤细,却背了一把大剑。

浩然天下的景象,确实无奇不有,山河壮丽,四季有四季的风致,水面清圆碧,山花开如燃。江上渔翁一篙撑起,余霞共春水,一并散成绮。都是极美的景象,只是看过了,其实也就那样。看见的多,忘记的也多。

倒是陈三秋,多出了一本游记笔札,详细记录一路的风土人情和所见所闻。

邵云岩知道那两把剑的由来,是阿良当年与大骊那座仿白玉京"借来"的,打趣道:"你们两个跟隐官关系这么好,竟然还错过了落魄山的宗门庆典,怎么,是担心大骊宋氏跟你们讨要这两把长剑?"

东宝瓶洲,尤其是大骊王朝的剑道气运,其实凭此会无形中得到一些馈赠。

再加上陈平安和魏晋的存在,就像一处原本不宜耕种的贫瘠田地,会不断有剑道种子生发。

至于旧朱荧王朝的那点剑道气运,相较于剑气长城来说,实在是不算什么。

叠嶂扯了扯嘴角:"还剑?还什么剑,是阿良送给我们的,大骊朝廷有本事就去跟阿良掰扯。"

陈三秋笑道:"没事,跟陈平安不用客气,大不了以后落魄山有下宗庆典,我和叠嶂各自送出礼物。"

这些年在浩然各洲的游历，炼剑修行之外，外物一事，小有收获，比如其间与叠嶂在流霞洲误入一处禁制重重的山水秘境，两人都捡了点宝贝。

陈三秋跟叠嶂约好了，以后等谁跻身了上五境，就在蛮荒天下创建属于他们自己的剑道宗门。

叠嶂当宗主，他则来当开山掌律祖师。

五彩天下的飞升城，不用多说，争的都不是什么一时一地，而是整座天下的千秋万载。

浩然天下，齐廷济建立了龙象剑宗。陈平安的落魄山也是宗字头了。

青冥天下，只说朋友里边的董画符和晏溟，肯定都不会一辈子当什么道官，将来都是要开山立派的，估计会像自己跟叠嶂差不多，两人合伙。不愿挣钱晏胖子，花钱流水董黑炭，真是绝配。

尤其是董画符，打小就是性情古怪的孩子，用董三更的说法，就是我董家出了个了不得的天才啊，为啥？小小年纪，就晓得遛阿良了。

董画符确实打小就跟阿良亲近，半点不见外，每次出门都喜欢找阿良，一路跑去，顺便一路挑选，最后原路返回，因为身边多了个钱袋子阿良，孩子口中就是一遍遍的"阿良，给钱"。

跟太象街和玉笏街的同龄人吵架或是干架，打得过也就罢了，打不过就撂句狠话："等着，我去找阿良，让他砍死你。"

遇到那些个拿他娘亲爱慕阿良这件事来调侃的混不吝的大人，则说："跟我瞎横个什么，小心我把阿良放出来。"

避暑行宫的庞元济，好像去了西方佛国。

那么蛮荒天下，也该有剑气长城的开枝散叶。

所有天下的宗门，共同的祖山，最早的祖师堂，大概就是脚下这座剑气长城。

前程依旧山水茫茫，但是未来一定可期。

大概这就是陈平安所谓的"一个人不管是谁，都得有那么几个盼头"？

陈三秋如今的盼头，也有几个，除了在蛮荒天下开创宗门，还有将来去往五彩天下，见一见自家老祖。

当然还有那个姑娘，一直求而不得的董不得。

贺秋声与陈三秋开口说道："见过陈剑仙。"

之前在龙象剑宗那边，贺秋声与陈三秋打过照面，但是没能说上话。

陈三秋皱眉道："你认错人了吧，我又不是陈平安。"

少年措手不及，看着那位脸色不悦的白衣剑仙，少年心中惴惴。

陈三秋作为太象街陈氏子弟，家中老祖，正是那位与师父一样刻字城头的老剑仙陈熙，而且师父私底下说过，留在浩然天下的陈三秋，大道前程一定不会低。一旦投身儒家，说不定都可以拥有某个本命字。

不过贺秋声之所以想要跟陈三秋说几句话，其实是出于一个古怪理由，两人名字里都有个秋字嘛。

陈三秋蓦然笑道："记住了，以后在城头这边，别对一个元婴境剑修称呼剑仙，容易被套麻袋打闷棍。"

贺秋声哑口无言。

吴曼妍眼神明亮，心直口快的少女来到叠嶂身前，大声道："很高兴再次见到叠嶂前辈！"

叠嶂笑着点点头。

其实早年在南婆娑洲第一次与小姑娘见面，叠嶂事后就百思不得其解，小姑娘的言行举止，毕恭毕敬不说，一双灵动可爱的眼睛里，好像对自己充满了钦佩神色。

叠嶂都不知道这个吴曼妍佩服自己做什么，总不至于是比平常人少了条胳膊吧。

吴曼妍对叠嶂，确有一份发自肺腑的敬重。道理再简单不过了，眼前这位女子，可是生意兴隆的酒铺掌柜。

还是大掌柜！

隐官都只是二掌柜！

陆先生说过，做生意这种事情，陈先生当年在剑气长城，比当那避暑行宫的隐官还要厉害。在剑气长城，陈先生当官已经当得不能再大了，除了名义上依旧归老大剑仙管束，那么就只有眼前这位叠嶂姐姐，能够让陈先生打下手帮忙了。

不远处，五位桐叶宗剑修联袂落在城头，先前那场大雪的来去无踪，然后是五条剑光的拖曳长空，都让他们意识到今天的剑气长城遗址，定然发生了不同寻常的神人异事。

于心，身份特殊。李完用，背一把古剑螭篆，是上任宗主的嫡传弟子。

杜俨，因为是杜氏子弟，所以是五人当中，最难熬的一个，短短十几年劫难重重，家事宗门事一洲事，这位年轻剑修感觉把一辈子的委屈都给吃饱了，全部换成了一肚子苦水。

而秦睡虎，自幼就极有文学造诣，词藻清艳，声震山上，在山下也名气极大，尤其擅长长赋，前叙事后议论，次第而来，疏密得当，不急不缓。左右当年曾经在桐叶宗"做客"一段时日，就曾亲口说过，竟然还有个像样的读书种子。

王师子神色恭谨，率先抱拳开口，与魏晋问道："敢问魏剑仙，这份异象从何而来？"

王师子是桐叶宗五位剑修当中，唯一一个曾在剑气长城历练的剑修，这位桐叶洲野修出身的剑修,当时是金丹境,后来跟随左右一起离开剑气长城,赶赴桐叶宗。

在剑气长城,王师子都没好意思说自己的家乡,不管是境遇,还是心性,都有点类似如今已经成为落魄山供奉的老剑修于樾。

东宝瓶洲,因为有年轻隐官和风雪庙魏晋,非但没有被剑气长城看不起,反而高看一眼。皑皑洲好歹还有两位慷慨赴死的剑仙,之后又有立下战功的女剑仙谢松花,唯独桐叶洲,在剑气长城简直就是名副其实的未立寸功。

魏晋解释道:"陈平安、宁姚、齐廷济、陆芝、白玉京三掌教陆沉,五人共赴蛮荒,驰援置身于腹地战场的阿良和左右。"

王师子目瞪口呆。

宁姚、齐廷济是飞升境剑修。

陆芝,是城头十大巅峰剑仙之一,虽然暂时还是仙人境,但是战力完全可以媲美飞升境剑修。

关键是怎么还多出个陆沉?

再者阿良和左右,怎么就联袂跑到了蛮荒天下的腹地出剑?

而隐官领衔的这么个阵容,一路南下,蛮荒天下谁敢露面、谁能阻拦?

王师子一头雾水,但是也没敢继续多问魏晋什么了。

于心犹豫了一下,以心声问道:"魏剑仙,左先生还好吧?"

关心则乱。

魏晋说道:"如果战场大局已定,陈平安就不会走这趟了。"

于心松了口气。

李完用看了眼这位名动天下的风雪庙大剑仙,显然有些意外,一位战力卓绝的大剑仙,为何不与他们同行。

要说魏晋贪生怕死,就是个笑话,毕竟他曾经在玉璞境、仙人境,两次问剑北俱芦洲的天君谢实,所以这次魏晋未同行才奇怪。

魏晋在王师子这边和颜悦色,是因为王师子身为野修都愿意赶来剑气长城,再者王师子一样在左先生身边练剑。至于这个不认得的,一直用打量的眼神在那边使劲看自己,所以魏晋提醒道:"外来剑修,管好眼睛。"

天下剑修只分两种,在剑气长城出过剑的,未曾来过剑气长城的。

曹峻笑嘻嘻道:"前边就有两拨中土神洲的谱牒修士,被我们山主,哦,也就是隐官大人,给收拾得半点脾气都没有了,前车之鉴,你们这些外乡人,千万要引以为戒啊。再说了,我们那位山主比较记仇,正阳山怎么个下场,你们有没有听说?尤其是李剑仙,听说与隐官的那位左师兄,有点小矛盾。"

李完用看了眼曹峻,曹峻看了眼李完用。

其实算是一对同病相怜的难兄难弟,但是他们两个反而彼此更加看不顺眼。

日坠驻守之人,有苏子、柳七,还有大骊宋长镜、玉圭宗宗主韦滢。

桐叶宗这些年一波未平一波又起,在战事落幕后,之所以能够摇摇欲坠,却始终晃而不倒,归功于两方势力,一个是北边宝瓶洲的大骊王朝,再一个就是本洲的玉圭宗新任宗主韦滢并未落井下石,趁势渗透、拆分、蚕食桐叶宗,反而在中土文庙议事过程中,为桐叶宗说了几句分量极重的好话。

得领这份情。所以桐叶宗五位剑修,此行最终目的地,并非这处剑气长城,而是去往归墟日坠处,拜访宋长镜和韦滢。

而且秦睡虎和杜俨,分别是苏子、柳七的拥趸,是见个面、说一两句话就能高兴很多年的那种。

如今桐叶宗宗主一职,还有掌律祖师,都暂时空悬。

这几位年轻剑修商议过后做出的决定是,谁第一、第二个跻身玉璞境,谁就来当宗主和掌律,撑起门面。等到桐叶宗渐渐恢复元气,再来更换,而且事实上,如今的桐叶洲祖师堂,也就剩他们几个年轻人了。

接下来于心去与酡颜夫人闲聊,她好像跟吴曼妍也投缘。

王师子留在了魏晋身边,与这位风雪庙大剑仙虚心请教了几个剑术问题。

秦睡虎御剑去找老夫子贺绶请教学问。

杜俨找到了邵云岩,因为家族早年与倒悬山春幡斋有点可有可无的香火情,都是七弯八拐的生意往来,听说如今邵剑仙不但是龙象剑宗的谱牒修士,而且从最早的龙象剑宗客卿,顺势升任管钱之人。百年之内,邵云岩会掌管宗门财库一切事务,再帮着宗门待人接物。邵云岩与齐廷济约定百年为期,自己只当个过渡的管钱之人,等到龙象剑宗找到合适人选,就会卸任职务。

桐叶洲其实也就两个邻居,东宝瓶洲和南婆娑洲。

魏晋瞥了眼那个女子,名叫于心的剑修,生了一颗玲珑心。

如此,桐叶宗还是有希望重新崛起的,就是得熬。

魏晋横剑在膝,遥遥望向南方。

不知阿良和左右,还有陈平安这拨人,能否都安然返回。

落魄山门口。

老观主刚要离去,崔东山突然以心声问道:"算得出个大概吗?"

老观主点点头:"算个大概过程不难,只是结果难测。"

崔东山神色凝重起来,问道:"怎么个大概?"

老观主微笑道："比如两人共升十四境，比如某人剑开托月山。"

老观主一走，崔东山立即拿起桌上一支白玉轴，哈了口气，拿雪白袖子仔细擦拭起来，人生乐事之一，就是虚惊一场不说，还有意外之喜。

千万别觉得老观主方才大驾光临落魄山，只是待在山门口喝茶水嗑瓜子，就是个好说话的主儿。

几座天下，十四境大修士里边，有几个是谁都不愿意去招惹的，只是白也是读书人，老瞎子一向懒得理睬山外事，骂随你们骂，别被老瞎子亲耳听见就行了，而那个绰号鸡汤和尚的僧人神清，到底是一位"慈悲心即佛心"的佛门龙象，唯独东海观道观的这个臭牛鼻子，行事最为无迹可寻。

老观主从头到尾，都没有跟隋右边多说一句。

隋右边原本是想借此机会，多问些自己先生的事情，只是事到临头，话到嘴边，总难开口。

其实姜尚真与她说了些云窟福地的内幕，关于那位撑篙人倪元簪，什么江淮斩蛟，当年为何失踪，为何被老观主丢出藕花福地，在异乡客子光阴悠悠，肩头多出了一只三足金蟾，倪元簪所谋何事，与金顶观的渊源，等等，姜尚真都无藏掖。姜尚真之所以在隋右边这里这么好说话，理由很简单，双方都是落魄山混饭吃的，一家人不说两家话，可要单纯是真境宗谱牒剑修与玉圭宗老宗主的关系，那么姜尚真的口碑风评，一直很稳。

朱敛倒是没有往她伤口上撒盐，论说苦心人天不负，可怜痴心人总被无情恼。

一些个心心念念的久别重逢，越是山河无恙，物是人非，就越揪心。

隋右边神色黯然，没有御剑离开落魄山，返回那处结茅修道之地，而是拾级而上，看样子是要去山巅那边赏景。

朱敛拿起另外那支轴头，看似白玉材质，晶莹玉润，实则不然，细看之下，竟是牛角质地。

装裱壁上挂画的两支轴头，是有学问的，若是高下双轴，合称天地款，如果是一幅手卷左右摊开，就是日月款。老观主的这幅道图，比较特殊，只说轴头，当然属于日月款，但五岳真形图的形制，又自带天地款。

故而一幅道图，上天下地，日月盈昃，辰宿列张。

崔东山手持其中一支轴头，笑道："此物不管是埋于宅地，贴在门上，用来安家镇宅，还是符箓缄封，将卷轴佩戴在身，一位练气士的跋山涉水，简直就像既是五岳山君，又是大渎水神，天然兼具山水神通，拥有诸多不可思议之妙。相较于吴霜降那副悬挂就不能动的楹联，老观主的道图要更灵活一些。"

道书、画轴，两者合二为一，就成了件仙兵。

朱敛随口问道："一旦炼化成功，道书轴头合拢，地仙修士也能手持此物远游，登山入水?"

画轴材质宜轻不损画,所以百姓之家画卷轴头多是木质,书香门第和富贵人家多用金玉,山上仙府,眼光挑剔,也有或青白或斗彩的瓷轴,一般来说,牛角轴容易虫蛀,开卷则多有湿气,但是这对牛角轴头,极有可能是远古时代老观主某位同道修士的遗物,属于可遇不可求的极为珍稀之物。

关键是朱敛手中这支画轴,铭刻有墨篆"水箓"两个大字,"检劾三界,封署山岳,考明过功,鉴鹜罪福"。此外以蝇头小楷写了百余个地仙名号。崔东山手里边那支,则是丹书二字"山符",云霞蒸腾,"天人授箓,永无水患,召神劾鬼,拔度生灵"。额外绘有百余尊山神图像,像是一幅神灵群真朝拜图。

崔东山摇摇头:"那可不行,必须是上五境修士,不然拿都未必拿得动,更别说带着出远门了。"

对于一件仙兵重宝的驾驭,从来都是各大宗门不小的难题。

崔东山笑嘻嘻道:"若是老观主的本命物,那咱们落魄山就真要发了。"

攻伐之物,很多时候就是个花架子,更多是用来震慑,一般情况,其实没有什么用武之地。可若是能将一地山水气运固本培元,同时不断聚拢天地灵气,就是地愈灵人愈杰的命理格局。

崔东山叹了口气:"可惜可惜,毕竟是前朝之物,侥幸流传到了本朝,一朝天子一朝臣,就再难以诏令群仙了。"

朱敛笑道:"八分饱刚刚好。"

崔东山越看越觉得有门道,啧啧称奇道:"不过先生要是舍得,拿此物走一趟皑皑洲九都山,估计都能直接换来个太上供奉当当。只要先生愿意开价,九都山肯定会砸锅卖铁,哪怕欠一屁股债,都愿意买下。"

崔东山感慨道:"咱们的家底总算不薄了。"

刚得手的老观主这幅道图,还有之前吴霜降赠予的楹联。

前者可以安置在霁色峰祖师堂内,后者可悬挂在桐叶洲下宗的祖师堂大门口。

拥有了这两件镇山之宝,落魄山和未来下宗,就真正拥有了一流宗字头门派的仙气和底气。

此外还有老秀才从苏子、柳七那边讨要来的两幅字帖,《花开帖》《求醉帖》,皆道气沛然,文运蕴藉。

既有雪中送炭,也有锦上添花。

以后落魄山只要真正开枝散叶了,估计会涌现出不少的读书种子。

崔东山转过头,朝小米粒喊道:"右护法继夜航船之后,又立下一桩大功!"

当初在夜航船,陈平安一行人被吴霜降来了个守株待兔,结果是好,只是过程可谓凶险至极。之后如果不是小米粒机灵,以吴霜降的淡漠性情,在已经送出一幅《当时帖》的前提下,不太会送出那件仙兵品秩的镇山之宝。

那幅《当时帖》如今就挂在陈平安住处的竹楼,其中钤印在字帖上的两方印章,已经失去了全部道韵,换成了那只化外天魔的修为,一字一境界。字帖唯独剩下一枚花押,"心如世上青莲色",依旧玄妙。

小米粒听得犯迷糊,都顾不上雀跃了,挠挠头,问道:"啥?!咋个又立功啦?"

崔东山一边将一对轴头都收入袖中,准备着手将两物与道书炼化熔铸一体,一心二用就是了,一边跟小米粒聊天:"回头小师兄就帮你跟大师姐说一声,必须记上这笔功劳。"

小米粒站起身,一路跑到桌子那边,好奇问道:"老道长送咱们的东西老值钱了?"

朱敛笑着点头:"可值钱,两支画卷轴头很有些年头了。"

小米粒神采飞扬,哈哈笑道:"老前辈是位老道长,送出的老东西老值钱!"

黑衣小姑娘也没有光顾着开心,望向山路那边,挠挠脸,轻声道:"不晓得啥时候再来做客,老道长的脾气,好得很哩。"

饶是崔东山都要无言以对,这位东海老观主的牛脾气,那可是山巅公认的。

小米粒收回视线,趴在桌上,嘿嘿笑道:"老厨子,我又立了功,那等好人山主他们从京城回了家,你帮咱们做顿拿手的,得是比最好吃更好吃的,行不?"

小米粒甚至都没有问功劳到底有多大,好像她那颗小脑袋瓜,根本想不到这些事儿。

朱敛笑着点头:"没问题。"

其实在夜航船,吴霜降还额外送了周米粒一套文房清供,都是吴霜降随身携带之物,而那位岁除宫宫主的眼光之高,在青冥天下都是出了名的,品相如何,可想而知。三件法宝,价值连城,各有妙用。

回了落魄山,小米粒就立即一股脑儿全送出去了,将那号称"一两彩泥一斤谷雨钱"的七宝泥,送给了暖树姐姐。

再将那方铭文"神仙窟"、趴着一对袖珍螭龙的古砚,送给了景清。至于那支青竹杆毛笔,刻有一行小篆,"胸有成竹万里翠",则被小米粒送给了那位穷到只能开夜游宴讨红包过日子的魏山君。

崔东山呼出一口气:"成了!"

朱敛惊讶道:"这么快?"

崔东山笑嘻嘻道:"快不过大风兄弟看那些神仙图,随便翻几页就完事了。"

反正郑大风不在,随便说。

朱敛笑眯眯道:"到底还是个屁股上能烙饼的青壮小伙,要是换成魏山君,一定可以翻到最后。"

反正魏檗也不在场。

所幸小米粒没听见这些,正在打算写一份菜单给老厨子,想着一张饭桌上,摆满了菜盘子,让人都不晓得先往哪边下筷子,结果越想越嘴馋,赶紧抹了抹嘴。

崔东山取出那幅拥有了轴头的完整道图,轻轻搁放在桌上,笑道:"老观主果然道法通天,天下无双!"

道图炼化之后,紫气缭绕,云霞升腾,好似一张桌子就是一座道法天地,依稀可见日月旋转的异象。

群山之巅天无二日,万树丛中月有一轮。

在崔东山和朱敛的心湖中,只听老观主冷笑一声:"拾人牙慧。"

崔东山双手掐道诀,心中默念,桌上一幅道图,转瞬即逝,下一刻,整个落魄山地界都铺满紫气。

魏檗缩地山河,立即从披云山来到落魄山这处桌边,他心神震动,施展山君本命神通,环顾四周,视野所及自己就像置身于一座紫气云海,与此同时,竟然感觉到了一股大道压胜的气息,让堂堂北岳大山君都感到不适,而且这种压胜的势头越来越重,魏檗苦笑道:"难道以后我都只能现身在落魄山地界的边缘地带,步行至此?"

大岳山君,在自家地盘上行走不便,必须徒步行走,传出去估计比夜游宴的那个笑话,更能让人笑掉大牙吧。

崔东山笑道:"没事,我会在山上山下各设一道山门,保证魏山君随意往返。"

境界越高的外乡山水神灵、修道之人,会越不适应。地仙之流的练气士,即便有所察觉,也不至于像魏檗这样步履维艰。而且这幅道图不可能时时刻刻处于铺开状态,不然道气的流散,会多过天地灵气、山水气数的自行聚拢、补给,很快会入不敷出。

魏檗对此倒也无所谓,落座后问道:"怎么回事?"

"刚才东海老观主就坐在魏兄的位置上。"

崔东山抖了抖雪白的袖子,笑道:"至于内幕就不多说了,不知道更好些。佛家有云,拟议即白云万里。"

魏檗默默起身,换了个座位。

披云山之巅,老观主眯起眼,见到那个姓魏的山君还算识趣,这才悄然离去。

崔东山说道:"既然要变天,我们是该未雨绸缪,早作谋算了。"

反正魏檗不是外人,只要不涉及那些虚无缥缈的大道气运,无话不可说。

朱敛点头道:"害人之心不可有,防人之心不可无。"

之前陈平安针对的,是剑术裴旻,一位飞升境剑修,后来夜航船一役,对付的是吴霜降这样的十四境。

如今看来，大有必要。

远的，邹子。

剑术裴旻，剑修刘材。

近的，北俱芦洲那个功亏一篑的大剑仙白裳。

韩玉树在内的那股幕后势力。

江湖险恶，云诡波谲，人心难测，往往交友就是树敌。

崔东山说道："如今唯一欠缺的，就只有先生的境界了。"

落魄山最具杀力的攻伐之物，就在山巅。

山神宋煜章已经被大骊朝廷平调去往棋墩山，另行开辟山神祠庙，留在落魄山之巅的山神庙旧址没有拆掉重建，只是摘下了匾额，保持原貌，崔东山之前沿着白玉栏杆设置了一道金色雷池禁制，供奉了那幅来自剑气长城的剑仙画卷，画卷最早是出自倒悬山敬剑阁，后来被老大剑仙交给了陈平安。

在剑气长城，那些英灵之姿的剑仙，陪伴年轻隐官多年，共同御敌，一起守护半截剑气长城。

此外，落魄山还有一套脱胎于桐叶洲太平山的剑阵，只是至今尚未建成，未来可以作为辅助。

朱敛说道："以公子的脾气，那幅剑阵画卷，肯定会还给飞升城。"

崔东山笑道："放心，以师娘的脾气，肯定不会收的。何况长远来看，画卷留在落魄山，于飞升城而言，也是一笔稳赚不赔的划算买卖。"

小米粒点头道："放心再放心，我们好人山主，反正大事小事都听山主夫人的。"

朱敛摇头笑道："错啦，只要遇到真正的大事，宁姑娘还是会听公子的。"

小米粒想了想："好像是呢。"

崔东山微笑道："哪怕没有那幅剑仙画卷，如今在东宝瓶洲，只要咱们落魄山不主动揽事，别人就该烧高香了。"

崔东山掏出一把玉竹折扇，轻轻扇风，扇子一面写以德服人，一面写不服打死。

魏檗说道："落魄山不收弟子一事，我已经帮忙放出话了，不过看样子不太管用，效果很一般，以后只会有越来越多的人赶来这边。"

崔东山帮着小米粒扇风，笑道："正常，雾里看花，谁都好奇。最终能否登山，还是得讲一讲机缘的。小米粒的瓜子，是谁都能嗑的？不能够嘛。"

小米粒坐在长凳上，摇晃小脚丫，清风拂面，扯了扯棉布挎包，笑哈哈。

魏檗笑问道："小米粒，想好了没有，打算要什么回礼？"

小米粒赠送的那支青竹笔，对于魏檗来说，意义非凡，拿件半仙兵都不换。

陈灵均先前为小米粒保驾护航走了一趟披云山，如今时不时就去竹林逛荡，夏秋之际,却说是看有没有笋可挖。

小米粒摇头道:"不用不用,客套个啥,魏山君见外哩。"

魏檗站起身,摸了摸小米粒的脑袋,告辞离去。

小米粒重新去小竹椅上坐着看门,让老厨子和大白鹅继续聊正事。

崔东山双手笼袖,说道:"老观主好像对你,独独刮目相看。"

朱敛一笑置之。

相传陆沉有五梦,各有不可理喻的大道显化,其中就有道门的白骨真人,儒家的书生郑缓。

此外又有玄妙的心相七物,木鸡、椿树、鼹鼠、鲲鹏、黄雀、鹓雏、蝴蝶。

其中藕花福地第一个修仙有成的俞真意,就是那只呆若木鸡的木鸡。

藕花福地的画卷四人,虽然按照浩然天下的定义,都属于货真价实的纯粹武夫,只是四人各有侧重。隋右边,执念重,直接放弃了武道,转去登山修道,成为剑修。魏羡,从来志不在武学登顶,更喜欢沙场和……当官,最大的官。

天晓得这个自称喝酒海量的家伙,以后会不会直接找块地盘,比如在山河破碎的那座桐叶洲,重新当个开国皇帝。

卢白象相对于隋右边和魏羡,好像是最没有野心的一个。

至于朱敛,在外人眼中,则是那个最不求上进的。

崔东山合拢折扇,抬头望天:"呵,白玉京。"

朱敛问道:"老观主先前说的那个大概,前一句好猜,后一句?"

人间已无陈清都,谁能剑开托月山?

崔东山摇摇头:"天晓得。"

朱敛看了眼天色,笑道:"算了,不聊这些烦心事,今夕只可饮酒谈风月。"

日光作纸,夜色如墨,世道研磨,心事成字。

崔东山拿出两壶酒,抛给朱敛一壶,各自饮酒。

朱敛喝着酒。

就一定我是陆沉?

就不能陆沉是我?

陈灵均回到了骑龙巷,直接跟贾老哥要了一壶酒,倒了一大碗,一口饮尽。

陈灵均盘腿坐在长凳上,压低嗓音说道:"贾老哥,你是不知道,我今儿见着了三个外乡人!"

贾老神仙问道:"干架了?可曾占着便宜?需不需要老哥帮你找回场子?论嘴皮功夫,咱哥俩以理服人,就没有不服的人。"

陈灵均犹豫了一下,还是放弃了泄露天机的念头,一来此事不宜瞎显摆,二来被至圣先师说中了,好像只要涉及那些个关键词汇,就有口难言,哪怕是弯来绕去,一样不成。陈灵均叹了口气,到底有些可惜,抹了抹额头,结果一手新的汗水,贾老神仙震惊不已,直接来了句江湖黑话:"点子扎手?"

陈灵均苦笑兮兮的,只是提了一碗。先前一屁股坐地,坐而论道?三教祖师当时好像都在街上站着呢。一想到这个,陈灵均就汗如雨下,只得转移话题:"周首席不在山上,还是有点寂寞。"

那家伙有钱,有趣,有闲,读过书,喝得酒,吹得牛。

就凭姜尚真那句"我和灵均老弟这样的天纵奇才,若是还要辛苦修行,岂不是欺负人",陈灵均就愿意对这位首席供奉刮目相看,投缘!

而且姜尚真酒桌说话,一套一套的,极有嚼头,比啥佐酒菜都得劲。

百无一用是书生,极难处是书生落魄。

浪子回头金不换,最可怜是浪子白头。

什么花繁柳密秾艳场,莺歌燕舞脂粉窟……其实文绉绉的,这些都不重要,关键是姜尚真拍胸脯保证,以后到了云窟福地,他来安排,兄弟三人,闯一闯那英雄冢!

不承想一条小小的骑龙巷,就有景清老弟和贾老神仙两位豪杰人物。

于是姜尚真就有样学样,说骑龙巷这地儿定然是块风水宝地,学那掌律长命,在骑龙巷又花重金买下了三座宅子,

有钱算什么本事,愿意花钱才是,姜尚真比那个掌律长命,阔绰大气多了。说那吃饱穿暖之外的争名夺利,总是蝇头蜗角,没啥意思,所以在酒桌上,这位周首席随手将三串钥匙都丢给了目盲老道人,说都是自家兄弟,以后贾老哥师徒三人,帮忙暖屋添人气的,我就不谈钱不钱的了,白白伤了兄弟感情。

贾老神仙喝得红光满面,收下钥匙,大手一挥,兄弟之间谈钱就俗了。

目盲老道人当天就屁颠屁颠带着俩徒弟搬了新家,屋子里边那些价格不菲的物件摆设,估摸着大骊京城的将相公卿也就这点家当了。

一袭雪白长袍的落魄山掌律,站在门口那边。

陈灵均立即从板凳上放下脚,喊道:"长命姐姐!"

贾老神仙也立即放下手中酒碗,下意识抬起屁股,见灵均老弟并未起身,却也没有放下屁股,就那么不辞辛苦地屁股悬空,微微弯腰,至于那女子是否瞧得见这一幕,老神仙可不管。自个儿的这份晚福,从何而来?除了山主的慧眼独具,从茫茫人海中独独相中了他这个风骨凛凛的老英雄,还有就是靠的这份与落魄山大道相契的以诚待人,我见高人先矮一头,老神仙笑道:"掌律亲临寒舍,贵脚踏于贱地,真是柴门有庆,蓬荜生辉,苦无醇酒待客,长命掌律若是不介意……"

长命眯眼而笑:"介意。"

贾老神仙随之言语转折:"掌律快人快语,教人省心省力。"

长命说道:"拦路一事,你上点心。"

贾老神仙沉声道:"责无旁贷!明儿贫道就亲自出马。"

之前是落魄山那边没点他的名,只是让弟子赵登高忙活此事,贾老神仙这才忍住,不然只说待人接物的本事,贾晟自认在落魄山,名次最少可以排进前五。在落魄山月月领俸禄,要说光拿钱不干事,贾晟自然是没有半点负担的,可是那只神出鬼没的大白鹅,还有如今这个对谁都是笑脸相迎的掌律长命,实在是由不得他每天躺着享福啊。

随着浩然天下山水邸报的解禁,还有那场正阳山的镜花水月的开启,造访落魄山的各路人马,蜂拥而至,从一洲山河的四面八方而来。

一来二去,整个龙州地界,大小客栈,都人满为患。

当然来这边看热闹的人更多,未必就是有所求,比如各路谱牒仙师。北岳披云山本就是一处游览胜地,如今多出一个横空出世的落魄山,再加上龙州这边的山水神灵在一洲山水谱牒上的神位都不低,相信落魄山很快就要面临访客多如过江之鲫的喧闹景象。

仰慕剑仙的练气士、混江湖的武夫,要与那些武学宗师学拳脚功夫。另外,肯定会有不少山上仙子,想要在落魄山门口开启镜花水月。在这之中,还有要与裴钱问拳的各国武学宗师。

当然谁都不为赢拳而来,只是切磋一二,请教而已。一洲山河,武夫多如牛毛,裴钱却是武评四大宗师之一,与她问拳还想赢,得失心疯了?去问一问陪都战场上给裴宗师几拳打开花的妖族修士,看他们答不答应?

因为之前渡船议事,陈平安说了最近二十年之内,落魄山都不会收取弟子。所以就多出了件事,落魄山需要有人负责拦路,与所有外乡人告知此事,尤其是需要拦着他们擅自登山,将落魄山当作一处赏景的地方。

通往落魄山,就两条路,除了槐黄县城的那条山路,还有从红烛镇、棋墩山延伸过来的一条路。暂时负责拦路事宜的,明处有云子、白玄、赵树下,还有目盲老道贾晟的弟子赵登高。做这种事情,也算一场历练。暗处有掌律长命和剑修崔嵬,以防意外。不过,白玄纯属上杆子凑热闹,反正裴钱最近刚好不在落魄山。

白玄如今跟骑龙巷那条左护法混得熟了,经常蹲在地上,问它吃不吃?

但凡是扬言要与裴钱问拳的英雄,白玄准备一个不落下,全部仔仔细细记录在册,姓名绰号、家乡籍贯、武学境界……

陈灵均破天荒没有掺和此事,暖树和小米粒都很意外,陈灵均当然是故作高人状,毕竟鱼龙混杂,天晓得里边有无一拳打死他的高人,而偌大一座江湖里边,不可能次次遇到白忙、陈清流这样宅心仁厚的好兄弟。外边的江湖难混，光靠胆大不济事。修行路上，不是脱缰的野马，就是出圈的猪，一个比一个横。

今天一大桌子人吃饭，热热闹闹。

还是那个雷打不动的老规矩，如果陈平安不在山上，主位那条长凳就会空着，得留给山主。

朱敛、崔东山、米裕、陈暖树、小米粒、陈灵均、张嘉贞。

还有喜欢来这边蹭吃蹭喝的白玄。

韦文龙不太露面，倒不是因为是一位金丹境的修道神仙，无须食用五谷，也不是这位落魄山的财神爷如何性情孤僻，只是他痴迷算账一事，一本本账簿简直就是他的一个个媳妇。

至于赵树下和赵登高，他们每天都会步行返回小镇，轮流在道路上守夜，一个山主嫡传，一个记名供奉，两人如今关系很好。他们与陈灵均、白玄显然是截然不同的风格。

饭桌上陈灵均憋着坏："老厨子，听说你年轻那会儿，还是个十里八村闻名的美男子？"

朱敛每一筷子，无论饭菜，都会细嚼慢咽："一般般，勉强能算不丑。"

陈灵均笑嘻嘻道："那你咋个还是打光棍，是年轻那会儿眼光太高，挑花了眼都没个满意的姑娘，到头来就只能跟大风兄弟一样了？"

朱敛笑道："忘了你岁数比我大？"

陈灵均吃瘪。

小米粒竖起手掌在嘴边，与暖树姐姐悄悄问道："景清多大岁数了？"

粉裙女童看了眼青衣小童，摇摇头，小声道："没问过，不晓得。"

陈灵均一拍桌子："笨丫头，垂涎我的美色是吧，被抓了个正着，哈哈……"

结果后脑勺挨了米裕一巴掌。

陈灵均低头扒拉着碗里的米饭，身边这位米大剑仙，那是绝对不敢招惹的，就有点闷闷不乐。

崔嵬可是一位剑气长城的元婴境剑修，结果在米裕这儿就跟孙子见着爷爷一样，之前陈灵均就觉得不对劲，后来从消息灵通的贾老哥那边，听说了那个"米拦腰"的说法，再加上一些个老龙城战场的事迹，听得陈灵均肝儿颤，结果吓得他好几天都没敢去找米裕称兄道弟。

朱敛看了眼张嘉贞。

寡言少语，但是眼中常有笑意。

来时少年郎，这会儿已经是个都可以蓄须的年轻男子了。

与那个同龄人蒋去站在一起，两人年龄就像差了十岁。

姜尚真其实私底下找过张嘉贞,说他这个当首席供奉的,花点钱,可以让张嘉贞修行。运气好,这辈子有希望跻身中五境的洞府境,然后就此止步。哪怕运气一般,捞个四境五境的练气士,活个两甲子还是有机会的。如果觉得过意不去,可以当成是借钱,以后靠着落魄山的俸禄,慢慢还钱就是了。

但是张嘉贞还是没有答应,他有自己的打算,最后出人意料地问了周首席几个问题。

两甲子光阴,可能其中一甲子,都需要拿来潜心修行,修道之人的山居岁月,对待寒暑变迁,四季流转,与凡夫俗子是截然不同的观感,随便一个静坐闭关,可能就要消耗几天甚至是数月的光阴。张嘉贞跟在韦先生身边,耳濡目染,哪怕只是学到了点皮毛,这笔账,也不难算。

此外,还有一笔账,糊涂不得,事分虚实,姜尚真凭什么帮他?自然是看在陈先生的面子上,钱财之外,开销的是陈先生的人情。

兴许姜宗主确实财大气粗,可以完全不在意,但是张嘉贞自己却不能不较真。

韦先生不喜欢说道理,但是在第一天领他进门的时候,就与张嘉贞讲过一番语重心长的话,说我们干做账这一行当的,最需要傍身的,不是有多聪明,而是老实、讲良心。

姜尚真下山去往蛮荒天下之前,找到朱敛,笑言一句:"山主算是拣着宝了。"

不是说落魄山有个张嘉贞,能多赚几枚神仙钱,而是一座落魄山,有个张嘉贞,会更像落魄山。

因为张嘉贞与姜尚真询问之事,是自己将来能不能成为类似山鬼、山神一样的存在,长长久久,留在山中。他想要多做点力所能及的小事。

如果不可行,就随缘了;万一可行,那他从当天起就会开始攒钱,钱不够,就肯定会与周首席借,不会有半点难为情。

当时一起夜中散步,姜尚真看着那个再不是剑气长城贫寒少年的小账房先生,他明亮的眼神好像在说,陈先生把我从家乡带到这里,那么我就会尽最大努力不让陈先生失望,这是一件天经地义的事情,而且半点不辛苦。

姜尚真递过去一壶酒,张嘉贞说回去还要看几本账簿,就不喝酒了。姜尚真笑着说不多喝就没事,还能提神。张嘉贞这才收下那壶酒。

张嘉贞回了屋子,在灯下翻阅账簿,没有喝酒,只是打算盘,偶尔实在乏了,就揉着眉头,再看一眼桌上的酒壶,忍住笑,自言自语道:"张嘉贞,如今牛气了啊,这可是姜宗主亲手送你的酒水!"

他并不知道,那位姜宗主就坐在墙头上,双臂环胸,眯眼而笑,手中无酒,如饮醇酒。

落魄山是时候举办属于自己山头的镜花水月了。

朱敛笑道："等公子回家,咱们就议一议镜花水月的事情,办在哪座山头,谁来做什么事情,都需要好好商量。"

白玄嗤笑道："商量个锤子,让米大剑仙往那边一站,整个东宝瓶洲的仙子就要犯花痴,那就是哗啦啦的神仙钱。"

米裕晃了晃筷子："比起山主,还是差得远了。"

白玄白眼道："我说你比得过隐官大人了？跟我在这儿瞎赶趟呢。"

米裕保持微笑,给白玄夹了一筷子菜："这么会聊天,就多吃点。"

白玄冷笑道："咋的,学那裴钱,记上仇啦？"

崔东山呵呵一笑。

白玄立马给崔东山夹了一筷子,好奇问道："除了隐官大人,裴钱到底还有没有怕的人啊？"

崔东山说道："有,郭竹酒。"

白玄愣了半天,他当然听说过家乡的那个郭竹酒,一个大名鼎鼎的存在,她好像还进了避暑行宫担任隐官一脉剑修。

一顿饭过后,暖树和小米粒帮忙收拾碗碟盘子,不过最后老厨子没让两个小姑娘帮忙,一人系上围裙独自在灶房清洗。

朱敛收拾干净,摘下围裙,走出灶房,笑了笑。

每个人都是各自生活的书写人,与此同时,看别人就是翻书。

可能世界把我们看得很轻,但是我们又把自己看得太重。

一条渡船缓缓进入大骊京畿之地,地支一脉的两位修士,宋续和余瑜御风登船。

宋集薪放下手中书本,走出屋子,来到船头那边。

宋续抱拳道："大骊供奉宋续,登船谒见王爷。"

余瑜抱拳笑道："余瑜见过王爷。"

宋集薪笑道："这是摆出了公事公办的架势？"

宋续无奈道："侄儿见过皇叔。"

宋集薪说道："只要我脱了身上这件藩王袍子,就只是槐黄县的一个老百姓,游历京城,你们不用紧张。"

宋续摇摇头,仍然坚持己见："皇叔,此举依旧行不通的。"

宋集薪转头望向那个上柱国余氏出身的小姑娘,微笑道："自己找酒喝去,能够找到多少,都算你的。"

早年在藩邸,宋集薪与这拨地支一脉十人,不算陌生。既不拉拢,也不疏远,点到为止。

余瑜以拳击掌,满脸雀跃,宋续这个皇叔,真是一等一的厚道人,可惜如今还没有娶妻生子,不知道以后会便宜了哪个女子。

既然得了藩王旨令,她这就翻箱倒柜去了。

宋集薪转头对一位藩邸随军修士说道:"吩咐下去,渡船暂时悬停于此,不着急赶路。"

修士点点头,默然离去。

宋集薪趴在栏杆上,宋续毕恭毕敬站在一旁。

一个藩王,一位皇子,一起俯瞰渡船下方的宋氏山河。

宋集薪随口问道:"这次见面,你好像又成熟了些,是想通了?"

宋续点点头。

宋集薪也没多说此事,哪怕是一家之内,只要人多了,一家之主看待子女就会有大大小小的偏心。

什么叫偏心,就是同样一场雨,落在自己田地的雨水都要比人少。

有些旁人的安慰,虽然是出于好心,类似"没事的,会好起来的",但就像听者必须独自喝饱一大壶苦水,说者再给掺了点糖水在嘴里,之后只会叫人觉得更苦。

如今朝野上下,当今陛下的文治武功,被视为大骊宋氏诸帝之最。

宋集薪笑道:"自己想通了就好,给你带来了份礼物,是两方砚台,都是仿的,据说是从旧朱荧皇室流散出来的,值不了几个神仙钱。"

那两方古砚,仿三十六洞天砚,仿七十二福地砚,都以紫檀嵌玉匣盛,配锦绣砚囊,作抄手式,隶书铭文,各自砚背有石眼三十六和七十二,制成眼柱。就像宋集薪所说的,不算值钱,就是讨个好兆头好寓意,既然宋续决意要安心修行,当个山上神仙,宋集薪这个当皇叔的,送给自家侄子此物,就很合适,如果宋续没有想通,也可以当作一个善意的提醒。

宋集薪随口问道:"已经跟陈平安碰过面,打过交道了?"

宋续苦笑道:"吃尽苦头。打不过,也算计不过。"

宋集薪这个长辈当得有点不厚道,非但没有安慰侄子,反而有点毫不掩饰的幸灾乐祸,轻拍栏杆,眯眼笑道:"不意外。"

宋续好奇问道:"皇叔跟那位陈先生,多年邻居,好像关系比较……复杂?"

宋集薪点头道:"一言难尽。没成为什么交心的朋友,所幸也没成为仇家。提醒一句,如果不是实在没办法,就别去招惹陈平安了。一般人穷得吃不饱,给口饭吃就知足,陈平安不太一样,他每次临渊羡鱼,就会立即退而结网,得之以鱼,不如学之以渔。他学东西,不如刘羡阳快,但是更稳,因为学得慢,大概是觉得来之不易,所以反而更加珍惜,喜新不厌旧。这种人如果是敌人,其实很可怕的。"

宋续使劲揉了揉脸颊："确实如此,陈先生出手对敌,手段层出不穷,术法神通驳杂,简直匪夷所思。"

渡船又有了一位客人,礼部右侍郎赵繇。

宋续是晚辈,赵繇是同乡同窗的故友。

那位皇帝陛下,还是很有分寸的。

宋集薪笑着招手道："赵木头,好久没见了。"

何时重逢,禾丰之年,云水之间。

赵繇作揖行礼,然后问道："不如下盘棋,边下棋边谈事?"

宋集薪笑道："不下了,你如今是修道有成的山上神仙,思虑周全,神识丰茂,我肯定输,不给你找回场子的机会。"

赵繇突然说道："宋集薪,我没有看错人,你确实了不起。"

从年少时,出身福禄街豪门的赵繇,就对宋集薪佩服得一塌糊涂。

两人一同在齐先生门下求学的时候,无论是下棋,还是读书解义,宋集薪都要比赵繇更高一筹。

所以赵繇对泥瓶巷宋集薪的态度,有点类似陈平安看待刘羡阳。

宋集薪拍了拍赵繇的肩膀,笑眯眯道："到底是夸我,还是夸自己的眼光好?你可以啊,没有白混这些年的官场,比小时候会说话多了。"

赵繇哈哈笑道："一举两得,皆大欢喜。"

宋续有些惊讶。

赵繇虽说是年纪轻轻就位列中枢的官场中人,也确实待人和善,在大骊朝廷里边风评极好,唯一的缺陷,就是少了个科举功名的清流出身,再就是也没有在战场上建功立业。

可宋续总觉得赵繇是一个极其心高气傲的修道之人,就像只在那庙堂驻足休憩的孤云野鹤,终有一日,会排云振翅碧霄中。

如今大骊朝野都在好奇一事,藩王宋睦、礼部赵繇,到底算不算文圣一脉的嫡传弟子。

宋集薪打趣道："已经见过你那位陈师叔了?处得怎么样?"

赵繇笑道："还不错,挺融洽的。"

离开周海镜暂住的那条陋巷,陈平安一个脚步不稳,抬起一脚重重踏地,再跨出下一步,就轻松多了。

陈平安抬起一手,略显生疏,仍是瞬间归拢了道法余韵。

留在浩然天下的这个自己,竟然一样是十四境?!

故而陈平安只是这么一个简简单单的跺脚动作，对于大骊京城而言，都是惊涛骇浪的天大气象。

陈平安看了眼京城钦天监方向，那边肯定已经有所察觉了，当然还有那座陪都的仿白玉京。

大骊京城的钦天监官署，是一处戒备森严的禁地，据说戒严程度，仅次于宫城和皇陵。

人不多，各科院官员胥吏加在一起，还不足两百人。

在大骊诸多衙门当中，是一个最云遮雾绕的地方，不显山不露水。

多是世代相传，子承父业，所有钦天监官吏不得改迁转任别官，出现缺员就在钦天监内部逐级递补，非朝廷特旨不得轻易升调贬谪、辞官致仕。所以是只丢不掉的铁饭碗，两层意思，没外人争抢，自己却也放不下。

钦天监官员，虽然人人身处大骊京城之内，其实却等于是与世隔绝了，与外界几乎没什么联系，每次外出都需要内部和礼部层层审核、报备，每次外出的特制关牒，用过一次就需销毁再录档。里边的人不敢结交攀附官员，外边的京官更不敢与钦天监打交道，稍有过界牵扯，就容易丢掉官帽子，还是脑袋跟着一起掉的那种。

陈平安在一条巷弄中缓缓而行。

一样米养百样人。

看待天地广袤的这方世界，好像谁都是在盲人摸象。

视野不同，角度不同，得出的结果，就会是云泥之别。

纯粹武夫，视野所及，诸多实物皆纤毫毕现，而修道之人，更是能够依稀看见天地灵气的流转，此外还有神灵的望气术。

陈平安的心念起伏之间，天地就像跟着出现了细微变化，越是靠近剑气长城那个方向，或者说是蛮荒天下，当下这个与陆沉暂借而来的境界就会衰减越快，看来同样一个人，还是分出了个主次之别。

这才合理。

不然自己凭借十四境修为的一身通天道法，赶去蛮荒天下，岂不是等于凭空多出两个十四境。

礼圣先前在人云亦云楼，之所以答应先生多试一次，是不是已经沿着那条光阴长河的上下游，看到了这一步？

那么礼圣是希望自己借此机会，做什么？

如果礼圣是随手为之，并无目的，那么拥有这份道法的陈平安，其实可以做很多事情，比如回一趟家乡落魄山，或是以"跌境"作为代价，远游北俱芦洲或是桐叶洲。

陈平安蓦然出现一个强烈的心念。

他一步跨出大骊京城，直接出现在了杨家药铺的后院。既像是一个油然而生的念头，又像是冥冥之中心性被拖曳而走。

　　结果陈平安见到了一位少年模样的道士。

　　道祖笑问道："有人自童年起，就独自一人照看着历代星辰。陈平安，你说说看，这个人辛不辛苦？"

第六章
一只笼中雀

道祖站在台阶上,药铺的杨老头经常坐在那边手持旱烟杆,吞云吐雾。

陈平安站在檐下,打了个规规矩矩的道门稽首,默不作声。

不是陈平安故弄玄虚,而是确实不知道如何作答,主要还是担心牵扯到李柳,只好硬着头皮当个闷葫芦。

道祖抖了抖袖子,回了个有模有样的儒家揖礼,笑而不言。

他坐在台阶上,伸出一只手:"随便坐,我们都是客人,就别太计较了。"

我是过客,你暂时也是,以后则未必。

陈平安挪步坐在那条长凳上,与道祖隔着一口四水归堂的天井,双方相对而坐。

眼前少年道士的身份,根本不用猜。

曾经骑牛过关,优游蛮荒天下,随便一指,便将旧王座大妖打回古井底部,在对方身上留下数千年不可磨灭的道痕,更使得大祖初升远遁天外,不敢露面。

饶是大玄都观的孙道长,这样一位"隔三岔五就要问候真无敌"的得道高人,传闻在游历浩然天下的时候,与白也等人每每提起创建白玉京的道祖,都是与有荣焉,信誓旦旦保证天底下最能打的,还是在我们青冥天下那位。

在道祖面前,揣着明白装糊涂,毫无意义,至于揣着糊涂装明白,更是贻笑大方。

道祖看了眼陈平安身上的十四境气象,笑道:"'礼'一字,难在情理兼备,不死板。小夫子还是很厉害的。"

随后道祖一语道破天机:"你能够容纳下陆沉的这份境界,流散极少,不单单是礼圣和陆沉的缘故，与你自身的'虚舟'造诣颇高关系不小，唯道集虚，虚者心斋也，虚已者天地宽。只说你认识的人中，周密、崔瀺、齐静春、郑居中、吴霜降都是类似的读书人。通俗一点的说法，就是一个人肚子空，才能吃得多。何谓入山修仙，无非就是凿山为屋舍，将凡夫俗子的七情六欲、杂念浊气搬出去，将天地灵气、道法机缘和功德福报搬进来。"

一袭青衫正襟危坐，就像个刚刚读书识字的学塾蒙童。

如今几座天下的山巅修士，无论是飞升境，还是十四境，都不敢对周密直呼其名，就怕泄露人间天机给天上。

道祖笑了笑，这家伙好像还被蒙在鼓里，也正常，三教诸子百家，岂会让那个一年少时就获得持剑者的认可？而有两位师兄盯着，陈平安自然打破脑袋都想不到自己这么多年远游路上，其实不只是秉烛夜游，亦是白昼提灯。

只是道祖不着急说破此事，问道："你自幼就与佛法亲近，对于肯定否定一事又颇有心得，那么一定知道三句义了？"

陈平安点点头："佛说世界，既非世界，故名世界。"

道祖微笑道："好语，不妨举个例子。道理是天地空悠悠，例子就是驿站渡口，好让听者有个立足之地。不然高人说理，骑鹤上扬州。"

陈平安说道："苏子有诗篇：'儋州云霞钱江潮，未到百般恨不消。到得元来别无事，儋州云霞钱江潮。'"

道祖说道："再语。"

陈平安答道："道可道非常道。"

道祖笑道："难怪苏子赠送字帖，要比柳七更痛快些。也难怪孙观主对你青眼相加，回了家乡，逢人便说浩然天下有个小道友，是个妙人。"

陈平安有些难为情，自己人还没去青冥天下，名声就已经满大街了？这算不算酒香不怕巷子深？

道祖问道："有没有想过，为何你那两位师兄，敢行瓮中捉鳖之事？万年之前，我们三位就未能彻底解决掉旧天庭遗址这个遗患，如今周密入主其中，想必难度只会更大。可是如今我们三位都要散道了，治水一事向来堵不如疏，这个道理，崔瀺和齐静春都不是短视之人，岂会不明白？你再想一想，为何周密携众登天，他到底在等什么？补缺神位，跟我们世俗王朝的钦天监差不多，向来一个萝卜一个坑。"

道祖说到这里，笑道："周密总不能只是等着我们三个去堵门吧？"

陈平安摇头道："晚辈想不明白。"

"因为人间有一事，让周密都百密一疏了。"

道祖抬起手臂，指了指陈平安："就是你，笼中雀。"

天上周密，人间陈平安，存在着一场心性上的拔河，最终决定谁更能够成为一个崭新的、更强大的那个一。

落魄山？魂归于天，魄归于地。

当然周密肯定自有手段，另辟蹊径，别开生面，寻求破解之法，绝不会坐以待毙。

道祖说道："所以青童天君留了一封书信给你，问你吃饱了没有。"

陈平安瞬间心弦紧绷，双拳虚握，放在膝盖上，深呼吸一口气，沉声问道："我就是那个……一？"

道祖笑道："齐静春确实将一副很重的担子，早早放在了你肩头。"

陈平安豁然开朗。

为何一个算尽天事的邹子，会那么早就开始针对一个泥瓶巷孤儿。邹子这种存在，原本早就勘破生死、超脱善恶了。

年幼时上山采药，那次被山洪阻拦，杨老头后来传授了一门呼吸吐纳的法门，作为交换，陈平安打造了一支旱烟杆。

从大隋京城归来，又赠送了陈平安一把飞剑，被他取名为十五。杨老头的理由，是谁家过年还不吃顿饺子。加上那把本名为"小酆都"的飞剑坯子，初一和十五，寓意"躲得过初一，躲不过十五"。

不承想最躲不过的，好像是陈平安自己。

再次出门远游，去剑气长城为宁姚送剑，腿脚上边张贴有真气符。

陈平安问道："一早就是我？"

道祖摇头道："那也太小觑青童天君的手段了，这个一，是你自己求来的。"

陈平安松了口气，直截了当问道："敢问道祖，能不能解决此事，而且我还是我？"

道祖笑呵呵道："自求多福。"

陈平安哑然。

道祖估计是担心陈平安想岔了，实在是一个原本好好的说法，愣是在世间给流传得越来越偏离本义，所以道祖随后加了一个字："自求者多福。"

陈平安问道："如果李柳或是马苦玄看到了那些文字，那么会是谁的笔迹？"

一直以来，陈平安始终误以为那些文字，出自李柳或是马苦玄的手笔。

道祖摇头道："不一定。李柳所见，可能是那个仿佛替他人讨债的董水井，或是'道心守一'的林守一。马苦玄所见，可能是火神阮秀，或者水神李柳。顾璨所见，可能是宋集薪，或是画龙点睛的赵繇。阮秀所见，就可能是泥瓶巷陈平安或是刘羡阳。只能确定一点，不管谁看见了，都不是自己的笔迹。"

道祖笑道："当你们心中认定一事，就会不断寻找理由和论据，来支撑你们的这份认知。窑工、屠子、仵作、木匠、樵夫、渔翁，只因为一技之长，各有不同，那么看待同一座世界，就会各有各的侧重。"

陈平安皱眉不已，试探性问道："那些文字，类似红烛镇？就像是一处光阴长河的汇流处。故而谁都可以是，同时谁又都不是刻字之人？"

道祖答非所问："青童天君之所以设置这个禁制，是为了让你们这些年轻人，都不至于在未来的修行路上，太过劳心。当然更担心，在骊珠洞天破碎，落地生根后，失去了一道隔绝天机的屏障，年轻一辈纷纷外出游历，会过早露出关于那个'一'的蛛丝马迹。"

关于光阴长河的流向，是一个不小的禁忌，修道之人得自己去摸索探究。

道祖笑道："现在你是不是可以回答先前那个问题了？"

陈平安下意识转头，看了眼泥瓶巷方向。

从小巷走到药铺，若是有钱买药，风雪天气，道路泥泞，也会脚步轻盈；而若是兜里无钱，同样的路程，哪怕一路春暖花开，也会让人步履蹒跚，疲惫不堪。

为何会如此，心境使然。法不孤生，依境而起。跋山涉水，却不拖泥带水，这就是佛门所谓的"除心不除事"。何况自家先生还曾专门注解过"人心惟危，道心惟微"一语。

年少时烧瓷一事，最大学问，无非四个字，"得心应手"。心之所向，手之所化。

陈平安说道："不用一个人瞎逛街巷，只为了能在地上找枚铜钱，也不用等着别家开门，我觉得都不辛苦。"

道祖笑问道："捡着过钱？"

陈平安赧颜道："还真捡过几枚。"

帮人抢水的夜幕里，有个孩子躺在田垄上，跷着二郎腿，嚼着草根，头顶就是璀璨星河，孩子高高举起一枚白天在地上捡到的铜钱。

道祖抬起手，指了指脑袋，再指了指心口："一个人的理性，是后天积累的学问汇总，是我们自己开辟出来的条条道路。我们的感性，则是天生的，发乎心，心者君主之官也，神明出焉。可惜人为物累，心为形役。故而修行，说一千道一万，终究绕不过一个'心'字。

"陈平安，试问世间一切'术'之宗旨所在？"

陈平安略作思量，答道："可以证伪，可以纠错。"

道祖又问："道之所在？"

陈平安答道："可以让人心神往之，与天地万物合一，远离颠倒梦想。"

道祖点点头，似乎对陈平安的答案还算满意，有几分感慨神色："百花齐放，千舸争流，最早那些改天换地的人族先贤，在那段很难用言语去描述的峥嵘岁月里，不管是修道登山，还是做学问，都是一个很美好的时代。"

道祖站起身："随我走一趟泥瓶巷。"

陈平安跟着起身，与道祖一起走出后院，药铺前院的苏店和石灵山浑然不觉。

跨出门槛,道祖望向街道笑言:"齐静春当年远游小莲花洞天,摘走那枝荷花之前,跟我说了一番言语,修行之旨趣,在于知道,求道之乐趣,在于未知。好家伙,教我修道呢。"

陈平安会心一笑。

道祖突然打趣道:"你这个当师弟的也不差,早年尚未练拳学剑,就敢叫我让道了。"

陈平安笑道:"年少无知,说了句冒犯言语,道祖见谅。"

"就不是心里话?"

落魄山山主以诚待人,身正不怕影子斜:"是心里话。"

"那就无妨,夜问良知,日晒心言。一个人走路,总不能被自己的影子吓到。"

一同走在街上,道祖随口问道:"最近在钻研什么学问?"

对于道祖而言,好像什么都可以知道,想知道就知道,那么不想知道就不用知道,大概也算一种自由了。

陈平安答道:"看了些道门法牒和符图箓文,来之前,本来打算要去趟钦天监,借几本书。"

礼圣在京城提醒过一事,证道契机所在,就在文字。

"这就开始为游历青冥天下做打算了?"

"人无远虑必有近忧。"

陈平安担心一个不小心,在青冥天下刚露头,就被白玉京二掌教一巴掌拍死。

只是当着道祖的面,总不好说他那嫡传弟子的是非。

"看书可有心得?"

"《丹书真迹》上说过,箓文是由道气演衍而成的文字,所以打算多挑些夔龙纹、饕餮纹和云篆纹去看。"

道祖嗯了一声:"读之使人神观飞越。"

陈平安疑惑不解,不是看,而是读?符箓图案怎么个读法?

道祖转头笑道:"方才在药铺里边,你知道了自己是那个一,当下能够不忧惧,还可以解释为你自身道心稳固,再加上陆沉道法的馈赠,只是为何半点后怕都没有,你就不担心是粹然神性使然?还有你别忘了,如今武学之路,本就是神道旧途。"

陈平安眼神明亮,看着远方街上,一位十四境大修士的心之所想,直接大道显化,街上竟然下起了一场小雨,陈平安行走其中,道:"那就脚踏实地,走去试试看。"

道祖笑了笑。

跟陈清都那个死犟死犟的家伙还挺像,难怪辈分悬殊却投缘。

很剑修啊。

陈平安转头回望一眼药铺。

之后两人一起走向泥瓶巷，道祖将一些白玉京都不会记载的老皇历娓娓道来。

"有人曾经为了寻找自己的本来面目，沿着那条光阴长河逆流而上，追本溯源，结果无果。

"有人孜孜不倦，尝试着寻找天地间完全相同的两朵花。半天，一座天下的光阴长河足足停滞了半天。一身道法，终于支撑不住，就此崩散天地间。此人最终笑言，朝闻道夕死可矣。

"又有人仗剑远游，开天辟地，追寻一个答案，人外有人为何人，天外有天是何天。你猜猜看，是怎么个开天辟地法？"

陈平安立即想起了与师兄崔瀺在剑气长城的那次相逢，一巴掌拍在胳膊上，便答道："以颠倒芥子须弥之术，往人身小天地走，内求自证？"

道祖却没有给出答案，已经转移话题："教外别传，不立文字。言语不也是文字，故而有人就此散道，试图打破文字藩篱，设定千年为期，混沌一片，神识之海，杳杳冥冥。

"有人偏要探究一事，远古神灵之前，又是什么存在造就了神灵。

"于是就又有人产生疑惑，那光阴长河到底是一条来无踪去无迹的直线，还是一个循环不息的圆相，或是由无数个不可切割的点组成？会不会是远古神灵曾经创造了有灵众生，最终又交由人族在之后造就了神灵？"

陈平安默不作声，只是难免好奇，这位道祖，是否曾经成功去过边界处，又看到了什么，所谓的道，到底是何物？

道祖笑道："你差点就被陆沉代师收徒，成为我的关门弟子。陆沉显然比你想更远，去了白玉京，笼中雀，关起门来，就更名副其实。"

陈平安愣了愣。

"不过白玉京那边，好像还是我说了更作数。哪怕是当着至圣先师的面，我还是要说一句，你要是当了我的关门弟子，哪里需要如此劳心劳力，只管在白玉京心斋独坐，修行大道，当那四掌教，至少万年无忧……听听，你们这位至圣先师真是半点不让人意外，又蹦出个三字经。"

陈平安对那入耳三字，假装没听见。

不承想学究天人的至圣先师，还是一位性情中人……

道祖好像在与至圣先师对话，笑道："老夫子卷袖子给谁看，如果我没有记错，早年那把佩剑，可是都被某位得意学生带去了蛮荒天下。"

陈平安心神微动。

最早的文庙七十二贤，其中有两位，让陈平安最为好奇，因为陪祀圣贤学问高，作为至圣先师的嫡传弟子，并不稀奇，但是一个是出了名的能挣钱，另外一个，则不是一般的能打架。只是这两位在后来的文庙历史上,好像都早早退居幕后了,不知所终,既没有在浩然天下开创文脉,也未追随礼圣去往天外,只是哪怕十分好奇,陈平安在先生那边,还是没有问及内幕。

道祖笑着与陈平安解释道:"群凶四起,必有压胜。文庙还是有些后手的。"

道祖突然问道:"要不要见一见?"

陈平安正要婉拒此事,只是刹那之间,就像已经见过了一幅远在天边的山水画卷。

蛮荒天下,一处灵气稀薄近乎于无的偏远之处,有毗邻茅屋两座,有个身材高大的魁梧汉子,大髯,右衽。汉子一身浓郁的山野气息,正在持柴刀砍柴。

还有一位瘦高的青年男子,满身书卷气,双手负后,正在看着茅屋上那只被取名为狸奴的猫,它刚刚从一棵树上跃下,衔蝉而走。只不过这只猫是故友早年留下的,他只是帮忙照看而已。

砍柴的汉子问道:"怎么说?"

青年点头道:"旧诗稿已经整理得差不多了,此外准备了三千首《破阵子》。可以出门了。"

汉子笑道:"三千首,这么多?那水准肯定参差不齐了,亏得是在蛮夷之地,没几个识货的,不然你都没脸自报名号吧,丢脸丢到蛮荒天下,你算独一份。"

青年笑道:"独一份?有阿良垫底,我怕什么。"

魁梧汉子哑然失笑,放下柴刀,拍了拍手,去茅屋后边的一处衣冠冢,找出残缺铁剑一把,高冠一顶,断绳一截,儒衫一件。

汉子伸手掸去古冠尘土,戴在头上,不忘重新结缨。

身穿儒衫,腰悬长剑,汉子依旧大髯,气势却判若两人。

浩然天下曾有古语豪言一句:"君子死,冠不免。"

青年走入茅屋之内,从墙壁上摘下一把长剑,桌上有一盏油灯。浩然天下曾有人醉里挑灯看剑。

当这位年轻书生手持长剑,好似天下锋芒,三尺聚拢。

小镇这边,双方路过那处老槐树遗址,道祖缓缓道:"猜猜看,那只槐木剑匣,老大剑仙是否已经还给你了?"

陈平安摇头道:"猜不着。"

道祖一笑置之:"以后有机会知道的。"

陈平安问道:"老观主是不是就在附近?"

道祖点头道:"正在你家山门口喝茶嗑瓜子,去落魄山之前,在小镇被景清道友拍了牛角,还说你家山头青草茂盛,放开吃管够。"

陈平安伸出手指,揉了揉眉心,真是个大爷。

走到小巷口,道祖停下脚步,看着眼前这条小巷,微笑道:"我那个首徒,唯一一个亲自收取的弟子,曾有一则寓言,是说那杞人忧天,陆沉却说杞人忧天才是大智慧,所以陆沉一直害怕某个说法,所谓万古悠悠,是被梦见的人在梦中醒了,然后在那一刻就会天地归一。白玉京还有位修道之人,想法很有意思,怕他的师祖,就像是一只嗡嗡作响的蚊子,即便脱离了天道束缚,一旦被发现了,就只是一巴掌的事情。白玉京又有一人,恰恰相反,觉得无数座天地的一位位所谓超脱大道者,就只是我们胳膊上多出的一颗红点,弹指就破,这一点,你师兄崔瀺早就想到了。大致上,还是陆沉的那个想法,相对最无解,以后你如果到了白玉京做客,可以找他细聊。"

道祖说道:"就走到这里好了。"

陈平安作揖。

道祖笑着还了一个道门稽首。

下一刻,陈平安就回到了大骊京城,想了想,还是去往钦天监。

大骊钦天监一处屋内,有人焚香,仙雾袅袅。

一位只是借住钦天监的外人,年轻面相,姓袁,这些年在太史局帮了不少忙,因为精通经纬、月相,精研缀术和密率,为钦天监完善了蒙气差和矇衰法。

正是此人,身前摆放了一只小香炉,手持香箸,在焚伽南香。

只是钦天监的监正和监副,这会儿正面面相觑,方才两位老修士还很闲情逸致,调侃几句类似"官身常欠读书债,焚香闲看苏子词"的言语。

之前陈平安在京城那处客栈的出手,和随后宁姚的出剑,动静虽很大,但是都不如方才那一刻的异象来得惊世骇俗。

监副小声问道:"监正大人,这位隐官,难道是一位深藏不露的飞升境剑修?"

监正摊开手心,看着那枚崩裂的古老龟壳,喟然长叹道:"你这个猜测,似乎还是低了。"

监副蓦然以掌拍膝盖:"打死不信!绝不合理!"

哪怕陈平安是一位飞升境剑修,监副都不信。

四十岁出头的玉璞境剑修,就已经足够骇人,至于那个宁姚……说她做啥子。

监正叹了口气:"不管真相到底如何,情况就是当下这么个情况了,蛟龙盘踞于小塘,随便一个摇头摆尾,对于大骊京城来说,都是拦无可拦的惊涛骇浪。压之以力,是痴人说梦?晓之以理?呵呵,文圣一脉嫡传……"

监副试探性说道:"那就只剩下动之以情了?"

监正心神震动不已,陈平安还真来了!

不过他依旧神色自若,故作恍然点头道:"我必须立即去与陛下汇报此事,就有劳监副大人代为待客了。才记起,监副大人早年为山崖书院是说过不少良心言语的,动之以情,最最合适。别的不说,陈平安还是个念旧的人,监副大人你去与他动之以情,对症下药。"

监正是有苦难言,在长春宫委实被那个大骊太后坑害得不轻,先前陈平安观礼正阳山之前,在那过云楼客栈躺在藤椅上休憩,大骊太后非要拿出那片本命瓷,命他施展掌观山河神通,遥遥观察陈平安,结果倒好,若是用那江湖说法,双方就算是结下梁子了。

最后监正、监副两位老人都望向那个始终沉默的青年修士,道:"袁先生?"

青年修士笑道:"来都来了,既然赶不走,那就静观其变,最坏结果不过是被人拆了钦天监,反正大骊如今有钱。"

一座钦天监,对于当下的陈平安来说,如入无人之境。

他瞥了眼匾额,观象授时。

天垂象见吉凶,故而上天垂象,圣人择之。钦天监的练气士,观察天象,推算节气,确立正朔,编订历法,需要将那些兴衰征兆告诉帝王。

天地早已把"象"摆在那里了,就像一本摊开的书,世间人都可以随便翻阅,又以修道之士翻阅更为勤勉,一切收获,兴许就是各自的道行和境界。

天"象",加人字偏旁为"像",修道证道得道,大概就是一个人的修行目的,最终像是与天地同不朽。

陈平安随意一步就跨入了一座布满多重山水禁制的藏书楼,心中叹息一声,不愧是谁都打不过,谁也打不过的白玉京三掌教,道理再简单不过,陆沉就像孑然一身,置身于一座大道无缺漏的完整天地,此外一切世人共处这座天下,两不妨碍,井水不犯河水。就是不知道十四境的剑修,倾力一剑,能否斩开这处大道藩篱。

人云亦云楼几乎没有什么修行秘籍,多是三教诸子百家的传世名著,所以陈平安才会想要来这边看书。

因为境界摆在那里,翻书极快,神识微动,转瞬之间就看完一本书,看到一些让自己念头微动的古书,陈平安都从书架上取下,然后默默记下那些关键语句。

"连山似山出内气,连天地也。"是不是与三山符有关?

"龙化于蛇潜于洼。"蛮荒天下会不会有此凶物凭此秘术隐匿?

"一切天魔,扫地焚香。"是与远古祭祀有关?

最终陈平安拿了几本书,穿墙而过,将书夹在腋下,一袭青衫凭栏而立。

广场聚拢了一拨钦天监修士,大多年纪不大,有漏刻童梳总角髻,着青衣,样式古朴。此外还有一些衣饰不同的岳渎祝史、司辰师,少年少女皆有。

一拨人在台阶上，或站或坐，站有站相，坐有坐相，只是谁都不懒散，钦天监到底还是规矩重。

他们议论最多的，当然还是鱼虹和周海镜的那场擂台比武。

再就是一些外出历练的山水见闻，钦天监的练气士，出趟门不容易，所以每次游历，山水路程都不会短，经常一走就是小半个东宝瓶洲，而且行踪隐秘。每次出行远游，都会有两拨人——大骊刑部供奉和各地随军修士暗中护道，容不得半点纰漏。大骊钦天监的望气术，珍稀程度半点不比剑修差。

陈平安在犹豫到底是返回小镇，去趟杨家铺子看那封信，或是回客栈找裴钱和曹晴朗，或是去渡船见一见两位师侄，还是直接去趟皇宫？

看着那些大体上还是无忧无虑的少年少女，陈平安不得不感叹一句，青葱岁月，最可爱时。

钦天监分为天文科、地理科、漏刻科、历法科、五行科、祭祀科，太史局、术算局、营造局，前不久新设分界局、山渎局和方言局。此外还有一些钟鼓院、印历所之类的清水衙门。

其中历法科，又别称麟台。新设的分界局，负责为皇家掌管历朝历代的鱼鳞图册。

而那个方言局，是出礼部汇总一洲方言，侍郎赵繇具体主持此事，最终存放在钦天监。

这是一笔涉及神仙钱的巨大开销，户部没少骂娘，因为赵繇曾经在户部当过几天的差，所以户部将这位骤居高位的礼部侍郎，说成是个崽卖爷田的败家子。兵部那帮大老粗惹不起，你赵繇一个礼部官员，动嘴皮子吵架不打紧，干架可就有辱斯文了。

钦天监内部，无形中也是有高下之分的，看天的瞧不起相地的，相地的看不起只会按部就班遵循旧礼祭祀的，祭祀的又看不起守着漏刻的，然后其中最为地位超然的历法科，出身麟台、考订历法的灵台郎，身份最为清贵，谁都看不起。

陈平安环顾四周。

那个—，笼中雀。

陈平安悄悄抬起右手，摸了摸左手腕。

远游复远游，岁月如梭，春去秋来，思量复思量，白驹过隙，走马观花。

真正最让陈平安犹豫不决的，还是另外一个自己联袂远游一事。

到底是赶赴那处战场，还是……他妈的直奔托月山?!

陈平安转过头，因为没有故意隐藏踪迹，所以给找上门来了。

是马监副和一个叫袁天风的钦天监外人。

袁天风近距离瞧见了这位年轻隐官，心中感慨不已，功德圆满，天人合一！

真是一位传说中的十四境大修士了？

陈平安抱拳笑道："落魄山陈平安,见过马监丞、袁先生。"

喊监副,不妥当。不过陈平安更多心思,还是放在了那个"神清气爽"的青年修士身上。

关于京城钦天监,崔东山专门提到过这位在大骊朝野寂寂无名的袁先生,给了一个很高的评价:神清气爽,志趣飘然,满座风生,精彩惊人。

用装钱小时候的话说,就是让大白鹅夸人好,那就是暖树姐姐睡懒觉,太阳打西边出来,狗嘴里吐出象牙。

马监副回礼道："见过陈先生。"

约莫是在暗示,你陈平安如今不是隐官,回了家乡,就是文圣一脉的读书人了。

袁天风倒是称呼陈平安为陈山主。

马监副看了眼陈平安腋下的几本书,没说什么。

好个不请自来,不告而取,不辞而别。

所幸那几本书,都不算太过贵重,再者,钦天监内珍藏的一众孤本善本,有两个由文运凝聚而成的书香精魅,专门负责帮忙传承。

何况钦天监真正秘不示人的禁书,也不在书楼里放着。哪怕是他这个监副想要查阅,都得其余两位点头答应才行,翻了哪本书,都会记录在册。

以陈平安如今这份好似"从天而降"的境界和道法,其实不难找到阵法痕迹,甚至拿了书,往返一趟,一样注定无人知晓。

袁天风笑问道："陈山主,信命吗?"

陈平安毫不犹豫点头笑道："当然信。"

袁天风蓦然作手持拂子画圆圆相,再以拂子作当中劈开状道："这般?"

陈平安摇摇头,抬起一手,双指并拢,同样是画一圆,却没有完全衔接,然后就像稍稍偏移轨迹,只是那条线,并未就此延伸出去。

袁天风点点头。

一旁的监副大人抚须而笑。至于我到底懂不懂,你们两位尽管猜去。

陈平安以心声问道："袁先生是在潜心研究如何对付化外天魔?"

袁天风没有否认此事,略显无奈道："斗量大海,难如登天。"

袁天风好像有点后知后觉,直到此刻才问道："陈山主听说过我?"

陈平安点头道："师兄很看重袁先生。"

袁天风却没有太在意,只是问道："陈山主精通术算一道?"

陈平安笑道："越看越头疼,但是拿来打发光阴还不错。"

袁天风遗憾道："其实术算一途,应该纳入大骊科举的,比例还不能小了。听说崔国师曾经有此意,可惜最后未能推行开来。"

陈平安欲言又止。

袁天风疑惑道:"陈山主是有异议,还是认同我的看法?"

陈平安连忙摆手笑道:"虽说我决定不了科举,但我是肯定不敢点这个头的。"

陈平安抽出一本书,轻敲脑袋,说道:"如果真要纳入科举,肯定就不止我一人头疼了,甚至可以想象,整个天下的读书人,对着这些术算书籍,一边挠头,一边跳脚骂人。"

袁天风大笑起来。

这位文圣一脉的关门弟子,说话还是很风趣的。

马监副唏嘘不已,外人好啊,可以在这边谈笑风生。

陈平安告辞离去,身形一闪而逝。

袁天风笑道:"不问问看何时还书?"

马监副笑着没说话,还什么还。

陈平安现身在小巷那边,发现刘袈不在,就跟赵端明聊了几句,才知道刘老仙师之前又拦了一位老夫子。

小镇龙窑那边,中年僧人默念一句"此心犹如斩春风"。

蛮荒天下,联袂远游的数位剑修,头戴一顶莲花冠的那位居中之人,说道:"去托月山!"

蛮荒天下,几道剑光如虹,划破长空,剑光所至,一处处云海尽碎。

陈平安头戴莲花冠,身穿青纱道袍,背夜游剑。

宁姚身穿一件法袍金醴,背剑匣。

齐廷济与陆芝御剑远游。

陆沉将神识凝为一粒芥子大小的身形,将那顶莲花冠的一朵花瓣作为道场,端坐其中,好像觉得赶路有些闷,就一个蹦跳起身,打了一套拳法。

齐廷济以心声笑道:"隐官好像是在照顾我们的御剑速度,不然可以更快。"

当下的陈平安,可谓游乎天地之一气,就像一叶扁舟,在光阴长河始终顺流之下,反观其余三位剑修,就需要蹚水赶路。

陆芝有些心不在焉,撇撇嘴,她在忙着打量那只剑匣里边所藏之剑,剑上各有铭文,小小剑匣,估计就是一件白玉京重宝,有那芥子纳须弥的神通,使得盒内八把长剑小巧袖珍若飞剑,剑名分别为秋水、游兕、刻意、凿窍、南冥、游刃、蜩甲、山木。八把古剑,剑气盎然,皆蕴含一份大道真意,难怪白玉京三掌教先前在城头掏出此物,满脸肉疼神色,估计是陆沉自身道脉的传家之宝?

陆沉一边花哨走桩,呼呼喝喝的,跟个江湖武把式差不多,一边好奇问道:"陆先生,老大剑仙就没有帮你安排退路?"

照理说,以陈清都最不愿与人欠债的脾气,对陆芝这个战功卓著的外乡女剑修,肯定会特别厚待。

陆芝看在借剑的分上,就与陆沉实诚说道:"确实找过我,想让我去神霄城炼剑,但我没答应。"

不然老大剑仙会与文庙打声招呼,等到南婆娑一役结束,陆芝就可以赶赴青冥天下。

陈清都其实先后劝过陆芝两次,一次是让她不要死心眼,太过刻意追求第二把本命飞剑北斗的炼化,先跻身了飞升境再说。

另一次,就是希望陆芝远游青冥天下,例如在白玉京捞个不记名的客卿身份,先在那里安心炼化两把本命飞剑,破境、炼剑两不误,等跻身了飞升境,要是觉得白玉京修行无趣,规矩太多,就去大玄都观找孙怀中帮忙,随便捞个道官身份。

陆沉说道:"陆先生迟迟未能破境,殊为可惜,老大剑仙的建议很好啊,到了白玉京,我,还有余师兄,肯定都不会约束陆先生,为何不答应?"

陆芝给出一个很陆芝的答案:"懒得跑那么远的路。"

一来不愿意老大剑仙为自己去跟文庙打交道,再者那座青冥天下,人生地不熟的,她没脸皮跟人借钱。

陆芝在剑气长城就是个从无闲钱的穷鬼,身为大剑仙的俸禄和所有战场杀妖的报酬,都拿来填补那个飞剑北斗炼化的无底洞了。

陆沉听见了她这个说法,非但不意外,反而觉得理所当然,对陆芝又高看几分,忍不住多看了她几眼,打定主意,看看将来有无机会挖墙脚。

在磨砺第二把本命飞剑北斗一事上,陆芝实在是耗费了太多心神和精力,她虽然是浩然人氏,只不过她对家乡天下好像没什么感情,从不谈及,以至于不少剑气长城的年轻剑修一直觉得陆芝就是本土剑修。

而事实上,南斗掌生,北斗注死,陆芝那把在剑气长城从未现世的本命飞剑,又与青冥天下拥有一份天然道缘,毕竟有那玉京群真集北斗的说法。

当年跟随倒悬山一起远游青冥天下的十六位剑修,由元婴老剑修程荃领衔,如果陆芝愿意点头,也好对其余十五位剑仙坯子,有个照应。

只是陆芝没点头,陈清都也就作罢。

与一个不惜拿命去换取城头刻字的女子,说什么如何如何便大道前途不可限量,好像也没什么用。

连陆沉都听到个小道消息,师兄余斗曾经私底下让倒悬山的那位大弟子捎话给陆芝,邀请她去白玉京担任一楼之主。可惜在陆芝那儿吃了个闭门羹,师刀房那位看门女冠,最后都没能与陆芝见上一面。

陈平安突然开口道:"陆芝你其实可以在陆掌教的南华城挂个名,当个记名客卿,以后就是半个自家人了,就像不常串门走动的远房亲戚。"

白玉京五城十二楼,三位掌教,各有一城,此外二城十二楼,或是三脉掌教附属,或是自立门户的道脉。像那青翠城便是大掌教的修道之地,南华城更是陆沉的一亩三分地。

齐廷济附和道:"我没意见。"

既然都是半个自家人了,那么陆芝就没必要归还那只剑匣了吧。

宁姚点头道:"是好事。"

陆沉斩钉截铁道:"陆先生愿意屈尊当南华城的客卿,贫道欢迎之至,只不过亲兄弟明算账,有借有还再借不难。"

陆芝说道:"没兴趣当什么客卿。"

这趟联袂远游,已经路过不下百余个蛮荒天下的王朝、宗门、仙家势力,但是陈平安的表现,就只有两个字,克制。大多是低头看几眼,就带着宁姚他们一掠而过,不作任何停留。一颗道心,古井不波。

陈平安说道:"在《丹书真迹》倒数第三页,记载了三山符,但是根据书上记载,此符除了使用次数,好像还有个至为关键的局限,陆掌教可有破解之法?"

陆沉笑道:"倒也不难破解,就是有点耗钱,当然还要用上一门白玉京秘法作为引渡。当年师兄在玉皇城为天下各路道官传道,三山九侯先生暗藏其中,听了三天两夜,被师兄看破,师兄就与三山九侯先生请教一些符箓学问,贫道当时就在一旁看热闹呢,后来师兄首创三山符,那道初符的绘制过程,贫道有幸都瞧在眼里。"

三山符是以观想之术,打造出三座类似山市的渡口,就像在天地间开辟了三扇门,位于光阴长河之畔,形成山水相依的格局。

但是根据《丹书真迹》的注释,所观想三山,修士需要自己曾经走过。不然这道三山符,就太过无理了,会是任何一位上五境修士都梦寐以求的保命符,当然也可以用来杀人越货。

陈平安为陆芝和齐廷济大致解释了三山符的用处,此符除了最宜远游赶路,更大妙用,还是温养魂魄。

持符远游,唯一的要求就是练气士或者纯粹武夫的体魄,必须经受得住光阴长河的冲击。三次最佳,一旦滥用此符,就会招来天下山运的无形压胜,那么以后出门,最好就要绕山而走了,不然一旦靠近山岳,就会有莫名其妙的大小灾殃发生。这对于练气士而言,自然是得不偿失的举措,人间非山即水,何况自家山头就不是山了?

陆芝讶异道:"天底下还有这样的好事?"

练气士滋养魂魄一事,境界越高越难立竿见影。

陈平安笑道:"可惜你们今天就要一口气用掉三次机会。"

陆沉问道："九座山头的观想，已经有主意了？"

陈平安点头道："避暑行宫和后来的文庙议事，都看过不少蛮荒山头。"

大地之上，又路过一座宗字头势力，宗门手忙脚乱，开启数道山水大阵，如临大敌。哪怕四条剑光一闪而逝，转瞬之间就已远去千里，那个宗门的护山大阵依旧久久不敢撤去。

陈平安犹豫了一下："陆掌教暂时只需给出两份三山符。"

最后三座山头，还需要谨慎选择，小心再小心。

其实在走出杨家药铺那一刻起，陈平安就开始谋划此事，可惜道祖走到泥瓶巷口就停步了。

而那一刻，陈平安刚刚想出了托月山之外的八座山头，要说遮蔽天机，还有什么比得过待在道祖身边？

道祖此举，定然大有深意，极有可能是陈平安心中所想的最后一份三山符，路线出了纰漏。

陆沉如释重负，若是每人三份三山符，九座山头。

那么四位剑修，总计就需要三十六张珍稀符纸！

他这位白玉京最穷的城主，砸锅卖铁都凑不出这么多张降真青绿箓。

宁姚说道："我那几份符箓，符纸可以随便凑合，不必非是那种降真青绿箓。"

陆沉斩钉截铁道："这怎么行，厚此薄彼这种勾当，最伤人品了，贫道非得打肿脸充胖子一回，哪怕青绿箓不够，也要撕书！"

看在陆沉确实破费不小的分上，陈平安就没有揭穿这位三掌教的那点小心思。宁姚使用此符，就等于与南华城结下了一桩不大不小的善缘，这种与天下第一人的香火情，任由青绿箓再珍贵，都是划算买卖。在夜航船，吴霜降就赠送过数张青绿箓，在浩然和青冥两座天下，若是有白玉京三脉道人成功跻身天君，就会燃烧此符，迎请各自尊奉的白玉京掌教祖师。

陆芝则说道："我那几份，别凑合，怎么值钱怎么来。"

她当客卿没兴趣，花钱还是在行的。

齐廷济道："我与陆首席一般符纸就行。"

最后陆沉是真的掏光了身上全部家底，才摸出了二十余张青绿箓，除此之外，还掏出一本紫黄两气萦绕的《黄庭经》，陆沉最终在那莲花道场，起身掐道诀，念念有词一番，才小心翼翼撕下几页书当符纸，不过真正着手画符之人，还是暂借一身道法的陈平安。如今的陆沉，只剩心念罢了。

陆沉试探性说道："因为我们都不曾亲自走过六座山头，所以就需要我分出一粒心神，进入诸位心湖片刻，施展一门白玉京秘传道法，帮忙虚实转换，以假乱真……"

陆沉停顿片刻,笑问道:"诸位信得过贫道吗?当然,你们可以事先以剑心切割出一块地盘,作为待客之所。再说了,真正做客之人,其实还是陈平安,贫道只是附骥尾而行。"

结果宁姚三人都望向陈平安。

陈平安点点头,此事就算落定。

明摆着三人都信不过陆沉,只信得过陈平安的决定。

灵犀一点通,陈平安瞬间就掌握了那道白玉京仙诀,同时分出心神去往宁姚三人心湖,帮忙塑造出六座山市的心相轮廓。

三人各自心湖,都剑气纵横,只留出一地,严密隔绝其余景象,陆沉很守规矩,可只是惊鸿一瞥,就咂舌不已,尤其是那宁姚,稍加推演,就可得知她的心相天地,即是一整座五彩天下。

退出三人心湖后,陈平安提醒道:"在每一座山市,最多停留一炷香。此事务必注意,不可掉以轻心。"

然后陈平安笑问道:"敬香一事,有无忌讳?"

老话说请神容易送神难,三山符就需要"回礼送圣",在各座山头,烧香礼敬那位万年以来始终云遮雾绕的三山九侯先生。

齐廷济笑道:"对三山九侯先生仰慕已久,没什么可忌讳的。"

陆芝说道:"这有什么,烧几炷香而已。"

反正不花她的钱。

陆沉嘀咕道:"三山九侯先生,再世外高人,也要乐开花。"

陈平安、宁姚、齐廷济、陆芝,同时烧香礼敬同一人。

陆沉问道:"有无山香?"

他这会儿是真怕了这个隐官大人,坑起人来那是往死里坑啊。所幸陈平安笑着从袖中拿出一支竹制香筒,还是当年带着裴钱几个一起游历河伯祠庙,庙祝赠送之物。陈平安给宁姚三人分出一把山香,只是递给陆芝的时候,笑道:"按照规矩,请香钱,你们得自己出。"

齐廷济丢给陈平安和陆芝各一枚谷雨钱,陆芝手指一拨,那枚谷雨钱一并落入陈平安袖中。

陈平安率先持符远游,在第一座山市拈出三炷香,点燃山香后,因为自己是左撇子的缘故,便右手持香,左手虚握,高高举过头顶。

陆沉啧啧道:"能够让你主动放弃这点障眼法,极有诚意了。"

请香完毕,陈平安微笑道:"心诚则灵,还是要信一信的。"

宁姚三人要比陈平安慢上一线,陈平安就站在原地稍等片刻。

陈平安问道:"听说白玉京玉枢城的那位郭城主,首创一张大符,名为洗剑?既然陆掌教与郭城主关系那么好,都在那边开设观千剑斋了,想必……"

陆沉苦兮兮说道:"如此大符,屈指可数,可不是青绿箓这样的符纸能够媲美的。"

玉枢城的城主郭解、副城主邵象,都是当之无愧的道门老剑仙。

用大玄都观孙道长的话说,就是白玉京里边,懂剑术的,拢共有两个。

当然是余斗算一个,郭解加邵象才算一个。

玉枢城拥有一件洗剑之物,是一颗极有来历的远古星辰。洗剑符,就是在淬炼飞剑过程中,演化出来的一张大符。

陆沉试探性问道:"还是借,对吧?"

果然是言多必失,早知道就不提什么观千剑斋了。

陈平安说道:"别紧张,我们买,陆掌教身上有几张,我们就买几张。"

陆沉松了口气:"就三张!"

最后齐廷济花钱买下三张玉枢城洗剑符,而且全部都送给了陆芝,让她抓紧炼化,砥砺飞剑北斗剑锋。

陆芝破天荒想要与人客气一番,拗着心性,与陈平安说道:"谢了。"

白得一只剑匣、温养魂魄的三山符、有价无市的洗剑符,还得再加上之前跨海追杀那头化名边境的飞升境大妖,如果不是当时必须与陈淳安联手,陆芝一旦搏命,祭出飞剑北斗,说不定都可以城头刻字了。

陈平安笑着摇摇头。

陆沉心有戚戚然,你小子这是慷他人之慨,记得以前那个泥瓶巷的少年,不这样的,多质朴一人。

陈平安身形消散,去往下一座山市,一样烧香礼敬过后,这次没有再等宁姚三人,直接到了第三座山市。

陆沉问道:"最后一份三山符,为何不直接观想出一座托月山?"

陈平安说道:"不系之舟,需小心驶得万年船。"

陆沉深以为然:"有道理,更是个好兆头。"

这位白玉京三掌教突然嬉皮笑脸道:"陈平安,别忘了,你这会儿任何一句无心之语,也很有分量的。"

陈平安没搭理他,只是看着眼前景象,这处山市,是一座煞气冲天的山头,白骨尸骸堆积,黑云滚滚,山岭之上白骨累累,天地仿佛只有黑白两色。

这座蛮荒天下的宗门,山门口学那浩然仙府,矗立起一座牌坊楼,匾额题字"白花城"。

看门之人,是两具尸骸,生前当是剑修,死相凄惨,其中一人,被一把长剑洞穿心窍处，牢牢钉在牌楼石柱上。另一人跪在地上，身体前倾，长剑拄地，剑柄穿过下巴，洞穿头颅。

是两位剑气长城的先人。

陈平安走到一具尸骸那边，蹲下身，拔出那把锈迹斑斑的长剑，收入袖中，抬起手掌，在头颅那边轻轻往下一抹。

一副尸骸顿时如烟尘飘散，陈平安取出一只空酒壶，装入其中。

然后起身走向另外那处跪地尸骸，好似将那位先人搀扶起身，轻轻一震，同样化尘，收入另外一只空酒壶中，再取剑入袖。

剑气长城的剑修，不喜饮酒者寥寥。

做完这些事情，陈平安双手笼袖。

一位仙人境妖族修士御风而至，落在山门台阶上，脸色阴晴不定："来者何人，留下真名！"

几乎同时，一座宗门，百余名妖族修士纷纷现身，拥向山门这边。

陈平安神色淡然道："剑气长城，隐官陈平安。"

那位仙人境修士先是愕然，随即大笑不已，笑声如震雷一般，山岭间白骨簌簌落，如起云雾。

哪儿来的疯子，开什么玩笑？！

有一位供奉修士以心声提醒道："宗主，这小子的模样，确实挺像那个隐官。"

只是很快就有一位修士以心声讥笑道："难道是剑气长城的隐官大人，在浩然天下混不下去，结果跑去当道士了？"

结果那个头戴道冠的背剑男子身后，又有三人几乎同时现出身形。

一位容貌俊美的年轻男子，笑呵呵道："聊了什么事情，这么好笑？"

陈平安扯了扯嘴角，玩笑道："我说自己认识剑气长城的齐老剑仙，这家伙打死不信。"

剑气长城的本土剑修，对蛮荒天下的雅言官话都不陌生，几乎人人都会数种。

尤其是昔年愁苗这样需要经常外出远游的剑修。

齐廷济点头道："那就打死再看信不信。"

齐廷济就只有一把本命飞剑，名为兵解。

他年轻时，曾有个绰号，齐送行，喜欢帮忙兵解上路。

齐廷济、陆芝、宁姚……

那个仙人境宗主一句话都没多说，率先跑路，然后就是一场闹哄哄的鸟兽散。

陆芝眯眼道："我在这边砍过瘾了再走，保证不用半炷香。"

齐廷济说道："我针对那些漏网之鱼。"

陈平安点点头:"只要在半炷香之内,就不会耽误正事。"

使用了三山符后,此行去往托月山,路程大为缩减,节省时间极多。

陈平安先行离去,宁姚尾随其后。

下一处山市,邻近一座古战场遗址,此地终年不见天日,阴灵强横,鬼魅集聚,阴兵多达数十余万众,类似北俱芦洲骸骨滩的鬼蜮谷,只不过这里可没有披麻宗的压制。浩然天下的战场遗址,有儒家书院的压制,各大王朝藩属国设置的水陆道场,以及谱牒仙师的下山历练和积攒功德,故而极少能够形成气候,蛮荒天下则不然。

宁姚说在此出剑片刻,陈平安则继续持符远游下一处山市。

任何一位没有后顾之忧的飞升境剑修,一旦彻底放开手脚施展剑术,杀力之大,只有四个字可以形容,"不可理喻"。

果然在不到半炷香之内,一座蛮荒宗门,就彻底断了香火。

陆芝持剑停步在山巅,直呼其名道:"齐廷济,我希望龙象剑宗和落魄山,以后能够同舟共济,不然哪天双方起了争执,我说不定会帮着外人。"

齐廷济打趣道:"陆首席,有胳膊肘往外拐的嫌疑了。"

陆芝不是那种藏得住话的人:"董三更、陈熙,还有你,如果可以选,我肯定不会跟着你混,在浩然天下当什么宗门的开山祖师。因为三个城头刻字的剑修中,就数你最野心勃勃,剑心最不纯粹,我到剑气长城的第一天起,就不乐意跟你走近,表面上对谁都和颜悦色,其实对谁都生疏。相信你早就看出这点了。"

齐廷济点点头:"终于等到这些真心话了。"

陆芝如果一直不开口,不曾主动道破此事,齐廷济反而不觉得是什么好事。

人与人两心不契,稍有间隙,便如隔山川,不可逾越。阿良曾经说过,世间言语,皆是桥梁。此言不虚。

既然说开了,那就更无所谓会不会伤人,陆芝直截了当道:"人不为己,天诛地灭,说的就是你这种人。"

齐廷济欲言又止,忍住笑。

陆芝皱眉道:"说错了?"

齐廷济解释道:"这句话的'为'字,其实应该念二声,并非去声,本是一句实实在在的修行秘诀,告诫后人要修性养德、知己求真。"

刻字剑仙之中,其实除了董三更,齐廷济和陈熙的学问,放在浩然天下,当个儒家硕儒,绰绰有余。至于像孙巨源之类的剑修,随便就能捞个风雅脱俗的清流名士。

陆芝转头说道:"不过到了浩然天下,你也变了不少。"

齐廷济笑道:"当了开山立派的宗主嘛。"

一座高耸入云的山岳。

古来云水茫茫，道山绛阙知何处？

此地就像书上的仙境绛府一般，灵气盎然浓稠，道气流转，行云流水，是蛮荒天下一座极负盛名的大岳。

蛮荒天下，也有王朝大城，有五岳，甚至还有一个大王朝，人族修士的繁衍生息，熙熙攘攘，人族和鬼物、山精、水裔杂处。

陈平安没有去往山顶的大岳祠庙，而是站在原地，问道："你能不能演算出驻守托月山的大妖有哪些？"

陆沉笑道："难。只能说蛮荒大祖的那个开山大弟子，肯定会在。至于道号新妆的那位，更有可能是跑去跟阿良叙旧了。"

陈平安默然。

陆沉问道："还是担心周密未卜先知，我们一行人会被困在某处山市，或是身陷类似处境？"

陈平安点点头。

陆沉疑惑道："来这里做什么？"

陈平安抬头望去："就只是来这边看看。"

收回视线，陈平安说道："那本《丹书真迹》，我打算赠送给太平山黄庭。"

陆沉一点就明："书本身材质就好，加上一千两百多个字，都炼化了，确实可以支撑起一座罗天大醮了，拿来当护山大阵。只是师兄都送给你了，你与我说这个做什么？再说了，你们落魄山不缺此物，下宗呢？"

"太平山是一定会在桐叶洲重建宗门的。这本书毕竟是李大哥送给我的，所以你回头帮我吱声招呼，如果确实可行，我就这么办了。"

桐叶洲太平山的道脉香火，正属于白玉京大掌教一脉法统。

"唉，果然半点没变，还是个善财童子。行吧，小事一桩，包在我身上了。其实以大师兄的脾气，你都不用问这个。"

陈平安眉眼柔和："哪怕是亲近之人，该有的礼数还是得有。"

陆沉笑了起来，大师兄还是厉害，不管走到哪里，都是这般受欢迎啊。

陆沉不由得感叹道："人生一传舍，无处是吾乡。世间万物各有归属，哪来的什么主人，我们都只是个当铺伙计。"

陈平安说道："走了。"

下一处山市，是一座大王朝京畿之地的仙家渡口。

陈平安这身装束，倒是不至于太惹眼。

陈平安说道："来这边借剑。"

太平山剑阵的阵图早就有了，只是一直缺少合适的长剑，不然以崔东山的估算，走一趟北俱芦洲的恨剑山，购置一整套品秩尚可的剑仙仿剑，大约需要八百枚谷雨钱。

而且前提是恨剑山愿意掏光半数家底，拿出那么多的仿剑。

而这座王朝的京城大阵，就是完全放弃防御、只取攻伐的剑阵。

陆沉如释重负，借给陆芝的那只剑匣，借给龙象剑宗，到底还有几分取回的可能，借给落魄山，不是肉包子打狗是什么？

陆沉笑道："借？"

"不然？"陈平安疑惑道，"你之前不也说了，有借有还再借不难。他们将来只要去落魄山讨要，我肯定归还。"

陆沉问道："这就动手？"

陈平安双手笼袖，有片刻失神。

看门人，郑大风。

先是给小镇看门，后来是为落魄山看门。

这就是所谓的冥冥之中自有天意？

陈平安犹豫了一下，说道："我曾在一处古怪山巅，见过一人。"

陆沉叹了口气："不用怀疑了，就是那位功过不相抵的兵家初祖，那场共斩，不提也罢。"

陈平安想了想，还是没有多问。

福禄街李氏。青翠城，又名玉皇城，有"玉皇李子真清脆"的说法。

儒家李希圣，道门周礼，那么第三人是谁？

陆沉问道："陈平安，你一直在追求'无错'。那你有没有想过，谁能做到无错？当真是步步登天的修道之士吗？"

陈平安摇头道："是神灵。"

老瞎子与陈清流一起站在山崖畔，一个蹲着，一个坐着，各自喝酒。

十万大山，算是老瞎子硬生生从蛮荒天下割走的一大块地盘。

陈清流问道："那个托月山大祖，只差些许，未能跻身十五境，除了当年托月山一役，被陈清都三人伤了了大道根本，与这十万大山的缺失，有无关系？"

老瞎子抬起干枯手指，挠了挠脸："有个屁的关系，换成是你，不得与我拼命？"

陈清流笑道："拼命？哪怕赢了你，不又得消磨极多道行，一样无法跻身十五境。"

老瞎子沙哑而笑："也对。"

陈清流问道："那就是为周密让路了？"

老瞎子想了想："那倒还不至于，估摸着是跟我一样，修行资质不行，那个十五境，苦求不得。"

陈清流抬头看了眼天。

老瞎子说道:"鸟不拉屎的地儿,没啥可看的。"

天幕悬星河。

骨瘦如柴的老者,一身紫色长袍上绘有黑白两色的阴阳八卦图案。

腰间所悬酒葫芦,莹光璀璨,只是里边好似归拢了一整条天上银河的瑰丽气象,相较于巅峰时期逊色多矣。

有一位不速之客,可用存思登虚空,聚精会神以为真,仿佛仙人乘槎,斗转星移,远渡天河。

古今之言天者一十八家,都绕不开星象。

青年看了眼符箓于玄,脸色淡漠道:"可喜可贺。"

于玄揪须而笑:"救白也,差点帮倒忙,事后愧疚得不敢见人。不承想至圣先师钦点来此修行,独占一份天运,就更愧疚难当了。"

话是这么说,文庙议事的时候,老人与龙虎山大天师和火龙真人唠嗑的时候,可没有半点羞愧。

于玄从袖子里摸出一壶青神山酒水,高高扬起:"来一壶?"

青年摇摇头。

于玄自顾自灌了一口酒水,好奇问道:"你这样德高望重的老前辈,为何会掺和骊珠洞天的事情?"

是说那龙窑烧造本命瓷一事。

而这位容貌年轻的得道之人,曾是地仙之主,更有万法之祖的美誉。

此人的修道地之一,名为牢山,据传位于大海中心,神灵驱之不动,仙真高不可攀,远离人间。

山上有碑、台、涧,碑刻"太平寰宇斩痴顽",炼魔台下有条深涧,名为摸钱涧。

而那深涧之水,是雪花钱、小暑钱、谷雨钱这三种神仙钱之前,曾经通行数座天下的唯一制式钱,也就是后世金精铜钱的前身。

此举用意,原本是为了彻底分化、打散神性,只是后来出现了不小的纰漏,经过千余年的不断替换、归拢和收缴,才转为使用至今的三种神仙钱。

青年说道:"青童天君是我的好友,有事相求,能帮就帮。"

于玄喝着酒,不去评价这些前尘往事。

这位三山九侯先生的弟子当中,其中就有治所位于方柱山的青君。昔年三山的地位,还要高过如今包括穗山在内的浩然五岳。

礼圣当年的那个尝试,一个关键所在,就是专门请这位先生出山,一同制定礼仪规矩。

还有两个不记名弟子,与白也同一个时代的道士王旻、剑修卢岳,两人在人间山上山下都名声不显,所有事迹只在浩然山巅流传。

王旻奉敕出海访仙;卢岳,崛起和陨落就如彗星掠空。

这位"青年",早年在骊珠洞天驻足过一段岁月。

福禄街?符箓街。

而那个作为不记名弟子的剑修,就出身福禄街卢氏。

至于桃叶巷的那些桃花,就是他亲手种下的,当然是随手为之。

大骊王朝关于金精铜钱的铸造,还是他给的雕母。

在骊珠洞天坠地之后,与卢氏王朝曾有千丝万缕联系的福禄街卢氏,曾经暗中赠送给当时的大骊皇后古书几页。

其中一页,记录了一道符箓,看似品秩不高,用处不大。

当年南簪在泥瓶巷就曾现学现用,亲自施展过那道穿墙术,从宋集薪的屋子一步走到了陈平安的祖宅之内。

"天地相通,山壁相连,软如杏花,薄如纸页,吾指一剑,急速开门,奉三山九侯先生律令。"

只是就连皇后南簪,或者说后来的太后娘娘陆沉,当年都不曾听过三山九侯的名讳,就更别谈知晓大道根脚了。

可惜南簪回到京城之后,未能查出真相,以至于这么多年来,她一直没有重视此事,不然这道符箓要是落在识货之人手里,光凭那一页纸,就是镇山之宝。

于玄感慨道:"前辈至人神矣,渡星河跨日月,游乎三山四海五岳之外,死生无变于己。"

青年摇头道:"万年之前,神灵还是这方天地的主人,渡星河容易,跨日月就免了,找死吗?"

于玄转头远眺一处:"那两个家伙,这会儿是不是盯着咱们俩?"

青年却没有追随符箓于玄的视线,反而望向蛮荒天下的大地山河,说道:"好像还不只是打算搬山。"

一座金色拱桥。

哪怕是一位飞升境山巅修士置身其中,都看不到尽头所在。

周密登天,理所当然占据了古天庭遗址的主位。

火神归位,地位与之并肩,双方并无高下之分,平起平坐。

离真,新任披甲者。

早年三位联袂剑斩托月山的剑修,陈清都的那把本命飞剑浮萍,彻底破碎于托月山,才有了后来的合道剑气长城。

龙君的本命飞剑名为大墟仙冢。

至于离真的前身,剑修观照,其本命飞剑名为光阴长河。

新晋水神雨四,王座大妖绯妃的主人。

水神李柳被阮秀剥离出来的大道神性,被她随手丢给了雨四。

登天之时,周密随身携带了数座福地,至于蛮荒天下的洞天,在此地毫无意义,只会是累赘。

那些福地众生,既是人间香火的源泉所在,又是诸多神位的候补人选来源。

原本剑修斐然,其实最符合周密的预期,是顶替持剑者的最佳人选,神职低于远古旧天庭的五至高,却又要高于十二高位。

毕竟那位持剑者依旧在世。

但是白也赠送的那一截太白仙剑,选中了陈平安、刘材、赵繇,和最后一个明明是妖族修士的斐然!

简直就是一记白帝城郑居中都下不出的无理手。

绝对不会是中土文庙的安排。这就是浩然天下对浩然贾生,一种无形的大道压制。

周密只好退而求其次,将斐然留在了蛮荒天下,一举成为天下共主。

没有斐然,就只好选择浔滩。此外被周密带来此地的数十位剑修,除了皆是托月山百剑仙之外,更是托月山筹划两千年的神灵转世,只是与雨四、浔滩差不多,虽然都纷纷占据一席神位,都存在着不同程度的神性不全,可这些都只是小事,而且都在周密的计算之内,误差极小。

最大的意外,还是登天之后,周密才发现自己的粹然神性,确实没有缺少,甚至比预期还要高出一成,可症结在于,那某个一,周密只得到了将近一半,虽然这种近乎一半,无限接近,但就是这毫厘之差,天壤之别。

而且周密哪怕施展了后手,那个一都会跟着水涨船高,让周密始终无法过半。

哪怕如今的周密,已经是昔年天庭共主的大半境界,却始终依旧未能拼凑出一个完整的一,这使得他不得不拖延重返人间的时间。

故而当下大道神性最全的那个存在,就成了那位高居王座的火神。

三教祖师要么继续合道,过半之后,三座天下就要被道化,而且道化的速度会越来越快。

要么……就只能散道了。

此外如今许多相对年轻的山巅修士,都不知道一桩密事,兵家初祖与三教祖师有过一场万年之约。

在重返人间之前，周密不知为何，允许一小撮新晋的高位神灵，保留了一部分人性。

比如离真，还有雨四和涫滩这三位甲申帐故友。

在那场席卷两座天下的战役中，若有高位神灵陨落在战场上，便是一场漂泊万年的远游还乡，是一种归位，不过会损失不同程度的粹然神性。

旧天庭之广袤，超乎任何一位山巅修士的想象。

任何一位高位神灵，就像独占数座天下的疆域，只是相较于故乡，显得死寂一片。

只说那四座天门之间的距离，可能任何一位玉璞境修士，穷其一生，都只能从一处大门远游至另外一处。

狭义上的旧天庭遗址，则像人间王朝的一处京城。

离真、雨四、涫滩，今天三人相约在那座金色拱桥的一端，缓缓而行，不约而同，各自都施展了障眼法，更像……人。

凭借那点保留下来的人性当个人，那种古怪至极的感觉，大概就是名副其实的不由自主。

一旦得到了不朽，好像"自由"二字，就成了一个最无意义的词。

涫滩喃喃道："趁着还能感觉到后悔……"

雨四神色冷漠："想要假装当个人还不简单，以后随便显化一处崭新天下，再分出一点神性，那个自己，肯定比以前还自由自在，随便犯错。"

涫滩满脸怒色，咬牙切齿道："那个'自己'，还是自己吗？这个自己不还是冷冷看着那个自己，傻了吧唧俯瞰一百年、一千年，还是一万年？！又有何意义？"

当神性完全覆盖人性之后，就再无喜怒哀乐。对于他们这些神灵而言，似乎拥有了无数的自由，无数种可能性，但是唯一的不自由，就是不允许自己不是神灵，不允许自己毁灭自己。

离真好像是最无所谓的一个，双手抱住后脑勺，笑道："真是怀念在剑气长城的那段岁月啊，我反正已经一点不差地摹拓下来，以后可以经常跟隐官大人闲聊了。"

离真继续说道："按照陈清都和龙君早年的那个说法，如果成为名副其实的五至高之一，好像可以稍微打破那个桎梏，不用像我们现在这么……无聊。"

涫滩眼睛一亮。

骤然之间，天地间大放光明，有个不带丝毫感情的女子嗓音突兀响起："就凭你们几个废物？"

水神雨四一瞬间近乎窒息。

人性被挤压到一粒尘埃大小，不得不现出一双金色眼眸，他的一副金身，大如星辰。

浔滩也是差不多的处境，不过那份大道压制，不像雨四当下所承受的那么夸张。

离真相对好一些，还能保持人身原样。

离真嬉皮笑脸道："雨四啊，这可是千载难逢的机会，向咱们这位阮姑娘挑衅几句，说不定就被打死了，好歹能够得个片刻解脱，之后再被周密重新拼凑起来。"

神灵，被誉为不眠者。

周密有意无意让他们保持一点人性，就像一个世俗人间的嗜睡之人，偏偏成了失眠之人。

但是只要消磨掉全部的残余人性，被神性吃个一干二净，自然就不会有这份痛苦。

所谓的神灵，就像一块棋盘，每一个格子，都搁放有一种情绪。精准提起，精准放回。

神位越高，就像棋盘越大，拥有更多的格子。

问题在于，每次单一或是多种情绪的起落、重叠和交融，都不是漫无目的，无法随心所欲，而是井然有序，永远目的明确。

而且黑白棋子的各自总数，永远是一种处于对半分的绝对境地。

如果说人性是神灵赐予人族的一座天然牢笼，那么绝对的、纯粹的自由，就是一座更大的牢笼。

而这只是人族的看法，神灵不自知，或者准确说来，是神灵永远不会如此认知。

最终，不管是人类还是神灵，好像自由都是一座牢笼。

"人非圣贤孰能无过，知错能改善莫大焉。"会犯错，还能改错，竟然是一种自由。没有比这更能宽慰人心的美好言语了。

一个再没有扎马尾辫的女子，站在金色拱桥中央地带的栏杆上。

她一个挥手，就将那个金身巍峨的水神雨四拽入一轮大日之中，以大火将其烹杀。

一个相当于十四境大修士的雨四，面对她这个存在，竟然毫无还手之力。

周密现身此地，倒是没有阻拦她的肆意妄为，反正水神的神性依旧在此，无一丝一毫的缺漏，大不了他回头重新拼凑起来就是。

周密趴在栏杆上，遥遥俯瞰数座天下，微笑道："谁能想到，我会与那个一，就在城头的咫尺之间失之交臂。"

可惜未能成为那个一，如今周密的视线，许多地方暂时都无法触及。

但是那个站在栏杆上的她，却无此大道约束，因为日光所及，皆是她所辖疆域。

她始终一言不发。

一双金色眼眸，一头金色长发，一件金色长袍。

周密却知道，登天之后，她看遍人间，独独没有去看那个人。

第七章 二三事

位于蛮荒腹地的宗门山巅,却站着两位人族剑修。

不到半炷香之内,一座骸骨成林的白花城,就此成为一页已经翻篇的皇历,随着岁月的流转,还会变成无人问津的老皇历。

在齐廷济敕令之下,四尊身高千丈的金甲神人,屹立在白花城边界的天地四方,结阵如拦网,防止那些个头大的漏网之鱼趁乱溜走。

此外异象种种,雷起白云中,月生碧波上,成百上千条气势恢宏的金色雷电垂落人间,如雷部神灵肆意鞭打大地,山川稀碎,大地翻拱,将那些隐匿在洞窟密道之中的妖族——翻检找出,犹有十数条墨蛟在空中摇曳游走,将那些御风妖族修士吞下,大口咀嚼,声响如一串串爆竹。

别忘了剑修也是练气士,除了本命飞剑之外,也会有千奇百怪的大炼、中炼本命物。

这些就都是齐廷济随意铺展开来的手笔,撇开剑修身份和本命飞剑,齐廷济完全可以被视为一位杀力巨大的飞升境修士。

搁在任何一座天下,修士拥有这等术法手段,都可算是震古铄今了,可在剑气长城,齐廷济却被老大剑仙视为心不定,术法花哨,华而不实,距离"纯粹"二字愈行愈远……总之半句讨不到好。

这还是陈清都心情不错的时候,才会难得教训他人几句。更多时候,陈清都一个字都懒得说,境界越高的剑修,越不喜欢聊天。倒是一些个孩子,成群结队去城头那边玩耍，路过那座茅屋，说不定还能与老大剑仙多说几句。

曾经有个孩子放纸鸢，断线坠落在茅屋顶上，哪敢开口跟老大剑仙讨要，更不敢爬上茅屋，悻悻然回家了，不料才到家门口，就发现爹娘满脸喜庆神色站在那边等着，父亲手里就有那只好像自己长脚跑回家的纸鸢，孩子一问才知道，原来是被那位老大剑仙随手丢回来了。在孩子从儿时到少年的岁月里，这件小事，都是一桩最大的谈资，后来等到这个孩子成为剑修，年轻人不等成为老人，就又如断线纸鸢，性命仿佛小事，随手丢在了战场上。

陆芝先前从剑匣里边取出了两把最有眼缘的长剑，秋水和凿窍，她双手持剑，配合本命飞剑抱朴，手刃了一个玉璞境妖族修士，好像是白花城祖师堂的掌律，先前厮杀过程当中，陆芝稍微耗费了一点精力，此外还有一撮不经砍的地仙修士，至于地仙之下的妖族修士，记不住，也无须去记。

被长剑秋水砍中的妖族修士，那些个积蓄灵气的本命窍穴之内，霎时间如洪水决堤，水淹一大片气府，根本不讲道理。若是被凿窍割伤，妖族身内天地山河也会遭罪，凿窍天生自带的一股精纯剑意，协同陆芝的浩荡剑气，就像有一位精通寻龙点穴的风水先生带路，剑气如铁骑冲阵，一搅而过，条条山脉崩碎。

陆芝收起飞剑抱朴，归窍温养，至于那把北斗，正在以洗剑符炼剑。

一把本命飞剑抱朴，拥有两种本命神通，其中一种神通是飞剑能够禁锢住修士的影子，瞬间伤及阴神，阴神倒影就像被飞剑钉在原地的一块黑布，修士移形换位，就只能撕扯自己的阴神，与此同时，修士只要舍不得一具阴神，不能当机立断，就要立即面对飞剑第二种堪称"穷其精微、抽丝剥茧"的神通，以粹然剑意重创阳神身外身，可无论是阴神还是阳神，都涉及一位修士的大道根本，飞剑神通如怀抱，在战场上如影随形。

故而先前一座宗门战场上，陆芝手腕一拧，长剑秋水抖出剑花，剑光雪亮如秋泓，照耀四方，修士倒影立现。

齐廷济正色道："老大剑仙让你去白玉京炼剑，不是没有理由的，不单单是北斗与白玉京大道相契。我猜测飞剑抱朴，有机会拥有第三种本命神通，此外你跟我和陈熙，还不太一样，洞府开辟一事，我们差不多就是这样止步了，很难百尺竿头再进一步，而你的那座人身小天地则不然，还有太多太多的可能性。"

陆芝听得心不在焉，当然不是她分不出个好赖，实在是没兴趣。

她的清冷性子，既是先天如此，也受后天炼化两把本命飞剑的影响，所以她不是一般的清心寡欲。

陆芝这会儿的心思，还在那只剑匣藏剑上边，其余游兕、刻意等六把道门法剑，一样自带某种上乘秘术，陆芝觉得要是都能活着返回，私底下就找一趟陈平安，打个商量。将来白玉京三掌教去龙象剑宗讨债，就好办了。还剑？隐官跟你借的剑，找我陆芝干什么?

齐廷济见陆芝置若罔闻,他就没有再劝。毕竟这可是一个老大剑仙都劝不动的娘们。

陆芝的人身小天地,就像明明占地千里,却唯有屋舍几间,说她有钱是真有钱,好似坐拥良田万亩,说她没钱却也不假,真正谈得上春种秋收的,只有可怜兮兮的一亩三分地。因为陆芝除了两把本命飞剑,大炼本命物,只有寥寥三件,对于任何一位上五境练气士而言,这都是一个堪称寒酸的数目。

三物都被陆芝用来辅助修行,帮助天地灵气的更快汲取,以及三魂七魄的滋养,她的攻伐之物,还是只有那两把本命飞剑。

修道之人,一身虽小如同天地,山河疆域广袤无垠,真正属于"自己"的,就是汲取天地灵气作为水源,浇灌山河大地。所谓修道,就像是耕耘田地,开辟府邸。接连成片,就是一座雄城,城池多了,就是一国,修士宛如一国之君,最终"证道",就像成为人身天地的天下共主。

只不过于每一位练气士而言,对人身小天地的洞府发掘、丹室营造,修士受限于资质,人人都存在着一个瓶颈,至多是境界高了,不缺神仙钱和天材地宝了,开始不计损耗地去更换、替代旧有本命物。所以每一位飞升境巅峰,都不得不开始去追求那个虚无缥缈的十四境了。

齐廷济这样的大修士,神仙钱、灵气和法宝,都可算是唾手可得了,只可惜天地间的一切实物,已经成了名副其实的身外物,贪心不足反成累赘,增之一分,就要过犹不及。

齐廷济笑道:"还没到半炷香,如果不着急赶往下一处山市,还能闲聊几句。"

他手中多出一件破碎不堪的深青色法袍,是那位仙人宗主的遗物,名为青瞳,是件半仙兵,就是修缮起来需要花点钱,陆芝出剑太狠。

这件青瞳法袍,避暑行宫那边应该有记载,因为白花城修士在历史上没少去剑气长城战场。那个身为一宗之主的仙人境,今天溜得最快,依旧被齐廷济堵住去路,强行"兵解"上路,不过对方施展了一门本命道法,只是阴神被斩,能否留下个玉璞境都难说了。

此外还有数枚妖族的妖丹,玉璞境一枚,地仙数枚,都被齐廷济从那些尸体上剥离出来,掌心虚托,缓缓旋转。

齐廷济就当是赏景了。

在剑气长城当得起剑仙称呼的剑修,哪个不是从尸山血海里走出来的人物,有几个是正常人?

陆芝瞥了眼那些妖丹,神色黯然。

记得早年，有个记录战功的女剑修，境界不高，只是资质平平的金丹境，不擅长厮杀，其实陆芝不知道她的名字，只知道是个性情温婉的女子，姿色不错，只是不知为何，一直没有婚嫁，模样比不上周澄，但比她陆芝肯定要漂亮多了。

这个陆芝连名字都不清楚的女子，每次战后都会与人一起负责记载、勘验、录档战功，当她瞧见了那些离开战场的女剑修，就会笑得很……好看。

陆芝甚至已经对那女子的相貌记忆模糊了，唯独对她的那张笑脸，好像哪怕想要刻意忘记都无法忘记。

一个金丹境的女剑修，又不擅长厮杀，可最后她在可死也可活之间，没有选择后者，跟随飞升城去往异乡，而是御剑去往城头，大概是她觉得既然剑气长城注定守不住，人间再无家乡，就不需要她来记录战功了吧。

不是一件多大的事，不是一个多重要的女子。

陆芝甚至对好友周澄的离开，都不曾如此难以释怀，简直就是件莫名其妙的事情。

可好像直到这一刻，等到陆芝想到这个在剑气长城再寻常不过的女子已经不在了，陆芝才后知后觉，剑气长城好像是真的没有了。

陆芝有些烦躁，冷着脸环顾四周，已无妖族可杀。

他娘的，如果能够从头再砍一遍就好了。

至于那颗玉璞境妖丹的主人，这会儿就身形飘摇不定，战战兢兢站在这位刻字老剑仙的身边，可怜三魂七魄都被凌厉剑气笼罩在一处牢笼内，神魂饱受煎熬，此刻忧心忡忡，担心这个剑气长城的"齐上路"会反悔毁约，干脆再送他一程。

原来是负责捕捉漏网之鱼的齐廷济，除了以术法布阵，先前还阴神出窍远游一趟，路上随手抓了个逃避不及的白花城供奉，正是魂魄当下被拘押起来的玉璞境，承诺留他一条命，与他问清楚了白花城几处秘库所在，再让他带路去搜罗了一番，都不用他献殷勤，讲解如何打开层层山水禁制，齐廷济直接一路以剑气开道。

一般宗字头的仙府势力，往往狡兔三窟，会将修道秘籍、神仙钱、法宝灵器，分放各地。当然这仅限于"一般"，像浩然天下符箓于玄、龙虎山天师府，还有郑居中的白帝城，自然都无此讲究。

既然与陈平安约好了半炷香，齐廷济就没有继续搜刮下去，挖地三尺这种勾当，还是隐官大人更擅长。

不过视野可见之物，齐廷济还是没有浪费半点，那些破碎的法宝灵器，被陆芝斩落一地，五花八门，虽说山上宝物破碎之后，价格与之前天差地别，可不那么值钱，并不意味着不值钱。

还有众多妖族修士被斩杀后现出原形的真身尸体，以及一些英灵之姿的白骨尸骸，悉数被齐廷济收入袖中。

龙象剑宗创立不久，处处都需要花钱，不承想今天路过白花城，东拼西凑，积少成多，竟得了一笔极为可观的神仙钱。

那个魂魄被拘的玉璞境修士，壮起胆子轻声问道："齐老剑仙，说话作数的吧？愿为前辈鞍前马后！"

齐廷济笑了笑，没说什么。

做牛做马就算了，龙象剑宗只收剑修。

见那位老剑仙没搭话，他顿时心死如灰，颤声道："不作数也无所谓了，能不能给个痛快？"

齐廷济微笑道："这辈子有没有去过剑气长城？"

他心中狂喜不已，立即答道："不曾去过，可以对天发誓，绝对不曾与剑修为敌，路途遥远，境界低微，哪敢去剑气长城那边自寻死路……"

齐廷济点点头："那就下辈子投个好胎，去见识见识那边的风景。"

随手一挥袖子，魂魄灰飞烟灭。

如今浩然天下山巅不少修士，可能都知道了那本《皕剑仙印谱》的存在，可在《皕剑仙印谱》之前，剑气长城其实最早有的是本版刻粗劣的百剑仙谱。

齐廷济闲暇时也曾翻阅过，倒是没有兴趣去偷摸购买那些印章，在这位老剑仙看来，隐官的刀工实在潦草，尚未真正登堂入室，跻身金石大家之列，只是印谱上边有一句边款印文，让齐廷济觉得还算不错。

"并无山水形胜地，却是人间最高城。"

陆芝说道："这次出手，挣了不少？"

他们一行人现身此地山门，事出仓促，使得那个仙人境妖族都来不及先走一趟财库，说是人为财死鸟为食亡，可真到了命悬一线的时候，还是没什么可犹豫的，修道之士，无论是谱牒仙师还是山泽野修，都明白这个浅显道理，一个死在钱堆里的山上神仙，最憋屈。

"乱七八糟加在一起，确实不少，说是挣了个盆满钵盈都不过分，毕竟是份宗门底蕴，即便刨开那三张洗剑符，还很有赚头。"

齐廷济微笑道："剑气长城那些赌棍不早说了，跟隐官合伙坐庄，想亏钱都难，躺着就能挣钱。"

陆芝提醒道："陈平安是个精打细算的账房先生。"

齐廷济点头道："回头清点一下游历白花城的收获，让隐官占……四成？"

不料陆芝说道："四成？他又没出力，分他两成就很够意思了。"

齐廷济欣慰道："总算有点首席供奉的样子了。"

陆芝说道："袍子不错，归我了，回头我可以送给吴曼妍那个小妮子。"

齐廷济从袖中取出那件青瞳法袍，抛给陆芝。

陆芝接过手，轻轻抖了抖法袍，惊讶道："坐地分赃这种事，好像会上瘾。"

齐廷济点头道："我也是才发现。"

陆芝撇撇嘴，以前在剑气长城，剑修可都没这习惯，算是给隐官惯出来的臭毛病？

之后两人联袂来到三山符下一处山市，宁姚已经离开这座古战场遗址，好像是递剑之后就不管那些残余剑气了，以至于此刻的战场遗址，依旧剑光森森，肆意绞杀那些四处溃散的阴兵鬼物。

齐廷济敬香之后，轻声笑道："很难想象，如果再无约束，我们这些还算能打的飞升境，在这天下会如何为人处世。"

三教祖师的存在，浩浩荡荡的光阴长河，好似有三人，坐断津流，铁锁横江。

这三位，根本不用说什么做什么，他们的存在，本身就是一种莫大的震慑。

哪怕是这座以世道混乱不堪著称的蛮荒天下，仍然还有座托月山，不然只说搬山老祖朱厌，与旧曳落河共主仰止联手，如果再能拉上一只旧王座大妖，足可横行天下，估计到最后，就是总计不到二十只的十四境、飞升境巅峰大妖，共分天下，暂时停手，然后继续厮杀，杀到最后，只留下一小撮的十四境。

齐廷济取出一杆幡子，丢到古战场中央地界，蓦然矗立而起，如同打开一扇大门，很快从四面八方聚拢起灵智混沌的数万阴兵，好像得了一道法旨敕令，如一支支鸣金收兵的大军，疯狂拥入幡子。再者幡子本身，介于洞天和福地之间，就是一处适宜鬼物修行的道场，可一些个原本割据遗址一方的地仙英灵、鬼将，自然不愿从此寄人篱下，失去自由身，于是一个个隐匿气机，试图躲藏起来。

结果齐廷济从众多本命物中拣取出一件，祭出之后，一条蕴含雷法真意的金色竹鞭，落在幡子附近，竹鞭落地便生根，几个眨眼工夫，古战场之上，就像出现了一座金色竹林，方圆数百里，整个大地雷电交织，而且竹林通过大地之下不断蔓延出来的竹鞭，一粒粒金光闪烁不定，皆是金色竹笋，抽土而出极快，继续变成一棵棵崭新竹子，竹林金光熠熠，片片竹叶都蕴含着一份雷法道韵，使得大地竹林之下，开辟出一座雷池。

无论是大道雷法，还是竹鞭材质本身，两者都先天克制鬼物。

遗址最后只留下了四条通往幡子的道路，此外鬼物无路可走。

陆芝看了眼远处那杆招魂幡子，疑惑道："你还会这个？"

齐廷济笑着解释道："以前在剑气长城的战场上，我们每次递剑都会被针对，当然无法优哉游哉地由着我施展这些花里胡哨的手段。"

简而言之，术法神通万千，不如剑光一闪。

山上剑修，若是精通剑道之外的那些个旁门左道，就有不务正业的嫌疑，跟一个读书人擅长打铁砍柴差不多。

陆芝暂时闲来无事,就从剑匣取出了其余剑,蜩甲,竟是一副白玉京飞升境修士的珍稀遗蜕,可以拿来当件类似兵家甲丸的法袍,能够让修士仿佛无师自通,掌握两道白玉京极为上乘的秘传术法,一攻一守。只是陆芝觉得别扭至极,就将此剑丢回剑匣。

倒是那把南冥,剑修握在手中,就可以多出一座古怪阵法,陆芝发现自己好像站在一处天池大水中央,看似距离一旁齐廷济就几步路,实则差了千里之遥,适宜对付那些压箱底的攻伐重宝,当然一样可以拿来对付敌对剑修的飞剑。

至于那把游刃,也是奇巧,陆芝手持长剑,身边就多出了一条鱼龙姿态的幻象灵物,这条青色大鱼,悬空围绕着陆芝游走。

陆芝觉得瞧着还挺顺眼,就没有撤回这把游刃长剑。

而且双手各持南冥、游刃之后,陆芝很快就又有惊讶,原来身边那条摇头摆尾的青色游鱼,竟然能够从她脚下那座本是虚幻假象之物的天池水中,无中生有,汲取货真价实的水运,壮大自身。

陆芝说道:"陆沉的道法有点意思。"

齐廷济无奈道:"人家好歹是一位白玉京三掌教。"

陆芝说道:"没法子,陆沉待在陈平安身边,就像个……只是跑腿打杂的店铺伙计,我很难把他跟一位十四境大修士挂钩。"

齐廷济哑然失笑。

陆芝不再闲聊,趁着还有小半炷香光阴,开始炼剑,准确说来是炼化那张玉枢城的洗剑符。

不愧是张名动青冥天下的大符,画符门槛极高,外人炼化起来倒是极快。

三张价值连城的洗剑符,如果陆芝都拿来砥砺飞剑北斗剑锋,成效定然显著,陆芝预估飞剑的锋锐程度,可以增加一成。

洗剑符让陆芝节省了至少一甲子修道光阴,这甲子光阴,不是时刻流转不停歇的六十年岁月,而是指一位剑修潜心修道、专注炼剑的光阴,练气士所谓的几十年数百年道行,都是屏气凝神、呼吸吐纳、闭关静坐,一点一滴打磨出来的精气神,这才是练气士的"周岁",真实道龄,此外,就是那种虚度光阴的"虚岁"。

所以一成,真心不少了,炼化飞剑一途,行百里者半九十,尤其是陆芝这把北斗,即便距离圆满只差一丝一毫,都很难一剑做掉一只飞升境大妖,可一旦被她跨过那道门槛,那么陆芝的飞剑杀力,哪怕在剑气长城的万年历史上,都会是属于最拔尖的一拨。

只要飞剑北斗的品秩,炼化至毫无瑕疵的化境,而她将来再成功跻身了飞升境,这就意味着外人如果想杀陆芝,就得是两位飞升境修士联手,再乖乖交出两条命。

齐廷济很清楚,早年老大剑仙对他和陈熙跻身十四境一事,都不抱什么期望,唯独对迟迟无法打破仙人境瓶颈的陆芝,十分看好,此外就是大剑仙米祜,还有后来去了避暑行宫的愁苗。至于宁姚,期待是不需要的,在老大剑仙看来,就是板上钉钉的事情。

陆芝仰起头,没来由说道:"其实那一位,如果撇开是非不谈,很了不起。"

她是在说那个被誉为蛮荒文海、通天老狐的周密。

佩服归佩服,当然不耽误陆芝在战场上,能砍死周密就一定砍死他,绝不手软。

齐廷济说道:"陆芝,我当初之所以想要违背誓言,赶去第五座天下,就是心存侥幸,试图凭借攘取天下第一人的大道气运,他山之石可以攻玉,帮我打破那个天大瓶颈。因为我希望借此告诉老大剑仙一个事实,陈清都看错齐廷济了。"

陆芝不擅长与人言语交心,其实齐廷济更不喜欢与人谈心,今天说出这番言语,实属破天荒。

陆芝睁开眼睛,她从不说拐弯抹角的言语:"老大剑仙都不在了,还与他怄什么气。再说了,就算老大剑仙在世,亲眼看见了你在五彩天下跻身十四境,只会更失望,更加看不起齐廷济。"

齐廷济有些感伤:"我倒是希望还有个能被他感到失望的机会。"

如今飞升城的年轻剑修,对于那位老大剑仙的离去,与齐廷济这些老人的复杂心态,大不一样。

齐廷济突然气笑道:"以后的飞升城,酒桌上聊来聊去,不管是赞是骂,反正都绕不过咱们这位陈隐官,一想到这个,就让人不痛快。"

陆芝劝说道:"都是当宗主的人了,气量大些。"

齐廷济叹了口气:"劝你以后别劝人。"

陆芝笑呵呵道:"我这个人最听劝。"

眼前一座蛮荒大岳名为青山。

四位剑修持有的第一份三山符,三处山市渡口,分别是白花城、古战场遗址、大岳青山。

宁姚在山脚与三山九侯先生烧香礼敬之后,没有赶赴下一处山市,而是沿着烧香神道,拾级而上。

此山地位超然,是蛮荒天下屈指可数的名山大岳,破例拥有双手之数的副储之山,至于大岳名字"青山",更是独一份。

山君神祠大殿内供奉的那尊彩塑神像,金色涟漪阵阵,走出一位老者,手持一串木质念珠,像那吃斋念佛之辈。生得相貌古拙,野鹤骨癯,好似涧边老松。

这位大岳山君,道号碧梧,天生异象,重瞳八彩,绛衣披发,脚踩一双草编蹑云履。

察觉到了那份剑气,山君碧梧忙不迭出门待客,看着那个女剑修,一脸震惊道:"宁姚?!"

宁姚点点头:"没事,我就随便逛逛。"

碧梧第一时间所想的是,是不是浩然天下已经打到自家山门口了,随即他自嘲不已,怎么可能推进如此之快,再者若是连青山都保不住,意味着蛮荒天下至少半壁江山都归属中土文庙了。

碧梧抱拳道:"山神碧梧,见过宁剑仙。"

见到这位飞升境的大山君,尤其是手上那串念珠,宁姚就知道青山为何安然无恙了。

想了想,宁姚只依稀记得碧梧的道号、境界,拥有一种仙兵品秩的仙家重宝,火车掣电,传言车驾玄妙所在,篆刻有"雷火总司"。

再就是这位山君虔诚信佛,建造了一座类似"家庙"的文殊院。

更多的,就不清楚了。想必陈平安才会对此如数家珍。

听到了宁姚的那句客气话,碧梧苦笑不已,倒不是担心自己的处境安危,在自家地盘,哪怕面对一位飞升境剑修,也不是全无一战之力,胜算再小,保命无忧。掂量一番,自家山头与那剑气长城可从没什么恩怨纠葛。只是宁姚总不能是单枪匹马杀来此地吧?

碧梧试探性问道:"隐官可曾与宁剑仙同行?"

宁姚默不作声。

碧梧犹豫了一下,还是闭嘴不言,将一些略显套近乎的言语,识趣咽回肚子。

剑气长城与蛮荒天下,做了万年的生死大敌,双方碰头,哪里需要什么"一言不合",瞧见了就直接砍杀,不需要理由。

宁姚登山片刻,问道:"山君认识他?"

一路作陪的碧梧笑道:"一个久居山中不挪窝的货色,如何能够认得剑气长城的隐官,只是前些年有个好友,大泽水裔出身,他曾专程跑去倒悬山遗址游览风景,偶见隐官站在崖畔,便临摹过一幅画卷,好友回到家乡后,路过此地,将画卷赠送给我。"

宁姚说道:"方才他来过了,只是你没发现。"

碧梧半点不觉得宁姚是在虚张声势,不由得感叹道:"不料隐官道法也如此通玄,果然是真人不露相。"

宁姚提醒道:"就当我们都没来过。"

碧梧点点头,心领神会:"今日山中照旧无事,闲看云卷舒花开落罢了。"

发现宁姚好像就要离去,山君碧梧试探性问道:"宁剑仙不看一眼画卷?"

宁姚持符远游之时,疑惑道:"大活人不看,看画卷做什么。"

山君碧梧一时间无言以对。

确定宁姚已经远游,碧梧一步缩地山河,去往一处雅静宅院,两位妙龄女子姿容的山鬼,衣裙分别是鹅黄、嫩绿两色,与山君施了个万福。碧梧跨过门槛,房内书案上搁放有一支卷轴,摊开后,只见画卷之上所绘人物,正是那位剑气长城的末代隐官。

一袭鲜红法袍,男子站在城头崖畔,面容模糊,双手笼袖,腋下夹狭刀,俯瞰大地。

云纹王朝的玉版城,立国已经一千两百余年,只不过皇帝姓氏换了数次,反正国号不换,谁坐龙椅,在这边也没什么讲究。

在蛮荒天下,任何一个国祚超过千年的山下王朝,绝对比同龄的山上宗门更不好招惹。

而这种王朝的京城重地,无异于山上的祖师堂。

可此刻皇宫一处最高楼内,顶楼的檐下廊道中,却有个擅自登门的外乡人。

青纱道袍的男子,一手攥拳,一手负后,就像在自家庭院散步。

这会儿停步,抬头望去,檐下挂满了一串串铃铛,每一只铃铛内,悬有两把间距极小的袖珍短剑,稍有微风拂过,便磕碰作响。

根据避暑行宫的记载,城内那位皇帝陛下,因为闭关多年,错过了那场大战,给了托月山一大笔谷雨钱。

而且云纹王朝,与两只旧王座大妖黄鸾和荷花庵主,关系都不差,不然以一个仙人境,还真保不住云纹王朝。

虽然如今黄鸾和荷花庵主都死了,但这位皇帝也刚好破境了,成为了一位新晋飞升境大修士。

一位身穿龙袍的魁梧男子,凭空出现在廊道内,沉声道:"贵客临门,有失远迎。只是道友怎么都不打声招呼?我也好备下酒宴,为道友接风洗尘。"

他身边还有个身姿纤细的女扈从,金粉涂颊,佩腰刀,竟是位货真价实的十境武夫。

她双眉天然衔接,是古书上所谓的天人相。

陈平安笑道:"你不用多想如何待客了,半点不麻烦,只需要将那套剑阵借给我就行,举手之劳。"

这位云纹王朝的皇帝,化名叶瀑,道号有两个,之前是破荷,跻身飞升境后,给自己取了个更霸气的,独步。

至于叶瀑身边的女武夫,名为白刃,是个极其有名的女武痴,如今一百多岁,驻颜有术,她在五十多岁时就跻身了止境。

玉版城已经开启一道京城防御阵法,仿琉璃境地,京城如同陷入一条停滞的光阴溪涧,处处七彩焕然,城内所有修道之士,都选择待在原地,不敢轻举妄动。一来上五境修士之下,地仙都要行走不易,再者这是大敌当前的迹象,谁敢造次。

叶瀑自然已经认出对方身份,只是直觉告诉自己,假装不知道可能会更好点。

至于为何一位在城头那边的玉璞境剑修，变成了一个飞升境起步的得道之人，叶瀑倒是也不好奇，在蛮荒天下，修道路上的一切过程都是虚妄，只问结果，修行追求的无非是一个再粗浅不过的道理，自己如何活，活得越长久越好，一旦与人起了冲突，或是嫌弃路边有人碍眼了，他人如何死，死得越快越好。

叶瀑听到了对方的那个天大玩笑，道："隐官大人名不虚传，很会聊天，甚至比传闻中更风趣。"

女子扯了扯嘴角，伸手摸住腰间刀柄。

这位女武夫，眼神炙热，死死盯住那个换了身道门装束的男子，认得，她如何会不认得，如今的蛮荒天下，说不定十座山上山头中至少一半都有这个家伙的画像。尤其是托月山与中土文庙那场谈崩了的议事过后，这个年纪轻轻却大名鼎鼎的隐官就更出名了，人在浩然天下，却在蛮荒天下风头一时无两，以至于搞得好像一位练气士不知道"陈平安"这个名字，就等于没修道。

之前百年，剑气长城某个狗日的，名声都只在蛮荒半山腰之上的宗门仙府流传，不承想冒出个末代隐官。

陈平安望向那个女武夫："打算试试看？"

陈平安头顶道冠内，那处连叶瀑都无法窥探丝毫的莲花道场中，陆沉一边练拳走桩，一边斜眼看那个不知天高地厚的娘们，啧啧称奇："蠢蠢欲动，真是蠢蠢欲动。"

叶瀑出声阻拦身边的女子："白刃，不得无礼。"

白刃却眯眼笑道："我觉得可以试试看，前提是隐官愿意只以纯粹武夫出拳。"

"好的。"

陈平安言语之时，一步跨出，双指并拢，看似轻轻抵住那个白刃的额头，却见女武夫砰然倒飞出去，撞烂背后栏杆不说，竟是笔直一线直接摔出了玉版城。

天人交战的叶瀑，心思急转，迅速权衡利弊之后，选择了不出手。

整座京城，原本静止不动的琉璃境地，牵一发动全身，被白刃那么一撞，立即出现一条裂缝，此后缝隙四周不断崩裂开来，最终玉版城就像蓦然下了一场光彩绚烂的滂沱大雨。

仙人境剑修都未能一剑劈开的阵法，被这么轻描淡写地手指一点，一触即碎。

拳法？不像。

最可怕之处，还是眼前这个年轻剑修，好像还未刻意施展剑术。

叶瀑终于开始怀疑眼前这个陈平安，到底是不是剑气长城的那条看门狗了。

陈平安笑眯眯道："叶瀑，要是我自己去楼内取剑，就不算借了，那叫抢。"

叶瀑苦笑道："有区别吗？"

"我数十下，之后玉版城多半就要没了。"

陈平安摊开一手，明摆着是在示意叶瀑抓点紧："你应该庆幸玉版城不是那座仙簪城，不然已经没了。"

仙簪城，号称蛮荒第一高城。此城正好位于三山符最后一处山市附近。

叶瀑心中幽幽叹息一声，这位云纹王朝的皇帝陛下，不愧是一等一的枭雄心性，竟然当真主动打开禁制，运转秘法，撤掉十八道山水禁制，招了招手，从楼内驭来一只原本悬空的红珊瑚笔架，一把把剑阵飞剑，就如笔搁放在上边。

叶瀑轻轻一推，将红珊瑚笔架推给那位易容为隐官的古怪道人，微笑道："希望'陈道友'能够安然离开蛮荒天下。"

陈平安将笔架和飞剑一起收入袖中，道："那就借你吉言，作为回礼，也送你一句话，希望这座玉版城足够牢靠，你的飞升境足够稳固。"

在确定那个不速之客已经离开玉版城后，叶瀑没有急于去找贵为皇后的白刃，而是放开神识，开始在心中默默计数。

炸不死你！

那只笔架可是一件仙兵，再加上半数飞剑同时炸裂开来，任他是一位飞升境巅峰，无疑都要重伤。至于对方重伤之后，叶瀑只需要循着那份动静，就至少可以取回半数飞剑，同时打杀一位山巅强敌。

结果叶瀑计算完毕后，目瞪口呆，自己为何会失去了与那座剑阵的牵引？！

就这样没了？

道场内陆沉卷了卷袖子，然后继续走桩，嘿嘿笑道："在贫道眼皮子底下抖搂阵法造诣，有趣有趣，单纯得可爱。"

陈平安在第二处山市敬香之后，就立即赶往那座仙簪城。

传闻这座高城，是天地间第一位修道之士的道簪所化。

不过之所以能够号称蛮荒天下第一城，与地势高也有极大关系。

宁姚到了玉版城外的仙家渡口后，沿水散步，然后就继续去往下一处。

只是等到齐廷济和陆芝赶到之后，两位剑修的心湖中，无缘无故多出一句好像等着他们的心声："随便砍那玉版城，半炷香不够，就一炷香。"

陈平安在仙簪城外的百里之地，一处不大不小的山头之巅，之所以能在避暑行宫录档，当然还是沾那座高城的光了。

敬香之后，陈平安双手笼袖，蹲下身，一只手伸出袖子，拈起一撮土，攥在手心，轻轻捻动。

陆沉好奇问道："在那玉版城，怎么好不容易出手了，还是这么含蓄？"

借给陈平安这一身十四境道法，陆沉可没有任何藏私，在这可谓处处皆是仇寇的蛮荒天下，随随便便一袖挥手，即是天劫一般的术法神通，半点不夸张，可无论是在白花城，还是玉版城，陈平安都很克制。更不合理的则是，陈平安每次只要出手，都是一种千载难逢的大道历练，今日之道法种种砥砺，就像将来登高路上的一处处渡口，能够保证陈平安更快登顶，而且双方极有默契，陈平安心知肚明，陆沉绝对不会在这件事上动手脚，埋伏线。

"习惯了出门低三境，现在凭空高出三境，有点不适应。"

陈平安松开手，将手中的土散落在地，轻声道："所以这一路，一直提醒自己个道理，由俭入奢易，由奢入俭难。"

陆沉点点头，然后好奇问道："最后一份三山符的路线，想好了？"

陆沉又从袖中摸出那本师兄手抄本的《黄庭经》，此经又分内外中三本，陆沉、魏夫人，还有白玉京内一个道人名字里边都带个"之"字的修道之地，各得其一。

陈平安嗯了一声："酒泉宗，无定河。"

酒泉宗的练气士，没有其他本事，就只会一事，酿造美酒，包括旧王座切韵、仰止在内的许多蛮荒大妖，都对这座宗门照拂有加。

而那条无定河，隶属于曳落河水域。路经两地，最终递剑处，当然是那座托月山了。

陈平安问道："有无把握？"

陆沉抬头望月："约莫六成。"

蛮荒三轮月，其中两处都曾有主人，已经身死道消的荷花庵主，再就是那位如今在龙须河边……养了一群鸭子的赊月，唯独居中一轮，万年以来都是无主之地，蛮荒天下的山巅大修士，可以凭本事随便游历，但是托月山不许建造修道之地。

陆沉伸手指向居中那只白玉盘，问道："为何不试试这一轮月？"

陈平安摇摇头："毫无把握的事情。"

陆沉推衍一番，说道："还是有三成把握的。"

陈平安笑道："不还是等于毫无把握。"

刑官豪素，在陈平安决定要改变路线后，就凭借陆沉的一张奔月符，独自悄然"飞升"了。

最终豪素会待在那边，接应齐廷济和陆芝。

诗家语，欲穷千里目，更上一层楼。

仙家事，欲观天下楼，身在明月中。

陈平安的打算，就是准备让蛮荒天下只剩下一轮月。

陈平安拍了拍手，缓缓站起身，掏出一壶酒，是自家酒铺的青神山酒水，抿了一口酒水。

陈平安抬起手背，擦了擦嘴角，问道："三魂七魄，好像七魄学问不大，不过我在文庙那边看到,三魂最早有个天地人的说法?"

陆沉不再练拳,盘腿而坐,双手叠放腹部,道:"三魂去处,就是最大学问所在了,天魂去处,就是天牢,不是有个说法,叫魂飞天外嘛,化外天魔怎么来的,现在知道了吧?而地魂去处,讲究一个因果轮回,所以归于冥府酆都之类的地方。至于某些死后依旧在阳间徘徊不去的孤魂野鬼,其实就是人魂了,七魄独独尾随此魂,老百姓所谓的魂飞魄散,就是这么个说法了,与我们的姓氏、家族的真名,冥冥之中都存在着大道牵引。山下民间的什么魂不守舍、气若悬丝、气数已尽之类的,这些代代相传下来的说法,其实早就道破天机了,只是说得略显模糊而已。"

陈平安点点头。

陆沉笑问道:"你让豪素去那明月中,好像连他在内,谁都不问个为什么。"

陈平安答非所问:"比如有个道理,讲了一万年,换成你,信不信?"

这个道理,很简单,我是一位剑气长城的剑修。

陆沉一脸恍然,拊掌而笑:"此语妙极。"

陈平安狠狠灌了一口酒,收起酒壶,深呼吸一口气,眯起眼使劲盯着那座仙簪城。

陆沉问道:"接下来咱俩还是先登门,与主人客套两句?"

下一刻,陈平安脚尖一点,脚下一座山头瞬间崩塌粉碎,大道显化一尊十四境大修士的巍峨法相,一脚踏地,抡起一臂,直接就是一拳砸在那座高城上。

一尊道人法相,身高五千丈,一拳重重砸在仙簪城之上。

竟是未能一拳洞穿仙簪城不说,甚至都没有能够真正触及此城本体,只是打碎了无数金光,不过这一拳,罡气激荡,使得落拳处的仙簪城两处藩属城池,天时紊乱,一处骤然间风雨大作,一处隐约有大雪迹象。

两座城内,那些妖族地仙修士一个个心神摇曳,震颤不已,尚未结金丹的练气士,不在吐纳炼形的,处境还好些,赶紧祭出了本命物,帮忙稳固道心,抵御那份仿佛"天劫临头"的浩然威势,正在修行的,一个个只觉得心神挨了一记重锤,气闷不已,呕出一大口淤血,不少下五境修士甚至当场晕厥过去。

"真是那个剑气长城的末代隐官?!"

一听说可能是那位隐官做客仙簪城,一时间众多仙簪城女官,如莺燕离枝,纷纷联袂飞掠而出,各自在那些视野开阔处,或仰视或俯瞰那尊法相,她们神采奕奕,秋波流转,感慨于竟然有幸亲眼见到一位活的隐官。一些个好心好意劝诫她们返回修道之地的,都挨了她们白眼。

陆沉在莲花道场之内,踮起脚尖,伸长脖子,讶异道:"这座城很扛揍啊。"

仙簪城就像一位练气士,拥有一颗兵家铸造的甲丸,披挂在身后,除非能够一拳将甲胄粉碎,不然就会始终完整为一。

往大了说,剑气长城,还有那条夜航船,其实都是同样原理的阵法,大道运转之法,最早皆脱胎于天庭遗址的那种一。

昔年托月山大祖,是趁着陈清都仗剑为飞升城开路,举城飞升别座天下,这才找准机会,将剑气长城一劈为二,打破了那个一。

陆沉瞧见那些暂时还不知道大难临头的女官,笑了起来,越发期待陈平安将来走一趟白玉京了。

当年阿良走了一趟白玉京,是他自作多情了。

眼前仙簪城内的女官们,也是自作多情了。

五城十二楼的仙子姐妹们,即便原本对阿良有些憧憬的,在亲眼见到那个男人吐口水抹头发之后,估计那些爱慕也碎了一地,随风飘逝,再也不提了。

事实上,白玉京确实有几位与三掌教相熟的姐妹小有感伤,说见面不如耳闻。要知道在那之前,与二掌教互换两拳的阿良,可是白玉京那百年之内被提及最多的一个外人。

年轻隐官则不然,见面之后,只会让人觉得名不虚传。

陆沉说道:"陈平安,以后游历青冥天下,你跟余师兄还有紫气楼那位,该如何就如何,我反正是既不帮理也不帮亲的人,作壁上观,等你们恩怨两清,再去逛白玉京,比如青翠城,还有神霄城,一定要由我带路,就此说定,约好了啊。"

陈平安置若罔闻,只是以左手再递一拳,是铁骑凿阵式。

陆沉立即闭嘴,心虚得很。

仙簪城就像一位亭亭玉立天地间的婀娜神女,外罩一件遮天蔽日的法袍,却被打出一个巨大的凹陷。

拳头悬停,距离山城,只差数十丈。

仙簪城半山腰一处仙家府邸,一个年轻容貌的妖族修士,担任副城主,他从床榻上一堆脂粉白腻中起身,毫不怜香惜玉,手推脚踹那些姿容绝美的女修。靠近床榻的一位狐媚女子,滚落在地,颤颤巍巍,她眼神幽怨,从地上伸手招来一件衣裙,遮掩春光。他披衣而起,犹豫了一下,没有选择以真身露面,向屋外飘荡出一尊身高千丈的仙人法相,气急败坏道:"哪来的疯子,为何要与我仙簪城为敌,活够了,着急投胎?!"

那道人法相又是一拳,以作回复。

现出千丈法相的大妖一时语噎。

所幸仙簪城的天地灵气又自行聚拢一处,扛下那莲花冠道人的笔直一拳。

这一拳罡气更加气势如虹,对于仙簪城修士而言,视野所及的那份异象,便是城内风起云涌,无数灵气迅速汇聚成一片云海,那白云如同一面竖起的梳妆镜,挡在那一拳之前,然后有一拳捣乱云海,拳头蓦然大如山岳,仿佛下一刻就要直扑修士眼帘。

法相巍峨的年轻隐官，一拳揉碎白云。

此人此时此景，只叫仙簪城女官们心思化作情思。

蛮荒天下，就只有一个天经地义的道理：强者为尊。

仙簪城最高处，是一处禁地炼丹房，一位仙风道骨的老修士，原本正在手持蒲扇，盯着丹炉火候，在那位不速之客三拳过后，不得不走出屋子，凭栏而立，俯瞰那顶莲花冠，微笑道："道友能否停手一叙？若有误会，说开了就是。"

视线中，那道人有半城高，拳撼高城。

这位飞升境城主虽然神色自若，实则忧心忡忡，善者不来、来者不善，不知道怎就惹上了这么一位不速之客。

照理说仙簪城在蛮荒天下应该没什么死敌才对，况且仙簪城与托月山一向关系不错，尤其是先前那场大举入侵浩然天下的大战，蛮荒六十军帐，其中将近半数的大妖，都与仙簪城做过买卖。前不久，他还专门飞剑传信托月山，与一跃成为天下共主的剑修斐然寄出一封邀请信，希望斐然能够大驾光临仙簪城，最好是斐然还能不吝笔墨，榜书四字，为自家平添一块崭新匾额，照耀千古。

而且斐然还亲笔回信一封，答应了此事，说近期会做客仙簪城。

不承想斐然还没来，倒是先来了个气象惊人的道士。

上一次遭殃，还是场无妄之灾，那个真名朱厌的搬山老祖，早年在去给曳落河那个姘头道贺的途中，曾经肩挑长棍御剑路过此地，只因觉得此城过高，太碍眼，朱厌便现出真身，铆足劲，对着一座仙簪城敲打了十数闷棍。

只是未能彻底打破禁制，虽说仙簪城当时确实岌岌可危，摇摇欲坠，可终究未曾有一棍打入城内，不过后来有些小道消息只在蛮荒山巅流传，说是仙簪城的上任城主，私底下破财消灾了结了此事。在那场浩劫过后，仙簪城又经过数千年的苦心经营，不断建造、修缮山水阵法，今非昔比。

陈平安抖了抖手腕，先用三拳练练手。

一个抖腕动作，大袖飘摇，仙簪城周边地界，原本飘浮着高低不一的座座云海，竟是被那青纱道袍的袖子随便晃荡了几下，便一扫而空，变得万里无云。

身为城主的老飞升依旧和颜悦色，以心声道："道友此番做客仙簪城，所求何事，所为何物，都是可以商量的，只要我们拿得出，都舍得白送给道友，就当是交个朋友，与道友结一份香火情。"

城主当然不会将眼前这个极有可能合道十四境的道人认作陈平安。

眼前这位隐藏身份的道友，定然是施展了障眼法，什么道人装束，什么剑气长城隐官面容，陈平安重返浩然才几年？

退一万步说，就算真有天上掉境界的好事，可一掉就是掉落三境，任何一位人间玉璞境,搁谁接得住这份大道馈赠？当年托月山的离真接不住,哪怕如今的道祖关门弟子山青,也一样接不住。

所以只要对方还愿意遮掩身份,多半就不是什么解不开的死仇,就还有回旋余地。

陈平安遥遥北望一眼,收回视线,以心声与陆沉问道:"法相就只能这么高？陆掌教是不是藏私了？"

据说在仙簪城的顶楼,若是修士凭栏平视远方,只要眼力足够,注定看不见托月山的山巅,看不见剑气长城的城头。

所以仙簪城流传着一个引以为傲的说法:"浩然诗篇有云,不敢高声语,恐惊天上人。但是在我们这里,得换个说法了,是那天人不敢低声语,唯恐被吾城修士听在耳里。"

陆沉笑道:"一个大老爷们,私房钱嘛,终究都是有点的。"

当下这尊道人法相,大道之本,是那道祖亲传的五千文字,故而高达五千丈,一丈不高一丈不低。

而陆沉作为白玉京三掌教,当了好几千年的道祖小弟子,当然会有自己的道法。如果不是陆沉擅作主张,非要代师收徒,那么陆沉这个三弟子,再熬个几年,就会自然而然变成名副其实的道祖关门弟子了。只是不知为何,好像陆沉是有意绕开此事,自己舍弃了这个头衔。

陆沉笑问道:"想要再高些,其实很简单,我那三篇著作,你是不是直到现在都还没翻过一页？没事没事,刚好借这个机会,浏览一番……"

如果陈平安暂时没有看过那部《南华经》,再简单不过,如今的陈平安,只要肯钻研道书,摊开书就行,当有如神助,心有灵犀一点,看过一遍就会得其真意,一切水到渠成,因为陈平安如今置身于玄之又玄的"上士闻道"之境地,正是一位名副其实的"得意之人"。

陈平安笑道:"比起道祖寥寥五千文,你那三篇八万余字,字数是不是有点多了？大知闲闲小知间间,大言炎炎小言詹詹,可是你自己说的。"

显而易见,陈平安是读过《南华经》的。白玉京的那座南华城,道官正式纳入道脉谱牒仪式最不繁琐,就是陆沉随手丢出一本《南华经》。

陆沉一本正经道:"只比一个上远远不足,比九千九百九十九个下都绰绰有余,不可贪心更多了。"

陈平安的心湖之畔,藏书楼之外,出现三本厚薄不一的道经古籍,并排悬在空中,如有一阵翻书风,将道书经文页页翻过。

陆沉突然以拳击掌,痛心疾首道:"陈平安,好歹是一部道门公认的大经,怎么都没资格搁放在书楼内？"

陈平安"看书"之后，原本半城高的法相，得了一份《南华经》的全部道意，凭空高出三千丈。

要以神人擂鼓式，向这座高城递拳。

陈平安提醒道："陆掌教也别闲着，继续画那三张奔月符，要是耽误了正事，我这边还好说，不过齐老剑仙和陆先生就未好说话了。"

刑官豪素率先飞升明月中，届时他会以一把飞剑的本命神通，接引其余三位剑修联袂登天。

陆沉苦兮兮道："你们不能这么逮着个老实人往死里欺负啊。"

借掌教信物和十四境道法给陈平安，借剑匣给龙象剑宗，不计成本画出那三山符，与齐廷济买卖洗剑符，还要赠送奔月符……敢情到最后，这次远游是他一个不是剑修的外人最忙碌？

陈平安朝仙簪城递出第一拳。

仙簪城随之一晃，方圆千里大地震动，地面上撕扯出了无数条沟壑，山脉震颤，河流改道，异象横生。

身高八千丈的道人法相，横向挪步，第二拳砸在高城之上，城内许多原本仙气缥缈的仙家府邸，一棵棵参天古树，枝叶簌簌而落，城内一条从高处直泻而下的雪白瀑布，好似瞬间冰冻起来，如一根冰锥子挂在屋檐下，然后等到第三拳落在仙簪城上，瀑布又砰然炸开，大雪纷飞一般。

陆沉侧头眯起一眼，有点不忍直视。

按照避暑行宫的档案，这座仙簪城的大道根本，是天地间第一位修道之士的道簪炼化而成。只是这位那场远古战役的开路者之一，不幸陨落在登天途中，道法崩碎，消散天地间，唯有一枚别在发髻间的白玉法簪，得以保存完整，只是遗落人间大地之上，一直不知所终，最后被后世蛮荒天下一位福缘深厚的女修无意间捡取，算是获得了这份大道传承，而她就是仙簪城的开山老祖师。女修在跻身上五境之后，就开始着手建造仙簪城，同时开宗立派、开枝散叶，最终仙簪城在先后四任城主大修士手中励精图治、生财有道，得以越建越高。

仙簪城现任城主，是一位飞升境大修士，道号玄圃，精通锻造、阵法和炼丹三条大道，好友遍天下。还拥有一位仙人境修为的副城主，道号银鹿，是现任城主的嫡传弟子，精研房中术，曾经预先与蛮荒军帐买下了一座雨龙宗的女修，可惜被王座大妖切韵捷足先登，剥尽美人脸皮。不然如今仙簪城内，恐怕就要多出数百位雨龙宗女修。

仙簪城的记名弟子，若是修道百年，始终未能跻身地仙，就会被驱逐出境，从仙簪城祖师堂的山水谱牒除名，此后何去何从，是死是活，各凭本事。地仙弟子，如果在五百年之内，未能跻身上五境，仙簪城不赶人，按照祖例，不养废物，空耗灵气，一到期限，直接就地打杀,一身道行、山水气运、妖丹、皮囊,悉数归还仙簪城。

故而仙簪城的嫡传弟子,一向数量不多,不过祖师堂香火却也不算飘摇不定,因为蛮荒天下的玉璞境和地仙修士,来此担任供奉、客卿的,多如过江之鲫,只要钱够,就可以一直留在城内修道,仙簪城宛若一座后天打造的洞天,灵气盎然,浓稠似水,极其适宜修行。

此外,仙簪城精心栽培的女官,更是蛮荒天下出了名的美人尤物,风情万种,水精簪桃花妆,五彩法袍水月履,被拿来与山下王朝、山上宗门联姻。

陆沉当然清楚为何陈平安专程走一趟仙簪城。

如果只是仙簪城一直吹嘘自己是什么天下第一高城,或是与那个新晋王座大妖的官巷是什么姻亲关系,以陈平安的性格,肯定都不至于跟仙簪城如此较劲。

因为仙簪城锻造的兵器、金翠城炼制的法袍、酒泉宗的仙家酒酿,都在蛮荒十绝之列。

剑气长城被蛮荒攻破,谱牒修士一人未出的仙簪城,却能够占据一成功劳。

仙簪城不断花钱,将城池拔高,当然是因为这样更能挣钱。每一名仙簪城嫡传修士,在被驱逐出城或打杀于城内之前,都是当之无愧的铸造大家,精通兵器铸造、法宝炼化。因为城内拥有一座上等福地,是一颗破碎坠地的远古星辰,所以仙簪城等于坐拥一座资源富饶的天然武库,可以源源不断铸造出山上兵甲、器械,每隔三十年,蛮荒天下的各大王朝都会派遣使节来此购置兵器,价高者得。这又是一笔不小的神仙钱进账,之前大举攻伐剑气长城和浩然天下,仙簪城更是召集了一大拨铸造师,为各大军帐输送了不计其数的兵甲器械。

仙人境大妖银鹿来到顶楼,与城主师尊站在一起,以心声道:"不像是个好说话的善茬。"

玄圃脸色阴沉,点头道:"注定无法善了。"

银鹿问道:"师尊,还能扛住那个疯子几拳?"

仙簪城启动大阵后,每次扛下对方一拳,就需要耗费大量的神仙钱。自家仙簪城家底是厚,可神仙钱再堆积成山,底蕴再深不见底,被人一拳下去终归是要肉疼,如果说神仙钱转换为天地灵气,被禁锢在城内,还算肥水不流外人田,可是仙簪城内总计三十六件大阵中枢仙兵、半仙兵和镇山之宝的损耗,就是个天文数字了。

玄圃抚须以心声道:"哪里是什么拳法,分明是道法。止境武夫就算跻身了神到一层,拳头再硬,还能硬得过那位搬山老祖的倾力一棍?说来说去,想要攻破阵法,就只能是一手道法、一记飞剑的事情。目前看来,问题不大,当年朱厌十二棍砸城,后边十棍,还需要棍棍敲在同一处,眼前这个家伙,多半是力有未逮,来此造次,只为扬名天下,根本不奢望破城。"

然而随后玄圃脸色微白，竟是改了主意："速速飞剑传信托月山和曳落河，就与他们说，有强敌来犯仙簪城，实力相当于一位王座。"

原来那个不依不饶的道人法相，出拳蛮横无匹，不可理喻，好像道法能够不断叠加，一拳竟是比一拳重！

玄圃略作思量，补充道："旧王座。"

顶楼两位炼丹童子，身形化作两把传信飞剑，瞬间离开仙簪城，远去千里之外，速度快过一位大剑仙的本命飞剑。

因为他们本是由飞剑炼化而成的真灵，还用上了一门上乘符箓之法，是那与白玉京灵宝城颇有渊源的一道大符，暗写两行灵宝符，流星赶月游六合。

至于仙簪城如何能学会这道出自白玉京的大符，当然是花钱买。

玄圃说道："银鹿，你立即去负责主持那几套攻伐大阵，尽量拖延时间，最好是能够打断对方出拳的连绵道意。"

在银鹿御风离去之时，听到了一向温文儒雅的师尊，破天荒用语气愤懑骂了一句："一个山巅修士，偏要学莽夫递拳，狗日的，脸皮够厚！"

玄圃脸色愈发难看，阴晴不定，原来是那两位炼丹童子所化飞剑，在数千里之外毫无征兆地砰然而碎，两张残破符箓在飘落坠地的途中，就像两个白玉京小道童突然如获祖师敕令，只得乖乖谨遵法旨，竟是一路飞掠返回仙簪城，一头撞入了那位道人法相的一只大袖。

担任副城主的银鹿可管不着这些小事了，狞笑道："开门待客！"

数以千计的长剑结阵，从仙簪城一处剑气森森的府邸，浩浩荡荡地撞向那尊道人法相的头颅。

此外还有一条符箓长河，在山脚处攒簇升空而起，如一条世间最长的捆仙绳，试图裹缠住那道人的一条胳膊。

银鹿冷哼一声，以心声传话一城各处仙家府邸，通知来此修道的各路世外隐士都别傻乎乎看热闹："大伙儿都别袖手旁观了，仙簪城真要被这家伙打破禁制，相信没谁能讨得半点好。"

只是那剑阵与符箓两条长河，再加上仙簪城众多练气士的出手，不管是术法神通，还是攻伐重宝，无一例外，全部落空。

好像那尊道人法相，根本不存在此方天地间。

但是道人却可以出拳不停，结结实实落在仙簪城之上。

那剑阵长河，从道人法相的头颅一掠而过。那条符箓长河，就像只是在虚空中打了个松散绳结。

仙簪城只能退而求其次，专注于布阵防御，大大小小的府邸，以及主道之上的座座牌坊匾额、楹联，处处宝光流转，熠熠生辉，照彻方圆千里之地。

尤其是那些榜书，都是道意蕴藉的溢美之词：功德万古、天下雄关、坚不可摧、高与天齐、风水最盛、独一无二……都能够为已经足够牢固的仙簪城添砖加瓦，代价就是榜书蕴含的道法真意，随之渐渐消散，仿佛在与一城合道。

城内大修士还祭出了几张符箓，巴掌大小的符纸，刹那间大如山岳，符箓灵光道意如江河倾泻，一同铺盖在城，如同为仙簪城穿上了一件件法袍。

明明是白昼时分，却有一道道皎皎月光洒落在白玉栏干上，雕栏玉砌，月光似水，松影满阶，如梦如幻。

城中那处瀑布附近，山中有木桥横空，有一位扶鹿之人，身后跟着一对挑担背箱的书童侍女。

这位驻足桥中的老修士，先挥了挥袖子，将那些纷乱如雪的瀑布水花驱散。老者相貌清雅，看着那尊出拳不停的巨大法相，叹息一声，苦哉，自己不过是游历路过，来仙簪城访仙，花钱买几幅画卷的，怎么就摊上了这等千年不遇的祸事？老者从袖中摸出一幅古色古香的岭上睡猿图，画卷被抛出桥外之后，画中现出一只千丈高的老猿，一个踩踏虚空，高高跃起，迎向那尊法相的一拳，结果这只背脊有一条金线的拦路老猿，被那道人一拳瞬间打成齑粉。

瀑布之巅，建造有一座榜书"龙门"二字的高耸牌坊，有两位隔水对坐弈棋的世外高人，一人正在作画，先画了几只鸟雀，妩媚可爱，栩栩如生，振翅高飞，随后只见画卷之上雾气升腾，一股股山水灵气跟随那几只鸟雀，一同飘散四方，稳固仙簪城大阵。

描摹山水，以形媚道。飞鸟一声云缥缈，千山万水共风烟。

这位担任客卿的老修士，道号瘦梅，自诩平生无所长，唯有画梅不让人。

另外一人投符入水，随即有一只庞然池鼋，缓缓浮出水面，它在以自身体重和本命神通，分别帮助仙簪城稳固山根和水运。

城中种种奇异景象，都在城外那一拳拳过后，摇晃不已。

虽然仙簪城的灵气越来越充沛，又有出自不同修士之手的大阵，多如雨后春笋，层层道法加持仙簪城，可是依旧挡不住那一拳重过一拳带来的剧烈激荡，高城的震动幅度，越来越夸张，一些个境界不够的妖族修士，脸色惨白，个个惊悚，只能战战兢兢将身上的那些神仙钱，只要不是谷雨钱，就捏个粉碎，略尽绵薄之力，就为了仙簪城能够多出一丝一缕的灵气。

道号瘦梅的老者感叹道："这么高的法相，不说见到了，闻所未闻。"

投符招来那头池鼋的修士点点头，道："不光是高那么简单啊。这道人金身无垢，道德无漏，细看之下，又好似佛门无缝塔。"

蛮荒修士，如果恢复妖族真身，很大程度上就是另类的"大道显化"，类似一种大道洄游，此举利弊皆有，毕竟辛苦修行，就为炼形出个人身，所以一般情况下，哪怕是遇到了生死大战，妖族修士仍然不会轻易恢复真身，因为会损耗道行，无形中削弱自身道法。

而相较于妖族真身，修士祭出法相的禁制相对较少，不过法相有空洞、密实之别，就跟一块豆腐和一颗石头的区别一样，而有些地仙修士，专门在法相一事上下苦功夫，故弄玄虚，用来震慑和吓退不明真相的敌对修士。

眼前这一位从天而降的无名道人，莫名其妙造访仙簪城，然后一句话不说就动手砸城，他祭出的这尊法相，实在过于惊世骇俗了。

只说法相一途，兴许占据蛮荒一轮明月的荷花庵主，与那位占据极多水运的曳落河旧主仰止，这两位才能够勉强做到这一步。只是前者已经身死道消，后者听说先是被重返浩然天下的柳七拦截在归墟附近，最终被中土文庙拘押在了大道压胜的火山之中。

道号瘦梅的老修士疑惑道："真是那个年轻隐官？可他在城头那会儿，不才是玉璞境吗？根据托月山传出的消息，那场议事之时，陈平安修士境界依旧，不过是武学境界从山巅境变成了止境。"

对面好友苦中作乐，一边不停画蛟龙符丢入水中，增加龙门水运，一边笑着打趣道："要是隐官被留下做客，你可以自己去问问看。"

"那顶道冠，瞧着像是白玉京三掌教的信物吧？是仿造之物？传闻荷花庵主耗费无数天材地宝，不还是未能做成此事，次次功亏一篑吗？荷花庵主都不行，咱们蛮荒天下谁能做到这等壮举？"

画符修士瞥了眼道人头顶的莲花冠，无奈道："真相如何，好像已经不重要了吧。万一咱们合力都保不住仙簪城，万事皆休，境界悬殊太多，那道人随便一巴掌，就可以拍死咱们这些蝼蚁。"

"可如果仙簪城能够扛下这份浩劫，风波落定，就又是一桩足可传诵千年的山上美谈了。"

"再说你之前不是专程游历剑气长城，为年轻隐官描摹过一幅山水画卷吗？瘦梅兄，你这会儿其实可以赶紧烧香，祈求城外那人正是陈平安才好嘛，说不定你凭此还能有那一线生机。"

"好的好的，到时候我帮你一起求求看。"

端坐龙门两边的老修士，身形跟着仙簪城摇晃不已，两位老友相互开着玩笑，只是对视一眼，发现对方都在苦笑。

"对了，这家伙前前后后总共递出多少拳了？"

"差不多得有二十五拳了。"

"如今唯一的希望，就只能祈求那个斐然正在赶来仙簪城的路上了。"

就在此时,牌坊楼龙门匾额那边,传来一个略带笑意的温醇嗓音,是一口最地道的蛮荒大雅言:"我那位斐然兄,也要来仙簪城做客?"

一位青衫客背长剑,双手笼袖,就站在上边,低头笑望向那位道号瘦梅的老修士。

既然身负十四境,就可以做到类似阴神远游出窍的事情了。

所以说,修行登高还需勤勉啊。

在出拳之前,陈平安其实就已经秘密潜入了仙簪城,一路游历,如入无人之境,四处寻觅那些大阵中枢,却也不着急动手。

城外那尊法相头顶的莲花道场之内,陆沉蹲在地上,伸手捂住脸,唉声叹气,突然开始不期待陈平安游历青冥天下了。

两位修士同时猛然抬头,脸色惊骇不已。

无瑕无垢之躯,天人合一之气象。

道号瘦梅的老修士,呆呆望向那个未戴道冠、未穿道袍的青衫客,面容自然是再熟悉不过了,毕竟那么高一尊法相,如今就杵在城外呢。

只见那位青衫客,屈指一弹。

先前那位不断画符投水的仙簪城客卿,身躯魂魄连同金丹元婴,如一粒黄豆当场炸开。

青衫客笑眯眯道:"问你话呢。"

老修士闭嘴不言,坐以待毙。

陈平安好像改变主意了,笑道:"你回头帮忙捎句话给我那位斐然兄,就说这次陈平安做客仙簪城,好巧不巧,这次换成我先行一步,就当是早年黄花观的那份回礼,之后在无定河,还有一份贺礼,算是我庆祝斐然兄荣升蛮荒天下共主。"

老修士呆滞无言,喃喃道:"你真是隐官陈平安?!"

可惜对方身形一闪而逝。

城主玄圃,哪怕是一位飞升境大修士,却根本没有想要亲自动手的欲望,不是不想亲自退敌,而是根本不敢出城送死。

捉对厮杀一事,玄圃实在不擅长。

玄圃在城外那厮递出二十拳后,面如死灰,照这个架势,不用十拳,就要真的破城了,他一咬牙,直奔仙簪城祖师堂,堂中悬三幅挂像,居中是女子画像,年轻相貌,姿容绝美,头别一枚白玉道簪,其余两位,分别是仙簪城的第二、三任城主,每幅挂像之下,摆有不同的供桌,桌上都搁有一只香炉,那位开山女祖师,供桌上还搁放有两盏油灯。

玄圃在一一敬香之后,还从袖中摸出两只瓷瓶,开始添香油,两瓶香油都是那不同寻常的金黄色泽。

玄圃在敬香、添油之后,沉声道:"第四代城主玄圃,恳请师尊、祖师降真庇护。"

挂像表面涟漪阵阵，有冷笑声渗出，一幅画像所绘老者，开口与玄圃问道："比那朱厌如何？"

玄圃面容惨淡，低头弯腰，毕恭毕敬答道："回禀师尊，有过之而无不及。"

另外那幅挂像，辈分更高，是个老妪模样的女修，手捧拂尘，她沙哑开口："莫不是某位应运顺势出关的老王座？"

玄圃颤声答道："回禀祖师，徒孙暂时还不知对方根脚，只敢猜测对方不是蛮荒修士。"

仙簪城为这两位祖师添油一事，至多三次机会，之前朱厌登门，已经各自用掉了一次，加上今天这次，就意味着再有一次降真过后，两位处心积虑谋划退路、隐匿在阴冥秘境中辛苦修行的祖师爷，恐怕就再无一丝一毫的机会返回阳间了，所以不是玄圃心疼那两瓶价值连城的金色香油，而是这两位仙簪城祖师爷心疼自己的大道性命，如果真有第三次，玄圃如果还是当这个敬香添油的城主，即便两位祖师护得住下一场浩劫中的仙簪城，玄圃也肯定护不住自己的命了。

那老者一步跨出挂像，大笑道："那我就去会一会这个好死不死的家伙。"

三炷香之内，他都可以留在阳间，不用担心被那些难缠至极的阴冥官差找到蛛丝马迹。

只是这位师尊，身形才刚刚落地祖师堂，门槛那边就多出了一位青衫长褂的背剑外人，肩靠大门，双手笼袖，笑脸灿烂："不承想还有两条漏网大鱼，仙簪城的待客之道，实在让人受宠若惊，以后有机会一定要常来。"

那老妪立即以心声告知其余两人："速战速决，我们合力斩杀这尊阴神！"

就算对方是一位不知名的十四境大修士……仙簪城也有些许胜算！前提是不让这尊阴神与城外道人的真身、法相会合。

电光石火之间，陈平安就已经悄无声息出手，将两张供桌上的香炉连同油灯一并打翻，尤其是油灯内的金色香油，均笔直一线掠入画卷之中，陈平安笑眯眯道："乖乖滚回去。"

那老妪尖叫一声，迅速退回画卷，大袖一卷，阴风滚滚，竟是还无法将那条金色长线悉数打退，一旦来自阳间的金色香油，在那修道之地出现一滴，都会是大日升空的景象，那还躲藏什么？她只得狠下心来，丢出那把拂尘，才堪堪不让一滴金色香油进入画卷，与此同时，她竟是伸手一抓，属于她的挂像画卷瞬间并拢，从一处旋涡中伸出一只干枯手掌，飞快攥住卷轴，将画卷一并带去阴冥，竟是连仙簪城最后一次请神降真的机会都给打消了。

而那个老者到底是动作慢了一线，显然不如师尊经验老到，虽然拦下了那条金线，但是画卷却被那个青衫客伸手抓在手里。

玄圃呆若木鸡，不知所措。

陈平安望向那个仙簪城的上任老城主："要么三炷香之内，与我不计生死打一场，等到你身形消散，我就请玄圃敬香添油，咱们再继续叙旧。要么你亲自动手，打杀这个差点欺师灭祖的弟子，玄圃一死，仙簪城估计就再无人知晓降真之法了，那么我手里这幅画卷，当然就成了一张不值钱的废纸。"

陈平安扬起手中画卷，轻轻摇晃："怎么说？"

那老者挥挥手。

玄圃吓得肝胆欲裂："师尊，切莫中了这厮的离间计，师徒联手，犹有胜算……"

但是那位仙簪城的老祖师，甚至懒得与玄圃这个成事不足败事有余的废物弟子废话半句，直接就是一记本命术法凶狠地砸向玄圃，同时向那位缓缓离开祖师堂大门的青衫客问道："你到底是谁？"

青衫剑客停下脚步，转头望去，面带笑意。

还有一双粹然至极的金色眼眸。

祖师堂内那位老祖师，噤若寒蝉，立即不再多嘴询问什么，只管速速打杀玄圃，解决掉这个确实该死的后患。

屋内师徒两人，师承一脉，都知根知底。相对而言，还是玄圃吃亏，毕竟师尊在那边修行鬼道千年之久。

还不到一炷香，一座祖师堂就被师徒两人联手拆掉了。

飞升境大修士玄圃，仙簪城的现任城主，就这么死在了自己师尊手上。

陈平安闲来无事，确定玄圃身死道消之后，随手将手中那幅挂像丢出，去了趟山顶炼丹之地。

先前最后一眼，陈平安其实不是看那对反目成仇的师徒，而是那个挂像上头别道簪的仙簪城开山祖师，画像中的女子似开天眼，看了眼那一袭青衫背影，她幽幽叹息一声，如见故人，又似乎不太确定对方的身份，然后一幅画卷就此自行燃烧殆尽。

陆沉蹲在道场之内，揉着下巴，如果说落魄山年轻山主剑挑正阳山，是为即将到来的剑斩托月山练手，那么今天不急不缓拳撼仙簪城，怎么那么像是为了将来对白玉京出手而热身？南华城岂不是要被殃及池鱼？

于是陆沉又开始不期待陈平安尽早跻身十四境了。

而城外，陈平安以学自浩然武夫崔诚的神人擂鼓式，摧破蛮荒天下第一城。

同一拳招，拳拳递出，仿佛拳意叠加无止境。

以仙簪城为中心的万里山河，都感受到了那股无数闷雷在大地之下、在人间高处同时炸开的震动。

一拳彻底打穿仙簪城的山水禁制，那道人法相的拳头，终于触及高城真身所在。

再一拳递出,道人法相的大半条胳膊,都如凿山一般,陷入仙簪城。

第三拳,直接打穿整座仙簪城,整条胳膊横亘在城中,再一臂来回横扫,一座天下第一的高城,就被打成了两截。

倾斜倒塌的上半截高城,被道人法相一手按住侧面,使劲一推而出,摔在了数百里之外的大地上,扬起的尘土,遮天蔽日。

至于留下的那半座高城,道人法相双手十指交错,合拢一拳,高高举起,迅猛砸下,打得半座城池不断深陷大地。

第八章 拔河

上半截仙簪城被一巴掌拍出去之后,千百条流萤同时亮起,那些都是御风逃离仙簪城的修士身影。

陆沉瞥了眼这幕仙气缥缈的画面,五彩绚烂,景象瑰丽,可惜是树倒猢狲散。

以后蛮荒就再无第一高城仙簪城了。

辛苦聚沙成山,一朝流水散,风流总被雨打风吹去。不过今天,仙簪城是被年轻隐官以纯粹武夫之姿,硬生生打断再捶烂的。

陆沉收起视线,提醒道:"咱们差不多可以收手了,在这里牵扯太多,会妨碍出剑的。"

陈平安承载大妖真名,合道剑气长城,本就被蛮荒天下大道压胜。其实陆沉这一路远游,并不轻松,需要帮助陈平安不断演化道法,化解那份虚无缥缈又无处不在的压胜。不然三张奔月符,陆沉信手拈来,毕竟不同于三山符,奔月符是陆沉首创,三掌教在青冥天下闲来无事,在白玉京觉得闷了,就会独自一人御风太虚,饮酒明月中。

不同于蛮荒天下,其余几座天下的天上一轮月,都是毫无悬念的禁地,修士哪怕自身境界足够支撑一趟远游,可举形飞升明月中,都属于一等一的犯禁之事。只说青冥天下,就曾有大修士试图违例游历上古月宫遗址,结果被余斗在白玉京察觉到端倪,遥遥一剑将其斩落人间,直接从飞升跌境为玉璞,结果只能返回宗门,在自家福地的明月中借酒浇愁,扬言你道老二有本事再管啊,老子在自家地盘喝酒,你再来管天管地……结果余斗真就又递出一剑,再将那福地明月一斩为二,到最后一宗上下几百号道官,无一人敢去敲天鼓喊冤，沦为一桩笑谈。

陈平安的道人法相终于停手，瞥了眼空中那些四散逃窜的修士踪迹，道："好像没有副城主银鹿的身影，那半截城内也察觉不到这只大妖的气息，你找不找得到？"

陆沉笑道："估摸着是以某种秘法躲藏起来了，富贵险中求嘛，仙簪城大道根本早已扎根在此，只要你不毁掉那支道簪，这位马上就能顺势补缺城主的银鹿仙人，就还有重新崛起的机会，凭它的修道资质，捞个飞升境，不算奢望，当然是个空架子的飞升境了，比他那位师尊好不到哪里去，丢蛮荒大妖的脸，怪不得玄圃一直不敢在剑气长城冒头。等下咱俩去了那半截城内，贫道会点演算之术，说不定能够找到蛛丝马迹。"

说到这里，陆沉难得露出几分郑重其事的神色，道："容贫道多嘴一句啊，千万千万，别想着打断那支簪子，此物旧主于咱们人间有一桩莫大功德，按照老皇历的说法，就属于道上有功，人间有行，功行满足，所以我们最好都别去招惹。"

陈平安笑道："那就点到即止，不在这儿浪费光阴。"

陆沉感慨道："以双拳打断仙簪城是一事，让仙簪城自家修士拆掉祖师堂，在贫道看来，显然更是一桩壮举啊。"

收起八千丈高的道人法相，与常人等高，陈平安再次变成那个道冠青袍的模样，仰头望向那个顺眼多了的"仙簪城"，微笑道："不过是个知其所以然。"

道理很简单，就像家境一般却喜欢乐善好施的百姓人家，很难理解某些坐拥金山银山的富贵之家为何比自己还要吝啬，为何善财难舍，其实就是看不破一条脉络，某些本就是偏门进家的钱财，岂能奢望这些钱财从正门出？就像一位凡夫俗子，很难做到但问耕耘不问收获一理，修道之人，同样很难真正做到问因不求果一事。

陆沉心有所动，双指并拢，笔直划下，画出一条竖线，再在这条线旁边，画了一只蝉，如蝉停树。

一只纸上蝉，如在秋风中嘶鸣不止，知了知了……

陆沉再抬起双手，以手指像是画出一个画框，将这幅画卷收入袖中，道："不虚此行。"

陆沉伸手遮在额头，环顾四周一遍，问道："宁姚他们暂时还没赶过来，怎么说，去找出那个银鹿寒暄几句？"

反正此地是最后一座山市，没有只能停留一炷香的光阴限制，等宁姚三人赶来此地碰头，陆沉就可以给出最后一份三山符，三座山市分别是酒泉宗、曳落河水域的无定河、托月山。

如果不是着急赶赴托月山的话，陈平安还真不介意待在原地，在仙簪城守株待兔。

如果加上刑官豪素，自己这一行远游人，就是一位十四境，三位飞升境剑修，以及一位杀力完全可以视为飞升境的仙人境剑修。

何况一座蛮荒天下的顶尖战力,极有可能多数已经置身于阿良和师兄左右所处战场。

谁来驰援?如果是不敢来的话,陈平安都想借给那些新旧王座大妖一些胆子了。

陆沉笑道:"这个银鹿,收拾家当和隐匿踪迹的本事都是一绝。眼前这半座仙簪城,竟然没给你剩下什么值钱货色。"

其实这就是聪明反被聪明误,很不明智了。毕竟这会儿仙簪城内外,要银鹿命的,可不止年轻隐官一个。

陈平安沉声道:"那座福地,可以带走就带走,要是带不走,就算掘地三尺,哪怕我彻底打碎仙簪城都要将它找出来。"

陆沉苦笑道:"我?"

还不是我们。

陈平安笑道:"就算是合伙做买卖的利息分红,陆掌教这一路,没有功劳也有苦劳,若是始终只出不进,我都要看不下去了。"

陆沉眼睛一亮:"真要得手,我不会带去青冥天下,送给文庙好了,换取三次串门的机会。"

远在数百里之外的那半截仙簪城,如修士横尸大地。

但是刹那间,形若山脉匍匐的破损高城,竟然重新朝天矗立而起,试图掠回原地,与下半截重新拼接起来。

只是被陈平安一脚踩踏,瞬间就重新坠地,以十四境道法,强行压制住了那枚道簪的本命牵引之法。

与此同时,道人装束的陈平安抬起手,在身前仙簪城之上画符一道,其实就只是写下了一个"山"字。

而另外一处的青衫陈平安,就运转本命物水字印,手指凌空画符,紧跟着写下一道水符。

山水相依,终究有别。

青衫陈平安走了一趟玄圃建造在山顶的炼丹房,使出一手袖里乾坤的神通,三只炼丹炉不说,架子上边数以百计的瓶瓶罐罐都被他收入袖中,再收了搁放丹药的木架,发现木材质地极好,是一种不知名的仙家木材,就又拆了那些合抱之木的房屋梁柱,一并收了,最后发现地上色泽如金的满地砖,好像也有些讲究,陈平安蹲下身撬开一块砖头,发现竟然每一块底款都铭刻有年号、督造和匠人姓名,就一个抖袖,将两千多块金砖全部收入袖中。

最后陈平安看着"家徒四壁"的大屋子,原本打算干脆好事做到底,只是又一想,觉得还是做人留一线。

青衫背剑的陈平安又返回祖师堂，其实如今可以称呼为一处遗址了。

仙簪城的开山祖师，好像没给自己取道号，只有一个名字，归灵湘。她就是居中那幅挂像所绘的女修士，算是那枚远古道簪的第二任主人。

而银鹿的太上祖师，道号琼瓯，正是那个见机不妙便行事果决的鬼物老妪，她舍了一把品秩极高的重宝拂尘不要，才打散了全部金色香油，不至于在她的阴冥归途，铺出一条极为扎眼的金色大道，其实她当时为了自保，还顺手坑了一把嫡传弟子——那位道号乌啼的魁梧老者，琼瓯为了确保那个十四境大修士不会全力针对自己，她在从太虚中攥住画卷之时，还阻挡了一下弟子乌啼的一道驾驭术法，使得后者未能有样学样。

乌啼此刻站在祖师堂废墟边界，老修士身穿一件黑袍，手里攥着两支卷轴，挂像当然已经销毁，不然这个把柄落入眼前青衫客手中，乌啼还真不觉得自己能有什么好果子吃。

既然先前对方能随手丢在这边，自然是有底气能随手取回。

蛮荒大妖的行事风格，很多时候，就是这么直来直往，只要想定一事，就无任何弯绕。

所以乌啼半点不含糊，在不到半炷香之内，就打杀了从自己手上接过仙簪城的心爱弟子玄圃，确实，玄圃这家伙，打小就不是个会干架的。

乌啼趁着还能在阳间滞留一段光阴，在干掉玄圃之后，已经散出一道道神识，比那身份不明的青衫客，更想要找出玄圃的嫡传，也就是下一任仙簪城的城主人选。降真一事，唯有历代城主能与继任者口授相传，此事秘不外传。幽明殊途，往返阴阳，规矩重重。

虽说画卷已经被毁掉，可小心起见，乌啼还是打算宰掉那个再传弟子，斩草除根。仙簪城的道统法脉、香火传承，哪里比得上自己的大道性命珍贵。

方才乌啼的其中一个分身，随便抓了个仙簪城谱牒修士，问出那银鹿的身份、道号后，就随手拧断那个金丹境徒孙的脖颈，再一口吃掉对方的妖丹，这些个百死难赎的货色，连累祖业毁于一旦，只死一次一了百了都算幸运事了。乌啼自有诸多手段，让修士生不如死。

问题在于仙簪城如今变化极大，乌啼竟是一时间难以寻出那个再传弟子的藏身之所。

陈平安笑问道："是在找银鹿，不留后患？免得这位未来城主重绘画像，又来一次敬香降真，恭迎祖师驾临阳间？"

乌啼瞥了眼那把始终未曾出鞘的长剑，冷笑道："一个只会趴在娘们肚皮上撒野的废物徒孙，我担心什么，只担心到时候你就在一旁候着。"

陈平安摇头说道："你多虑了，我马上就会离开仙簪城。"

"仙簪城？如今还有个屁的仙簪城。"乌啼嗤笑一声，"反正不关我的屁事了。"

半城张贴了一道山符，使得高城不断下沉，与山根接壤，而此地在施展一道水符过后，有了大雪迹象，相信很快就会迎来一场鹅毛大雪。一旦那支道簪过多浸染山水气运后，后世修士想要强行剥离已经形神合一的山水两符，就像凡夫俗子的剥皮抽筋、修道之士的分魂离魄。除非眼前这位精通符箓道法的十四境大修士真的马上离开，然后又有一位同等境界的大修士立即赶来，不惜消磨自身道行，帮助仙簪城抽丝剥茧，才有可能大致恢复原样，不过肯定是痴人说梦了，难不成如今这个世道，十四境大修士很多吗？

老修士回头望一眼，看的是昔年悬挂那幅开山女祖师的画像处，竟破天荒有几分伤感。

对那师尊琼瓯没什么好印象，她做出那种勾当，乌啼非但不觉得意外，甚至都没什么气愤，唯独对那位女祖师归灵湘，观感极不一样。饶是乌啼这般枭雄心性的大妖，哪怕生前做惯了暴虐行径，一想到这位祖师的家业就此落败在他们这帮废物手里，都要黯然神伤。乌啼这辈子，除了祖师归灵湘，还不曾遇见过第二位那般与世无争的修士。

遥想当年，她还在世时，乌啼还只是个刚刚踏足修行的少年修士，在乌啼炼形成功那一天，师尊根本没当回事，只是神色冷漠地朝跪在地上的弟子丢了件灵器，反而是女祖师专程找到他，她低头弯腰，笑眯起眼，拍着少年的脑袋，神色温柔，只说了三个字：是人啦。

青衫剑客与道人法相重叠为一，陈平安重新变成头戴莲花冠、身穿青纱道袍的背剑模样。

陆沉啧啧道："蛮荒天下这些个山巅修士，心狠起来是真的狠，叹为观止，自愧不如。"

山上仙家，请神降真一途，各有玄妙。

陆氏子弟在家族祠堂年复一年，敬香数千年，却一次都不能请下陆沉。

所以中土阴阳家陆氏，对这位从不庇护家族的祖宗，一直有怨气。

真应该拉着那帮徒子徒孙好好看看，摊上自己这么个老祖宗，埋怨个什么，烧高香才对。

陈平安提醒道："找一找银鹿。"

陆沉在莲花道场内盘腿而坐，掐指一算，微笑道："在找了，稍等片刻，等下咱俩可以吓唬一下乌啼前辈。"

陈平安这才伸手一抓，将掉落在地的那把麈尾收入手中，二字虫鸟篆，"拂尘"，有点类似先前那座大岳，名叫青山。

木柄呈现出一种古朴绯紫色，衔一枚小金环以缀拂子，至于拂尘丝线雪白，极其纤细,材质不明,陈平安伸手将一把丝线攥在手中,约莫是三千六百之数。

此物跟随琼瓯在阴冥之地多年,竟然不沾染一丝一毫的阴煞气息,是那老妪始终未能将此大炼为一件本命物?

陆沉笑道:"那老妪的真身是只蚊子,如何炼化得这把拂子?不过被老妪拿来傍身立命,确属奇思妙想,难怪能够避开阴冥鬼差视线几千年。"

陆沉唏嘘不已:"上古瑶光,资粮万物者也。归灵湘有心了,可惜她摊上了这么些个败家子。"

仙簪城那位开山祖师归灵湘,修道资质极好,她却没有什么野心,好像一辈子修行就为了让一座仙簪城,离天更近。

到了第二代城主,也就是那位见机不妙就退回阴冥之地的老妪琼瓯,才开始与托月山在内的蛮荒大宗门走动关系。但琼瓯依旧谨遵师命,没有去动那座拥有一颗坠地星辰的祖传福地。仙簪城是传到了乌啼的手上,才开始求变,当然更多是乌啼的私心,为了裨益自身修行,更快打破仙人境瓶颈,开始铸造兵器,卖给山上宗门,开拓滚滚财源。等玄圃接手仙簪城,就大不一样了,一座被祖师归灵湘命名为瑶光的福地,得到了最大程度的发掘和经营,开始与各大王朝做生意,最缺德的还是玄圃最喜欢同时将法宝兵器卖给那些相距不远的两国王朝,不过仙簪城在蛮荒天下的超然地位,也确是玄圃一手促成。

乌啼终于问出了那个他最好奇的问题:"你是?"

乌啼上一次现身,还是与师尊琼瓯联手,对付那个气焰跋扈的搬山老祖,连打带求再给钱,才让仙簪城逃过一劫,所以乌啼对如今蛮荒天下的形势半点不知。

陈平安笑道:"剑气长城末代隐官。"

"难怪。"乌啼点点头,"那你比当年的萧愻还能打。"

这只飞升境鬼物很快加上一句:"不过那会儿萧愻年纪不大。"

陈平安笑了笑。

乌啼又忍不住问道:"你修道多久了?我就说怎么看也不像是个真道士,既然你是剑气长城的本土剑修,肯定没那'僧不言名道不言寿'的规矩。"

陈平安说道:"不到一千岁。"

乌啼赞叹不已,朝那个修行晚辈竖起大拇指,由衷说道:"天纵奇才。"

蛮荒天下什么都不认,只认个境界。

陈平安说道:"刚过四十岁。"

乌啼愣了愣,然后摆摆手:"说笑话也要有个度。"

在那天地枯寂、寂寥至极的阴冥之地,找个大活人聊天,登天之难。再者任何一只在那边晃荡的鬼物,不管境界高低,都绝对不希望碰到一位阳间人,能够游渡阴冥地府的人间修士,谁敢招惹?真是一个一个比鬼还难缠。

乌啼依旧未能找出那个银鹿,只得认命,求着那个再传弟子不晓得祖师堂降真之法,不然别看这会儿跟眼前隐官聊得好像十分和气生财,可乌啼敢保证,只要被对方逮住机会,双方就一定会马上重逢,到时候免不了一场搏命厮杀了。

乌啼看了眼北边方向:"对了,最后问一句,那个董三更如何了?"

来时金丹,去时飞升。这在剑气长城的万年历史上,是绝无仅有的壮举。一个金丹境剑修,将蛮荒天下当作炼剑之地,最后不但活着返回剑气长城,关键是那董三更返回家乡之时,还带了颗飞升境大妖的头颅!

陈平安指了指天幕:"不觉得少了点什么吗?"

乌啼瞥了眼天幕,才发现竟然只有两轮明月了。

他娘的,确实是董三更做得出来的事情。

乌啼身后的祖师堂废墟中,是那飞升境修士玄圃的真身,竟是一条赤黑色大蛇。

避暑行宫那边都未有记载此事,还是白玉京三掌教见识广博,一语道破天机,为陈平安解惑:"上古玄蛇,身如长绳,悬挂在天,大道幽远,接天引地。"

"所以这位玄圃老前辈,与仙簪城的香火传承,自然是大道相契的。当这城主,责无旁贷!玄圃玄圃,确实将仙簪城打造成一处风景形胜之地了,这个道号,取得贴切,比叶瀑那啥虚头巴脑的'独步'强多了,不承想玄圃还是个实诚货色。"

陈平安以心声问道:"玄圃的真身,是不是短了点?"

虽说一圈圈盘踞在祖师堂废墟,其实至多长不过千丈。

按照约定,在蛮荒天下任何大妖斩获,陈平安都会交给刑官豪素。

陆沉笑道:"精元已失,被乌啼吃了个饱,剩下这副真身皮囊,有名无实,类似蛇蜕。不过乌啼还算识趣,先前答应你留下一颗飞升境妖丹,没有违约。"

陈平安颇为疑惑,一挥袖子将那条玄蛇收入囊中,忍不住问道:"乌啼在阳间这边的收获,还能反哺阴间真身?他这个假象,无路可走才对,难道乌啼可以不受幽明异路的大道规矩限制?"

陆沉笑呵呵道:"天无绝人之路,总有曲径通幽处。"

陈平安见那乌啼身形已经飘忽不定,有了消散迹象,突然问道:"你作为一位幽冥道路上的鬼仙,有没有听过一个叫钟魁的浩然修士?"

乌啼心弦紧绷,一只飞升境的老鬼物,竟是都未能藏好那点神色变化。

由此可见,钟魁这个名字,乌啼不但听说过,而且一定让他记忆深刻。

乌啼也懒得补救或是遮掩什么,撇撇嘴,直截了当道:"这个名字,在我们那个地界,如雷贯耳。"

陈平安微笑道:"就没跟钟魁打过交道?"

乌啼冷笑道:"要是打过交道了,老子还能在这儿陪隐官大人闲聊?"

从头到尾,乌啼嘴上都不去提"钟魁"二字。

按照陆沉的说法,地仙者天地之半,炼形住世,可得长生不死,鬼修证道是谓鬼仙,就要逊色不少,是那舍了阳神身外身、只余阴神的清灵之鬼,依旧属于未证大道,故而神象不明,三山无名,虽不轮回,难登绿籍,漂泊不定,终无所归。尤其是选择待在阴冥路上的鬼仙,更被视为叛逆之辈,是鬼差判官巡视冥府疆域的头等缉拿对象。这些陈平安先前都知道,但是陆沉将其称呼为痴顽之辈,听着就很古怪了。陆沉卖了个关子,没有明确阐述大道渊源,只说也就是咱们烧香礼敬的那位三山九侯先生,露面少,不然鬼仙之流稍犯天条,有一个斩一个。

三山九侯先生早就在一处修道之地,立碑昭告阴冥:太平寰宇斩痴顽。

乌啼身形消散之前,道:"希望双方以后都别见面了。"

陈平安手持拂尘,晃了晃,笑道:"随缘。"

等到这个乌啼彻底消散,陆沉趴在莲花花瓣那边,直愣愣盯着陈平安手中拂尘,说道:"贫道可以重金购买此物。"

陈平安将拂尘收入袖中:"好说,只要价格合适,都可以谈。"

陆沉闻言一个翻转,躺在道场中,跷起二郎腿,那就没得谈了。

陈平安提醒道:"别忘了那个新任城主大人。"

陆沉说道:"来了来了。"

银鹿从一处山水秘境之内,就像被人一拽而出,狠狠摔在了祖师堂遗址这边。

银鹿只见那个道人双手笼袖,笑眯眯道:"来,继续开门待客。"

这份三山符的第一处山市,云纹王朝那边,陆芝听说能够在这边待足一炷香,立即眼神熠熠,直愣愣盯着那座失去了一座剑阵的玉版城。

陆芝手持双剑,南冥与游刃,剑意就是道法,分别显化出两种异象,陆芝站在天池大水中央,一尾青色大鱼游弋虚空中:"那就老规矩,我负责出剑砍人,你一边堵路,一边找钱,咱俩各占四成,给陈平安留两成。"

齐廷济笑着点头,什么时候成了"老规矩"?

只是等到两人一路御剑入城,畅通无阻,连个护城大阵都没有开启,实在让齐廷济倍感意外。

这儿不是有个刚刚跻身飞升境的叶瀑?好像还有个女子,是止境武夫。

陆芝说道:"陈平安该不会只给咱们剩下点残羹冷炙吧?"

齐廷济笑道:"想来不至于。"

事实上,叶瀑早已带着白刃远离玉版城,一身的咫尺物方寸物,总之便于携带的重宝都席卷一空,仓皇逃遁。

位于玉版城和仙簪城之间的那座山市,是一处名为春涧山的地方,此地春山青翠欲滴,春水长流,有那桃李嫁春风的仙家说法。

宁姚在此停留很久,一路散步,好像打定主意要用完一炷香,跟先前那座大岳青山差不多,只要不来招惹她,她就只是来这边游览风景,最后宁姚在一条溪畔驻足,看到了碑文上边的一句佛家语:将头临白刃,犹如斩春风。

宁姚怔怔出神许久,转头回去,看到了齐廷济和陆芝,发现陆芝好像心情不错,难得有个笑脸。

宁姚刚好等到两人敬香之后,一起去往那座仙簪城。

现身在仙簪城地界,齐廷济伸出手指揉了揉眉心:"知道差不多会是这么个结果,等到亲眼瞧见了,还是……"

陆芝点头道:"果然捡钱这种勾当,咱俩加在一起都不够看,我们就真的只是捡漏了。"

等到他们赶到仙簪城祖师堂遗址处,陈平安已经解决掉了那个刚当城主没多久的银鹿,得到了那座瑶光福地。

交给宁姚他们最后一份三山符,陈平安笑道:"我可能会偷个懒,先在酒泉宗那边找地方喝个小酒,你们在这边忙完,可以先去无定河那边等我。"

宁姚点点头,率先持符远游。

早在剑气长城那边,她就养成了让陈平安独自喝酒的习惯。

陆芝问道:"这儿还有没有漏可捡?"

陈平安笑道:"当然,虽说没有光阴限制了,不过你们还是争取在一炷香之内动身。"

齐廷济说道:"陆芝,那我们分头行事?"

陆芝说道:"你境界高,跑点远路,去那半截仙簪城好了。"

齐廷济剑光化虹瞬间身在那一处。

陈平安打趣道:"可以啊,这么熟门熟路?"

陆芝咧嘴一笑:"弯腰捡钱这种事情,谁不上心谁是傻子。"

三份三山符,差不多等于远游了半座蛮荒天下。

白花城,古战场遗址,大岳青山。

云纹王朝玉版城,春涧山,仙簪城。

酒泉宗,无定河,托月山。

好像陈平安在有意无意让一根心弦,松弛有度,每份三山符都会有一座山市,就只是散心,看几眼风景而已。

在那酒泉宗山市附近，宁姚敬香之后就继续持符远游。

陈平安举目眺望，找到了一处建造在酒泉宗山门附近的大城，隔着千余里山水路程，可好像这会儿就能闻着那边的酒香了。

陈平安习惯性蹲下身，撮土轻捻，笑道："阿良说过，蛮荒天下也有侠气，妖族修士里边，也有比人更像人的豪杰。他还专门跟我提到了这边的酒水，说将来只要有机会游历蛮荒腹地，就一定要来这边喝顿酒。"

陆沉笑道："世间无小事，天地真灵，谁敢轻贱。所谓的山上人，不过是土鸡瓦狗，人来不吠，棒打不走。"

之后陈平安隐匿气象，一步跨出缩千里地脉，就到了那座在酒泉宗眼皮子底下的城中，随便在一条巷子挑了间酒铺，生意极好。不过酒泉宗修士是出了名的不喜欢打架，再说了，打架一事，也确实干不过别家修士，宗主是位迟迟无法破境的老仙人境，偶尔出门，秉持一个宗旨，见面就送酒水。

在城内，妖族修士颇多，陈平安不显异类，而且还施展了障眼法，故意隐匿了长剑夜游和那顶道冠。

陈平安与酒铺掌柜要了三坛招牌酒酿，几碟佐酒菜，寻了张桌子独自落座，倒了一碗酒水，端起白碗，低头嗅了嗅，眯起眼，委实是好酒，关键是价格便宜，价廉物美，只要一枚雪花钱就能带走三坛。

陆沉试探性问道："我能不能现身喝一碗？"

陈平安点点头。

陆沉就以一粒芥子心神的姿态现身酒铺，跟当年在骊珠洞天摆摊的年轻道人没啥两样，还是一身穷酸气。

而且一座酒铺，也有几位修道之士，却对陆沉的突兀出现，毫无察觉，准确说来，就像这个年轻道士早就到了酒铺。

有两位炼形未全的妖族修士想要来拼桌，陆沉一巴掌拍在桌上："道爷像是那种会与别人同桌饮酒的？"

陈平安懒得计较这些，跟酒铺多要了一只碗，给陆沉倒了一碗酒，笑问道："偷什么最心酸？"

陆沉盘腿坐在长凳上，双手举起酒碗，抿了一口酒，满脸陶醉神色，摇头晃脑道："当然是偷酒喝啊。"

陈平安也不由得想起当年家乡事，这位白玉京三掌教，在那些岁月里，打着替人看手相的幌子，没少对小镇女子揩油。

老民不预人间事，但喜农畴渐可犁。

昔年一座骊珠洞天，百花富贵草精神。

双方各怀心思,就只是默默喝酒。

陈平安喝过一碗酒,陆沉酒碗也差不多见底了,就又倒满两碗。

陆沉道了一声谢,瞥了眼天幕,缓缓开口道:"豪素也是个可怜人。"

陈平安不置可否。

陆沉说道:"当然,可怜之人必有可恨之处,只是最可恨之处,还是全天下人的恨意加在一起,好像都不如豪素自己恨自己,如此一来,死结就真正无解了。"

当时少年,气盛跋扈。

豪素曾经立志要为家乡天下众生,仗剑开辟出一条真正的登天大道。

不承想最后这个男人,就只是在剑气长城的牢狱之内,顶着个刑官头衔,独自饮酒,岁月悠悠,不过是多看了几回满月。

刑官豪素,其中一把本命飞剑,名为婵娟。千里共婵娟,人间地上霜。

在他家乡那座位于扶摇洲的中等福地,一位金丹修士本就是大道瓶颈,豪素却一举跻身了元婴。

所以说豪素在家乡天下,只要他愿意不急于离去的话,一人仗剑杀穿天下都不难。即便福地天下,有种种迹象,天外有天,人外有人,年轻气盛的豪素,依旧豪气干云,我行我素,自认一身剑术,绝对不输那些所谓的天外人。

而豪素仗剑飞升离开福地,之所以动静那么大,惹来诸多浩然仙家的觊觎,恰恰就在于豪素那把本命飞剑的本命神通,太过招摇过市,牵引月光落向人间。

一洲山河,上五境修士都察觉到了那份异象,因为在白昼时分,竟然降下一道无比璀璨的月华光柱。不然一般飞升至浩然天下的福地修士,哪怕是上等福地的本土修士,引发种种征兆,或是天人感应的祥瑞气象,都不至于如此醒目,更不至于立即被大修士精确找出福地所在。

这也是为何豪素在百花福地隐匿多年之后,会悄然离开中土神洲,赶赴剑气长城,其实豪素真正想要的,是去蛮荒天下占据其中一月,借机炼化那把与之大道天然契合的本命飞剑,对于杀妖一事,这位剑气长城历史上最名不副实的刑官,从无兴趣。

心中所想,唯有报仇。

很多时候,只是一个不小心,就会叫人喝一辈子的闷酒,都闷不死、敌不过那"后悔"二字。

陈平安喝着酒,没来由说道:"道德内全之人,行迹不彰显。"

陆沉会心一笑:"道不在五行或肉身,这是那篇《德充符》的要义之一。陈平安你可以啊,竟然偷偷仰慕贫道的学问,这有啥好藏掖的嘛。"

陈平安朝陆沉抬起酒碗,陆沉连忙抬起屁股,端碗与之轻轻磕碰一下。

之后陈平安缓缓道:"当年在北俱芦洲的远游路上,也会遇到一些当时不理解的事情，比如一些寺庙内的僧人，总觉得他们长年吃斋念佛，距离佛法反而很远。争名夺利，花钱买通官府关系，就为了住锡大庙，多些头衔，同一座寺庙之内的师兄弟之间，却老死不相往来，我曾经亲眼见过、亲耳听过，就连当地的老百姓都对他们很不以为然，只是烧香还是得烧。"

"我是等到后来看到了书上这句话，才一下子想明白很多事情。可能真正的修行人，我不是说那种谱牒仙师，就只是这些真正靠近人间的修行，跟仙家术法没关系，修行就真的只是修心，修不着力。我会想，比如我是一个凡夫俗子的话，经常去庙里烧香，每个月的初一、十五，年复一年，然后某天在路上遇到了一个僧人，脚步轻缓，神色安详，你看不出他的佛法造诣，学问高低，他与你低头合十，然后就这么擦肩而过，甚至下次再遇到了，我们都不知道曾经见过面，他圆寂了、得道了，走了，我们就只是会继续烧香。"

"我曾经带着小米粒，去一座庙里烧香，感觉走岔了，就跟一位僧人问路，僧人说我们是走错了，帮忙指路过后，他就转身走自己的路了。当时小米粒还有些抱怨，说都不晓得帮忙带个路，我那会儿也没说什么，只觉得如果自己是那个指路人，可能就会问一句，需不需要同行。后来再一想，可能反而是自己没有佛法所谓的慧根了。"

陆沉没有插话，就只是听着陈平安的自言自语。

其实只要陈平安不刻意遮掩，就算是他的心声言语、心相景象，陆沉都能听得、看得一清二楚。

比如现在，陈平安只是喝酒，不再说话，但是陆沉就像看到了一幅幅山水光阴画卷，藕花福地状元巷附近有座心相寺，里边有个上了岁数的住持，老僧不太喜欢说高深佛法、只与人说平常话，有个继承住持位置的弟子，还有个喜欢偷懒却心地善良的小沙弥……宝瓶洲青鸾国的白云观，有个中年观主，喜欢读书以至于伤了眼力，洒扫庭院的小道童，每天都在忧愁柴米油盐。因为道观里边的几棵树，高枝经常挂断纸鸢，就被孩童的家长们堵门骂，骂归骂，好像也不曾真正伤了和气……

陆沉轻声道："古人云校书一事犹如扫落叶，随扫随有。"

陈平安不知不觉已经喝完碗中酒水，看了眼陆沉，陆沉笑道："我还有，就不用倒酒了。"

"我们可以不信佛不信道，不烧香不拜菩萨，但是我们应该相信一切能够让我们内心安宁的事情。"

"佛经上明明白白告诉世人，拜佛就是拜己，因为即心即佛，众生皆有佛性，佛是觉人，人是未觉佛。"

"道理我懂，但是我就是做不到，我觉得自己就是在跟佛和菩萨求一些东西，是在许愿。"

陈平安说完这些，就不再言语，甚至不再神游万里，深呼吸一口气，一口喝完第三碗酒水,将桌上其余两坛酒收入袖中。

陆沉说道:"这就动身?"

其实他这会儿还真有点心慌,总觉得陈平安说完了这些心里话,说不定又要在那处无定河山市附近做点什么。

陈平安点点头。

陆沉眨了眨眼睛,满脸好奇神色,问道:"那轮明月,为何不尝试着拖曳向浩然天下,或者干脆是五彩天下?这就叫肥水不流外人田嘛。为何要将这一份天大好事,白白让给我们青冥天下?"

陈平安看了眼他,道:"陆掌教明知故问,这就没有意思了,酒水钱回头算给我。"

如果真能成功拖曳一轮明月,就可以让蛮荒天下失去一份天运,可以为豪素寻得一处修道之地,陆沉本就是豪素去往青冥天下的那个领路人。

同时也算陈平安与道祖还礼。

至于青冥天下和白玉京,届时如何安置这一轮凭空多出的明月,陈平安就不管了。

与此同时,将来远游青冥天下,陈平安凭此功德,哪怕承载着大妖真名,相信也会减少一份冥冥中的大道压胜。

还能借助青冥天下扰乱蛮荒天下的天时。

一举数得。

别看陆沉一路眼神幽怨,叫苦不迭,好像一直在被陈平安牵着鼻子走,其实这位白玉京三掌教,才是真正做买卖的行家里手。

陆沉一粒心神重归莲花道场,陈平安再次持符远游。

兴许是大道亲水的关系,陈平安到了这处山市,立即感觉到了一股扑面而来的浓厚水运。

这条河面宽达数十里的无定河,就只是曳落河数百支流之一。

陈平安敬香之后,再次现出一尊道人法相,却不是八千丈之高,而是九千丈,法相一脚踏出,踩在那条无定河之中,激起惊涛骇浪,法相再高出一千丈。

万丈法相,屹立在天地间,抬起手掌,伸手一抓,竟是直接将那条无定河从大地之上拽起,继而是远处一条条曳落河分支。

陈平安就这么将三百多条江河悉数提拽而起,拧为一条水运长绳,最后万丈法相向后倒掠去,缩地山河万里又万里,以至于整条曳落河都脱离了河床,大水悬空,被人拔河而走。

在蛮荒天下四处逛荡的姜尚真,真身偶遇了一帮浩然天下的远游修士。

至于姜尚真的出窍阴神,正在为青秕前辈指点迷津,共渡难关。

如果说遇到冯雪涛是意外，半路遇到这拨一个比一个天之骄子的年轻人，更是意外。

其实姜尚真的本意，是去往最近的黥迹渡口，找郑居中。不过所谓的最近，也相当于隔着一洲山河了。

曹慈、傅噪、元雱、纯青、许白、郁狷夫、顾璨、赵摇光，还有一个修行闭口禅的少年僧人。

至于这拨人名义上的护道人，一路无所事事的白帝城韩俏色，在听过姜尚真所说的那个情况后，就立即赶往黥迹渡口找师兄了。她的一门本命遁法，比传信飞剑更快。

而这拨年轻人，之前一起到了黥迹，刘幽州和怀潜就留在了黥迹渡口，其余继续远游。那个出了名的善财童子刘幽州，光是浩然公认渡船中速度最快的流霞舟，就直接拿出两条，用刘幽州的话说："万一游历路上坏了一条渡船怎么办？有备无患。我反正还有一条流霞舟。"

此外还送了几套兵家经纬甲，送出一摞摞金色材质的符箓，就像山下那种地主家的傻儿子，有钱没地方花，就给身边帮闲们分发银票。

这会儿在一座僻静山野山脚，姜尚真喝着酒，之所以不忙着立即动身，一是姜尚真在犹豫要不要给出三山符，先前崔东山改善了那道三山符，只是还来不及跟他先生邀功，再者姜尚真也需要通过阴神多了解些敌人的手段，最后就是需要让这些年轻人明白一个道理，如果真要赶过去救那个冯雪涛，风险很大，不是一般的大。

看着围成一圈的九位年轻人，姜尚真笑道："有问题就抓紧问，不想去的，一定要直接说，没什么不好意思的。说实话，反正我现在都后悔跟你们聊这事了。"

曹慈，止境武夫，归真巅峰。一个不讲道理的存在。

傅噪，白帝城郑居中首徒，腰悬一枚老祖宗养剑葫，名"三"。相对而言，这位小白帝，属于最不年轻的一个了。

元雱，腰悬一枚君子玉佩。新任横渠书院的山长，也是浩然历史上最年轻的书院山长，年纪轻轻就编撰出三部《义解》，名动浩然，数座天下的年轻十人之一。家乡是青冥天下，却成为了亚圣嫡传。

纯青，无所不精。既是练气士，还是纯粹武夫，除了她不是剑修，其余跟陈平安是差不多的路数。十六岁登榜。

许白，跟纯青一样，都是数座天下的年轻候补十人。祖籍召陵，学塾夫子就是那位被誉为"字圣"却不是文庙圣贤的许夫子，许白如今成了一位兵家子弟，精通象棋，绰号"许仙"。

郁狷夫，九境武夫巅峰，瓶颈。

顾璨，郑居中的关门弟子。

赵摇光，相貌英俊，背桃木剑的年轻道士，天师府黄紫贵人，一百多岁。

少年僧人，背着个用棉布遮掩起来的佛龛，是那随身佛，一直修行闭口禅。所以与人答话，要么点头，要么摇头。

这九个，随便拎出一个，都是天才中的天才，按照老厨子的说法，就是书中的小老天爷。

姜尚真觉得自己就是一位牵红线的月老，促成了这桩史无前例的天作之合。

极有可能，不但是前无古人，还会是后无来者。

未来两座天下，加上围杀冯雪涛的那拨怪胎，如果意外不大的话，这些年轻修士、武夫，只要活得够久，就会是浩然天下和蛮荒天下各自最能打的那一拨人。

就像一场狭路相逢的街巷斗殴，年轻人里边，有郑居中，龙虎山大天师，裴杯，火龙真人，对上了一位位未来的王座大妖，最终双方卷起袖子就是一场干架。

当然，在他们做出决定之前，姜尚真反复说了两遍此行的凶险程度。

除了女子，姜尚真一般不与人轻易说掏心窝子的话，但是这一次，姜尚真没有半点开玩笑，拉着他们赶赴战场，冒着极大风险，任何一位年轻人留在那边，无法返回家乡，对于姜尚真、云窟福地，甚至是玉圭宗、桐叶洲，都是一种极大的后患。万一落个全军覆没的下场，估计姜尚真就不用回浩然天下了，老老实实在蛮荒天下当个山泽野修好了。

曹慈言语不多，只说了一句话："到了战场，我打头阵。"

傅噤一言不发，当然不是不想去，而是懒得废话。傅噤一袭雪白长袍，作为白帝城的开山大弟子，傅噤承载了太多的毁誉。

跟曹慈还不太一样，曹慈在武学道路上，自年少时就展现出一种无敌姿态，如果不是多出个年轻隐官，武道一途，别说曹慈身边，就是身后都看不见人影。

可在修道一途，傅噤资质再好，师承再高，就像托月山的剑修离真，白玉京的道士山青，谁敢说自己在登山路上，一骑绝尘？就像傅噤自己，有信心超过师尊郑居中吗？傅噤至今还在担忧自己，会不会是师尊的某个分身。

郁狷夫眺望战场方向，不知道在想些什么，反正在姜尚真看来，这个小姑娘气度极好，姿容极美。

纯青在仔细翻检一身行头，免得到了瞬息万变的战场，手忙脚乱，当年在宝瓶洲，遭了一场无妄之灾，被迫跟马苦玄打的那场架，她就吃了不小的亏，大半手段都未能施展开来，还是经验欠缺。

赵摇光那个小天师，说话还挺对胃口，直接来了句："小道也就是晚来蛮荒几年，不然就没有阿良什么事。这种热闹，不凑白不凑。"

倒是那个顾璨，最务实，与姜尚真请教了许多，询问了颇多细节，反复推敲，毫不在意脸面一事。

战场周边的山川地理，此行最终目的到底是只救人，兼顾杀妖，还是如何，有无可能等到己方大修士的驰援，对方有无可能，让一只甚至是两只王座大妖暗中护道，诸如此类，顾璨问得极为详细。

姜尚真一一解答。

许白略微松了口气。论名气，他在一行人中不算垫底，可要说论打架，尤其是搏命厮杀，许白还真的有点犯怵，主要还是自身性情相对温和的关系，所幸顾璨问了许多他不好意思开口或者是根本想不到的事情。

顾璨最后微笑道："姜老宗主，我们此次远游，虽说一开始没有救援冯雪涛的打算，但是出门之时，我们都愿意生死自负。就像上擂台之前，已经签了生死状。我们的师长、宗门和家族，都无比清楚此事。"

姜尚真笑着点头致意。

这句话，其实顾璨不是说给自己听的，而是说给其他人听的。

顾璨冷不丁说道："谁都别拖后腿，谁都别帮倒忙。剑气长城战场历史上，有无数的前车之鉴，心肠该硬时软，非但救不了人，只会害人害己。"

许白刚刚对顾璨有点好感，一下子就烟消云散。因为最可能拖后腿的，就是自己。

赵摇光哈哈一笑。顾璨在说自己呢，没办法，贫道确实是出了名的侠义心肠，毕竟小时候就帮阿良送过情书了。

元雾看了眼顾璨，又有讶异。其实同样的道理，可以说得更加圆滑，不那么刺耳，看似是故意与许白拉开人情距离。

元雾很快就想通其中关节，顾璨是在追求一种肯定否定再肯定，一旦此次驰援冯雪涛，成功返回，许白对顾璨这位白帝城魔道修士的印象，就会彻底定型，心中那点芥蒂不但会消失，还会对顾璨愈发感激，实心实意认可此人。

郁狷夫沉声道："顾璨话难听，理是这么个理。所以接下来的赶路途中，我们都好好想想。"

山上捉对厮杀，剑仙傅噩最擅长，可要说战场混战，曹慈、郁狷夫既去过剑气长城，又在扶摇洲、金甲洲战场厮杀过，是最有资格多说几句的。

纯青小声嘀咕道："要是陈隐官在就好了。"

她就会更加心安几分。

虽然双方素未谋面，可她在南岳储君之山采芝山，见过陈平安的一个学生，能教出崔东山这种学生的家伙，肯定脑子更好，手段更强啊。

顾璨看了眼纯青，对她印象好转几分。

郁狷夫手心摩挲着一块印章。边款是那"石在溪涧，如何不是中流砥柱。绮云在天，拳犹然在那天上天"。八字印文：女子武神，陈曹身边。

姜尚真猛然抬头,笑骂道:"黥迹那边有的忙了,多半顾不上咱们,诸位,这可不是什么好消息,你们不如再想想?"

原来是天地异象无比夸张,方才在刹那间,大日照耀的白昼时分,平白无故出现了一瞬间的夜幕,仿佛一座蛮荒天下的光线都在瞬间归拢为"一线"。

直指归墟黥迹处!

姜尚真抬头望天,揉了揉眉心,头疼不已。

咱们陈山主的家乡那边,不都说那位扎马尾辫的青衣姑娘,脾气特别好吗?

不过在场众人,哪怕都察觉到了这份异象,依旧无一人有半点反悔神色,就连最心虚的许白都变得眼神坚毅。虽说修行不是为了打架,可修行怎么可能一场架不打。

顾璨更是眼神炙热。

小天师赵摇光在摩拳擦掌。

傅噤依旧面无表情,不过伸手轻拍了一下那枚养剑葫。

相对而言,唯有曹慈神色最淡然。

不愧是那场青白之争的白衣曹。

姜尚真最后笑呵呵抱拳:"姜某人有幸遇见诸君!"

九人各自与姜尚真还礼。

白玄在离着落魄山还有十来里的地方,摆了张桌子,因为这边建造了一座供人歇脚的行亭,白玄不知道从哪里摸来一把紫砂手把壶,龙头捆竹款式,附庸风雅,一个屁大孩子,倒像个精通茶道的账房老先生,坐在桌后,跷着二郎腿,一边记账,一边优哉游哉啜茶。

白玄抬头瞥了眼行亭外边,还未见人,就先见着了一只青色袖子,袖子被主人甩得噼啪作响,龙骧虎步生清风。

陈灵均大步走入行亭,立即变成双手负后,踱步缓行,道:"哈,这不是白老弟嘛,忙呢?"

白玄坐着不动,笑着抬起双手,与陈灵均抱拳致意,算是真金白银的礼数了,一般人在白玄这边,根本没这待遇。

主要是陈灵均懂得多,很能聊,与白玄说了不少浩然天下稀奇古怪的风土人情,乡俗俚语一套一套的,白玄就当不花钱听人说书了,什么神仙下凡问土地,别不把土地爷当神仙,什么灶王爷、河伯河婆,五花八门的,反正陈灵均都懂。

陈灵均伸手按住桌面,眼珠子一转,笑道:"白老弟,你咋个不找把提梁壶,对嘴喝,更豪气些。"

白玄问道:"啥个提梁壶?有讲究?"

陈灵均摆摆手："无须多问，回头我送你几把就是了。"

白玄是个不喜欢欠人情的，只是如今囊中羞涩，没有闲钱，龙困浅滩了，只得说道："钱先记账欠着。"

陈灵均手指弯曲，使劲敲打桌面，与白玄瞪眼道："啥玩意儿？白老弟，你晓不晓得兄弟之间在酒桌上谈钱，就跟大半夜翻墙摸邻居家媳妇的屁股蛋一样，不合规矩！"

"在理在理！"白玄使劲点头，桌上还有一排清洗干净的甘草根，被白玄拿来当作了碎嘴吃食，就拈起一根，递给陈灵均。

陈灵均接过那根甘草，嚼在嘴里，随便翻了翻桌上那本账簿，问道："白老弟，你记这些做什么？都是些明摆着当不了落魄山弟子的外人。"

反正如今裴钱不在山上，白玄哈哈大笑道："呼朋唤友，江湖结盟啊，到时候大伙儿一拥而上，围殴裴钱。当然了，我这个江湖盟主，做事情会有分寸，提前说好，不许下死手，免得伤和气。"

陈灵均听得目瞪口呆，这个白玄，脑子是不是给裴钱打傻了？

围殴裴钱？你这不是造孽，是作死啊？只是再一想，说不定白老弟傻人有傻福？

白玄小声问道："景清老哥，那个郭竹酒，就是隐官大人的小弟子，你熟不熟？"

白玄的想法很简单，既然那只大白鹅说裴钱怕郭竹酒，那么只要郭竹酒怕自己，就算白玄赢过了裴钱。

只要大家都是剑修就好，白玄除了隐官大人，见谁都不怵更不厌。

陈灵均摇摇头："见都没见过，小姑娘还没来我这边拜过山头呢。"

白玄随口问道："又去骑龙巷找贾道人喝酒了？"

陈灵均已经将那甘草嚼烂，干脆一口咽下，嘿嘿笑道："女子无限面皮儿，颜色各不同，却是一般好。"

是从大风兄弟那儿学来的。

白玄根本听不懂。

陈灵均背靠桌子，双臂环胸，微微抬头，缓缓道："最近我勤勉修道，小有感悟，说与你听。举头天尺五，仙人低接手，助我清才逸气，跨三洲，越婆娑，稳上鳌头。当际会驾天风，正是真修，跳龙门三汲水，好山和雨伴我飞。神龙万变，无所不可，人天法界，云水逍遥，五色霞中坐，闲抛簪笏享清福。"

陈灵均等了半天，发现背后白老弟也没个反应，只得转头，发现这家伙在那儿忙着仰头喝茶，觉察了陈灵均的视线，白玄放下茶壶，疑惑道："说完啦？"

算了，反正陈灵均自己也不懂，是从大白鹅那边借来的，确实酸不拉几，傻了吧唧。

陈灵均没有挑选身边的长凳落座，而是绕过桌子，与白玄并肩坐着，陈灵均看着外边的道路，没来由感慨道："我家老爷说过，家乡这边有句老话，说今年坐轿过桥的人，可能就是那个前世修桥铺路人。"

白玄嚼着草根,对此不以为然。

在他的家乡,不管是不是剑修,都不谈这些。

陈灵均继续说道:"我家老爷还说了,信不信这个都无所谓,不信就不信好了,日子不还是该如何过就如何过。可要是信了,那个人如果是在过享福日子的,大不了多花点钱,就能够让自己求个心安;而那些正在熬苦日子的,心里也会好受几分,再没有盼头的日子,都有那么点盼头。"

这番言语说得浅白,白玄总算听懂了。

陈灵均要伸手去摸白玄的脑袋,白玄一个转头:"摸啥摸,娘们腔儿汉子头,是可以随便摸的?"

陈灵均笑着拍了拍白玄的肩膀,再抬起手掌晃了晃:"白玄老弟,你是不知道啊,我这只手,就像是开过光的!"

白玄嗤笑道:"有本事你摸暖树的脑袋去啊。"

陈灵均摆出前辈架势,语重心长道:"白玄老弟,亏得我这个人不小心眼,不然就你这张嘴,交不到朋友的。"

白玄跷起大拇指,绕过肩头,指了指身后远处的那座披云山,嘿嘿道:"你与魏山君,算不算挚友啊?"

陈灵均翻了个白眼。

路上来了个背剑匣的年轻道士,模样气度都一般般,总之不像什么腾云驾雾的得道高人。

年轻道士在行亭这边停步,不等他开口说话,陈灵均一个蹦跳起身,以迅雷不及掩耳之势,飞奔出去,弯腰作揖到底,双手抱拳,都快能触及地面了,道:"敢问道长,是不是十四十五境的前辈老神仙,斗胆再问道长,是不是那位德高望重、天下仰望、天人合一的龙虎山大天师?"

白玄拿起茶壶喝茶,大开眼界,他娘的这位景清老哥,原来就是这么跟人交朋友的?

你懂个屁,这都是我陈大爷秘不外传的江湖经验。

张山峰一头雾水,摇头笑道:"当然都不是,而且小道境界不高。"

陈灵均如释重负,只是小心起见,依然没有起身,只是抬起头,试探性问道:"那么敢问这位天资卓绝的年轻道长,山门师承是哪座高不可攀的名山仙府?"

难道自己没有眼花,对方竟然还真是一个洞府境的小道士?

张山峰笑道:"小道的师尊,在山下不太吃香,不说也罢。"

陈灵均直起腰,赶紧抹了抹额头汗水,笑哈哈道:"小道长来自何方?"

不过依然站在原地,稳如山岳,一步不动。

万一是位喜欢开玩笑的世外高人,故意诓人,岂不是倒灶?

张山峰说道:"小道来自北俱芦洲,这次是要去落魄山拜访朋友。"

陈灵均笑道:"巧了巧了,我就是落魄山的供奉,江湖朋友还算给面儿,得了两个绰号,早年的御江浪里小白条,如今的落魄山小龙王,我身后这位,姓白,是我好兄弟,只是又不凑巧,如今咱们落魄山不接待外乡人,更不收弟子。"

张山峰笑着解释道:"小道有师门了,不过与你们山主是朋友,之前跟他约好了要一起出门远游。"

陈灵均愣在当场,自家老爷的山上朋友?

张山峰说道:"我叫张山峰,来自趴地峰。陈平安没有跟你们提过?"

白玄脱口而出道:"趴地峰?是火龙真人坐镇的那个山头?那位术法通天的火龙真人,就是你们北俱芦洲那个山上山下、黑白两道的总瓢把子?"

陈灵均立马就知道自己完蛋了。

因为这是裴钱小时候经常挂在嘴边的一个说法,那会儿裴钱向往江湖嘛,加上陈平安对火龙真人十分敬重,每每谈及老真人的事迹,都说得既风趣,又能不失仰慕之情。耳濡目染的,裴钱就跟着对那位老道长敬重万分了,尤其是从李宝瓶那边继任那个武林盟主后,裴钱就觉得以后自己混江湖了,一定要混成老真人那样的。

当然等到裴钱变成了一个大姑娘,就不爱聊这些了。

张山峰也愣了愣,什么时候自己师父在落魄山有这么个响当当的说法了?

落魄山山门口,暖树忙里得闲,就下山来到了小米粒这边,一起嗑瓜子,聊着聊着,她们就都有些想裴钱了。

虽然裴钱如今已经个儿高高,可她还是裴钱啊。

以前裴钱经常带着小米粒一起巡山,找那些马蜂窝,不着急捅,美其名曰查探敌情,顺便一路找那山楂、拐枣、茶片吃,每次回家都会给暖树姐姐留一兜。

裴钱有次还怂恿小米粒,跟那些俗称痴头婆的苍耳较劲,让小米粒摘下它们往小脑袋上边一丢,笑哈哈,说小河婆,姑娘家家出嫁哩。

结果小米粒一脑袋的苍耳,这玩意儿,沾在衣服上都难以摘下,那么戴满头的下场,可想而知。

最后当然还是裴钱带着个嗷嗷哭的黑衣小姑娘,去找暖树姐姐帮忙收拾残局。

到了暖树的屋子,苦兮兮皱着两条疏淡眉毛的小米粒,坐在小板凳上,歪着脑袋,可怜巴巴望向一旁双臂环胸、满脸嫌弃的裴钱,小姑娘信誓旦旦说道:"裴钱裴钱,保证今儿摘了,后天就再去。"

"后天?!咋个不是明天就去,明儿给你吃掉啦?"

小米粒耷拉着脑袋不说话,其实在暗自窃喜,果然还是暖树姐姐心灵手巧,摘下一颗颗苍耳都不怎么疼。

裴钱板着脸教训道:"小米粒,我们可都是没有感情的杀手,江湖上最厉害的那一小撮刺客,咋个这点疼都吃不住,以后还怎么跟我一起闯江湖?嗯?!"

"还有拐枣不得?"

"废话,给你留着呢,张嘴!"

"只管放马过来!"

"还疼不疼了?"

"甜得很嘞。"

暖树就在一旁朝裴钱瞪眼:"以后你别这么糊弄米粒。"

裴钱叹了口气:"小米粒啊,暖树姐姐觉着你不太灵光呢,站在岑憨憨身边,你们俩就像是失散多年的姐妹喽。"

暖树气笑道:"别胡说。小米粒不笨的。"

裴钱嘿嘿道:"小米粒灵光,那么岑憨憨?"

暖树低敛眉眼,笑着不说话。

给暖树一颗颗摘掉头顶全部的苍耳,小米粒摇头晃脑咧嘴笑:"感觉脑壳儿都轻了好几斤哩。"

裴钱刚要吓唬小米粒,回头就让老厨子做一大盆剁椒鱼头。结果暖树好像未卜先知,立即朝裴钱瞪眼,拦下话头,裴钱只得作罢,拍了拍小米粒的脑袋,以表嘉奖。

今天的小米粒心情不错,不像前些年,每次想念好人山主或是裴钱,都不太敢让人知道,只敢跟那些路过家门的白云说心里话,如今不会啦。

小米粒膝盖上横放着绿竹杖和金扁担,她想起一事,咧嘴一笑,赶紧伸手挡在嘴边,说道:"暖树姐姐,回头咱们一起去红烛镇耍啊,那地儿我熟得很嘞。"

暖树笑问道:"就咱们俩?"

小米粒挠挠脸,有些难为情:"当然还有好人山主啊。"

小米粒很快解释道:"可不是我胆儿小啊,是腿儿短,走路贼累贼累,站在好人山主的箩筐里,半点不费劲哩。"

暖树笑眯起眼,伸手拧了拧小米粒的脸蛋:"这样啊。"

小米粒摇头晃脑笑哈哈:"是这样不是那样呢。"

溪涧长长长去远方,草木高高高在长大。

老厨子说没长大的孩子会把心里话放在嘴边,长大了就是会把心里话好好放在心里。

一个胡子拉碴的青衫男子，出现在大泉边境的狐儿镇，可惜已经没了熟悉的客栈，让他这个账房先生有些失落，听说九娘先是去了玉圭宗，后来又去了中土龙虎山，不晓得下次见面，九娘是胖些了还是清瘦了，不过都好看，也不知道会不会劫后重逢，俱疑在梦中？

如今的桐叶洲山河，真是满目疮痍不忍看。

他想了想，就没有去大伏书院，而是打算先走一趟埋河碧游宫，看看能不能在那边蹭顿水花酒和鳝鱼面，这些年真是馋死他了。

至于那位水神娘娘，姓柳名柔，谁敢信？

等见着了埋河水神娘娘，在那碧游宫大堂，老规矩，相对而坐，一人一大盆面。

水神娘娘一只脚踩在长凳上，道："钟兄弟，滋味咋样，比起当年那碗鳝鱼面，是不是更得劲些？"

别处整个冬天不是晒太阳就是晒雪，碧游宫这儿就晒辣椒，个头不大，长相一般，皱巴巴的，但是辣得很。先前府上的那种朝天椒，卖之外，没法比。

钟魁抹了把额头汗水，卷起一大筷子面条，咽下后提起酒碗，呲溜一口，浑身打了个激灵，道："老霸道了。"

修道之人，想要尝一尝人间滋味，无论是酒，还是菜肴，竟然还需要刻意收敛灵气，也算是个不大不小的笑话了。

水神娘娘接连竖起三根手指："我先后见过陈平安这位小夫子，还有世间学问最好的文圣老爷、天下剑术最高的左先生！"

钟魁笑呵呵道："我出了趟远门，见过了礼圣、亚圣，还有西方佛国的两位菩萨，还有好些个大德高僧佛门龙象。"

柳柔郁闷道："你说你一个带把的大老爷们，跟我一个不带把的娘们较啥劲？"

钟魁笑着不说话，又是一大筷子面条。

柳柔打了个饱嗝，放下筷子，拍了拍肚子，问道："这趟回来，要做啥子？是回书院，在书斋做学问？"

她转头喊道："老刘头，赶紧给我和钟兄弟再来一碗，记得换俩稍大点的碗。桌上这两只小碗就别动了，钟兄弟还差几筷子没吃完。"

门口那边老人应承道："好的，稍……稍等，娘……娘。"

柳柔气笑道："摊上这么个说话利索的厨子，害得我一个黄花大闺女，当了好些年的娘。"

钟魁摇头道："暂时没想好，先走走看看吧。"

钟魁如今终究是鬼物之姿，其实程龙舟担任书院山长，文庙既然有此先例，钟魁想要重返书院，不算难事，又有功德在身，阻力不大，别说恢复君子身份，当个书院副山长，都是可以的,但是钟馗觉得当个类似鬼仙的散修,也不差,何况如今桐叶洲山河破碎,处处都需要善后。

柳柔叹了口气,又蓦然而笑:"算了,如今做啥都成,不用想太多。"

她突然压低嗓音:"钟兄弟,你知不知道如今咱们那位皇帝陛下,与小夫子,嗯?"

钟馗撇撇嘴:"不就姚近之对陈平安有点意思吗?一眼看破的事情。"

人月圆,别时犹记,佳人眸盈秋水。

不过肯定不是说陈平安跟姚近之了,陈平安在这方面,就是个不开窍的榆木疙瘩,可问题好像也不是说自个儿与九娘啊,一想到这里,钟馗就又狠狠灌了口酒。

柳柔瞪大眼睛,震惊道:"这都瞧得出来?你开天眼了吧?"

钟馗抿了一口酒,打了个哆嗦,辣椒就酒,真是无敌了:"也不是姚近之当真有多喜欢陈平安,怎么说呢……就是个求而不得的事,越想就会越放不下,跟埋下一坛酒差不多,只不过一个是埋在地下,一个埋在心田。"

柳柔将信将疑:"你一个打光棍好多年的正人君子,还懂这些七弯八拐的儿女情长?"

钟馗叹了口气,水神娘娘也跟着叹了口气。

钟馗笑道:"你叹什么气?"

柳柔无奈道:"年纪不小了,愁嫁啊。"

所幸两盆面又端上了桌,至少不愁吃。

酒足饭饱之后,钟馗起身告辞离去,柳柔也没远送,跟自家兄弟客气什么,只说以后常来。

夜幕沉沉,钟馗夜游埋河水面之上,只是身边多出了一只跌境为仙人的鬼物,就是当初被宁姚找出踪迹的那位,它被文庙拘押后,一路辗转,最后就被礼圣亲自"发配"到了钟馗身边。

说实话,它宁肯待在牢狱内,都不愿意跟钟馗朝夕相处。要说一发狠,打杀了钟馗再远遁?且不说逃无可逃,再者事实上谁打杀谁都不知道。不是说钟馗境界有多高,而是钟馗如今根本谈不上修士境界,类似无境,关键是钟馗刚好克制鬼物。

这只鬼物,暂名姑苏,当下身形模样是一个自认风度翩翩的胖子。

它讥笑道:"跟个小娘皮都能聊那么久,她还长得不好看,而且最要命的,是她还不喜欢你,钟馗啊钟馗,真不是我说你,你的的确确就是个废物!

"寡人当年后宫佳丽三千,随便拎出一个娘们,都比她模样俊俏,啧啧,那身段那臀瓣儿,那小腰肢那大胸脯,哪个不让人上火……晓得什么画卷,比这更让人上火吗?那就是她们站成一排,脱光了衣裙,再背对着你……"

钟馗不理睬这只鬼物的胡说八道:"行了行了,擦干净口水说话。"

只是姑苏自顾自说着些沾荤的言语，钟魁无奈道："别碎嘴了，算我求你了行不行？"

姑苏行走在埋河水面上，吐了口唾沫："求人有屁用，乱臣贼子要是谋反，求寡人不杀就管用了？猪挤在墙角还哼三哼，你倒好，闷葫芦一个，活该你光棍一条，搁我，瞧见了那啥九娘，怕个啥，冲上去抱住了就是一通啃，生米煮成熟饭再说，这就叫饿狗不怕恶棍，好女最怕郎缠……"

钟魁实在听不下去，心意微动，胖子立即直挺挺倒在水中不起，片刻之后，它才一个鲤鱼打挺起身，龇牙咧嘴，可不是装的，使劲拍打身躯上边的流转萤火。

姑苏一脚踩踏水面，都没敢施展什么神通术法，只是溅起些许浪花，悲愤欲绝道："他娘的，真是抢什么都别抢棺材躺，遇到你算寡人倒了八辈子霉。"

钟魁问道："我就奇了怪了，你一个世代簪缨出身，然后篡位立国的皇帝，哪来这么多荤话和市井话。"

它曾是浩然天下青史留名的一位雄主，在扶摇洲开疆拓土极多，差点就被它抢在大骊宋氏之前，完成一洲即一国的壮举，在它"暴毙"之前，其实已经占据了扶摇洲的半壁山河。

姑苏笑道："你这就不懂了吧，寡人有几位爱妃，都是民女村妇出身，你别斜眼啊，都是寡人微服私访，凭借自身相貌和一肚子才学勾搭来的，当然还要归功于钱袋子结实了，男人味嘛，可不就是个钱味。"

钟魁骂道："你怎么不去死！"

胖子笑呵呵道："寡人本来就是只鬼物，死去活来还差不多，嘿嘿，话说回来，如此这般的销魂境地，数都数不过来，其实寡人最无敌的战场，不足为外人道也。回头随便教你几手绝学，保管所向披靡，才算无愧以男儿身走这一遭人间！"

钟魁以心声问道："你当年是怎么认识的那个人？"

胖子沉默片刻，抬头瞥了眼天幕，眯眼搓手道："寡人算是活了两辈子，无论是生前当皇帝，还是死后修道，从不觉得自己输给任何人，极少钦佩别人，但是那位，得算一个。"

是说那浩然贾生，后来的蛮荒周密。

胖子突然冷笑连连："如果不是宁姚……"

钟魁抬起手："打住打住，赶紧闭嘴，奉劝你以后都别说宁姚什么，被我那个好兄弟听见了，你再多出一条命都不够。"

胖子呸了一声："就凭陈平安一个玉璞境的飞剑，至多再加上个止境武夫的拳头？寡人要不是跌了境，不然站在原地不动，让那小娃儿随便递剑出拳，打上一整天都没事。"

钟魁笑呵呵道:"好的,回头找个机会满足你。"

钟魁脚尖一点,御风而起,只要在夜幕之中,钟魁远游极快,以至于姑苏这只仙人境鬼物都要铆足劲才能跟上。

一洲破碎山河,几乎处处是战场遗址,只是少了个古字。

钟魁最终在一处仙府遗址停步。

胖子盘腿而坐:"我当年在世的时候就早说了,金甲洲那个老家伙不是什么好鸟,没人信。如果老子之前还在扶摇洲当皇帝,那场仗,不至于打成那副德行。"

它又开始习惯性吐口水,骂骂咧咧:"一帮狗屁神仙,都不是什么肉眼凡胎了,又有日月灯,依旧一个个睁眼瞎,活该死光光……"

胖子突然停下话头:因为钟魁的一只手掌搁放在了它的脑袋上,懂了,再多说几个字,就真得死翘翘了。

胖子立即改变话头:"要寡人看啊,所谓的太平光景,除了帝王将相留在史书上的文治武功,可归根结底,无非是让百姓有个吃穿不愁的安稳日子,家家户户都愿意培养出一个读书种子,识得字写得字,会说几句书上的圣贤道理。寡人这趟出门,也算重见天日了,跟以前就没啥两样,瞪大眼睛看来看去,加上那些山上的山水传闻,愣是没几个入眼的人物,唯独大骊宋氏的治军能耐,可以勉强媲美寡人当年。"

它双眼熠熠,双手攥拳,满脸豪气:"铁骑停步战马饮水,江河水光倒影铁甲,足可骇杀蛟龙!"

"求你要点脸。"钟魁气笑道,"是不是求了也没用?"

"钟魁,你早年当个书院君子,屈才了。"它诚心诚意道,"你如果运气好,能够早点遇到寡人,封赏你个翰林院学士,保证眼睛都不眨一下。"

钟魁笑道:"不承想你还会说几句人话。"

这个胖子的口头禅,是:"拖出去,赐死。投井,五马分尸,给一杯鸩酒,赏一丈白绫……"

它感叹道:"谁说不是呢,谁还没当过人呢。"

钟魁笑呵呵。

胖子立即喊道:"寡人错了!"

钟魁在去引渡那些孤魂野鬼之前,突然看了眼倒悬山遗址那个方向,喃喃道:"那小子如今混得可以啊。"

胖子嗤笑道:"不过是找了个好媳妇,有啥了不起的。"

根本不用钟魁说什么,胖子就已经捶胸顿足,痛心疾首道:"羡慕死寡人了,这小子是高人啊……"

蓦然之间,胖子收声,又开始吐口水。

封个屁的翰林院学生,你钟魁要是早年落在我手里,就算考中状元都不让你当官。

它之所以如此英雄气概了,当然是因为钟魁当下远游去了,说远不远,就像一步之隔,去了对岸,说近不近,幽明之别,天壤之隔。

在一处阴冥路途上。

那个走了趟阳间的仙簪城老祖师,飞升境鬼仙乌啼,突然停步不前。

乌啼刚起些许杀心,自身法躯就像燃起了熊熊大火,魂魄如在油锅烹炸,乌啼只得立即打消那个痴心妄想的念头。

因为他眼前出现了一位身穿鲜红袍子的年轻人,一手捧玉笏,一手持笔,身前摊有一本书,此人开口第一句话就狂妄至极:"你先磕头,我再闲聊。"

青冥天下。

一个魁梧汉子与一个相貌清秀的虎头帽少年,如今在青冥天下这异乡,做着家乡旧事,入山访仙。

正是游历青冥天下的刘十六,与刚刚在玄都观那边成为纯粹剑修没多久的白也。

前不久刘十六一拳砸向白玉京,然后拖着白也就溜之大吉。

当时负责坐镇白玉京的道老二,竟然破例没有追究这等大逆不道的冒犯之举,非但没有出剑,连出手的意思都没有,只是由着五城十二楼的道家仙人各展神通,拦下那一拳,只说其中一城,便有灵宝盛气如虹霓的气象。

余斗最终只是遥遥看了眼那虎头帽少年,这位道老二绷着脸,最后好像仍是没能忍住,露出一抹浅淡笑意。

对于那位昔年浩然的人间最得意,余斗愿意敬重几分,不然当初余斗也不会借剑给白也。

当时小道童模样的姜云生,瞧见了二掌教的那种表情,如同在白玉京见鬼一般。

在一座王朝的京畿地界,一场大雪刚刚停歇,行走在雪地里,月光雪色两相宜。

两位好友在游历途中,见到了与浩然天下不同的风貌,道官既是修道仙师,又是世俗王朝的官吏,一座天下,山上山下,遍地道官。道牒就是高人一等的户籍。辖境每逢水患,地方道官就以符箓投河堤溃决处,或以丹书牒文召役神吏,解除旱灾。有那道官手持竹竿,过马牵山。还有道官设坛施法,驱逐邪祟,例如小池蓦然枯水,其中盘踞有一条作祟小蛟,诸多事迹,不一而足。

刘十六踏雪缓行,身边跟着个很难与白也这个名字挂钩的虎头帽少年。

在那故国家乡,白也成名于天宝年间,修道之后,更是被誉为白也诗后才有月。

刘十六拎出一壶酒,笑道:"要是登上那条夜航船,说不定还能遇到些故人。"

少年扯了扯虎头帽:"都是假的,了无生趣。"

刘十六说道:"我打算去找个人,估计得孙道长帮忙。"

少年嗯了一声:"我来开这个口,你就别欠人情了。"

前些年邻近一处渡口鱼市,有两个外乡人新开了家酒楼,掌柜是位俊俏公子哥,跟白玉京三掌教一个姓氏,老板娘姓袁。

此处的陆抬,一直处于阴神出窍远游的玄妙姿态,而那个合伙开酒楼、逢人就说自己是老板娘的女子,来自词牌福地,名叫袁滢,这位暂时未入道官谱牒的年轻女冠,传道人是那柳七和曹组,才二十多岁,却是数座天下的年轻十人之一。

她登榜之时,其实年龄还不到二十,当时修道不过八年,在留人境停滞了六年,然后一步登天,跻身玉璞境。

她对陆抬,属于一厢情愿的一见钟情。

陆抬游历词牌福地,是奔着那半本月老的姻缘簿子去的。

陆抬对袁滢一向没什么好脸色,理由是自己不喜欢太好看的女子,没信心白头偕老。

两人在这淮南郡,一起办了这家酒楼,三层,面江背山,是陆抬花了大价钱才盘下来的,之前曾是一座生意冷清的仙家客栈,风景绝美,纱窗对江开,水树绿如发。

酒楼距离鱼市不远,陆抬在每天清晨准时去挑选各色河鲜,而且亲自掌勺下厨,手艺堪称一绝。

郡城还有处渡口,若有漂亮或是艳妆女子路过,必会风雨大作,磨损女子妆容衣饰。其实在青冥天下没什么仙家不仙家的,反正仙师都得有个道官谱牒,路上见着了穿道袍的,称呼一声道爷就是,肯定没错。

酒楼有几样金字招牌,清蒸鳜鱼、油炸水老鳖、过桥米线、腌笃鲜。

陆抬还交了一帮跑山人朋友,所以酒楼既有河鲜,又有山珍,菜肴价格何止是不贵,不贵到了让郡城大小酒楼都跳脚骂人的地步,天底下哪有这么开店做生意的人,不想着挣钱,只求个不亏钱。酒楼之外,陆抬还雇山上的能工巧匠,建造了一座临水亭,当轩对酒,四面芙蓉开。

陆抬经常独自一人去那边赏景,江上扁舟一叶叶漂过,像那人生底事,来往如梭。

水边偶有老翁晒渔蓑,都是讨生活的父老乡亲,可不是什么豪放旷达的隐士。陆抬偶尔离开亭子,散步去与他们闲聊几句家常。

因为得知在这边,得了谱牒的道官之外,凡是高中一甲前三名的县,尤其是状元,县官可连升三级,县内百姓可免税三年,以示嘉奖。所以陆抬就跑去参加科举了,结果别说状元,连个进士都没捞着……酒楼仍是大摆流水席,宴请八方来客,当时陆掌柜,手持一把并拢玉竹扇,向四方抱拳而笑,看得袁滢眼神恍惚,陆公子实在太好看了!

袁滢蓦然脸红,似乎想到了什么,随即眼神坚定起来,默默给自己鼓劲。

一定要睡了陆公子!

他翻书会用一杆羊脂美玉的拨书,吃饭需要摆上一只琉璃渣斗,既能食不厌精脍不厌细,也能粗茶淡饭劣酒一壶,所以说陆公子既能风雅,也能俗。

今年早春茂雪,陆公子经常腰别折扇,手持一根绿竹材质的行山杖,喜欢不带她一起,独自登山游历。

可其实对于修道之人而言,那么点大的山头,真不够看。而且陆公子每次饮酒小酌之后,总喜欢说些不着调的大话,类似吾家高楼,面江背山,天下甲观,五城十二楼不过也。什么千山万壑皆道气,何必寻访白玉京。

看来对陆沉和白玉京怨气都不小。袁滢不在乎这些,只觉得自己与陆公子就是天赐良配,唯独在吃这件事上,袁滢有点自惭形秽了,因为师长曹组的关系,她打小就说顺口了"恰不恰饭",一开口就不得劲,可她又改不过来,而且她打小就喜欢就着蒜瓣儿吃饭。

一开始袁滢还有些不好意思,总觉得一个女儿家家的,总喜欢拿大蒜、腌豆角当佐酒菜,有点不合适。

不料陆抬反而很喜欢她如此,说她身上就只有这点比较可取了,真的别改了。

其实袁滢是极有才情的,诗词曲赋都很擅长,毕竟是柳七的嫡传弟子,又是在词牌福地长大的,岂会缺少文气。所以陆抬就总打趣她,那么好的词曲,从你嘴里娓娓道来,飘着蒜香呢。

她曾经陪着陆抬跑过几趟鱼市,看过他跟摊贩讨价还价,红脖子瞪眼睛的,那会儿的陆公子,愈发俊俏得一塌糊涂了。

袁滢倒是无所谓那些对陆公子纠缠不休的莺莺燕燕,一群花痴,庸脂俗粉,还没陆公子长得好看嘛。

再说了,她们还想跟我比花痴?差了十万八千里呢。她们帮陆公子洗过衣衫吗?

之前不知道谁捣鼓出来的那两份评选,选出了数座天下年轻十人和候补十人,虽说难免有些争议,但已算几千年来最具说服力的两份名单。

只说她所在的这座青冥天下,入选之人,不多不少。除了袁滢,还有道祖的小弟子,那个道号山青的家伙,由陆沉代师收徒,去了五彩天下,不过好死不死,挑衅飞升城,被那个宁姚打得比较惨了。

还有个身为捉刀客的纯粹武夫,名叫戚鼓。运道极好,要是晚几年推出榜单,就没他的份了。听说去了趟不知名的战场遗址,有望打破山巅境瓶颈,跻身止境武夫。

可是最让人津津乐道的入选之人,是那个绰号"二十二"的家伙。

山青作为道祖弟子,没什么可聊的。用大玄都观孙道长的话说,就是一条狗,拴在道祖门口,都能够当神仙。

袁滢出身不明,是想要多聊都没机会,加上没跟谁打过架,聊来聊去,至多就是绕着那个一步登天,反复说些车轱辘话,真心没啥意思。

道士王原箓,出身不被白玉京认可的米贼一脉,也算是个不大不小的禁忌。

但是那个徐隽,不一样,简直就是一部引人入胜的传奇小说,身世平平,修道资质平平,当了个外门杂役弟子,青梅竹马的女子,一起上山修行,资质比他好,结果转投他人怀抱,在后来一次历练途中,竟然为了救下那个情敌在内的同门们,不惜挺身而出,替死沦为鬼物,就此销声匿迹。

如果书上故事就在这里结束,至多是让一些情窦初开的少女,摸出帕巾,拭一把辛酸泪。

不料徐隽再次现身之时,以鬼物之姿,得了一座品秩极高的洞天,横空出世,步步登天,不但很快就当上了一宗之主,还与那个结下死仇长达数千年的敌对宗门,化干戈为玉帛了,手段更是让人打破脑袋都想不到,徐隽直接迎娶了那个宗门的开山女祖师……

那女子,名朝歌,道号复勘,是一位飞升境巅峰,早年曾经跻身过青冥天下十人之一,只是后来她就闭关了,以至于之后数任宗主都没能见过她一面。

结果等到她重现人间,就嫁给徐隽这么个不到五十岁的男人,双方就此结为道侣。

这样的一双神仙眷侣,实在是太过稀罕。天下哗然。

就连那个喜欢一露面就跟人干架的真无敌,白玉京二掌教余斗,都破例亲临婚宴道贺了,而且就跟孙道长坐在同一张主桌上,双方这都没打起来,由此可见,徐隽的面子有多大。

此外主桌上还有三掌教陆沉,以及一位寂寂无名的女冠,但是她既然能够坐在主桌,道法如何,傻子都猜得到。

一座青冥天下,徐隽一人手握两大宗门。

白玉京三掌教陆沉、玄都观孙怀中、浩然天下的文庙亚圣,以及天下炼丹第一人,好像都曾对他颇为看好,各有传授道法学问。

大概这就是所谓的命硬且命好,还会做人。

事实上,徐隽还真不是那种城府深沉之辈,想法简单,很多时候甚至有点天真。不过遇到坎坷,身陷困境,却总能逢凶化吉。

武夫戚鼓与好友王原箓曾经同行,秘密来此一趟,因为两人是老乡,都出身于那个大王朝的五陵郡,戚鼓是来找袁滢询问一事,就是那个陈隐官的九境到底如何。

王原箓是个沉默寡言的矮小青年,貌不惊人,甚至还带着几分天生的畏缩神色,如果脱掉身上那件道袍,简直就是乡野村落的庄稼汉,哪怕衣衫洁净,也给人一种邋里邋遢的感觉,一双小眼睛,哪怕是在规规矩矩看人,估计都会被女子误以为是个贼眉鼠眼的光棍汉。

可事实上,这位出身不正的年轻道士,打架的本事,极高。一般情况下是个愿意让步的人,可只要出手了,就极其狠辣,绝不留活口。有好事者帮忙算过,在王原箓只管一个人闷头修行的登山路上,有据可查的出手次数,总计十六次。但光是谱牒道官,就被他宰掉了将近百人。

陆抬对那个莽夫戚鼓没什么好脸色,反而与王原箓聊得挺投缘,酒桌上,王原箓好像天生胆小,且腼腆,都不懂找话与人敬酒,次次被陆抬敬酒了,都会习惯性低头弯腰,双手持杯,二话不说,一饮而尽。

最后这位顶着米贼头衔的青年道士,约莫是被陆抬敬酒敬多了,竟然喝高了,眼眶泛红,哽咽道:"这些年日子过得可苦可苦,着不住咧。"

今夜月明星稀,水边亭子里,陆抬靠着亭柱,闭目养神,轻轻摇扇。

善有善缘,扇有善缘。

袁滢坐在一旁翻阅一本出自藕花福地的诗词集,据说是个名叫朱敛的富贵公子编撰的,在袁滢看来,那些诗词良莠不齐,倒是朱敛的评注,有极多的醒人心目处。

"结笔,柔厚在此,大有甘醇味,尤其能使名利场醉汉,无限受用。"

"起七字最妙,秀绝,非不食人间烟火者,不能有此出尘语。"

"炎炎夏日读此词,如深夜闻雪折竹声,起来眼界甚分明。"

"读至此处如见幽人,数遍空山松子落,能让书外冷眼刚肠之辈动容。"

"自古诗家显达者,褐衣翻黄绶,唯此君而已。"

袁滢啧啧称奇,这个叫朱敛的家伙,自己不去写诗词,真是可惜了。

嗯,书上这一手簪花小楷,也写得漂亮极了。

陆抬在闭目养神,想自家老祖师的那几句话。

"天干物燥,小心火烛。"原来说的是那个登天而去的阮秀。

"公沉黄泉,公勿怨天。"是说他家乡那个药铺里的青童天君。

"风雪夜归人。"是说陈平安。

这些都是陆沉的谶语。

而陆抬的两位传道恩师,是"谈天"邹子和浩然剑术甚旻。

至于那个剑修刘材?

这些年陆抬一想到这个名字就心烦。

袁滢忍不住问道:"陆公子,你在藕花福地见过这个朱敛吗?"

陆抬收起思绪,笑着摇头道:"我没见过,好像后来他被带出了福地,按照陆沉的说法,在落魄山那边当了个老厨子,跟我差不多。可惜朱敛一年到头覆了面皮,吝啬得很,不让别人大饱眼福。"

陆抬笑道:"袁滢,你的那份心思情意,只是在跟着一条姻缘红线走,没什么意思的。"

袁滢柔柔说道:"就当是姻缘天定,不是很好吗?"

袁滢微皱眉头,抬头看了眼河边两人,与陆抬以心声提醒道:"哟,来了两个天大人物。"

竟是那个徐隽,与道号复戡的飞升境女冠。

陆抬依旧没有睁眼,喜欢卿卿我我就去床上嘛,随口道:"这样了不得的大人物,咱俩的小眼睛,怕是装不下吧。"

袁滢忍俊不禁,天地宽不过一双眼眸,是谁说的?

年轻男子在离着亭子还有十余步的地方,就已停步,打了个道门稽首:"徐隽见过陆公子、袁姑娘。"

陆抬高高扬起手中折扇:"太客气啦,恕不远送。"

袁滢就有样学样,挥了挥手中诗集。

如果不是在陆公子身边,她还是会起身还礼。

朝歌冷冷看着凉亭里边的年轻男女。

年纪不大,胆子不小,天大的架子。

徐隽轻轻拍了拍她的胳膊,她点点头,没有任何动作。

徐隽始终站在原地,笑问道:"敢问袁姑娘,晚辈以后能否见到柳先生?"

徐隽上山修行之前,出身贫寒,混迹市井,听了不少柳七词篇,十分仰慕。

袁滢点头道:"必须可以见着啊。"

徐隽笑着抱拳告辞离去,与身边道侣以心声道:"陆公子是位散淡人,你别介意。"

朝歌微笑道:"只要你不介意,我就无所谓。"

陆抬收起折扇,开始赶人,袁滢非要赖着不走,陆抬只得自顾自躺着睡觉,袁滢就自顾自看书。

天空泛起鱼肚白时。

有一叶扁舟,风驰电掣,在江心处骤然而停,再往凉亭这边泊岸。

一个戴虎头帽的少年,一个身材魁梧的男人。

正是白也和刘十六。

刘十六跳上岸,大步走入凉亭,爽朗笑道:"来跟你道声谢。"

陆抬早已起身,毕恭毕敬作揖还礼:"晚辈见过刘先生。"

故意没有认出那个少年是白也。

而且是白也又如何,陆抬又不仰慕什么,写了那么多飘来荡去、高高在上的诗篇,陆抬虽是剑修,却打小就恐高。

袁滢姗姗起身，与两位客人施了个万福。

打稽首做什么，太见外。如此一来，多像个与夫君一起出门待客的妇道人家。

刘十六笑道："不用称呼什么先生，担不起，喊我君倩即可。"

当年陆抬陪着小师弟一起游历桐叶洲，帮了不少忙。

尤其是那次差点一语道破天机，让陆抬受伤不轻。君倩作为文圣一脉的弟子，得领情。

袁滢问道："你就是白也？"

白也点点头。

袁滢又问道："你咋个戴了个虎头帽？"

白也面无表情，转头望向江上。

袁滢小心翼翼补了一句："好看得很哩。"

刘十六忍住笑，提醒道："小姑娘，你就别提这茬了。先忍住，至少等我和白也走了，再跟陆抬好好聊这个。"

袁滢眨了眨眼睛，轻声道："真的很搭嘛。"

刘十六没有久留，与陆抬闲聊几句，就和白也离开凉亭，继续远游。

带着袁滢返回酒楼，陆抬回了自己院子，关上门后，坐在台阶上，怔怔出神。

在几年前，陆抬就在院子里堆了个雪人，一年到头都不化雪。

陆抬后仰倒去，双手作枕头。

当年在桐叶洲，陆抬为了与陈平安道破天机，代价何止是道心不稳，是差点当场崩溃，而且陆抬当时依稀看到了陈平安身后，站着一位身形缥缈的存在，唯见一双金色眼眸，就那么居高临下，看着蝼蚁一般的陆抬。那就像是陈平安身上某个一的大道雏形，可能是来自万年之前，可能是来自万年之后，天晓得，天晓得！

第九章 真正的持剑者

酒泉宗边上的那座城池,人头攒动,熙熙攘攘,比云纹王朝的京城还要热闹几分,多是些炼形未全的下五境妖族修士,除了卖酒、饮酒之辈,几乎都是外乡来这边做酒水买卖,或是来此游历的,大大小小的酒楼酒肆,很像早年的剑气长城,得钱即觅酒,醒时杯前坐,醉后桌底眠。

蛮荒天下的宗门底蕴如何,一目了然,就看"人"有多少。不过酒泉宗自身没什么实力,明里暗里,都远远不如仙簪城,宗门里边就两位上五境修士,一个每天想着让贤的仙人境老宗主,一个打死都不愿意继承宗主的玉璞境掌律祖师,其余宗门上下谱牒修士无论男女,几乎都是精通酿酒又喜好饮酒的酒鬼,真真正正,一辈子都算泡在酒缸里了。

来此做客的齐廷济习惯性小酌慢饮,陆芝却是大碗豪饮,喝了个满脸通红。

先前齐廷济专门挑了两款被阿良说成是口粮酒的酒泉宗佳酿,与陆芝一人一壶,价廉物美。

阿良每次偷偷游历蛮荒,都会来酒泉宗这边厮混几天才肯返回,不醉不归。

陆芝伸出大拇指,擦了擦嘴角:"在剑气长城那么多年,其实也没怎么特别开心,或是特别伤心的时候。"

有人说过,喝酒这件事,要么大怒大欲并大醉,要么大喜大悲共酩酊,才能喝出真正的酒水滋味,才让人生愁肠与天地相通。

齐廷济笑道:"所以你没有真正喝醉过,是个不小的遗憾。很期待以后在龙象剑宗，让我见到一次陆芝的醉态，骂天骂地也可以，哭得稀里哗啦更好。"

陆芝摇摇头，不觉得自己会喝得这么失态，看了眼齐廷济，道："你好像真的心甘情愿在浩然天下落脚了。"

剑气长城剑修中，历来不缺俊男美女，眼前这位老剑仙，肯定得算一个。

齐廷济给出了那个答案："在我看来，一座浩然天下，犹如一人身躯，心腹充实，四肢虽病，终无大患，而且每次病愈，就是一种壮大。所以那边本就适合开宗立派，开枝散叶，再说了，以后我们还会有下宗，比如蛮荒天下和五彩天下，各建一座。经营家族也好，扩大宗门也罢，跟一个人闷头修行，截然不同。"

陆芝一听这些正经事就烦，就又提起酒碗，仰头一饮而尽。

陆芝猛然转头，齐廷济微微皱眉，方才一闪而逝的昼夜交替，阴阳错行，天地大骇。

这等异象，不是十四境大修士做不出。看大致方向，好像是刻意针对归墟黥迹的？

陆芝很快就无所谓了，懒得多想。一行人当中既有老谋深算的齐廷济，又有做事情滴水不漏的年轻隐官，轮得到她费脑子？

酒肆别处酒桌，有个妖族修士眼睛一亮，虚抬屁股，视线下移，望向那女子腰肢以下的旖旎风景，狠狠剜了几眼："这娘们模样怪寒碜，倒是有双大长腿！蒙上脸后……"

同桌好友立即接话道："蒙脸多费事，让娘们撅屁股趴那儿。"

陆芝一拍大腿，头也不转，说道："来摸。"

一座酒铺嘘声四起，使劲拍打桌面，为那位率先打开话头的妖族修士壮行。

酒肆掌柜对此见怪不怪，喝过了酒，谁还不是个剑仙，喝得够多，就是新王座了。

那妖族修士大笑道："当真？这可是你自己求我的？"

齐廷济微笑不语。这可是阿良都不敢做的事情。

齐廷济给自己倒了一碗酒，酒壶已经见底，喝完这碗就该去那条无定河了，不知道陈平安在那边所求何事。

那妖族修士刚刚起身，那长腿女子只是喝酒，但是酒肆之内瞬间剑光纵横，雪亮一片。

起身修士，从头到脚，如刀切片，当场分尸，一分为三。

其余一众喝酒修士，或头颅处被一条光线抹过，割掉头颅，或被拦腰斩断。

除了酒肆掌柜依旧安然无恙，两腿一软，只得手肘抵住柜台，不让自己瘫软在地，免得稍有风吹草动，那位女剑仙就误以为是挑衅，至于其余几十号来此喝酒的妖族修士，顷刻间就都死绝了。

误伤？错杀？

这里又不是剑气长城的酒桌。

陆芝瞥了眼桌上的两只空酒壶，说道："结账。"

酒肆掌柜不过是个龙门境老修士，口干舌燥，讷讷无言。

陆芝掏出一枚小暑钱，放在桌上。

喝酒赖账太伤人品，陆芝做不出这种勾当。

齐廷济起身时，摸出一枚谷雨钱，对那掌柜说道："去与酒泉宗说一声，阿良在这边欠下的酒债，我帮忙还了。"

陆芝笑道："万一这点钱不够还债，岂不是尴尬？"

齐廷济说道："多不退少不补。"

随后两位剑修联袂赶赴下一座山市，这座山市位于曳落河水域那条无定河之畔的一座山头，山脚处建造有一座几乎没什么香火的祠庙，山神祠都没敢建在视野开阔的山顶，由此可见，这曳落河辖境之内，山水神灵之间的地位差别。

两人一现身，就看到了一幅奇异画卷，大水高悬，映照得万里山河碧绿一片，空中水网交错，就像一棵参天大树倒塌，数百条枝干一同匍匐横地，而每一条离开河床水道，被拽在空中蔓延开来的各色"枝蔓"，都是一条条曳落河支流。

齐廷济御剑升空，举目远眺，视线顺着那条曳落河主河道，只见那旧王座大妖绯妃，并未现出妖族真身，她只是凭借坐镇小天地和水法本命神通，祭出了一尊看似不输那莲花冠道人高度的万丈法相，那法相双脚所立处，是两座相距颇远的曳落河水府建筑，被她踩穿两座屋脊，脚边废墟，分别是碎了一地的明黄、碧绿两色琉璃瓦。

绯妃此时双膝微曲，伸手拽住那条悬空的曳落河，身躯后仰。

她是年轻女子容貌，一双猩红眼眸，身上法袍名为水脉，那数千条经纬丝线，皆是被她炼化的条条江河，既有蛮荒天下的，也有她在桐叶洲那边的进补。一只白如凝脂的手腕，系有一串金色手镯，以数十颗蛟龙之属本命宝珠炼化而成，荡漾起一圈圈碧绿涟漪，如一枚枚神灵宝相圆环。她脚上一双绣鞋，鞋尖处翘缀有两颗硕大骊珠，此刻骊珠正与那道人法相疯狂争抢水运，稳固曳落河水运。

在蛮荒天下，某些大道之争，极其残酷，就是小鱼吃虾米，大鱼再来吃小鱼，吃得一干二净，位于大道之巅的修士，最好是身后一条登山大道，再没有半个行路者，至多是在半山腰那边有些构不成威胁的存在，然后只在山脚处密密麻麻簇拥起来，饿了，就下趟山，吃饱了再炼化为自身的大道气运。

以前是仰止和绯妃平分蛮荒八成水运，结果谁都未能合道跻身十四境，双方在飞升境巅峰停滞数千年之久。

悬空的一条条江河被双方扯得当场崩碎，大雨滂沱，大地上处处洪涝成灾。

但是每条落地之水，水运都已经被双方瓜分殆尽，分别涌入道人袖袍内和绯妃鞋尖处。

陆芝来到齐廷济身边，说道："这么一比较，我们剑修打架，确实不够好看。"

齐廷济打趣道："怎么像是乡野间的田垄抢水？"

陆芝点头道："难怪咱们隐官大人这么拿手，敢情是重操旧业了。"

绯妃大怒道："陈平安，我跟你有仇？非要来曳落河找麻烦？！"

若是换成一位剑气长城剑修的问剑，哪怕是董三更之流的刻字老剑仙，即便出剑凌厉，曳落河水运终究折损有数，哪怕百余条江河被剑气搅乱切碎，可毕竟剑修带不走水运，至多是让绯妃消磨数百年道行，拖延她的破境合道，绯妃大不了就跑去别地攫取水运，拆东墙补西墙，只要托月山不拦阻，她总能补上消耗，不承想遇到了这个仿佛天生大道亲水的年轻隐官，竟是与她起了一场不输仰止那个老婆姨的大道之争。

绯妃法相攥紧那条激荡不已的曳落河，使劲往后一拽，咬牙切齿道："有本事你就去托月山撒泼！"

一来绯妃大道属水，再者她还是一只旧王座大妖，眼力肯定要比玄圃那个半吊子飞升境高出一筹，确定眼前这尊万丈法相的真身，是那末代隐官陈平安无疑。

至于陈平安如何变成了一位十四境大修士，绯妃没兴趣刨根问底，她只是在心中大骂托月山，竟然任由这个家伙深入蛮荒腹地。

齐廷济和陆芝身边，各自悬停有一朵紫金莲花，灵气渐渐消散，好像刚好能够支撑一炷香光阴，在此期间，帮助两位剑修隔绝天机。

肯定是陆沉的手笔了。

宁姚站在河床已经无水的那条无定河河畔，她身边也有一朵莲花围绕她缓缓旋转。

参加过那场中土文庙议事，陈平安其实说过，他既然回了家乡，就什么都不管了，反正想管也管不着，就只是好好管自己的修行。

结果倒好，还是这么劳心劳力，真是劳碌命。

道人那尊万丈法相，与绯妃合力将整个曳落河水域的数百条江河，聚拢归入主河道，拉伸成一条长达十几万里的悬空长河。

道人开始向前大踏步行走，双手不断将曳落河主道如绳索般裹缠在手臂上，绞杀其中无数水裔精怪。

一位身形缥缈、面容模糊的青衣道士，站在莲花冠道人法相一肩头，手捧那柄名为拂尘的麈尾，一挥拂尘，朝远处曳落河水府那边指指点点，微笑道："罗天重重别置星宿，列星遵旨归位，日月敕令重明。"

曳落河水域数百条干涸河床之内，竖起了一根根青色竹竿，多达三千六百根竹竿，正合道门规制最高的罗天大醮之数。

一个骑乘火龙的光头小沙弥，分别腰悬长剑和一页金色经书，站在火龙头颅之上，双手合十，默念道："佛法行化人间，于众中作狮子行。"

言出法随，一头大如山岳的金色狮子，落地后精神抖擞，仰头一吼，震杀无数曳落河水族鬼魅。这头佛法蕴藉的狮子，浑身宝光熠熠，向那绯妃法相一跃。

在这些天地异象中，一道不显眼的身形从天而降，中途被气机牵引，稍稍更换轨迹，来到了曳落河水域边缘地带的一处荒郊野岭，是从明月中返回人间的刑官豪素。

一粒心神所化的陆沉分身，此刻就坐在树干上，晃荡着双腿，远远欣赏年轻隐官与绯妃的斗法，自古人忙神不忙嘛，白玉京三掌教念念有词道："此智在眼洞十方，此慧在心益三世。三世十方量无量，手眼显化千万种。如是妙用等水月，昭然可见不可捉。若人于是见菩萨，是人即是菩萨子。"

陆沉伸手轻轻一拍树干，面带笑意，自顾自点头道："离此别求奇特事，是则外道坏正法。"

豪素倒是不奇怪陆沉的那些佛家言语。

陆沉笑问道："那张奔月符还好用？"

不在青冥天下，他那张奔月符在这边，可能会大打折扣。

豪素点点头："很管用，不愧是张大符。"

陆沉的奔月符，还有岁除宫宫主吴霜降的玉斧符，以及那张被誉为上尸解符的太清轻身符，又名白日举形宝箓，都是当之无愧的大符。所谓符箓大家，其实有一条不成文的规矩，就是必须有首创符箓能跻身举世公认的大符之列。

青冥天下的白玉京大掌教、大玄都观孙道长、老观主那位被余斗仗剑斩杀的师弟、浩然天下的符箓于玄、龙虎山历代大天师，还有蛮荒这边的旧王座大妖黄鸾、荷花庵主，以及那个已经消失多年的玉符宫宫主，都是公认最顶尖的符箓宗师。

似乎陆沉除了剑术一道，属于七窍通了六窍，其余道法都很精通，就没有陆沉不曾涉猎的旁门左道。但是这位白玉京三掌教，在青冥天下，却没有与任何一位十四境大修士厮杀的事迹流传。

道祖三位弟子，负责轮流掌管白玉京百年，每次轮到陆沉坐镇白玉京，几乎从不管事情，偶有大修士违例犯忌，陆沉就只是去登门记账，吃了闭门羹，也绝不硬闯，只在门外提醒对方，说着一套差不多的言辞："一定要多活几年，等我二师兄从天外回来叙旧啊。"

陆沉抖了抖袖子，打趣道："是隐官送给刑官的，真是羡慕你，齐老剑仙和陆姐姐还要弯个腰才能捡漏，就你最轻松了。"

从道袍大袖中抖搂出那具玄圃真身，飞升境妖丹还在，有了这笔战功，足够让豪素在文庙那边有个交代了。

豪素将那条玄蛇收入袖中，一挑眉头："在别家地盘上，陈平安还能宰掉个飞升境，保存一颗完整妖丹？"

本以为这趟远游蛮荒腹地，至多宰掉两只仙人境妖族，不料还有这么大的意外之喜。

陆沉笑着摇头，与刑官大致解释了这位仙簪城城主是如何被自己师尊乌啼做掉的。

豪素愈发疑惑："那个玄圃厮杀的本事如此稀烂？不到一炷香之内，就被乌啼彻底打杀了？玄圃都没能逃出那座祖师堂？"

这只飞升境大妖，怎么感觉就是个浩然天下的南光照。

在豪素的印象中，蛮荒天下的飞升境大修士，还是很能打的，即使杀力不够出众，至少跑路很擅长。

陆沉双手拍打膝盖，眯眼笑道："仙簪城年成光景不好嘛，庄稼地里一茬不如一茬，你是没见到那个仙人境的银鹿，更纸糊。没法子，如果说浩然天下的手艺活，是教会徒弟饿死师傅，那么在这边山上，往往就是教会弟子打杀师父了。老的，谁都会藏几手压箱底的本事；小的，谁都会尝试着偷偷破解早年那个在祖师堂立下的誓言。也对，反正都不是人，为何要相信人心。"

豪素看了眼"拔河"双方，随口问道："我们何时出剑？不会就一直这么看戏吧？"

陆沉看了眼远处绯妃的法相，道："先不着急，只等隐官找准时机一声令下，这会儿的绯妃姐姐还是比较谨慎的，犹有几条退路可走。估计是隐官先让你没有白跑一趟，又开始为陆芝做谋划了，不是想要城头刻字吗？如果真能一剑宰掉旧王座绯妃，回了剑气长城，刻个'陆'字……哈哈，刻这个字好，绝了！我等会儿就去找陆姐姐打个商量，只要她愿意刻'陆'字，而不是那个'芝'，剑匣就不用还了。"

陆沉叹了口气，揉了揉下巴："可惜刻字的机会是有，未必能成。你们想要共斩暂任一座天下水运共主的绯妃，自然不可能是剑术不够，可能会差点运气。"

豪素想起一事，又问道："既然银鹿都被揪出来了，陈平安为何不找机会一并杀掉那个鬼仙乌啼？"

倒不是豪素贪图这份战功，只是以仙簪城与剑气长城的那份死结恩怨，照理说，怎么都不会放过乌啼才对。

陆沉笑着解释道："玄圃是属于该死，必须死，让他留在仙簪城，就是个祸患。乌啼就比较可有可无了，一只只能待在阴冥路上苟延残喘的鬼仙，还不至于让我们此行节外生枝。何况陈平安有自己的考量，不太希望蛮荒天下少掉一个蹲茅坑不拉屎的货色，不然一旦乌啼让出个大道位置，如果蛮荒天下只是多出个补缺的飞升境，也就罢了，万一就因为玄圃和乌啼的先后毙命，多出的这份气运，让某位飞升境巅峰打破大道瓶颈，岂不是凭空多出个崭新十四境？"

豪素点点头："除了选我当刑官，老大剑仙看人挑人的眼光，确实都很好。"

陆沉好奇问道:"老大剑仙怎么把你劝留下来的?"

豪素不像是个听劝的人,陈清都更不会强行挽留豪素才对。

豪素沉默片刻,掏出一壶酒,揭了泥封,痛饮一大口酒水:"老大剑仙当年就跟我说了两句话。"

陆沉愈发好奇:"哪两句话?"

豪素给出答案:"我不在乎蛮荒天下会不会多出一位飞升境剑修。报仇一事,你如果是以妖族修士的身份去宰人,与你保持浩然剑修的身份,去取仇寇头颅,其实是两件事。"

陆沉使劲点头道:"确实是那位老大剑仙会说的话。"

"劝我的就两句,其实还有一句交心言语。"

豪素笑道:"老大剑仙提醒我,如果执意要去蛮荒天下练剑,就去好了,他不拦着,只是哪天我侥幸跻身十四境剑修了,还胆敢出现在剑气长城的战场上,他就先做掉我。"

陆沉由衷赞叹道:"老大剑仙真是一位劝人向善、慈祥和蔼的好长辈啊!"

豪素笑了笑,还有一番话,实在不愿意多说。

当年老大剑仙最后拍了拍年轻剑修的肩膀,说:"年轻人有朝气是好事,只是不要急哄哄让自己锋芒毕露,这跟个屁大孩子,大街上穿开裆裤晃荡有啥两样,漏腚又漏鸟的。"

之后陈清都就双手负后,独自在城头散步去了。

豪素蹲在树枝上,随手抛出那只空酒壶:"为何独独对我刮目相看?"

陆沉来到蛮荒天下,本来打算就只是带着刑官一起远游青冥,只是一个不小心就上了年轻隐官的那条贼船。

陆沉笑道:"你境界高啊,飞升境剑修,你以为青冥天下就很多吗?不多的。再就是……也算同病相怜吧,因为我们心里边都有个不大不小的遗憾。"

陆沉的遗憾,是辜负了那位龙女。

而豪素在家乡福地仗剑飞升之前,曾经与一个心仪女子有过约定,会回去找她。

豪素突然问道:"真正的陆沉是怎么样的一个人?"

眼前这位白玉京三掌教,与当年浩然天下乘鹿出海访仙的那位,可能还算大道相通,可言行举止却有云泥之别。所以豪素一直怀疑眼前这个陆沉,根本不是陆沉的什么真身。

陆沉双手抱住后脑勺,先后给出了三句话。

"绿水行舟,青山路客,千岁厌世,去而上仙,乘彼白云,至于帝乡。"

这是陆沉在说自己的修行路途,在浩然天下不想混了,那就换个地方。修道之人的家乡,是道心安放处。

"庸人自扰也，山木自寇也，虽天地之大万物之多，而惟吾蜩翼之知，专心一志。"

这大概是陆沉看待这个世界的眼光角度。

"藏天下于天下，与天为徒，是谓真人。"

这兴许就是陆沉的大道根本所在，只是好像外人都学不来。

一场"拔河"，那尊身高万丈的道人法相，已经足足夺走了曳落河水域的四成水运。

陆沉啧啧道："一座蛮荒天下的本土修士，加上我们这些外来户，十四境大修士，好像有点多了。"

除了陆沉自己，还有从天外返回的大祖初升、叛出剑气长城的上任隐官萧愻。

那个继续两不相帮的老瞎子、身为斩龙之人的剑修陈清流，以及只是来此游历的兵家修士吴霜降。

当然还有个深藏不露的白帝城郑居中。

如果陆沉这一路的推演没有出现纰漏，蛮荒天下极有可能还会多出一位横空出世的十四境剑修，那是一个托月山专门用来针对阿良和左右的崭新"宗垣"，是托月山的杀手锏所在，想必是文海周密留在人间的一记关键后手。

天底下哪种练气士，最能斩杀飞升境剑修？很简单，就是十四境纯粹剑修。

更何况此外，其实还有一位万年不曾踏足蛮荒山河的十四境巅峰大修士。

白泽！

这一次白泽会选择站在蛮荒天下这方，没有任何悬念。

陆沉突然站起身，叹了口气："走了，既然杀不掉绯妃，就留点气力去做更大的事情。"

豪素皱眉道："为何？"

陈平安分明已经彻底拖住了那个绯妃。竟然一剑不出就离开曳落河？

陆沉却没有给出答案，只笑着转身朝不远处打了个道门稽首，然后陆沉一粒心神化身重归莲花道场。

豪素犹豫了一下，最终还是没有出剑。

在陆沉和豪素离开之后，两人一旁的大树枝干上，凭空出现了一位身材修长的男子，正是神色落寞的白泽。

托月山大阵瞬间开启，周围万里山河皆水雾升腾，一条万年萦绕此山的光阴长河，如同一条护城河。

托月山中妖族修士，如临大敌，无一例外，皆目不转睛望向山脚一处，云雾滚滚，遮天蔽日。

有一人率先从光阴长河中走出，然后是宁姚、陆芝，最后是齐廷济、刑官豪素。

万年之前，剑气长城曾有三位刑徒剑修，陈清都居中领衔，率龙君、观照共斩托月山。

万年之后，又有五位来自剑气长城的剑修，联袂做客此山。

作为蛮荒天下攻伐剑气长城长达万年的一场回礼。

天外，一位双指随意捻动一颗星辰的白衣女子，身形逐渐消散，最终从广袤无垠的无尽太虚中，化作一道璀璨光柱，直奔那座其实无比渺小的蛮荒天下。

托月山山脚，那居中之人，陈平安脚踩长剑夜游，御剑悬停空中，右手双指并拢，向右方缓缓一抹而过，在他身前出现了一条金色光线。

一把杀力高出天外的长剑，就此至天外来这人间。

这一刻的陈平安，就像万年之前的真正持剑者，远古天庭五至高之中，那位持剑者的最早持剑者。

陈平安左手持剑，眼前有大山挡路。

先前在仙簪城那边，陈平安的道人法相，没有施展任何剑术，选择只以双拳撼高城，是提醒白玉京三掌教，双方其实还有笔旧账没有算。

后来陆沉画了一幅蝉附一线的"知道图"，何尝不是礼尚往来，在暗示陈平安，想要在托月山递剑成功，仙兵品秩的长剑夜游依旧不够，得换一把。

这是陈平安在那仙簪城内，不由得记起年少时一幕，因为不曾刻意隐藏心相，陆沉借了一身十四境道法就只得寄人篱下，栖息在陈平安神魂中，就像看见了一幅缓缓摊开的光阴画卷，才有陆沉后来手绘"知道图"一幕。

无妨。以后游历白玉京，连那个被誉为真无敌的道老二，陈平安都要照砍不误。

遥想当年，第一次离乡远游路上，少年陈平安穿草鞋持柴刀，习惯为他人入山开路。

曾经一起面对那座后来才知道名为穗山的高岳，有过一场问答。

她问陈平安，如果有山岳拦住大道，该如何？

当时陈平安的回答是爬过去，而非绕道而行。

她又问如果手中有剑呢？陈平安就说开山而行。

"同行！"

那一次，在陈平安递剑之前，在双方心有灵犀一起说出二字之时。

少年手中长剑，疯狂颤鸣。

有如万年孤独的秋蝉，在人间最高枝头，对天地放声。

眼前一座托月山，高耸入云，此山早年在被蛮荒大祖得到其中一座飞升台后，未能大炼，最终只是将其炼化为一件中炼本命物，与托月山、飞升台皆形若合道，已经在天下屹立万余年。

如今坐镇托月山的蛮荒大妖，是一名站在山巅的黄衣男子，道号元凶，也就是托月山历史上的首位守山人，在师尊消失的那段岁月里，正是他负责看守一座天下，作为新

第九章 真正的持剑者

妆和离真的师兄,蛮荒大祖的开山大弟子,元凶名声却不显,一来他极少离开托月山,再者后来他也未曾现身甲子帐和浩然天下,以至于整座蛮荒天下干脆都当这位大祖首徒不存在了。

元凶此刻站在托月山最高处,双手负后,俯瞰那位单手持剑的年轻隐官,再看了眼分立四方的剑修,道:"让他们只管出剑。"

这只飞升境巅峰大妖,还真不信这个剑气长城的末代隐官能够砍出个什么名堂来。

除非这四位皆来自剑气长城的剑修,能够砍上一万多剑,而且还必须剑剑功成,次次可以开山。

大妖元凶,早已合道托月山万余年,所以才会这般深居简出,从不抛头露面。

那个年纪轻轻的陈平安,成为一位纯粹剑修才几年?合道半座剑气长城又才几年?

包括元凶在内的历代托月山的守山人,唯一与山外打交道的事情,就是负责秘密收拢龙君和观照的魂魄。

万年之前的那场问剑,陈清都付出了失去本命飞剑浮萍的代价。

那场架,也就是托月山和剑气长城都未有半点记载,三位剑修出剑的缘由、过程、结果,都没有任何文字记录,不然如今不管哪座天下的修士,是不是剑修,只要随手翻开这页老皇历,都要感到一份扑面而来的滚滚剑气。

托月山方圆数万里之内,天翻地覆,山河破碎,被剑气硬生生搅成一处不宜修行的无法之地。托月山更是直接被龙君削掉一半,这才有了之后仙簪城的后来者居上,成为蛮荒天下第一高城。

观照生前的最后一剑,劈出了蛮荒后世的那条曳落河雏形。

与此同时,陈清都一剑打碎飞升台的登天之路,更严重的后果是,陈清都使得蛮荒大祖哪怕万年之后都未能跻身十五境,始终只差一步,落了个被老瞎子调侃一句"可能是修道资质不行"的下场。

龙君失去了一魂两魄,不管是在英灵殿议事,还是在剑气长城的战场,龙君都只以一袭灰色长袍的惨淡形象示人。一颗头颅,更是被旧王座大妖、高居枯骨王座之上的白莹随便踩在脚下,白莹的真实身份也就是周密的阳神身外身。

而离真的前身剑修观照的下场比龙君更惨,是名副其实的身死道消,真身早已在那场问剑落幕后彻底湮灭,魂魄四散天地间,后来被托月山守山人搜寻到最关键的一魂一魄,之后缝补拼凑出了其余魂魄,才有如今的新天庭披甲者。

所以当年剑气长城被蛮荒大祖一分为二,陈清都、龙君、观照三位剑修,在某种意义上,其实就是一场古怪至极的久别重逢。

齐廷济从袖中取出一把剑坊制式长剑,要以此递出第一剑,遥遥祭奠老大剑仙,还有万年之前的两位前辈,龙君和观照。

宁姚手持四把仙剑之一的天真。

刑官豪素祭出本命飞剑之后,方圆百里之内,犹如一把明月镜横放在地,天上婵娟,人间满地霜,唯有豪素站立其中。

陆芝,舍不得用南冥、游刃两剑,况且这两把剑也不适合拿来砍山,哪怕要砍得锋刃卷起,长剑断折,也得留在最后。南冥、游刃两把道剑所化,陆芝脚踩一座道家所谓"天心方丈"的南冥天池大阵,又有"游刃有余"而生的一尾青鱼,凭空汲取其中水运,取出长剑蜩甲,这是一副白玉京飞升境女修士的高真遗蜕,陆芝为了追求更多的递剑次数,只得忍着心中别扭,将其披挂在身,瞬间心有灵犀一点通,仿佛天授神通,陆芝就已经掌握了两门白玉京上乘道法。

她再一想,就又取出了先前在白花城用熟了的秋水和凿窍,然后再将山木、刻意在内的长剑一并取出,悬停手边,方便砍断一把就再拿一把。等到盒内八剑都被陆芝一一取出,她才发现一旦完全使出,竟是一整套类似道门剑仙一脉的剑阵,何止是攻守兼备,简直就是一座大道自行运转的移动天地,就像道门圣人能够带着一座道观远游天地间,一位兵家修士能够扛着整个战场遗址四处奔走。

她点点头,之前没有说错,陆沉的道法,果然有点意思。

托月山的妖族修士,山上山下,无一例外,一个个都心弦紧绷,这种敌对双方皆唯有飞升境才有资格露脸的战事,谁掺和谁死。如果托月山守住了还好说,可但凡守不住,就只能是个等死。

陈平安猛然攥紧手中长剑,在心中默念道:"同行开山!"

遇见仙簪城就摧城,遇见曳落河就拔河。

那么遇见托月山,当然就要搬山!

陈平安现出万丈法相,一剑将那光阴长河大阵斩开。

此外来自齐廷济、宁姚、陆芝和豪素的四道剑光,共斩托月山。

一剑之后,站在山巅的大妖元凶身形崩散,只是瞬间就归拢为一,好像那几剑全部落空,从未落在托月山上。

那些不得不作壁上观的蛮荒妖族修士,还来不及为元凶的通天手段喝彩,就发现一山之中,空中无数剑气如虹,山顶剑气如瀑布倾泻,山脚剑气如洪水倒流,躲无可躲,避不可避,瞬间就有百余位妖族剑修,犹有一些保命手段的仙人境之外,连同玉璞境在内,被悉数当场绞杀,全部化作一份份被托月山汲取的天地灵气。

直到这一刻,才有在此做客的几位仙人境妖族修士后知后觉,明白了为何托月山的嫡传弟子早已不见踪迹,原来那个元凶,好像早就预料到了会有这么一场剑修问剑带来的开山之劫。

只是十数剑过后，托月山除了山巅那个元凶和剩下的屈指可数的几个仙人境，山中就再无存活修士。

被年轻隐官一次次剑斩真身的元凶始终站着不动，这只飞升境巅峰大妖，就只是以无境之人的超然姿态，出生入死十数次。

托月山就像一位积攒了万年道行的修道之人，只有被接连开山万次，才能被搬徙山头。

如果说元凶是暂时立于不败之地，那么元凶视野中的那个持剑者，就是一种持剑即无敌的更高姿态。

元凶有意无意瞥了眼那个年轻隐官的一双金色眼眸。

陆沉站在莲花道场之内，瞪大眼睛，环顾四周，以心声喊道："喂喂喂，那个一，真的是你吗？小道陆沉，如此辛苦，在陈平安身边厚着脸皮阴魂不散，只等今天与你有一问，是唯我陆沉一人梦耶？还是众生皆为你一人造梦耶？别不说话，小道可以断言，你肯定听见了！"

如果万年以来万万人，都是一人之梦？不但陈平安是那个一，事实上人间万年一切有灵众生，都是那个一，那么我陆沉修道的意义何在？如果在梦醒之外，根本没有什么人族登天，从未有过什么天道崩塌？

陈平安的开山大弟子，裴钱是事后才知道，原来老厨子心相中的那座高楼，就是仿自青冥天下的白玉京。

离开藕花福地的远游路上，陈平安曾经无意间问过画卷四人一个问题，唯有朱敛坚持到最后，说哪怕杀一人可以救天下，他依旧不救，因为他担心自己就是那个一。当年朱敛带着狐国之主沛湘返回落魄山，曾在那棋墩山一处高坡，朱敛没来由说了一句梦醒是一场跳崖，说自己越来越不确定自己与天地是否真实，说沛湘给不了答案，最后朱敛抬手指向远方，说必须由一个他信得过的人来告诉他答案，他才会相信。

陆沉之所以愿意借给陈平安一身道法，其实是希望那个一的雏形，能够为自己解惑！

不管那个存在，给出什么答案，只要他愿意开口，是肯定或是否定，陆沉自有手段，无论自己得到哪个答案，都可以做成最重要的那次梦醒，一梦醒来梦梦醒。

可惜对方没有理会陆沉的询问，好像陈平安身上根本没有那个一。

陆沉有些伤感，你就这么瞧不起一位十四境修士，还是说，陈平安压制住了那个一？

东宝瓶洲和北俱芦洲之间，那条曾经横跨两洲的海中桥梁已经被拆掉，不然就会混淆两洲气运。

少年道童与一位身材高大的老道人,离开龙州地界,联袂行走海上。

老观主回望一眼宝瓶洲的陆地:"这头绣虎,也算为儒家立下一桩名副其实的擎天架海之功了。"

"与其让周密得逞,不如他陈平安认命。"道祖微笑道,"就由他来认领这个一。身为笼中雀,自己选择在笼内周旋一年,就是一年不得出牢笼,假使能够周旋万年,就是万年牢笼。"

老观主笑道:"周旋?我与我周旋久。"

就像让争那个一的周密原地旋转,跟着陈平安于笼内一并鬼打墙。

崔瀺和齐静春由着周密登天,入主旧天庭遗址,就是一场请君入瓮。

不承想这天下人间亦有一座别样牢笼,在等着周密。

文圣一脉,师兄弟三人,都对自己够狠。

为何如此?

大概他们三人都对这个世界,始终怀揣着一份希望。

不是世道足够美好,才让人心生希望,而正是因为世道还不够美好,人间无小事,才需要给予世道更多希望。

老观主好奇问道:"周密授意那个元凶,傻乎乎带着托月山站着不动,让陈平安持剑砍上一万次,就为了那份递剑折损流散开来的神性?"

道祖点点头:"对付聪明人,很多时候只有笨法子,才有妙用。"

只要陈平安认为自己是剑修,就注定绕不开那座托月山。

老观主伸手掬起一捧水,轻轻摇晃掌心,凭此测量礼圣和浩然天下如今礼仪规矩的重量:"不管陈平安能否搬山,几座天下的山巅修士都将这个过程看在眼里,如此一来,陈平安就有可能会比那个余斗先成为众矢之的。"

吴霜降曾经为道老二余斗送过一句谶语:若君不修德,取死之道也。

因为舟中之人尽为敌国。

老观主冷笑道:"上古功德圣人,立大功,至大化,取天下,得之以人心。今之周密欲以天上取天下,以人命。"

道祖笑问道:"你说这位浩然贾生,当年跨过剑气长城那一刻,在想什么?"

老观主随口答道:"约莫是那'命时相背,非世所容'。这个读书人又心比天高,那就只剩下去天上这条路可走了。我猜测到剑气长城没多久后,周密一定曾经抬头看天,笃定那高处才是心乡所在。"

老观主松开手,将掌心积水放归海中,道:"如果真被陈平安搬山了,剑斩元凶,他会不会在城头刻字?刻什么字?平?安?加上陈熙早先刻下的'陈'字,如果还能再斩一只飞升境，啧啧，被这小子凑齐名字，只凭此事，以后万年他陈平安的名头恐怕就要比余斗更大。也不全是私心，这会帮着剑气长城遗址被后世练气士提及更多、更久。"

山上流传着一种说法。被世人彻底遗忘过往，是人死后的又一种死亡。

道祖摇摇头："真要刻字，也只会是那个浮萍的'萍'字。"

老观主点点头。

道祖突然说道："少说几遍周密，站着说话不腰疼。"

老观主洒然一笑。

金色拱桥。

阮秀看着那条远游剑光，浩瀚无垠的天外太虚，一颗颗星辰小如铺散地面的粒粒芥子，不计其数，有些细密攒簇在一起，组成一条条光彩璀璨的浩荡银河，那条气势无匹的剑光穿梭其中，如石中火，白驹过隙，剑光速度之快，犹胜光阴长河的流淌。

周密则眯眼俯瞰人间。

离真趴在栏杆上，眨了眨眼睛："咦，怎么河流改道啦？这算是……破天荒吗？"

周密微笑道："当着别人的面幸灾乐祸，可不是什么好习惯。"

离真转头看了眼周密，哪怕知根知底，还是每多看一眼，就要忍不住对这位吃掉切韵师尊陆法言的"通天老狐"，天下文海，多佩服几分。

离真收回视线，望向金色拱桥之外。

在高位神灵眼中，光阴长河就如同望气术眼中的山水道气，除了自身的神灵金身之外，无处不在。而在至高神灵眼中，又是一番异样景象，就像一间由无数个细微之一组成的无壁屋舍，一动则亿万皆移，看似有序，实则无序。

但是天庭共主之外的五至高之四，心知肚明，天地混沌的大无序中，实则隐藏着唯一的秩序。

万年之前，是否跻身远古神灵高位，就看能否亲眼看见那种再不可切割之物。

而每一条短暂有序的轨迹，类似光阴长河的某一截支流河床，就是一门神通，也就是后世人族练气士所谓契合天地的道法。

几座天下，后来登山的修道之士，每一种记载在书或是默记在心的道法仙诀，都依循着这个天道准则，每一个书上文字，每一句心声言语，就是一个个精准锚点，试图塑造出一个独一无二的存在。

只是在至高神灵眼中，人间修士此举，依旧只是一种不得已而为之的刻舟求剑，舟随水走，拖曳那些抛入水中的船锚缓缓移动，故而难证不朽，不可与天地同寿。

光阴长河之内，无彻底停泊悬停之舟，于是自然而然就无天经地义之事之物。

"齐静春昔年在骊珠洞天学塾治学一甲子，真正所求，便是此事此物。"周密好像是在自言自语,"所谓三教合流,试图立教称祖?那未免也太小看齐静春的志向了。不过很可惜,他与我道路相悖,不是什么同道中人。"

齐静春真正所求,是希望人间大地,率先涌现出一小撮修士,再带着一大拨修士,好似重新做出登天之举,使得山下和人间皆无忧,登山之人,变成远游天外,真正追求大道。而这与师兄崔瀺"追求一副更大棋盘",是大道契合的。

只是最早开始运转的那个一,就一直掌握在那位旧天庭共主手中。

道祖所找之物,正是这个一,最终为其强名为道。

找过,甚至亲眼见过,但是以道祖的道法,依旧未能将其捕捉在手,毕竟稍纵即逝。

道祖总计见过三次,甚至见到了那个一带来的最早大道运转,故而道家有三生万物之语。

那是一种超乎修士想象力极致的景象,既瑰丽又恐怖,既质朴又玄妙,不可描绘其状,不可言说其美。

超脱了一切有无、大小、虚实,世间所有言语都成了勘破其妙的障碍。

无论是道祖还是佛陀,为了传道后人,诉说其源,既不可不立文字,又不可以文字详解其义,因为文字愈多,离其愈远。

周密转头看了眼那个站在栏杆上的女子,再顺着她的视线,看到了蛮荒天下那座彻底沦为废墟的白花城。

离真啧啧称奇道:"不愧是我最崇拜的隐官大人,过境之处,寸草不生。"

那个阴神被强行兵解的宗主,不但从仙人跌境,连玉璞境都摇摇欲坠,这种伤及大道根本的折损,可不是消磨道行几十年数百年那么轻松的事情。

他冒着被守株待兔的天大风险,偷偷摸摸重返宗门山头,在大致确定齐廷济和陆芝已经远游后,他就收拢旧部,只是当真只剩下些不堪大用的虾兵蟹将了,他逛了几处财库,最后坐在山门口那边的台阶上,心如刀绞,自家的宗门头衔,多半是保不住了。

这几个来自剑气长城的剑仙,一个比一个狠。

砍瓜切菜起来够狠,不承想搜刮起来更狠。

只听说那个年轻隐官,昔年在剑气长城的战场上,都能当着一众旧王座,众目睽睽之下,"见好就收",可从没听说齐廷济和陆芝都这么贪财啊。

另外一处山市,古战场遗址,先后遭遇了宁姚的递剑、齐廷济的招魂幡和雷电竹海,一只侥幸逃过两场大劫的金丹境女鬼,既没有被剑气打杀,也未被齐廷济收入幡子,她蓦然惊喜万分,方才勘察丹室,竟然莫名其妙孕育出了一把本命飞剑?!

只见在那丹室之内,有一把袖珍飞剑的剑坯,形若一竿青竹,如竹美貌,亭亭玉立,竹节之上隐约有雷云纹。

仿佛一饮一啄,皆有冥冥天定。

她突然跪在地上,先后面朝宁姚悬空递剑处,以及齐廷济所立山巅处,都各自磕了结结实实的九个响头。

这在蛮荒天下,已算拜师大礼了。

这个化名芫菜的女鬼,在磕头跪拜之时,心中念念有词,与这方天地虔诚许下两个愿望。

最早在那宁姚出剑时,芫菜其实做好了引颈就戮的打算,就站在原地,只是不知为何,那些剑气好像得了主人心意敕令,都从她身边绕过。

至于说报仇一事?

在这无法无天的战场遗址,几乎每天都有惨烈厮杀,互为仇寇,哪怕是她麾下那数百只鬼物英灵,谁不与她有仇?

大岳青山,一行剑修过境,依旧安然无恙。

山君碧梧在书房内,取出一幅属于违禁之物的蛮荒天下堪舆图,是碧梧私自绘制,各座宗门根据山水气运多寡,就会在形势图上亮起不同程度的光彩,碧梧惊讶地发现白花城、云纹王朝、仙簪城在地图上都出现了不同程度的黯淡,白花城几乎沦为一片漆黑,仙簪城则一分为二。

那位道号瘦梅的好友,如今游历仙簪城,不晓得会不会出现意外。

在碧梧的山神祠内,秘密供奉了将近二十盏本命灯,这在山上,属于过命的交情了。

由此可见,山君碧梧在这蛮荒天下,确实口碑不错。

不少妖族修士,信不过自家的宗门祖师堂,偏偏信得过青山碧梧。

这就是碧梧先前面对登山的宁姚,为何会那般紧张,他是真怕宁姚一言不合,就随手斩开祠庙的山水禁制,再将祠庙连同那些本命灯一并砍个稀烂。

一旦祠庙被宁姚打碎,那些与大岳青山山水气运紧密衔接的本命灯,肯定是要一并水落石出的。

这么一系列战功,一位仙人,九位玉璞境,其余至少也是地仙,所有本命灯一旦被毁,至少各自跌一境,加在一起,差不多都可以媲美斩杀一位飞升境修士的功劳了。

照理说,剑气长城的避暑行宫,应该对此事有所耳闻,早已被记录在册。

宁剑仙兴许不清楚此事,但是那个陈平安担任隐官多年,绝对知晓这份内幕。

所以碧梧想不明白,这个最会精打细算的年轻隐官,为何明明路过此地,却会愿意放过青山?

碧梧想了想,走出屋子,去往别处,站在一棵老梅树底下,还好,祠庙内的那盏本命灯无恙,眼前此树也不曾枯萎。

这就意味着那位瘦梅老友不但活了下来,好像一身道行都未曾折损。

并无清风拂过，古树就摇曳生姿，然后浮现出一位修士身形，碧梧抱拳笑道："瘦梅道友。"

正是在仙箦城龙门那边道号瘦梅的老修士，他大口喘气，毫不掩饰自己的惊魂未定，心有余悸道："先前站在龙门牌坊顶部，那位年轻隐官伸出手指，只是一个指点，我身边那位仙箦城次席供奉，就当场炸开了，金丹、元婴半点没剩下。那可是一位玉璞境修士啊，毫无还手之力，任何遁法都来不及施展。"

碧梧有些疑惑。

老修士摆摆手："什么都别问。"

碧梧笑着点头。

然后老修士郑重其事道："碧梧山君，我还得立即远游一趟，事出仓促，恐怕需要与你暂借那辆火车一用了。"

碧梧问也不问为何，毫不犹豫就将车驾借给好友，一挥手，那辆仙兵品秩的车驾，立即从山顶祠庙后院掠至，巴掌大小，火焰升腾，电光交织，碧梧轻轻一推，同时以心声传授了一门驾驭火车的道诀给好友。

老修士苦笑道："碧梧山君，要是出了意外，我就算搭上性命，都赔不起啊。"

碧梧笑道："此行去往托月山，真要遇到意外，瘦梅道友只管舍物保命，不用谈什么赔偿一事，只当青山与此宝，缘分已尽。"

老修士一跺脚，也不多说什么客套话，驾驭火车，动身赶往托月山，按照与那个年轻隐官的约定，要给斐然捎话。

山君碧梧一路捻动念珠，步行去往那座文殊院，虔诚敬了三炷香。

云纹王朝的京城。

飞升境大修士叶瀑，带着女武夫白刃一起返回玉版城。

一座皇宫宝库，惨不忍睹。

还有一大拨云纹王朝京官老爷的财库，家族数代修士辛苦积攒下来的财宝，都给洗劫一空，一些个压箱底不曾挪窝的老钱，估计差不多都跟云纹王朝同龄了，不承想没被历朝历代的皇帝陛下顺走，竟然给剑气长城好死不死没与新旧王座换命的两位剑仙掏空了。实在是不给不行，稍有犹豫，就是一道剑光。

此时京城朝堂之上，不少来不及穿上官袍的老修士捶胸顿足，一些个身负显赫官职的女修，更是哭哭啼啼，双方都希望皇帝陛下帮忙讨要一个公道。

丢了一座剑阵的叶瀑，愈发心烦意乱，在这玉版城内，最元气大伤的，其实是他这个皇帝才对。

白刃脸色惨白，嘴唇颤抖，她双手攥拳，之前在剑阵所在的高楼廊道内，她被那道人装束的陈平安，一指戳中额头，直接摔出京城，从止境武夫跌境为山巅境！

她瞥向一个与叶瀑私底下勾勾搭搭的娘们,一步跨出就是当头一拳,再接连数拳将那个金丹狐魅打杀。

白刃挥了挥袖子,打散那股子狐骚味,转头冷冷看着那些措手不及的家伙,她随便给了个由头:"胆敢勾结外来剑修,试图密谋篡位,不知死活的东西。"

坐在龙椅上的叶瀑点点头:"那就一切家产全部充公。"

能够找补回来一点是一点。

酒泉宗。

宗主道号灵釉,是一位老资历的仙人境修士,老宗主与玉璞境的掌律祖师米脂,双方一起离开山头,御风来到那座酒肆。

掌柜交出陆芝留下的那枚小暑钱,还有老剑仙齐廷济的一枚谷雨钱。

灵釉笑着收下了两枚神仙钱,

米脂忧心忡忡,欲言又止,好像不赞同老宗主收下神仙钱。

灵釉笑呵呵道:"得粥别嫌薄,蚊子腿也是肉,何况还有枚谷雨钱。"

米脂坐在一张桌旁,虽说她不擅长厮杀,可酒肆这边的所谓惨状,她还真不上心,半点不大惊小怪,在蛮荒天下,这种场景算得了什么,她从袖中取出一壶自己酿造的酒水,抿了一口仙酿,以心声问道:"酒泉宗收了齐廷济和陆芝故意留下的这两枚神仙钱,事后托月山会不会追究此事,故意拿两枚神仙钱说事,刁难我们?往小了说,是酒泉宗不济事,拦不住他们,往大了说,是与剑气长城余孽里应外合,吃罪得起?"

灵釉依旧是浑然不在意的神色,抚须笑道:"自古金银不压手,神仙钱也不咬人。我们要相信斐然剑仙的胸襟肚量嘛。"

米脂皱眉不已:"我们本来就是小门小派,我就不信这些个剑仙,深入蛮荒腹地,就只是为了在我们酒泉宗喝几壶酒。"

老宗主一脚踹开脚边的那些残肢断骸,坐在长凳上,揪须沉吟片刻:"就看除了我们之外,还有没有遭殃的大宗门了,如果有,那咱们酒泉宗就没屁事了,如果没有,就悬乎喽。只求着有那大修士大宗门,能够帮着酒泉宗分忧吧。"

老宗主给自己倒了一碗酒,哈哈笑道:"岂可如此做人?太不厚道了。"

很快就有来自宗门那边的飞剑传信,老仙人拈住那把飞剑,叹了口气:"那个叶瀑的玉版城,给齐廷济和陆芝洗劫了一遍,至于仙簪城……被一个变成道人模样的隐官,愣是直接打成了两截,至于到底是不是那陈平安,没个确切说法。从仙簪城四处逃散的游历修士,言之凿凿,肯定是那年轻隐官,仙簪城祖师堂……算了,已经没什么祖师堂了,好像被人打烂了。"

"定是陈平安无疑了。只是不知这位隐官大人,之前有无路过此地。"

听到这里,米脂疑惑问道:"为何一定是他?"

老宗主摇晃着碗中酒水:"只有剑气长城的隐官,才能够调动齐廷济、宁姚和陆芝,跟随他一起远游递剑蛮荒。"

米脂恍然道:"还真是这么个道理。"

老宗主抚须而笑:"如今看来,还是咱们酒泉宗的面子大啊。"

阿良、齐廷济、陆芝。如果还能再加上一个末代隐官陈平安?

米脂喝着酒,转头看了眼外边已经冷清至极的街道,道:"不知道还能否见米裕一面。"

米脂对这位与自己姓氏相同的剑修,可谓久闻其名,未见其面。

灵釉瞥了眼姿容绝美的掌律修士,打趣道:"见那米拦腰做什么,你这么纤细的腰肢,瞅着可经不起他几剑。"

米脂狠狠灌了一口酒,大笑道:"只听说有累着的牛,哪有耕坏的田。"

老宗主满脸恍然大悟,摸了摸自己的酒糟鼻子,没来由唏嘘道:"突然有点怀念阿良在酒桌上的荤话了。"

仙簪城。

副城主银鹿自己都不知道为何能够免去一死,不过一魂一魄都被那人以秘术拘押走了,使得银鹿从仙人跌境为玉璞。

那两截原本号称天下第一高城的仙簪城,如今被两道山水符阻隔,相互间又隔着几百里,无法重新拼凑衔接起来。

何况银鹿就算有那本事,也断然不敢让仙簪城恢复原貌了。这位已经快要被吓破胆的新任城主,觉得自己即便同样是十四境,对上那个,一样是纸糊。

曳落河水域。

绯妃顾不得大道受创,凭借那道气息,她立即缩地山河,来到一处树下,她忍着心中不适,略显扭捏,学那山下女子施了个万福,毕恭毕敬道:"绯妃见过白先生。"

哪怕之前在英灵殿议事,面对托月山大祖、文海周密这些高位王座,她也不曾这般矫揉造作。

白泽一步跨出,落在地上,站在绯妃身边,摇摇头:"直呼其名就是了。"

白泽转头看了眼绯妃,一双猩红眼眸,好像充满了希冀眼神。

白泽问道:"难道你们不应该是心怀恨意吗?"

绯妃当下可谓花容惨淡,她咧嘴一笑,抬起手背擦拭满脸血污,摇头道:"不敢有,也不会有。"

白泽缓缓前行,绯妃就立即跟上,都没敢与这位蛮荒天下的"最大叛徒"并肩而行,她落后半个身形。

"本来属于仰止的那份机缘,一并给你好了。"白泽以心声说道,"不过你得答应一事,如果,我是说如果,你与仰止未来还有重逢之日,别想着打杀仰止,放她一条生路,让她走一条大道。如何？能否做到？"

绯妃想了想,点头道:"既然白先生说了,绯妃当然可以做到。"

其实绯妃与仰止存在着两种大道之争,一种是争夺蛮荒水运,还有一种更为隐蔽,因为绯妃的大道根脚,存在着一场水火之争。

所以在白泽看来,绯妃的大道高度,是要比仰止更高一筹的。

白泽说道:"那就记好了,我只说一遍道诀,是早些年闲来无事琢磨出来的一点修行诀窍,约莫四千字。

"大道鸿蒙,日月阴阳,六爻八卦……千言万语,灵宝身躯,只在坎离。补完先天,泥水金丹,调理火候,天地无穷……

"阳火阴符两密契,捉取一年日月中,星斗罗列道纲维,心猿意马论修真。水养灵烟,火养灵泉,骊珠初出水,火山自烧空。玄珠掣电雷光飞,倒卷黄河绕璇玑。白雪黄芽配坎离,日月壶中炼乾坤……"

白泽只说了一遍道诀,绯妃作为一只旧王座大妖,记住文字当然不难,难能可贵的是绯妃在背诵期间,就有所明悟,以至于让她迎来了曳落河那份残破水运的天地共鸣异象。

大道玄微,长生之术,不因师指,此事难知。

到了绯妃这个高度的山巅大修士,其实再难有谁能够指点自家修行了。

白泽却是例外。

绯妃再次诚心诚意施了个万福,与有传道之恩的白泽道谢。

白泽只是默然不言语。

绯妃忧心忡忡:"白先生,我们蛮荒天下难道已经沦落到这般田地了,就只能由着几个剑仙四处乱窜？"

白泽摇头道:"托月山需要围杀阿良和左右,暂时顾不上陈平安这一行人,而他们凭借三山符,在蛮荒腹地神出鬼没,大概能算一个不小的意外。"

两座天下的顶尖战力,托月山和中土文庙各自都早有安排,双方各司其职,其间除了火龙真人独自出了趟远门,施展水火双法,其余浩然天下的山巅大修士,都没有单凭喜好,擅自出手。

就像鼷迹那边,有白帝城郑居中、大端女武神裴杯,还有中土十人之一的怀荫,以及那位妖族出身的飞升境,铁树山郭藕汀,此外还有扶摇洲天谣乡的刘蜕、流霞洲的女仙人葱蒨,一样谁都没有任何多余的举动,只是遵循文庙议事既定议程,按部就班,行事规矩。其他浩然天下的仙人境修士,则是不再敢擅作主张,因为已经有了个前车之鉴,仙人境尚且如此谨慎,玉璞境修士就更不用说了。

绯妃小心翼翼地问道:"白先生是不是能够更进一步?"

是否可以合道蛮荒,跻身那个传说中的十五境?

可惜白泽置若罔闻,没有给出绯妃想要的那个答案。

绯妃就没有多问。

白泽沉默片刻,自嘲道:"不要觉得多出一个我,蛮荒天下就真能如何了。"

绯妃说道:"白先生只要身在家乡就足够了。"

在她看来,天底下最有希望成为崭新十五境的修士,只有三位。

为浩然天下制定规矩的礼圣,那个不知所终的白玉京大掌教,再就是身边这位重返蛮荒天下的白泽。

白泽突然浮现一抹笑意,当年带着侍女青婴,一起游历宝瓶洲,曾经有人调侃了他一句,当然是句无伤大雅的玩笑话。

"狐与我游,必我邪也。"

当时白泽就回了一句:"大雪茫茫,笼雀高飞。"

绯妃蓦然心惊,她立即转头望向托月山那个方向,穷尽目力也看不见那座山岳的轮廓,只是那份牵扯一座天下的气象,让绯妃感到了一种被殃及池鱼的窒息感:"白先生,这是?"

白泽稍稍脚步沉重几分,神色淡然,与绯妃一语道破天机:"有人在剑开托月山。"

片刻之后。

只是陈平安一人,就已经递出三千剑,这就意味着元凶已经死了三千次。

白泽却好像对托月山的安危并不在意,猛然抬头,望向那轮曾经居中悬空的明月。

五位剑修,加上一个陆沉,搬山之外,还要拖月。

这不奇怪,先前刑官豪素飞升明月中,白泽就已经有所感应,那轮明月,好像是赊月那个小姑娘的修道之地。

但是让白泽都感到意外的,一是陈平安似乎笃定单独一人,就可以仗剑搬山,剑斩飞升境巅峰大妖元凶。再就是宁姚、齐廷济、陆芝、刑官豪素,即将共同出剑拖曳之月,分明是临时改变主意了,并非豪素走过一趟的那轮明月。

宁姚离去之时,看了眼大地。

陈平安抬起头与她遥遥对视一眼,然后随手就是朝托月山递出一剑。

好像在说,如今自己以十四境持剑开山一事,绝对不比少年时练拳百万更难。

白泽哑然失笑。

是不是自己现身拦阻,就算接下了这场问剑?

第九章 真正的持剑者

第十章 后手

托月山上,除了修士和各类护山之属的山泽精怪,一切死物,都早已被大妖元凶炼化一体,所以每次护山大阵的破坏和重新开启,就是一场无形中的光阴逆流一年,这就使得山中妖族修士的一切隐匿术法和逃命遁法都显得毫无意义。剑气长城那五位剑修的每一轮问剑过后,大妖元凶之外的所有妖族修士都会在原地现身,但是窍穴灵气和傍身法宝,可不会跟着他们的足迹恢复原样。

就像一群可怜兮兮的赶路人,行走在光阴长河之畔,必须风雨兼程,埋头赶路,不断更换光阴渡口,一点一点伤及脚力,然后一次次莫名其妙就退回原地,不得不面对更大的绝望,面对那些遮天蔽日的剑光。

先前五位剑修,每次联袂问剑托月山,多是隐官负责仗剑开山,率先斩破那条光阴长河的护山大阵,其余四位剑修则负责斩妖,同时各自以沛然剑气和浩大剑意,消磨一座托月山积蓄万年的灵气和山水气运,最终改变天时地利。

仅是陈平安一人,就递出了足足三千剑。

蛮荒大祖的开山弟子大妖元凶,次次都是被剑光从额头眉心处一线划拉而下,劈成两半。

因为陈平安递剑太快,次次斩向站在山顶的黄衣元凶,而这只大妖倨傲至极,竟是始终一动不动,任由剑光当头劈斩。

就像被劈砍成了两半,居中一条金色光线凝聚不散,如一条金色长河隔绝对峙双峰。

这只飞升境巅峰大妖的当下处境,与那两截剑气长城何其相似。

大概这就是末代隐官有意为之的一种另类还礼。

山中玉璞境妖族修士早已死绝,更别谈那些跟随他们登山做客托月山的地仙修士了。

当下只余下三只仙人境大妖,或凭借一门涉猎光阴的本命术法,或拼着一次次消磨本命法宝和千年道行,还在苦苦支撑。

那六位在这边参与议事的玉璞境妖族修士,算是倒了八辈子血霉,怎么都不敢相信竟然会在托月山被人包了饺子。逃?能逃到哪里去?去了托月山之外,失去光阴长河的阵法庇护,去面对那些飞升境剑修的剑光?何况托月山此阵虽能隔绝剑光,但亦是围困妖族修士的一座天然牢笼,使得妖族修士一个个叫天天不应叫地地不灵,毕竟谁能想象自己会在蛮荒天下最安稳的地方,被一场问剑给殃及池鱼。

城头刻字的老剑仙齐廷济,最擅长帮人兵解上路。

昔年曾与萧愻合称剑气长城"凶悍"的陆芝,好像剑术又有精进。

五彩天下第一人的宁姚,她比如今地位大致相当的蛮荒天下共主斐然,还要更早跻身飞升境。

还有个不知道从哪个角落蹦出来的男子,自称"刑官",又是一位毋庸置疑的飞升境剑修。

故而在蛮荒各地,或是自家祖师堂,或是类似大岳青山祠庙,不然就是某些位置隐蔽、禁制重重的山水秘境之内,纷纷燃起了一盏盏本命灯,帮助修士脱胎换骨,逃过死劫,只是修行可以从头再来,之前的境界却已烟消云散,再者本命灯确实可以续命,但是未来的登山之路,冥冥之中会被大道厌弃,相传点燃过本命灯的修士,在跻身上五境之前,所遇心魔之大,超乎想象。

就像那中土神洲的怀潜,这么一个大道可期的天之骄子,如果不是在北俱芦洲阴沟里翻船,原本以怀潜的修道资质,有很大希望跻身数座天下的年轻候补十人之一。

黄衣元凶根本无所谓那些妖族修士的生死,毫不怜悯他们死在自己眼皮子底下。

生如蝼蚁,如同溺死在一场剑气滂沱的大雨之中。

元凶看了眼陈平安手持之剑,剑斩托月山次数如此之多,剑锋竟然没有一丝一毫的折损迹象,反而愈发锋芒无匹。

元凶想起这把长剑带来的那份天地异象,联想到那几页只会口口相传的老皇历,大致猜出了此剑根脚,微笑道:"命真好,能够侥幸被此剑认主,当然命也够硬,接得住此剑,始终不堕落为傀儡。"

自古仙兵皆自有灵性蕴藉,就像一个个桀骜不驯的存在,修士心性若与之契合,往往会被自身炼化仙兵所影响,潜移默化,心性暴戾之人愈发凶狠,无情之人愈发道心冷漠，而且大道路上，稍有偏差，就会悄无声息带着主人走向一条大道岔路，最终修士承载不住，仙兵就能够脱离樊笼，重获自由，无论是那些岁月悠久的先天至宝，还是天材地宝的后天炼化，一步步提升为仙兵品秩，"无主"正是天下仙兵一条共同的大道根柢所在。

所以每一位跻身十四境的大修士，对于仙兵的态度都十分微妙，绝不是多多益善那么简单的事情。

许多上五境修士闭生死关，一旦不幸尸解，往往是宝光一闪，即便是大炼之物的仙兵，也不会追随修士一同崩散，而是依旧会重归天地，之后就在某地隐匿起来，等待下一任主人的因缘际会。越是顶尖的大宗门，越不会刻意阻拦那些仙兵的离去，因为即便强行挽留下来，也只会为山头带来诸多莫名其妙的灾殃，得不偿失。

不然以仙兵的珍贵程度，早就被几座天下的山巅修士搜刮殆尽，所有归属早成定例了，人身天地三百多窍穴，对于飞升境和十四境大修士而言，开辟气府有何难，为何没有任何一位大修士，在本命气府之内搁满大炼仙兵？

就像那只储藏有八把长剑的珍贵木盒，陆沉说借就借给陆芝了。

白也除了心中诗篇，唯有一把仙剑太白作为攻伐之物。余斗除了自身道法，同样就只有名为道藏的那把仙剑。

而蛮荒天下的旧王座，曾经每一位都志在登顶，合道十四境，之前攻伐浩然天下，却绝对不会盯着那些所谓的山上重宝，而是山水、王朝气运这些更加无形之虚物。

元凶笑问道："隐官接连递出三千剑，累不累，是不是该我还礼了？"

陈平安那尊万丈法相，头戴莲花冠，青衫赤足，单手持剑，屹立在天地间。

他的每一次呼吸吐纳，都有一道道紫金之气萦绕法相脸庞。

对于那三个苟延残喘的仙人境妖族修士而言，不幸中的万幸，是隐官之外的那四位剑修仗剑远游了，看样子，是要飞升去往一轮明月中？

加上元凶说要还礼，是不是意味着从这一刻起，双方形势就要开始颠倒了？

陈平安不理睬元凶的询问，只是环顾四周，万里山河之外，还有不少隐匿各处的妖族修士，多是些托月山的附庸山头门派，是觉得近水楼台先得月，还是喜欢看戏？

心念微动，就是一番随心欲而起的天地异象，只见天幕一处云海翻涌，云海下方刚好就是一座妖族山头，白云最终显化出一只洁白如玉的巨大手掌，从云海中向下探出，大如山岳的掌心纹路如一条条江河溪涧，开满了碧绿幽幽的荷花，摇曳生姿，又有皎洁月光，洒落在座座荷池当中，蓦然之间，开出了无数朵晶莹剔透的雪白荷花。

陈平安这一手术法，分明是偷师于赊月，而赊月当时又是模仿荷花庵主，被陈平安施展开来，形似七八分，神似犹有四五分。

大妖元凶也无所谓那座山头的存亡，伸出一手，雷电粹然，凝聚一线，最终显化出一根鎏金长枪，是以一具远古神灵的尸骸炼化而成，是元凶屈指可数的几件关键本命物之一。

长枪从托月山之巅，破空掠出，划出一道笔直长线，似长虹贯日，光彩夺目。

陈平安微微皱眉，抬脚横移一步。

在仙箐城，陈平安的道人法相，从头到尾都在无视那些攻伐术法。

然而金色长枪带起的光线，从青衣法相肩膀处钉入，相较于陈平安的万丈法相，这条由长枪拖曳而出的金光，纤细得就像一条缝衣绳线，笔直一线，剑光一端在托月山，一端深入大地百余里。一只鬼祟偷藏在大地下的托月山护山供奉，手持一件白玉碗模样的重宝，猛然间现出真身，半蛟半龙姿态，将那承接金线的白碗，一口吞入腹中，然后开始以本命遁法迅猛横移，大地之下震动不已，响起闷雷阵阵。

金线如刀刃，开始倾斜切割陈平安的法相肩头，激荡起一阵如刀刻金石的尖厉声响，溅射出无数火星。

陈平安伸出两根手指，攥住那根洞穿肩膀的金色长线，竟是未能将其掐断。

陆沉先前问话无果，一直有些心不在焉，这会儿强提精神，以心声与陈平安解释道："是因为你身上承载大妖真名的缘故，成为累赘了，不曾真正跻身贫道的那种虚舟境地。要说破解之法……"

不承想根本不等陆沉指点迷津，陈平安就已经直接大步横移，故意不继续出剑开山，让大妖元凶先闲着。万丈法相再与那只托月山护山供奉反向移动，像是嫌弃它太过磨蹭，就干脆帮着它一鼓作气切割开自身法相的肩膀。

陆沉这个躺在莲花道场之内的局外人，都要替陈平安觉得一阵肉疼了。

万丈法相同时伸手一抓，驾驭长剑夜游出鞘，握在右手之后，夜游蓦然变得与法相身高契合，法相再转过身，将长剑笔直钉入大地，手腕一拧，将那条金色长线裹缠在胳膊上，开始拖曳那条真身不小的地底妖物，不断往自己这边靠拢。

原本被天地灵气和山水气运浸染万年，变得异常坚固的大地山河，顿时软如泥泞翻涌，地下那只妖族真身，似乎察觉到了生死一线，施展本命神通，不断与托月山衔接山根，然后疯狂扭转身躯，试图向后逃窜，大地之上，不断蔓延出动辄长达数十里、百余里的沟壑。

最终那条半龙半蛟的庞然大物，被陈平安从大地之下狠狠拽出，之后就那么被一点一点拽向竖起锋刃的长剑夜游。其间这只妖族真身不断蹦跳，使劲翻拱背脊，许多山头被巨大身躯翻滚削平，或是砸出巨大的山谷。

陆沉坐起身，俯瞰这幅画卷，这都不是什么钓鱼了，如人在岸上拖曳一尾大鱼，没什么术法技巧，就是比拼蛮力。

结果那条真身长达数千丈的蛟龙之属，被一把钉在原地的长剑夜游，从头颅处切割开来，当场一分为二。

一报还一报。

至于为何这条托月山供奉不收起真身，一部分原因是吞食金线的缘故，大妖元凶好像有意让其保持真身姿态，再就是陈平安同时祭出了笼中雀和井中月，不多不少，一座小天地横空出世，刚好以十数万把密密麻麻攒簇在一起的飞剑，笼罩住对方身躯。

陆沉叹为观止，隐官与人打架，确实干脆利落，难怪都能从曹慈那儿占到不小的便宜。

等到将这条托月山供奉分尸，陈平安这才左手持剑，继续朝托月山那边递出一剑。

一剑开山过后，陈平安这边缠绕手臂的金线随之消散，元凶手中又多出了一杆金色长枪。

陆沉提醒道："元凶这一手是在试探，好确定你身上那些大妖真名的分布形势，要小心了。"

陈平安法相从原地消散，出现在千里之外，不承想那条金色长线如影随形，这一次是直接钉向法相心口，陈平安伸手抓住长线，一把将其扯断，惊觉其坚韧程度远输第一次丢掷而出，陈平安心知不妙，只是从那托月山之巅，就像绽放出一朵金色花朵，大妖元凶手中一杆长枪，竟然同时抛出千百条光线，速度之快，就连陈平安都无法躲避，那些金色长线在法相之内承载大妖真名处，激起一圈圈金色涟漪。

能够成为蛮荒大祖的首徒，元凶的修行资质肯定不会差，合道托月山之后，虽说只能年复一年增加飞升境的道行，等于彻底失去了十四境的可能性，但是修道万年，停滞在飞升一境的所谓巅峰，确实巅峰得名副其实了。

陈平安一剑斩向托月山，让那元凶再死一次，缠绕法相的金色长线一并消失。

昼夜颠倒，黑幕沉沉。

元凶抬头望去，是一座飞剑数量以数十万计的繁密剑阵。

悬空剑阵缓缓向人间压下。

这一幕，如天坠地。

元凶双指并拢，默念道诀，另外一手虚托往上，掌心纹路道意流转，出现了一个五彩缤纷的宝镜，轻轻抬手，镜子高升，迎向那座从天而降的剑阵。

陆沉感慨不已，不俗不俗，气象当真不俗。

元凶这一手，无异于在"一隅"之地，施展了绝天地通。

当然陈平安一样用意深远，事实上，在陆沉看来，恐怕天底下再无比此举更契合借他山之石用以攻玉的好事了。

那把井中月的飞剑大阵，剑剑仿佛从太虚中凭空跳掷而出，好似起一片秋声，蕴含万钧之气。

陈平安既是在练剑，又是在炼剑。

除了一部早已被陈平安烂熟于心的《剑术正经》，他还一路游历，分出心神随手翻阅陆沉建造在玉枢城的那座观千剑斋，再从脑海中搜寻记忆，遥遥观想在剑气长城所见剑修的一切出剑，剑谱、剑术、剑意、剑道，都被陈平安化作己用，再在先前三千剑之中，一一练剑趋于纯熟。

不同的剑术，不同的剑意，只不过被陈平安递出了如出一辙的开山轨迹。

至于如今祭出的两把本命飞剑，更是将托月山当作一块天地间最大的斩龙石，用来砥砺两把本命飞剑的大道与锋芒。

飞剑笼中雀的本命神通，是极其罕见的自成小天地，而天地范围的大小，除了与剑修境界高低挂钩之外，其实也与陈平安的心相大小有关，一切心起感应的眼中所见，一切有所依托的心中所想，就是一场场外人不可知的扩建天地。在这当中，其实陈平安一直在寻找第二种本命神通，就像天下五岳可以存在储君之山。

而第二把本命飞剑，飞剑的数量多寡，就看一轮明月冉冉升起，在井底，至井中，最终就能从井口到井外。

脚踩一座托月山的元凶，手中又多出那根金色长枪。

除此之外，元凶阴神出窍，再现出阳神身外身，还要加上站在真身之后的一尊法相。

只见大妖元凶的那尊阴神身边，凭空出现一位女子，她面容模糊，身姿缥缈曼妙，衣袖飘忽不定，好像是那传说中的河上姹女，灵而最神。

阳神身外身，手持一把火焰大锤，映照得大妖的面目宛如一尊远古火部神灵。

看来元凶的修行道路，也是炼化出五行之属本命物。

五行之属，分别是脚下的一座托月山，真身手中的那杆金色长枪，外加阴神身边的那位灵神姹女，以及身外身手中的火运大锤。

至于木属之物，依旧不显，多半是用来源源不断生发灵气，帮助元凶支撑术法神通的施展。

而托月山无疑又是大道根本所在，使得五件大炼本命物，只要被剑斩开山一次，就会年年崭新，根本不用担心折损崩碎。

如果不是因为合道一事，必须付出修行止步的代价，那么只要被元凶百尺竿头更进一步，成功跻身了十四境，若是还可以将托月山携带在身，在蛮荒天下随意迁徙游走，那么这样的一位十四境，估计谁遇到了都会头疼。

所以大妖元凶，大致可以视为一位合道地利的伪十四境修士。

陈平安看了眼远处，大致看出了托月山的真正边界所在，约莫是方圆六千里。

这就意味着，在这六千里地界之内，大妖元凶来去无碍，之所以待在山巅方丈之地，站着不动被砍上三千剑，当然是觉得山中灵气少了点。

人生路上，与人问剑问拳，陈平安再熟悉不过，至于山上纯粹斗法的次数，相对来说确实少了点。

于是一把笼中雀，天地囊括六千里山河。

托月山背面，出现了一位青衣道人，屹立在一座五色山岳之巅，手持水字印。

先前得了不少曳落河水运，使得这枚水字印率先成为陈平安五件大炼本命物中的仙兵品秩重宝。

此外腰悬一篇宝光流溢的无纸道书，是那《祈雨》篇道诀。

如此一来，自然祈雨得雨。

托月山上空，一场磅礴大雨，每一滴雨水都同时蕴含拳法和剑意。

陈平安的道人法相身后，再生法相，是一尊悬空的金身神灵，双臂各有一条火龙缠绕，手持一杆剑仙幡子，一手掌心祭出一枚神异法印，金身神灵缓缓托起五雷法印，雷法攒簇，造化万千一掌中。

陈平安抖了抖袖子，一座仿白玉京形制的青铜宝塔，在那神灵金身法相脚下落地生根，蓦然变得五城十二楼各嵯峨，有伤极天之高。

此物最早是一件远古遗物，被荷花庵主当作见面礼，送给托月山关门弟子剑修离真，其实它曾是玉符宫的镇山之宝，老宫主曾是人间最顶尖的几位符箓宗师之一，早年与浩然天下的符箓于玄齐名，他秘密炼制了这座宝塔，为了掩人耳目，还故意将其打造成青铜宝塔样式作为障眼法，不料后来有个少年道童骑牛过关，游历蛮荒天下，除了在英灵殿递出一指，将一只旧王座大妖打落底部，其实还在原地抬起袖子，像是轻轻虚拍了一巴掌。

结果远在数百万里之遥的那座玉符宫，正在闭关中的老宫主，连同一座小洞天，被当场拍了个粉碎，差点就此彻底身死道消。失去了真身皮囊的飞升境老修士，沦为一只仙人境鬼仙，倒是那座青铜宝塔，道祖好像手下留情了，不曾销毁此物，最终被荷花庵主见机得手，却只敢用来钻研玉符宫的符箓道意，仍是不敢随便将其炼化为本命物，估摸着是觉得烫手，担心哪天被那位道祖惦念上了，又是一巴掌遥遥落下，到时候连同一轮明月齐齐拍碎，自己犯不着为了件仙兵丢了一处修道之地。

最后荷花庵主便不怀好意，坑了离真一手。果不其然，离真在剑气长城的战场就给当时都还不是隐官和剑修的陈平安打杀了。

陆沉瞥了眼那枚法印，抚额无言。

早年在牢狱内，在缝衣人捻芯的帮助下，将这枚山上的六满印从山祠转移到手心纹路的一处"山巅"，法印底款是十六字虫鸟篆：攒簇五雷，总摄万法。斩除五漏，天地枢机。

其余四面边款绘图无字，分别描摹有九尊"闭目"神灵，雷君电母，雨师风神，云吏灵将，火部天官，皆是远古天庭司职一部分天道运转的神灵。总计三十六尊神灵，只是一直尚未"点睛开天眼"，仿佛处于一种神职不显的酣眠状态。

陈平安双指并拢，开始为那些远古神灵画像"点睛"。

白玉京三掌教先前在酒泉宗的铺子喝酒时，借"古人云"，说出了自己的心声，校书一事犹如扫落叶，随扫随有。

陆沉暂借一身十四境道法给陈平安，十分心诚，借的可不光是境界而已，还有一身学问，所以陈平安只要愿意，心念一起，就可以随便翻检陆沉某几个禁制之外的全部心相，宛如一条不系之舟，一场天人无忧无碍的逍遥游，游览一座几近无涯，可终究天有四壁的学海。

只不过这一路，陈平安都比较节制，直到这一刻，才祭出此印，为那些神灵画符如开天眼。

陆沉憋了半天，才略带惋惜神色，缓缓道："你要是刻上'三山九侯'四字就好了。"

陆沉很快补上一句，乐呵呵道："当然了，当下的天款印文，寓意更好！"

原来陈平安得到之时，法印就像被谁削去了天款，后来陈平安在城头以《丹书真迹》记载的一门符箓开山之法，反其道行之，画符手法可谓"逆行倒施"，并未以世间任何一种符箓篆文书写，而是最熟悉、最拿手的字迹，分别刻下四字，先后顺序是那令、敕、沉、陆。故而最终补全六满印的天字款印文，便是"陆沉敕令"。

那尊火属金身神灵法相，一手托起五雷法印，刹那间就高悬在天幕处，金身神灵再将剑仙幡子往仿白玉京城内一戳，如竖起一杆大纛，幡子所藏十八位剑仙身形小如微尘，走出寄身之所后，蓦然如常人等高，如十八颗彗星激射向远方，风驰电掣离城而出，向四面八方御剑远游，带起十八条流萤，在方圆六千里山河的小天地辖境之内，仗剑绞杀那些自以为躲藏隐蔽，实则有迹可循的残余妖族修士。

等到法印三十六尊各部神灵皆被陈平安点睛，一一如获重生后，神灵纷纷离开那颗五雷法印。

就像在万年前已经崩塌的那份天道，在这一刻，补全主干，重归秩序，使得笼中雀的小天地，愈发契合大道无缺漏。

可不知为何，陆沉越是如此靠近那个一，反而觉得自己越远离那个一的真相。

明明陆沉眼中所见，就是越来越像一座旧天庭的雏形，可陆沉的一颗道心，反而越来越遗憾和失落。

因为师尊最后一次现身白玉京，曾与陆沉言，一切所思所想，皆在万一之外。

两位十四境大修士放开手脚的厮杀，除了飞升境之外，根本不用奢望帮忙，任谁掺和其中，自救都难。

一个仙人境妖族练气士，与那黄衣元凶苦苦哀求道："老祖救命！"

一身保命术法和法宝,都已耗尽。它只得现出真身,是一条身形长如绵延山脉的赤红蜈蚣,围绕托月山的一截山尖,抬起巨大头颅,与那山巅元凶祈求庇护。

其余两只仙人大妖,一个身形缩小如芥子,一个靠着身上那件能够远渡光阴流水的本命法袍,也开始与元凶求救。

托月山中,三只仙人境大妖,六个玉璞境,再加上那拨地仙修士。剑气长城的五位剑修,联袂远游此地,除仙簪城飞升境乌啼之外,光是这次共斩托月山的战功,好像又足可视为剑斩一只飞升境了。

陈平安瞥了眼托月山,如今这座山,就像只是一个空壳子。

就像是那个斐然,或者可能是更早的周密,故意只留下个元凶在此等候问剑,至于到底是谁来此问剑,都不重要。

元凶似乎攒了一肚子憋屈,直到这一刻,才能一吐为快,眯眼笑道:"陈平安,你是不是忘记一件事了,你如今好像还合道半座剑气长城?

"你真当一个文庙的陪祀圣贤,拼了性命不要,就能够护得住那半座城头?

"如果我没有记错,害你被骂最多的一次,就是避暑行宫下令阻拦城头剑修的舍己救人。怎么,轮到自己,就按耐不住了?还是说你这位末代隐官,就这么想要在城头刻字,凭此证明自己无愧于剑修身份?"

陆沉心情凝重起来:"这家伙不是虚张声势。"

陈平安递出一剑,以心声与陆沉说道:"无所谓的事情。"

砍死这只飞升境巅峰再说。

元凶最郁闷的其实是件小事,是年轻隐官的这场问剑托月山,从头到尾都没跟自己说一句话、一个字。

人世间任何一条船,都会有压舱石。

陈平安合道半座剑气长城,在遇到师兄崔瀺、稀奇古怪地返乡之前,其实为了能熬过更多的岁月,就先将悲伤、倦怠、仇恨、愤怒……等于剥离出了近乎全部的负面情绪,最后甚至将更多情绪都一一摘出,只为了能够看顾半座剑气长城更久,哪怕是只有一年、一个月,甚至是一天都好。

这也是为何在大骊京城,那个走出镜中、以粹然神性之姿现世的陈平安,会那么强大。

因为当时陈平安的人性本就不全。

而陈平安的这种代价,可能只有礼圣事后通过那场远游的追本溯源,才知道答案。

宁姚不知道,先生不知道,学生弟子们都不知道。

而陈平安留在半座剑气长城,最大的那块压舱石,是陈平安这辈子最珍惜的一种心性。

名叫希望。

在蛮荒天下的最北方地界，在那两截剑气长城的南方大地之下，在极深处出现了一道远古气息。

大地翻裂。在此酣眠沉睡数千年的一位高位神灵，开始睁眼醒来。

先是破开地面，飞扬尘土迅速散去，出现一副空荡荡的甲胄躯壳，唯有一双金色眼眸，凝视着数万里之外的高城。

随后不断有粹然神性，从蛮荒天下各地凝聚而来，雪白的甲胄、巨大身躯，古迹斑驳，熊熊燃烧的火焰流光。它伸手按住面甲，只剩下金色眼眸，缓缓起身，手持一把巨大刀刃。

它以远古神灵言语，缓缓开口道："有幸见锋刃者即不幸。"

托月山那边，陈平安只管与托月山递剑不停，同时与元凶斗法。

陆沉呆呆无言，猛然起身再转头，一个蹦跳望向那最北边，喃喃道："这位老大剑仙，说话咋个不讲信用嘛！"

陈平安以心声笑道："反正也不是第一次了。"

在那本该无一人出现的半座剑气长城，出现了一位照理说最不该出现的老者，他一手负后，一手揉着下巴，仰头望向一步就来到剑气长城附近的那尊神灵，啧啧道："一个个都当自己无敌了。"

老人随便伸出一手，剑气长城万年残余的所有剑意，如获敕令，哪怕有一些好像"不听劝"的，再不情不愿，也只得乖乖赶来，最终在这位老剑修手中凝聚为一剑，老人掂量一番，分量尚可，朝那远古高位神灵就只是轻描淡写地横扫一剑。

一剑过后，天地清静。

老人自顾自点头，好像在与万年之内的所有剑修，说一个最简单的道理："瞧见没，这才是剑术。"

身为文庙陪祀圣贤之一的老夫子贺绶，负责看管剑气长城遗址，立即从天幕处落下身形，在半座剑气长城的城头之外御风悬停，老夫子算是依照约定，恪守规矩，双脚并不踏足城头，与那位人间资历最老的剑修作揖行礼，毕恭毕敬道："晚辈贺绶，拜见老大剑仙。"

老大剑仙这个绰号，最早还是阿良帮忙取的，后来剑气长城的本土剑修就跟着这么喊，加上各洲返乡剑修一样习惯了如此敬称陈清都，好像就成了一件约定俗成的事情。

陈清都只是望向托月山，并没有理睬一位文庙圣贤的打招呼。

就这么被晾在一边的贺绶也不以为意，这位老大剑仙要是好说话，就不是陈清都了。

贺绶随即苦笑不已，那尊高位神灵的隐藏、现身和出手，自己一直被蒙在鼓里，以至于连累年轻隐官合道的半座城头，在老大剑仙现身之前，陈平安的合道所在，其实就受到了一种攻伐神通的隐蔽。

不管怎么说，这是自己与文庙的失职，得认。

贺绶暂时只能确定一事，是那尊神灵的那一记暗中出手，好像"吵醒"了眼前这位老大剑仙的一部分元神。

他早先没有朝蛮荒天下递出任何一剑，只是一剑开天，护送举城飞升去往五彩天下。

再一剑斩杀越境的龙君。

如今又只是一剑，就彻底斩碎一尊高位神灵的金身神性。

至于陈清都为何能够重新现世，贺绶不愿探究。

只是贺绶不得不承认，如果不是老大剑仙在剑气长城留了后手，贺绶肯定护不住陈平安合道的那半座城头，届时后果不堪设想，都不用说那些牵一发而动全身的天下大局，就老秀才那种护犊子不要命的行事风格，骂自己个狗血喷头算什么，估计都能偷偷去文庙扛走自己的陪祀神像。

当年老秀才为何会一脚踩塌那座中土山岳？还不是为弟子君倩打抱不平，早年君倩带着师弟齐静春一起游山访仙，被那位山君拒之门外不说，还被骂得很难听，山君揭了刘十六的老底，说他是那妖族异类。好像那位与白玉京极有渊源的大岳山君，还曾试图拘押刘十六和齐静春在山中。

陈清都双手负后，缓缓而行，摇头道："不用在意，半座城头不还没被打碎，对于如今的陈平安来说，问题不大，反正这小子早就习惯了挨揍。何况对方藏了那么久，我们剑气长城一样毫无察觉。再说了，你们读书人的本命功夫，还得是传道授业解惑，打打杀杀的，确实不太在行。"

贺绶欲言又止，想了想，还是没说什么。

本想说至圣先师与礼圣打架本事不差的，只是犯不着跟老大剑仙较这个劲。

剑气长城的董三更、萧愻、陈熙、齐廷济等剑仙，还有浩然天下的阿良、左右、裴旻、周神芝等，蛮荒天下的大髯剑客刘叉，以及白玉京被誉为真无敌的余斗，道门剑仙一脉执牛耳者的玄都观孙怀中……

反正万年以来，数座天下，剑道一途，何等天才辈出，何其群星璀璨，始终无一人自称剑道无敌。

只因为此地城头上，有个名叫陈清都的老人而已。

自负如二掌教余斗，早年也不敢擅自与陈清都问剑，止步于倒悬山捉放亭。

不然余斗只需要从倒悬山一步跨过大门，再一步登上剑气长城的城头即可。

为何不敢、不愿、不能问剑,因为问剑即输、即伤、即死。

相传阿良刚到剑气长城没几年,曾经有一次在城内醉酒过后,跑去参加一场其实根本没喊他的巅峰剑仙议事,到了城头上边,昂首阔步走向那座茅屋,用他的说法,就是在城头结茅修行万年,竟然问剑之人都没一个半个的,老大剑仙实在太过寂寞了,就让阿良来破这个例,都让开,让我来!

城头议事剑仙和城头外边看热闹的剑修,反正没一个拉住了阿良,等到老大剑仙走出茅屋,点头说了个"好"字,阿良似乎瞬间就醒了,一个蹦跳,在老大剑仙身边落定,大义凛然,补了一句:"让我来为老大剑仙揉揉肩,你们真是一群良心被狗吃了的王八蛋啊,都不知道心疼老大剑仙,还要我一个外人来嘘寒问暖?"

大概就是在那之后,阿良可谓一举成名,有了个响当当的绰号。

而且在那之后,狗日的阿良就一直以老大剑仙的小棉袄自居。

只是老大剑仙觉得这个说法太恶心,才没有在剑气长城流传开来,不然阿良多半还要多出一个绰号。

陈清都看了眼那把坠落在大地之上的长刀,觉得很是眼熟,因为是远古执掌刑罚的神灵的手持之物,事实上,他不但眼熟,万年之前还与其打过不少交道。

所谓的打交道,自然是刀剑互砍。最后那场战役,击败这尊神灵的是一位与龙君观照辈分相同的剑修,只是后来此人跟随兵家老祖试图走上另外一条道路,不惜让练气士之外的人间众生死绝,最终导致了人族内部的一场大决裂,修道之士死伤无数。

而这位当初并未彻底陨落的神灵,曾经跻身十二高位之一,按照旧天庭神职划分,也算是那位持剑者麾下的直属神灵。

万年之前,在其锋刃之下,妖族尸骸白骨累累,堆积成山,无数鲜血曾经汇聚成一条贯穿蛮荒的远古大渎。

天地视人如蜉蝣,大道视天地如泡影。

陈清都叹了口气,看来当年那位前辈来此城头游历,除了是来见陈平安,还有几分缅怀故友的意思?

难怪那把最早遗落在青冥天下的狭刀斩勘,会跟着那只化外天魔来到剑气长城,一路辗转,最终又被陈平安获得。

属于上古斩龙台行刑之物的狭刀斩勘,之于此刀,类似一处储君之山之于一座君主大岳,有那朝拜之意。

天道崩塌,天各一方,大道循环,两刃相邻。

陈清都心意微动,那把无鞘的雪白长刀随即掠至城头,他对贺绶说道:"回头劳烦你将此刀,交给我们那位隐官大人,就说是以后他与宁丫头成亲的贺礼,人可以不到,礼物得贵重。"

贺绶点头答应下来。

陈清都摆摆手："忙去，我们没什么可聊的，瞎客套起来，只能说些有的没的，双方都尴尬。"

贺绶原先根本不觉得尴尬，毕竟能够与老大剑仙尽可能多聊几句，就是天大幸事。

只是陈清都这么说了，贺绶只得再次作揖拜别老大剑仙。老夫子返回天幕继续盯着远处那些渡口，有些伤感，经此一别，就真的与老大剑仙再无重逢机会了。

魏晋早已起身，御风来到另外那座城头的崖畔地带，遥遥抱拳道："魏晋见过老大剑仙。"

陈清都一步来到崖畔，瞥了眼风雪庙大剑仙，点点头，道："境界嗖嗖涨啊，几年没见，得刮目相看了。"

魏晋倍感无奈。

曹峻来到魏晋身边，大气都不敢喘一下，只是心中犯嘀咕，怎么这话听着有几分耳熟？

陈清都望向城头之外的几缕粹然剑意，问道："剑谱都丢给你了，为何还是无法赢得宗垣那条剑道的认可？"

老大剑仙揉了揉下巴："没理由啊，你们俩隔了几千年，照理说谁也抢不着谁的媳妇，宗垣那小子，又是个出了名的好脾气，外加痴情种，没道理对你看不顺眼。"

在剑气长城的历史上，其实也有一些剑修，能够与陈清都多说几句。

比如早先的宗垣，后来的董观瀑。

老大剑仙突然眯起眼，转头望向蛮荒天下腹地一处隔绝天机的古怪战场："难怪。又是周密作祟。"

一挥袖子，陈清都在身前摊开一幅外人不可见的光阴长河画卷，托月山百剑仙都曾在隔壁城头练剑。将那些蛮荒天下的剑仙坯子一一看遍，最终看到了那个好像资质相对最差、迟迟未能获取剑意馈赠的年轻剑修。

见老大剑仙不言语，魏晋也就识趣闭嘴。

曹峻瞪大眼睛，反正多看几眼老大剑仙就是赚。

年轻剑修在城头这边练剑时，好像有些心不在焉、不务正业，更像是个游山玩水的练气士，只是盯着城头之外发呆。

当练气士孕育出一把本命飞剑时，就算自立门户了，迥异于其他练气士，他的当务之急，是尽快找寻出飞剑的一两种本命神通。

所以天下剑修几乎少有散修身份，不是没有理由的。一来剑修数量相对最为珍稀，剑修是天下任何一座宗门都不嫌多的宝贝疙瘩，再就是炼剑一途，太过消耗金山银山，以山泽野修身份修行，当然不是不可以，但是失去了宗门的财力支持，难免事倍功半,最后的重中之重,就是剑修本命飞剑的神通。

剑修的不同寻常,其实就是一个字面意思上的"天赋异禀",几乎可以视为一种老天爷赏饭吃的天授之事。因为剑修的本命飞剑,其大道根源所在,就曾经是光阴长河中的那些"河床直道",故而就成了后世万千术法当中的最大宠儿,最为"有序",继而衍生出无数种的飞剑本命神通。这就是为何剑修在练气士当中最具先天优势,因为剑修确实是名副其实的"得天独厚,别具一格"。

所以剑修在山上,才有资格最不讲理,任你术法无穷,我有一剑破万法。

在那几年里,托月山剑修陆续离开城头,但是这个被陈清都单独拎出的年轻剑修,位次垫底,名声不显,他离开城头极晚,看似一无所获。此人与其说是剑修炼剑,不如说是一直在以水月观和白骨观巡视剑气长城遗址,偶尔属于宗垣的那几缕遗留剑意当空掠过,年轻剑修才如临大敌。

最终剑修被那个先与陈平安闲聊一番的十四境大修士"陆法言"悄然带走,不然龙君会按照甲子帐律令行事,未能攫取粹然剑意的剑修,就别想着活着走下城头了。

陈清都很快就找出蛛丝马迹。

蛮荒天下精心布局的托月山百剑仙,除了极少数是"身世清白"的纯粹剑修,其余几乎都与神灵有千丝万缕的联系,比如这个年轻剑修,更是毋庸置疑的神灵转世,继承了一部分某尊高位神灵的本命神通,那把飞剑的神通,接近"观想"。

透过皮相看骨相,不断推衍、拼凑心相,无限接近某个真相。

只为了观想出一位剑气长城的剑修,宗垣。

显然是周密的后手之一,是送给浩然天下和剑气长城的一个意外惊喜。

宗垣重返人间,算不算意外。

人间重见宗垣,是不是惊喜。

陈清都打散那幅光阴画卷,与魏晋开口说道:"挑重点说些事情。"

一魂所系,些许元神,在这人间无法久留。

魏晋言简意赅说了些大事。

至圣先师在中土穗山之巅与在蛟龙沟遗址的蛮荒大祖,遥遥切磋道法。

阿良被压在了托月山下数年之久,从十四境跌境,先去了趟西方佛国,才重返浩然。

四把仙剑齐聚扶摇洲,白也独自一人剑挑六王座,后来被文圣带去了青冥天下的大玄都观。

蛮荒天下攻占桐叶、扶摇和金甲三洲山河,最终被大骊铁骑阻截在宝瓶洲中部,周密率众登天而去。

宁姚在那座被命名为五彩天下的崭新家乡,接连破境,跻身飞升境,成为天下第一人,其间她还亲手斩杀一尊高位神灵。

一场中土文庙议事,对蛮荒天下说打就打了。

阿良带着一位飞升境修士深入腹地,之后左右仗剑远游驰援阿良。

陈平安带着四位剑修,在前不久离开剑气长城。

老大剑仙其间只说了两句话。

"可惜白也终究不是剑修,不然来了这边,可以教他几手合适的剑术。"

"宁丫头半点不让人意外。"

陈清都再问了两个问题。

"左右如今有无跻身十四境?"

魏晋摇摇头,解释说左先生想法太大,原本有机会跻身十四境,却因为追求一条更广阔的剑道,耽搁了破境。

陈清都的最后那个问题是:"文庙和托月山对峙议事,是小夫子说要打的?"

魏晋笑道:"不是礼圣,是陈平安率先开口,说打就打。"

陈清都点点头,脸上有些笑意。

小子不孬,很像自己。

老人从不觉得一个人的朝气勃勃,只是那种一年到头的言语欢快,行事跳脱。

而是在人生的每一个关隘里,独独在苦难之际,年轻人反而能够眉眼飞扬,意气风发。

做出最意外的事,递出最快的剑,与这方天地说出最有分量的言语。

平时一贯寡言者,偶尔放声,要叫旁人不听也得听。

陈清都收起思绪,视线偏移几分,望向曹峻,笑问道:"这位年纪不小的剑仙,姓甚名甚,来自何方?"

相对于陈平安、宁姚和魏晋这几位剑气长城的自家剑修来说,外乡人曹峻的百余岁,确实算年纪不小了。

曹峻抱拳说道:"晚辈曹峻,祖籍在宝瓶洲骊珠洞天,与隐官祖宅就在一条巷子,只是晚辈出生在南婆娑洲,老祖曹曦,负责看守那座镇海楼。"

曹峻忍了又忍,还是没能忍住多说一句:"晚辈其实才一百四十岁。"

本想添上一句,如果不是早年被左右打碎剑心,自己早就跻身上五境了,说不定还有希望跟风雪庙大剑仙一个境界。只是想到在这位老大剑仙这边,好像仙人境剑修也没什么值得称道的,就将这句话咽回了肚子。

陈清都嗯了一声,点点头:"那跟左右的岁数、境界都差不多,后生可畏。"

魏晋忍住笑。

曹峻只觉得被黄泥巴糊了一脸,又不敢与老大剑仙顶嘴,憋得难受至极。

他算是彻底领教剑气长城的风土人情了,剑气长城当得起"剑仙"二字的剑修,一个比一个性格鲜明。

宁姚的不苟言笑,万事不上心。

陆芝好像对剑气长城以外的人,见谁都想砍上几剑。

齐廷济的年轻人下辈子注意点,老剑仙用最和善的表情,说着最狠辣的言语。

再就是这位老大剑仙的和蔼可亲,平易近人。

就连魏晋这个一向持身正派的风雪庙大剑仙,都有了一句"你进不去避暑行宫"。

陈清都望向城头之外,突然轻声道:"要走就走吧,这里没什么可眷念的,身为纯粹剑修,生前出剑,必须有个阵营讲究,可既然人都死了,只留下这点剑意,还有个屁的敌我之分。"

魏晋神色自若,转过身,面朝城头以南。

在这一刻,魏晋剑心愈发澄澈通明,与已故剑修宗垣,遥遥抱拳礼敬。

大不了以后战场相见,再与宗垣前辈那些剑意的继承者分出剑道高低,一决生死。

陈清都笑着点头:"宗垣就是宗垣。"

千秋风骨仍凛然。

原来一直对魏晋不曾亲近的几缕剑意,刹那间,在空中凝出四条剑光长虹,最终在风雪庙剑仙身边缓缓流转,萦绕不去。

这就意味着魏晋从此在剑道一途,就属于宗垣一脉了。

没有任何师徒传承的繁文缛节,没有什么祖师堂敬香拜挂像。

魏晋以心声问道:"敢问老大剑仙,万年之前的那个存在,到底是什么样的一个存在?"

陈清都犹豫了一下,老人有些神色复杂,最终还是摇摇头:"曾经见过两次,没什么可说的。"

登天一役,五至高之外,只说远古十二高位神灵,大半都陨落在那场改天换地的惨烈战事之中。

此外,要么远离旧天庭遗址,在天外沦为孤魂野鬼,要么坠落在未知的人间大地,长久酣眠,形骸沉睡。

看管其中一座飞升台的青童天君,作为最早的人族成神者之一,曾经司职接引男地仙飞升。

蛰伏于五彩天下的那位,早年在人族登天一役中受了重创,曾是披甲者麾下。

从天外降临在桐叶洲的那尊神灵,跨海远渡宝瓶洲,登岸之时,被崔瀺和齐静春联手击杀,曾经被命名为"回响者"。

赊月继承了一部分神位,她不单单是月宫种那么简单,相对是最有希望跻身那个

"明月前身"的高位存在。

打杀了这些高位神灵,于人间利弊皆有,好处是少了个战力惊人的人族死敌,坏处就是会空出神位,周密登天后,自然就可以塑造出一位补缺的崭新神灵。

在万年之前,这些高位神灵可不是什么好相与之辈,只是万年之后,一方面是天道崩塌,就像一位十四境大修士失去了绝大部分的攻伐手段,再就是天地间那座无形的文字囚笼,对神灵禁锢极大。

文海周密,曾经自创文字,在蛮荒天下流传数千年之久。

就是为了让新旧神灵在重返人间之时,都可以尽量脱离礼圣制定出来的那座文字囚牢。

不出意外,眼前这座蛮荒天下,就是新天庭众多神灵在人间落脚的渡口了。

远古神灵的唯一言语,其实类似如今修道之人的所谓心声,只是类似,而并非全是。

方才被陈清都一剑斩碎金身的高位神灵,名为"行刑者",曾在持剑者麾下,天下妖族,尤其是受罚真龙,在它手中吃苦极多。

不过它神性不全,加上早就被托月山剥离出了一部分残余的本命神通,更是雪上加霜,当然,只是不比当年那么擅长打架,绝对不意味着它好杀。

而那个被托月山当作杀手锏之一,专门用来针对阿良和左右的高位神灵,大概是那尊名为"寤寐者"的存在了。它的本命神通之一,是囚禁梦魇中。老话说夜长梦多,还是后世化外天魔的一部分根源所在。

还有那拥有一门"止语"神通的"无言者",又名"心声者"。

以及造就出众多日月、无数山河秘境的"复刻者",又名"想象者"和"铸造者"。

当然这些古老神灵称呼的命名,都是登天一役结束后的说法。不被文字记载,就像一部老皇历的最前边,专门为这些古老存在,留下空白一页。

人生在世,好像孩子什么都好奇,年轻人什么都知道,中年人什么都怀疑,老人什么都认命。

至于好人不好人的,人心各有一杆秤,很难说谁一定是好人。

只是希望以后人间千年万年,不要无视那些沉默者的付出。

一个孩子年纪太小,做不了更多。

其实一个年纪大了的老人,也未必能够多做什么。

陈清都揉了揉下巴,举目远眺蛮荒天下。

差不多还能递出一剑。

与谁问剑?

砍谁好呢?

  那个重返蛮荒天下的白泽?

  白泽与小夫子关系不错,跟我陈清都可不熟。

  白泽与绯妃行走在一条曳落河支流的干涸河床之畔。

  绯妃察觉到了剑气长城遗址那边的一丝异象,惊心动魄,轻声问道:"白先生,那个老不死其实……没死?"

  白泽说道:"不能因为陈平安合道半座剑气长城,就忘记老大剑仙合道整座剑气长城。当初周密登上城头,除了收网,也想确定此事。既然周密没有动手,要么是毫无察觉,连他都被蒙骗过去了,要么就是觉得挨老大剑仙倾力一剑,划不来,就有了别的长远打算。"

  文海周密,曾以十四境大修士陆法言的皮相姿态,也就是旧王座大妖切韵和斐然的师尊,游历一趟剑气长城,还与陈平安有过一番闲聊。

  白泽突然笑着提醒道:"对老大剑仙还是要敬重些的。"

  绯妃发现哪怕陈清都现身,白泽的注意力还是在托月山,这就十分古怪了。

  那座托月山,如今就是个只留下元凶支撑的空架子,已经影响不了太多蛮荒天下的天时气运。

  退一万步说,就算被陈平安那个疯子成功开山,恐怕还不如那轮明月被宁姚他们仗剑飞升再斩落,来得影响深远。

  绯妃也不藏掖,与白泽直截了当问道:"白先生,你是在担心那个大祖首徒的安危?"

  白泽点点头。

  这次重返家乡,白泽会叫醒一小撮妖族的长久冬眠者,然后会与它们立下一个约定,跟随在自己身边。其中肯定有那桀骜难驯之辈,那就真身连同它们的真名,继续一同沉睡个数千年好了。

  离乡万年,白泽唯一谈得上对家乡有所牵挂的存在,本就屈指可数,尤其是至今还在世者,就只剩下那个托月山大祖的开山大弟子了。

  元凶当然只是这位蛮荒老祖首徒的化名,其实它的真名,寓意极美,叫元吉。

  既是"黄裳元吉"的元吉,又是"祚灵主以元吉"的元吉。

  万年之前,经过那场内讧之后的河畔议事,天上天下已尘埃落定。

  原先按照约定,剑修和兵家原本都可以占据一座天下,兵家初祖甚至可以立教称祖。

  只是那位野心勃勃的兵家初祖,与陈清都、龙君、观照之外的一大拨剑修,再加上一部分蠢蠢欲动唯恐天下不乱的大妖,三者最终落败。

后来就是妖族分到了如今的蛮荒天下。

蛮荒大祖带着一个孩子在那座天下落脚后，开始登山，正是后世的托月山。

当时与这对师徒同行之人，其实还有白泽。

临近山巅，大祖停下脚步，笑道："白泽，你学问大，不如帮忙给这个孩子取个名字吧，记得讨个好兆头。"

白泽低头望向那个眼神明亮的孩子，想了想，微笑道："就叫元吉？"

那会儿刚刚炼形成功的妖族孩子，总有无数的问题想要问学问最大的白泽。

"那个小夫子，打架本事真有那么大吗？那怎么不叫大夫子呢？"

"你叫白泽，是因为姓白名泽吗？为什么谁都喜欢喊你一声'先生'呢，师父说是出生早、年龄大的意思，那么师父呢，又是什么意思，真是传道之人既为父又为师吗？"

"我们分得了这块天下，听说好像是最大的地盘呢，是因为我们立功最大吗？"

在登山途中，耐心极好的白泽一一为那个孩子解惑。

走上山顶，蛮荒大祖放眼四周，最后笑道："白泽，这座山头还没个名字，能者多劳，你干脆一并命名了？"

光阴元在水，月落不离天。

白泽就给脚下高山，取了"托月山"这个名字。

最后白泽摸着孩子的脑袋，笑道："一元复始，万象更新。以后各自修行，有机会再叙旧。"

白泽从托月山那边收回视线。

绯妃开口问道："白先生这次会站在我们这边，对吧？"

白泽点头。

一只大白鹅，从落魄山赶来铁匠铺子，在空中手脚拨水而来，一个站定，振衣抖袖噼啪响，吵得坐在竹椅上打瞌睡的刘羡阳立即睁开眼。

檐下摆着三张椅子，刚好空着一张用来待客，崔东山一个拧转身形，脚尖一点，身体后仰，倒飞出去，一屁股刚好坐在位置居中的那张竹椅上，连人带椅子挪到刘羡阳身边。

然后心有灵犀的两人，各自抬起邻近一肘，双方的磕碰动作，眼花缭乱。

"刘大哥！"

"崔老弟！"

坐在最边上竹椅上的一个棉衣圆脸姑娘，翻了个白眼。

双方的称呼，竟然还都带点颤音。

崔东山抹了把嘴，伸长脖子望向龙须河那边："刘大哥，有没有老鸭笋干煲？！"

刘羡阳嘿嘿一笑,搓手道:"有没有,我说了又不作数的。"

余情月转头瞪眼,怒视那个痴心妄想的白衣少年。

刘羡阳立即心领神会,笑哈哈道:"巧妇难为无米之炊,崔老弟见谅个。"

然后刘羡阳好奇问道:"有正事要商量?"

崔东山挥了挥袖子:"没呢,就是来这边散散心,山上瓜子不多了,这不就得了右护法的一道法旨,让我下山帮忙买些,嘿,按照小米粒的报价,说不定我还能挣个几钱银子。"

刘羡阳气笑道:"小米粒的银子你也好意思黑下来?"

崔东山笑道:"你这就不懂了吧,是右护法故意打赏给我的一笔跑山费呢。"

刘羡阳点点头,说了句小米粒的口头禅:"机灵得很,精明着呢。"

崔东山双手抱住后脑勺,没来由地感慨一句:"都属于劫后余生的好时节了。"

如果先生还在家乡,不曾再次远游,那就更好了。

刘羡阳嗯了一声,知道缘由,却没有多说什么。他主要还是怕吓着那个假装不在意、竖起耳朵认真听的圆脸姑娘。

崔东山是说那个老王八蛋和齐静春,曾经在赌火神阮秀身上的那份人性会不会留下一丝一毫,她还会不会稍稍眷念人间。

不然就会于天下长日至极的五月丙午日中之时,大报祭天而主日,配以月。

陈平安、刘羡阳、宋搬柴、被丢到这边的赊月,再加上异常丰沛的龙州水运,本来都是被阮秀拿来炼镜开天之物。

三人一妖族,或魂魄或气运或皮囊,反正不管是什么,皆被炼为一镜,作为火神升举登天的台阶。

刘羡阳曾经半开玩笑,说是李柳替他们几个挡了一灾。因为李柳那份水神的大道神性,都被阮秀"吃掉"了。

刘羡阳说道:"其实不算赌,好像笃定她不会如此作为。"

崔东山点头道:"就是不知道齐静春,最后跟她说了什么。想不通,猜不到。"

确实不是在赌什么,而是一种对人性的相信。

刘羡阳遥遥看了眼那座横跨龙须河的万年桥,一脸无所谓,笑道:"那就什么都别多想,过日子嘛,还真就有很多事情,只能是船到桥头自然直。"

崔东山递过去一捧瓜子,手掌倾斜,倒了一半给刘羡阳,道:"果然还是刘大哥最洒脱。"

刘羡阳嗑着瓜子,给崔东山一脚踩中脚背,刘羡阳立即转过头,扬起手掌,道:"余姑娘?"

赊月板着脸摇摇头,不过她的心情好点了。

崔东山吐着瓜子壳，感叹道："我那大师姐的心境，愁，估计还是得先生出马，才能捋顺了。"

当年裴钱第一次远游归来，身上带着那种名叫五毒饼的外乡糕点，之后在隋右边那边，双方差点没打起来。

因为裴钱曾经在金甲洲一处乡野村头，看到了一块禁制碑。

碑文只有一句话：禁止溺杀女婴、五月初五日出生男婴。

为何要立起这样的禁制碑，当然是因为这类犯禁之事太多，地方官府才需要专门立碑制止这类惨事。

村内重男轻女，舍弃女婴，偷偷溺杀水中；五月初五这天诞生的男婴，是不祥之兆，被视作会带来灾殃，也不招人待见。

陈平安的生日，恰好就是五月初五，不光是在小镇这边，其实在整个浩然天下，在这一天出生的孩子，尤其是男婴，都会不受待见。

崔东山嗑完瓜子，拍拍手，笑容灿烂道："为了先生，我得与你道声谢，至于情意嘛，都在瓜子里了！"

刘羡阳笑道："瓜子年年有余，越嗑越有，不错不错。"

崔东山伸长双腿，慵懒靠着椅背，说："富贵可不用尽，余点就是积福。贫贱不可自欺，敬己就是敬天。

"第一次作揖，第一次抱拳，第一次穿靴子、别发簪，第一次自称先生。

"一想到先生做这些，我这个当学生的，就忍不住想笑。"

刘羡阳嗑着瓜子，听着大白鹅的言语，点头道："好人有晚福，吉人自有天相。按照我们这边的老话说，就是谁家门前都会有一两阵苦风吹过，来得越早越好，然后熬过去就可以安安心心享福了。不然等到老得跳墙都不高了，再来阵苦风，躲不过，更熬不住。再说了，越是吃过百家饭的，就越知道天底下什么饭都可以吃，唯独不能吃子孙饭，所以我们这才有那个'余着'的说法嘛。"

崔东山站起身，笑道："走了，不耽误刘大哥忙正事。"

刘羡阳摆摆手。

崔东山离开之前，嬉皮笑脸撂下一句："有些事情，最好是成亲拜堂之后再做，比较名正言顺，只是干柴烈火，天雷勾动地火，那也是可以理解的。"

刘羡阳笑容尴尬。

赊月笑呵呵道："物以类聚，人以群分。"

在大白鹅滚蛋之后，刘羡阳也就没有继续打瞌睡在梦中练剑，而是跟一旁的余姑娘说了些旧事。

说小镇这边有个乡俗，问夜饭，梦夜饭，因为按照小镇乡音，"问"与"梦"谐音。

就是在除夕这天,家家户户吃过了年夜饭,老人们就会留在家中开门待客,守着火炉,桌上摆满了佐酒菜碟,青壮男子们相互串门,上桌喝酒,关系好的就多喝几杯,关系平平的喝过一杯就换地方,孩子们更热闹,一个个换上新衣裳后,往往是成群结队,走门串户,人人斜背一只棉布挎包,往里边装那瓜果糕点,装满了就立即跑回家一趟。

赊月问道:"是整个龙州的风俗?"

浩然天下九洲山下,差不多都有守夜的习惯,这个赊月当然知道,只是问夜饭一事,她第一回听说。在她来到这边的几年里,至多只是在腊月里,跟着刘羡阳去红烛镇赶过几次集,置办些年货。

刘羡阳摇摇头:"就只是我们小镇独有的,这些年搬去州城郡城的人越来越多,这个风俗就越来越淡了,估计最多再过个二三十年,就彻底没这讲究了吧。"

福禄街和桃叶巷那边,好像问夜饭就很寡淡无味,反而是穷巷子这边更闹腾,就像是一种没钱人的穷讲究,但是热闹,有人气,有一种难以描述的年味和人味。

陈平安在认识刘羡阳之前和顾璨出生之前,每年的大年三十,就会一个人在泥瓶巷宅子里,独自守夜到天明,注定不会有一个街坊邻居登门,他也不会去走门串户,一来家里就一人,好像是脱不开身,再者他也不受欢迎,没谁愿意在这一天见着他,那些个愿意与陈平安亲近的老人,哪怕平日里愿意与陈平安言谈无忌,唯独在这一天,肯定是有些忌讳的,老人们主要还是怕家里的年轻人觉得触霉头,除夕夜的,到底不会因为一个外人,与自家人闹得不开心。

赊月听着刘羡阳娓娓道来的过往,轻声道:"隐官小时候这么可怜啊。"

刘羡阳伸出大拇指,指了指自己:"认识我这个朋友之后,陈平安就好多了,我每次吃过年夜饭,就关了自家门,去泥瓶巷陪陈平安,弄个小火炉,拿火钳拨木炭,一起守岁。"

其实刘羡阳往往很早就呼呼大睡了,还是陈平安一个人安安静静坐在炉边,坐到天亮。

赊月突然疑惑道:"那你自家就关了门,不用待客啦?"

刘羡阳哈哈笑道:"穷得兜里大哥二哥不碰头,待个什么客。"

赊月倒是听懂了这句话,是刘羡阳的一个独门说法,金子是老爷,银子是大爷,两种铜钱就被称呼为大哥二哥。

以前在小镇上,福禄街和桃叶巷之外的寻常百姓,一般门户里边,钱财往来是不太用得着金银的。除非是那些龙窑的窑头和一些手艺精湛的老师傅,他们的薪水工钱,才会用银子计算。

赊月问道:"一起守岁,你们两个人能聊啥呢?你不是说那会儿的隐官,是个放屁都不响的闷葫芦吗?不无聊啊?"

刘羡阳气笑道:"陈平安平时话是不多,可他又不是个哑巴。"

刘羡阳沉默片刻,又道:"何况在我这边,这小子还是愿意多说几句的。"

赊月转头看了眼刘羡阳。

这家伙只有说到他那个朋友时,才会格外骄傲,尤其得意。

陈平安家里的那点值钱物件,都被他在小时候典当贱卖了。他确实会跟刘羡阳说些心里话,比如先把爹娘坟头修一修,祖上留下来的那几块田地,拢共也没几亩,东一块西一块的,最好也能买回来,价钱高点就高点。如果挣钱再多些,就修祖宅,还有余钱,隔壁家那栋好像打小就没人住的宅子,也要花钱买下来。其实陈平安在当窑工学徒那几年的时候,除了在顾璨身上有一些个乱七八糟的开销,本来还是能攒下一些银子的,结果都被刘羡阳借走,给挥霍掉了。这些事情,刘羡阳倒是从来半点都不隐瞒赊月。

"后来泥瓶巷那边有了个拖油瓶的小鼻涕虫,陈平安就多了些笑脸,他是真把顾璨当亲弟弟看待的,也可能……是因为反正可怜不着小时候的自己了,就愈发心疼每天近在眼前的小鼻涕虫了。而且顾璨也确实打小就黏陈平安,没几个人知道,早年几乎是陈平安手把手教会顾璨说话、走路的。泥瓶巷那边,孤儿寡母的,顾璨的娘亲,那些年为了养家糊口,又不愿意改嫁,确实平日里半点不得闲,经常就是将顾璨随手一丢,交给陈平安就不管事了。"

无法想象,一个自己都不认识几个字的少年,拿着枝丫,蹲在地上,教一个小鼻涕虫写"顾璨"两个字,是怎样的一种光景。

让旁人觉得滑稽,可又好像笑不出来。

吃苦这种事情,是唯一一个不用别人教的学问。可能唯一比吃苦更苦的事情,就是等不到一个苦尽甘来。

赊月听着这些年月不算久远的旧事,刘羡阳笑道:"不用觉得是些多大的事情,说来说去,相较于山上修行,可不就是些小巷子里的鸡屎狗粪,年年有,家家有。你也别觉得陈平安是因为经历了这些,才变成个闷葫芦,我听泥瓶巷附近的街坊邻居说过,那家伙打小就话不多,老人们的记忆里边,说法很多,各有不同,唯一差不多的说法,就是那小子的一双眼睛,从小就很明亮。"

赊月默念了一遍"明亮"这个说法,然后点头道:"是个很好的说法。"

刘羡阳洋洋得意道:"我这家乡老话多了去了。"

赊月疑惑道:"明亮好像不是你们小镇独有的乡语吧?"

刘羡阳笑道:"那余姑娘就当是好了。"

之后刘羡阳就开始闭眼打瞌睡。

赊月则去河边了,她就怕小镇这边也有人一样喜欢砸石头偷鸭子啊。

之后有一天,龙泉剑宗的祖师堂都搬迁了,阮邛难得回这边一趟,赊月刚好站在河边散步。

赊月试探性问道:"阮师傅,要不要吃老鸭笋干煲?"

她突然腼腆一笑,既心疼自己精心饲养的那群鸭子,又难为情道:"也不老啊。"

心中默默祈祷阮师傅你客气点,见外些,可千万别点这个头啊。

阮邛才记起来时路上,临近铁匠铺子这边的龙须河里边,好像多了一群欢快凫水的鸭子。

男人脸上难得有点笑意,摇摇头。

阮师傅一摇头,赊月反而就良心不安了,罢了罢了,都交给刘羡阳去处置好了,她就当什么都没看见,只等那锅热气腾腾的老鸭笋干煲端上桌,她再下筷子好了。

阮邛问道:"刘羡阳呢?"

赊月眨了眨眼睛,她不好与阮师傅扯谎,那就装傻呢。

阮邛无奈道:"我找他有事。"

赊月好像临时记起来刘羡阳去哪里了,说道:"不晓得,他只说了一句'乡邻有斗者,被发缨冠而往救之',就跑去小镇那边了,应该是忙正事去了吧,毕竟是个读书人嘛。"

阮邛这才遥遥看了几眼小镇,在一处街巷,有俩老娘们在挠脸扯头发。

刘羡阳就跟一拨青壮男子、屁大孩子蹲一起嗑瓜子,看热闹。

都说人一长大,故乡就小,还说常去的地方没风景。

只是在刘羡阳这边,没这些说法。

赊月问道:"我帮忙把他喊回来?"

"不用,事情不急。"阮邛摆摆手,屋檐下边搁了两张竹椅,阮邛还是去屋子里边搬了长凳出来。

赊月还是以心声提醒刘羡阳赶紧回来,刘羡阳立即屁颠屁颠从拱桥那边小跑而回,心想可惜可惜,只差一点,两个婆姨就要相互撕扯衣服了。

等到刘羡阳落座后,赊月已经回了屋子。

阮邛沉默了半天,才开口说道:"刘羡阳。"

刘羡阳疑惑道:"嗯?"

阮铁匠今天有点古怪啊,咋的,如此想念自己这个小弟子了?以至于来这边就为了喊个名字?

阮邛继续沉默起来。

刘羡阳就递过去一壶酒,阮邛没有拒绝,接过酒壶,老男人开始喝闷酒。

刘羡阳自己没有喝酒,双手笼袖,抬起脚,两只鞋子轻轻相互磕碰。

阮邛突然说道:"如果当年我不拦着他们俩,现在会不会好点?"

刘羡阳一时无言。

在这一刻，一向自认还算能说会道的刘羡阳，是真的一个字都不知道怎么讲。

阮邛喝着酒，嗓音沙哑道："怪我。"

刘羡阳目视前方，轻声道："师父，千万别这么说，也别这么想，真的。"

阮邛沉默了半天，才说道："还有没有酒？"

刘羡阳这才拎出了两壶酒，师徒两个，一人一壶。

喝酒一怕喝不够，二怕喝不醉，最怕喝酒时不觉得自己是在喝酒。

人生苦短，愁肠苦长。

陈平安真正的心湖，其实就像是一面镜子。

整座心相天地，平整如一镜，水面上一切心相景象，日月星辰、藏书楼、坟头等，诸多种种皆倒映其中，丝毫不差。

心境即镜。

唯有一物是额外多出来的。就像水面之下，在镜子的另外一面，站着一个人。故而一旦镜面颠倒，就是名副其实的天翻地覆。

"这个人"初看就是陈平安本人，再一看，则更像是那位大骊京城粹然神性的陈平安，如果有人与之长久凝视，则发现终究与前两者皆似是而非。

此人始终闭目，脸上笑容恬淡，缓缓行走在镜面上。天地间万籁寂静，无声无息，死寂若坟冢。似乎唯有修道之士的人心，可能才是光阴长河唯一不存在的地界，又或是光阴长河在此处选择永恒静止。

金色拱桥那边。

离真笑嘻嘻道："事先声明，我保证这是最后一次幸灾乐祸了！隐官大人不选赊月那处，临时改变主意，选了居中那轮明月，是不是小有意外？需不需要我帮忙出手阻拦那拨剑修？还是说连这种事情，都在先生的算计之内？"

周密摇摇头："不曾算到，实属意外。"

离真后退几步，一个蹦跳，坐在栏杆上，双臂环胸，怔怔出神。

新天庭疆域实在太大，能聊天的家伙又实在太少，与那些人性被神性完全覆盖的新晋神灵，又能聊些什么呢？

今儿月亮圆不圆？兜里几个钱啊？

离真问道："万年之前，那个家伙到底在想些什么啊？为什么由着如今的阮姐姐和李柳，打出一场天崩地裂、海枯石烂的水火之争？"

这件事情，就是离真最想知道的那个真相。

一直站在栏杆上的阮秀闻言转头，望向那个作为披甲者继任者的离真。

离真立即转移话题:"再早一些,为什么由着其他神灵造就出大地之上的人族?"

神灵会追求金身不朽,以及不可自我毁灭。

周密笑着给出自己心中的那个答案:"真正不朽者,最感觉孤单。"

是孤单,不太可能是孤独。因为最为极致的粹然神性,不允许神灵拥有这种感知。

即使短暂拥有,也自知是假象,是虚妄,毫无意义。

自知者明。万年之前,远古神灵,就是一切众生的头顶神明。

离真重新趴在栏杆上,开始对着整座人间喃喃自语。

谁终将声震人间,必长久独自缄默。

谁终将点燃闪电,必永恒如云漂泊。

图书在版编目(CIP)数据

剑来33：城头刻新字 / 烽火戏诸侯著. —杭州：浙江文艺出版社，2022.6（2025.1重印）

ISBN 978-7-5339-6818-2

Ⅰ.①剑… Ⅱ.①烽… Ⅲ.①长篇小说—中国—当代 Ⅳ.①I247.5

中国版本图书馆CIP数据核字（2022）第052851号

选题策划	柳明晔
责任编辑	张　可
营销编辑	宋佳音
封面绘图	温十澈
责任印制	吴春娟

剑来33：城头刻新字

烽火戏诸侯　著

出版	浙江文艺出版社
地址	杭州市环城北路177号
邮编	310003
电话	0571-85176953（总编办）
	0571-85152727（市场部）
制版	浙江新华图文制作有限公司
印刷	杭州杭新印务有限公司
开本	710毫米×1000毫米　1/16
字数	322千字
印张	16
插页	2
版次	2022年6月第1版
印次	2025年1月第6次印刷
书号	ISBN 978-7-5339-6818-2
定价	48.00元

版权所有　侵权必究

（如有印装质量问题，影响阅读，请与市场部联系调换）